KB108540

거인

거인

발행일	2016년 6월 25일

지은이	이 용 현		
펴낸이	손 형 국		
펴낸곳	(주)북랩		
편집인	선일영	편집	김향인, 권유선, 김예지, 김송이
디자인	이현수, 신혜림, 윤미리내, 임혜수	제작	박기성, 황동현, 구성우
마케팅	김회란, 박진관, 김아름		
출판등록	2004. 12. 1(제2012-000051호)		
주소	서울시 금천구 가산디지털 1로 168, 우림라이온스밸리 B동 B113, 114호		
홈페이지	www.book.co.kr		
전화번호	(02)2026-5777	팩스	(02)2026-5747
ISBN	979-11-5987-093-4 03810(종이책)		979-11-5987-094-1 05810(전자책)

잘못된 책은 구입한 곳에서 교환해드립니다.
이 책은 저작권법에 따라 보호받는 저작물이므로 무단 전재와 복제를 금합니다.

이 도서의 국립중앙도서관 출판예정도서목록(CIP)은 서지정보유통지원시스템 홈페이지(http://seoji.nl.go.kr)와
국가자료공동목록시스템(http://www.nl.go.kr/kolisnet)에서 이용하실 수 있습니다.
(CIP제어번호 : CIP2016014940)

성공한 사람들은 예외없이 기개가 남다르다고 합니다.
어려움에도 꺾이지 않았던 당신의 의기를 책에 담아보지 않으시렵니까?
책으로 펴내고 싶은 원고를 메일(book@book.co.kr)로 보내주세요.
성공출판의 파트너 북랩이 함께하겠습니다.

거인

이용현 장편소설

거인에 의해 폐허가 된 세상.
예지몽을 꾸고 세상을 구하기 위해 나선
'메시아'의 이야기

북랩 book Lab

목차

꿈은 현실에 일어난 사건의 표출일 뿐, 상상의 산물이 아니다.

_ 프로이트

꿈을 꾸다

검은 하늘엔 구름 한 점 없고 달과 별만이 숨죽인 채 그 속에 박혀 있다. 눈을 감은 것과 같은 암흑에선 달과 별은 이상하리만치 밝게 빛나지 못한다. 그저 어둠에 숨어, 간신히 연노란 흔적만 내비칠 뿐이다. 땅의 건물들은 본래 모양을 잃고 힘없이 무너져 있다. 그런 분위기엔 당연한 듯이 가로등과 간판도 부서진 채 어둠 속에 누워 잠들어있다. 자동차가 달리는 시끄러운 소음과 사람들의 수다, 가을임을 알리는 곤충의 울음소리조차 없다. 생명을 느낄 수 없는 고요한 밤이다.

현실과 다른, 낯선 도시에서 나는 괴리감을 느낄 수밖에 없다.

'영화세트장인가? 아니면 사회에 대해 무엇을 알리고자 하는 예술가의 작품인가?'

'사람들은 어디에 있으며 건물은 왜 무너져 있는 것인가?'

'…과연 이것이 현실인가?'

적막함만 흐르던 그때 작은 소리와 함께 움직임이 포착된다. 산 중턱에 무엇인가 나타난 것이다. 시간이 멈춘 것 같은 이 공간에서 그 움직임은 무서움이 아닌 반가움으로 다가온다. 실루엣을 보니 사람이다. 급작스레 나타난 그는 빠르게 이동한다. 순식간에 산을 내려와 숲으로 뛰어든다. 부스럭거리는 요란한 소리가 가끔씩 숲 속에서 들려온다. 그 소리는 점점 가까워져 온다. 그리고 곧, 한 사람이 힘겹게 엉킨 나뭇가지 사이를 빠져나온다. 낯선 사람은 옷에 붙은 나뭇잎을 털며 내 앞에 선다.

그를 자세히 보자 무서운 소름이 발끝에서 머리카락 끝까지 찌릿하게 흐른다.

충격적이다. 외마디 비명이 나도 모르게 목에서 튀어나온다. 믿을 수 없지만 그는 **나**다. **내**가 나타난 것이다. 검은 뿔테안경을 끼고 쌍꺼풀이 없는 밝은 갈색 눈을 가지고 있다. 적당한 키에 평범한 얼굴. 하지만 등산과 사이클로 적당히 근육이 붙어있는 '다부진 몸매'를 가지고 있는 나. 다부진 몸매? 이상하다. **나**는 나와 생긴 건 비슷했으나 인도의 수행자만큼이나 말라 보인다. 내가 **나**를 유심히 살펴보고 있는 동안 **나**는 숲을 뚫고 오느라 힘이 들었는지 땀을 훔치며 가쁜 숨을 몰아쉰다. **나**는 검은 세상과 동화된 듯 검은 옷으로 상·하의를 입었고 가방까지 검은색이다. 물론 세상이 암흑으로 덮여있어 옷과 가방뿐만 아니라 모든 것들은 검은색으로만 보일 것이다. 그렇다. 주위의 모든 색은 흑백영화처럼 짙은 검은색과 옅은 검은색으로만 표현된 세상이다. 부서진 도시에서 **나**는 무엇에 쫓기는 듯이 자주 뒤를 보며 경계를 한다. 그리고 매고 있던 검은색 가방에서 수첩을 꺼내 든다. **나**는 수첩에 무엇인가를 적기 시작한다. 적는 도중에도 **나**는 주위를 경계한다. 다급한 표정이 드러난다. 지금까지 거울 속에선 한 번도 볼 수 없었던 나의 표정이다. **내**가 수첩에 쓴 것은 날짜이다.

'10월 25일'

그것은 나를 위해 적은 듯 보인다. 왜냐하면 주위엔 아무도 존재하지 않지만, **나**는 수첩에 날짜를 적은 페이지를 내가 볼 수 있도록 돌렸기 때문이다. 그래서 나는 나에게 보여주기 위해 적은 것인가 물어보았지만 대답이 없다. 어깨를 흔들어 나를 인지시키기 위해 만지는 순간 내 손은 **나**를 관통한다. 내가 당혹스러움을 표현하기도 전에 **나**는 달린다. 무엇인가에게 들키지 않기 위해서 한 번씩 건물을 등져가며 달린다. 하지만 그 모습은 간결하고 신속하다. 불필요한 동작 없이 완벽하다. 분명 나는 이 길을 알고 있으며 이 동네에 익숙할 것이다. **나**는 떨어진 간판을 봐야 알 수 있는 신발가게와 문구점이었던 무너진 건물 사이를 지나간다. 그곳을 나온 후에 나는 한 건물 앞에 멈춰 선다. 그 건물 역시 무너져 있다. 하지만 유추해 보건대 그 건물은 예전에 창고로 쓰였을 것이다. 희미한 곰팡이 냄새가 나며 무너진 잔해 아래에 깔린, 종이와 플라스틱으로 된 상자들이 많이 보이기 때문이다. **나**는 가방에서 손전등을 꺼내 조심스럽게 켜고 마지막으로 주위를 살펴본다. 그리고 지하 1층으로 향한다. 지하 1층이라고 하지만 사실 건물이 무너져 있어 구분이 애매하다. 그저 무너진 벽돌을 계단 삼아 어느 정도 내려가는 것으로 지하와 지상을 구분한다. 천장으론 어두운 하늘이 보인다. 그래서인지 밤의 냉기가 하늘에서 건물로 쉽게 내려앉는다. **나**는 입김으로 차가워진 손을 한번 데운다. 그리고 서둘러 참치통조림이나 스팸, 라면 등의 인스턴트로 된 먹을거리를 챙기기 시작한다. 하지만 눈에 띄는 물건은 많지 않아

보인다. **내**가 찾는 대부분의 물건들은 창고의 무너진 잔해 아래에 묻혔을 것이다. 그래도 **나**는 포기하지 않고 계속해서 주위를 살핀다. 운 좋게도 쓰러진 문 옆에 있던 소시지를 몇 개 집어 든다. 그리고 소시지 옆에 있던 라이터를 발견하고 사용이 가능한지 켜 본다.

　나는 무서워진다. 주위는 너무나 낯설고 **나**는 나를 신경 쓰지 않는다. 이러한 상황이 도무지 이해가 가지 않는다. 이곳에서 당장 벗어나고 싶다.

　'세상은 너무도 어둡고 건물들은 무너져 내렸어. 마치 심판의 날인 것 같아. 그리고 내가 두 명이라고? 이게 도대체 무슨 상황이지?'

　수천 가지 생각들이 머릿속에 들어온다. 미간을 찌푸리며 머리를 움켜잡는다. 그리고 다시 **나**를 만지려 노력한다. **나**에게 소리도 지른다. 하지만 헛수고다. 역시나 **나**는 내가 무서워하는 것은 중요하지 않다는 듯 나를 무시한다. 라이터에 불이 붙으며 **내**가 미소를 짓는 그때, 그동안 어둠 속에서 숨어있던 소리가 한 번에 터져 나온다.

　"으악!"

　나는 반사적으로 가방을 매고 달린다. 그 속도가 너무나 빠르다. 마치 총소리가 나길 기다리던 운동선수 같다. 물론 방금 전의 괴음과 총소리는 다르지만 어쨌든 순식간에 달리기 시작한다. 나는 그 소리가 무엇인지 궁금하다.

　'그것은 **내**가 경계하던 것이었을까?'

　'도시가 황폐하게 된 이유도 그것과 관련이 있지 않을까?'

　나는 엄청난 속도로 창고까지 왔던 길을 거꾸로 돌아간다. 창고까지 오는 것도 빨랐지만 돌아가는 속도는 그것과 비교도 안 될 정도로 빠르다. 금세 도시를 빠져나가 숲을 지나간다. 바위를 뛰어넘고 나뭇가지를 손으로 헤치며 나아간다. 가끔 나뭇가지가 옷에 걸렸지만 속도는 전혀 느려지지 않는다. 나는 그 속도에 따라가기 벅찰 것이라고 생각했다. 하지만 **나**를 대등하게 따라간다. 물론 사이클과 등산을 꾸준히 해온 나는 체력에 자신이 있다. 아무리 그래도 나는 땀조차 흘리지 않는다. 놀랍다. 아이러니하게도 나는 이 상황을 '말도 안 돼'라는 생각과 '당연하다'는 생각을 동시에 받았다. '말이 안 되지만 당연하다'라는 말은 역설이다. '불가능하지만 가능하다'라는 말처럼 말도 안 되는 말이다. 나는 일반적으로 이렇게 상반되는 내용을 동시에 생각하지 않는다. 하지만 현실임이 느껴지지 않으며 특히 내가 2명이고 만져지지도 않는 상황이 되자 아무렇지 않게 이러한 생각이 든다. 어느새 나와 **나**는, **내**가 처음 나타났었던 곳에 도착한다. 그러자 나의 소망대로 그것이 뭔지 확인할 수 있게 **나**는 소리가 들렸던 곳을 쳐다본다. 나는 **나**를 처음 보았던 순간처럼 외마디 비명이 터져 나온다.

그것의 크기는 산과 비교할 수 없었고 달을 가릴 듯하다.

도시는 더욱더 형체를 잃어가고 있다. 흡사 그것의 입속으로 세상이 빨려 들어가고 있는 모습이 블랙홀처럼 보인다.

"헉!"

인성은 놀라 수직으로 일어나 앉았다. 침대는 그의 땀으로 흠뻑 젖었고 공포로 인해 몸이 사시나무처럼 떨렸다. 하지만 지독한 어둠은 사라져 있었다. 창문으로부터 스며져 나오는 가로등 불빛은 그것이 꿈이었음을 알려주었다. 인성은 얼른 침대 옆 스탠드를 켰다. 흑백의 세상에 다양한 색이 입혀졌다. 이마에서 흘러내리는 땀을 닦고 있을 때 자동차 소리가 들려왔다. 반가운 소리였다. 천천히 일어나서 냉장고로 향했다. 그리고 인성은 냉장고에서 어제 마트에서 저렴하게 사 온 저지방 우유를 꺼내 마셨다. 시원한 우유가 온몸을 순환하자 조금씩 공포가 사라지고 머리가 맑아지기 시작했다. 하지만 꿈은 방금 일어난 일처럼 생생했다. 그리고 그는 손을 들여다봤다. 손바닥은 짙은 빨간색이었다.

"휴." 한숨이 나온다. "이거 불길한데…. 이런 꿈은 처음이야." 인성은 믿기 어렵다는 듯 혼잣말로 중얼거렸다.

거인.

인성은 아닐 것이라고 외면했다. 꿈은 현실과 상관없는 무의식이다. 하지만 손바닥은 이미 이것이 보통 꿈이 아님을 알려주었다. 꿈에서 깨어난 후에 손바닥이 붉어지는 것은 예지몽을 뜻했다. 반드시 일어나는 미래.

인성이 예지몽을 꾸고 싶다고 해서 꿀 수 있는 것은 아니었다. 꿈을 꾸고 일어나서 손바닥이 붉어져 있는 것으로 예지몽을 꾸었다는 것을 알았다. 그리고 일어났을 때 손바닥이 붉지 않으면 그냥 평범한 꿈이었다.

지금까지의 예지몽은 일어남 직한 미래였다. 커다란 인간이 나타나서 세계를 파괴하는 누구도 믿지 못할 그런 내용이 아니었다. 정말로 지금까지의 예지몽은 마땅히 그런 일이 일어날 수 있겠다 싶은 내용이었다. 현실성이 있었고 언제나 항상 정확했다. 예를 들면 수지가 고백을 받아들이는 꿈(수지는 인성의 애인으로 단발머리에 짙은 쌍꺼풀이 매력적이며 발랄한 성격을 가지고 있다. 대학교 오리엔테이션 때 친해지게 되었고 인성은 점차 그녀에게 호감을 느끼게 되었다. 고백을 해야겠다고 마음을 먹은 날, 운 좋게도 예지몽을 꾸었다. 그리고 꿈에서 수지가 고백을 받아들였다. 그는 거절은 없을 것이란 것을 알자 마음이 홀가분했다. 마치 복권을 사기 전에 복권 당첨 번호를 미리 알게 된 느낌이었다. 실제로도 꿈에서처럼 수지는 인성의 고백을 받아들였다. 꿈꿔왔던 꿈이 현실로 일어나자 그는 이때부터 예지몽을 더 신뢰했다)과 영규가 바이크를 팔던 꿈(영규는 인성이 가장 친하다고 생각되는 믿음직한 친구이다. 인성은 그의 모든 것을 이해할 수 있었지만 딱 한 가지, 이해 못 하는 것이 있었다. 그것은 그가 너무도 열렬한 환경주의자라는 것이었다. 환경주의자는 나쁜 것이 아니다. 하지만 영규는 그것으로 인해 주위 사람들에게 피해를 주곤 했다. 그것을 인성은 이해할 수 없었다. 한 가지 예로 인성의 바이크 사건이 있었다. 영규는 매연을 지독하게 많이 뿜는 인성의 바이크를 싫어했다. 영규는 인성에게 바이크를 2배 정도의 금액에 사겠다고 말했다. 그에게 팔면 바이크를 분해하여 환경을 위한 예술작품으로 만들 것이라고 하였다. 하지만 바이크는 인성에게 자유를 느끼게 해주는 분신이었다. 자신이 고민이 있을 때마다 산과 바다를 함께 누빈 친구였던 것이다. 당연히 인성은 영규에게 팔 마음이 없다고 했다. 그래도 그는 포기하는 기색이 아니었다. 계속된 엔진 튜닝으로 지독한 매연을 뿜어대는 바이크는 환경을 파괴하는 악마였다. 반드시 없앨 것이라며 계속해서 으름장을 놓았다. 하지만 그것을 인성은 대수롭지 않게 넘겼다. 그러다 예지몽을 꾸게 되었다. 인성이 수지와 여행을 간 사이에 영규가 바이크를 훔치는 내용의 꿈이었다. 인성은 황급히 여행을 가기 전 바이크를 다른 장소로 안전하게 숨겨놓았다. 여행 후에 영규의 분한 표정을 본 인성은 안도의 한숨을 내쉬었다. 예지몽만 아니었으면 그는 바이크를 다시는 볼 수 없었을 것이다)처럼 어느 정도는 현실성이 있었다. 그래서 인성은 거인이 나타난 꿈을 예지몽으로 받아들일 수 없었다.

그리고 또 받아들일 수 없는 이유가 있었다. 예지몽은 항상 두 가지 선택을 하게 했다.

'미래를 바꾸던가, 아니면 미래를 받아들이던가.'

하지만 이번의 꿈은 인성이 한 가지 선택만을 하게 만들었다. 거인이 나타나는 미래를 어떻게 바꾼단 말인가? 예지몽은 언제나 정확했고 인성은 미래를 선택할 수 있었다. 하지만 이번 꿈은 달랐다. 거인이라니, 이런 믿을 수 없는 일이 일어날까? 선택권도 없는 그 꿈이? 미래를 바꿀 수 없었다. 그는 고민을 하다 다시 손을 봤다. 손은 빨간색에서 살구색으로 돌아와 있었다. 그러자 그는 이 믿을 수 없는 꿈에 대하여 스스로를 속이기 시작했다.

'예지몽을 꾸고 나면 손바닥은 언제나 짙은 빨간색으로 변하지. 하지만 내가 꿈결에 손바닥 색을 잘 못 봤을 수도 있어. 스트레스 때문에 불안해서 악몽을 꾼 거야. 아니면 예지몽이 처음으로 틀릴 수도 있지. 그리고 사실이라고 해도 누가 믿어?'

꿈에 대한 생각에 머리가 복잡했다. 하지만 회사에 늦지 않게 출근하려면 조금이라도 잠을 자야 했다. 중요한 회의가 오전에 잡혀 있었고 그것을 놓칠 수 없었다. 지금 자지 못한다면 지각을 면치 못할 것이었다. 다시 침대에 눕고 스탠드에 불을 껐다. 거인에 대한 생각이 들었지만 머리를 세차게 흔들어서 거인에 대한 생각을 날려버렸다. 인성은 베개를 머리가 편하도록 알맞게 매만졌다.

'지금 그런 생각은 중요치 않아. 내일 다시 고민해보자.'

인성은 이 생각을 마지막으로 서서히 잠에 들었다.

비밀

인성은 일어나니 무슨 꿈을 꿨는지 잘 기억이 나지 않았다. 분명 무서운 예지몽이었다. 아니 예지몽일 수도 있다고 생각했던 것 같았다. 인성은 9시까지 '비밀'이라는 회사로 가야 했으므로 꿈에 대해 생각하는 것을 멈춰야 했다. 하지만 그런 생각이 들수록 계속해서 꿈의 내용이 궁금해졌다. 바보같이 주먹으로 머리를 두드렸지만 그 생각은 떨어지지 않았다. 인성은 지각으로 인해 수지의 잔소리를 들을 수밖에 없을지도 몰랐다. 그것은 그에게 정말 큰 고역이었다. 지각으로 인한 그녀의 잔소리는 회사에 도착해서부터 하루종일 계속된다. 수지는 직장 동료이면서 상사였다. 그녀는 직원들에게 남자친구를 편애한다는 생각이 들지 않도록 인성을 더욱 엄격하게 대했다. 화를 낼 땐 인성보다 머리 하나가 더 작은 그녀가 어느새 그보다 더 커져 있었고, 큰 소리로 그를 몰아세울 때마다 그는 더 작아졌다. 동그란 그녀의 두 눈이 더 동그래져서 인성을 응시하면 그는 초겨울의 한기를 느꼈다. 당연히 그 느낌을 느끼기 싫어했으며 전날 아프거나 술병이 있어도 회사에 가서 아파야 한다는 것을 그의 머리에 새겼다. 하지만 꿈에 관한 고민은 싫어하는 잔소리조차 생각나지 않을 만큼 인성을 사로잡고 있었다.

인성이 다니는 '비밀'이란 회사에 대하여 설명을 하자면 지하철과 버스정류장에 'YH29'란 이름의 무료주간잡지를 발행하는 회사로 설명할 수 있다. 작지만 유망한 회사로 가파르게 성장하고 있어서 다른 메이저 잡지회사에서 긴장하고 있을 정도였다. 난데없이 등장한 사회 초년병들이 성공적으로 회사를 만들어 그들을 숨통을 조여오고 있었기 때문이었다. 그런 유망한 회사에서도 숨기고 싶은 비밀이 있었다. 바로 회사 이름이었다. 사실 '비밀'의 진짜 회사 이름은 '지구를 사랑하고, 지구를 지키고, 지구를 구하기'였다. 그렇게 하면 너무 낯 간지럽고 거창해서 주간잡지회사에 어울리지 않았다. 당연히 회사 이름을 간단하며 누구라도 이해할 수 있게 바꾸려고 했다. 하지만 창업자 3명 중 한 사람이 절대 바꿀 수 없다고 못을 박았고, 나머지 두 사람은 그 사람을 설득해야 했다. 그래도 그 뜻이 완강했다. 두 사람은 그를 더 이상 설득하긴 힘들다고 판단을 했다. 다행히 두 사람이 머리를 맞대자 멋진 아이디어가 나왔다. 회사 이름을 바꾸기 어렵게 되자 이름을 숨기기로 한 것이다. 겉으로 드러난 회사의 이름은 '비밀'이다. '비밀'은 간단하면서 내포하는 의미가 많은 단어였다. 그들은 '비밀'이란 단어를 '회사의 이름은 비밀'이라는 뜻으로 사용하였다. 그런 의미라는 것을 사람들은 모를 것이다. 그저 회사의 이름이 '비밀'이라고 하면 뭔가 대단한 의미가 내포되어있는 줄 알 것이다. 하지만 회사의 이름은 사실 '지구를 사랑하고, 지구를 지키고, 지구를 구하기'다. 그것이 비밀이기 때문에 '비밀'이다. 그래서 회사의 이름은 '비밀'로 하면 어떠냐고 물어봤다. 두 사람의 의견에 한 사람이 마지못해 동의했다. 그래서 회사 이름은 '지구를 사랑하고, 지구를 지키고, 지구를 구하기'지만 다른 사람들이 회사의 이름에 관심을 가지고 홈페이지 구석을 찾지 않는 이상 '비밀'로 알고 있을 것이다.

이 회사의 3명의 창업자는 같은 대학교 신문부원이었다. 그 세 명은 바로 인성과 수지, 영규였다.

"야. 대박이야. 대박! 대박! 정말 좋은 아이디어가 생각났어. 우리가 할 사업 말이야." 영규가 눈을 반짝이며 말했다. 하지만 인성과 수지는 그 말을 무시했다. 이유가 있었다.

그들은 대학 4학년이었다. 4학년들은 취업이나 창업 준비를 하는 분위기였다. 그래서 그들도 그 분위기에 맞춰, 고민하고 있었다. 인성과 수지는 영규와 미래에 대한 준비가 달랐다. 영규는 창업을 생각하고 있는 것 같았지만 인성과 수지는 창업을 생각하기보단 취업을 하기 위해 자격증이나 어학 점수에 더 많은 시간을 투자했다. 4학년이 되고 항상 그가 하는 말은 뻔했다. 같이 사업을 하자는 이야기였다. 아니면 못 들어줄 농담일 것이 뻔했다(4학년생들이 진로에 대한 스트레스로 분위기가 우울해지자 영규는 그런 분위기를 참을 수 없다며 인터넷을 통해 배운 되도 않는 농담을 했다. 그는 그때쯤엔 엉뚱한 말을 해 사람들 머리를 아프게 하는 것이 특기였다. 그는 우울한 분위기를 전환시켰다고 좋아했지만 말이다). 특히 그가 활기차게 하는 말은 인터넷에 떠도는 제일 더러운 음담패설이었다. 그것을 들고 억지로 웃는 건 항상 인성과 수지에겐 취업 스트레스보다 더한 스트레스였다. 그래서 못 들은 척 그들은 그 말을 무시한 것이다. 그리고 전단지에 있는 점심 메뉴만 쳐다보고 있었다. 영규는 제 말에 집중을 하지 않자 짜증을 내며 그들에게서 전단지를 뺏어 들었다. 그리고 말을 이었다.

"이건 반드시 성공할 수 있는 사업이야. 왜냐하면 '지구를 사랑하고, 지구를 지키고, 지구를 구하기' 위한 것이기 때문이지." 영규가 미소를 보이며 의기양양하게 말했다.

"오. 그렇다면 더더욱 우린 빼줘. 인성이와 난 안 해." 수지가 전단지를 도로 달라는 듯 손을 내밀고 말했다.

"왜? 아직 사업이 무엇인지 들어보지도 않았잖아?" 영규는 이해할 수 없다는 표정으로 그들을 쳐다보았다. 영규가 당황해하며 방심한 사이에 인성이 그의 손에 있던 전단지를 뺏으며 말했다.

"우린 네가 말하는 '지구를 사랑하고, 지구를 지키고, 지구를 구하기' 위한 사업을 하기 싫어."

"뭐야. 지구를 위한 사업이 싫다니?" 영규가 어이가 없다는 듯이 다시 한 번 물었다.

"영규야. 네가 전부터 했던 일을 생각해보면 알 거야. 지구를 위한 행동이라며 우리에게 동참하도록 시켰지만 그때마다 우리가 얼마나 힘들었는데! 네가 말하는 그 사업은 안 들어봐도 우리를 고생시키는 말도 안 되는 사업일 거야." 수지가 인성이 뺏어온 전단지의 메뉴를 다시 보며 말했다. "그리고 우린 취업을 준비할 생각이야." 영규가 말을 더 하려고 입을 벌리자 수지가 더 이상 말하지 말라는 뜻으로 급히 말을 덧붙였다.

"그래. 넌 항상 말도 안 되는 소릴 해. 저번엔 지구를 위한다는 명목으로 내 오토바이를 팔아버리려고 했잖아. 또 그전에는 자동차로 인해 발생된 환경오염은 심각한 수준이라며 자동차를 사용하지 말라고 말도 안 되는 소리를 했고. 우리가 학교 커플인 걸 밝히겠다고 위협하면서(인성과 수지는 연애 초기에 비밀연애를 했다) 대신 대중교통을 이용하는 것까진 허용해 준다는 말을 했었지. 그때 수지는 학교까지 오는데 2시간이나 걸렸어. 버스를 2번 갈아타고 지하철까지 이용해야 했다니까. 차를 탔으면 1시간도 안 걸리는 거리를 말이야. 한 달간 고생하다가 우린 차라리 사귀는 것을 밝히는 것이 좋겠다고 맘을 먹었지. 그리고 너에게 공개하든 말든 마음대로 하라고 했어. 황당하지만 수지가 한 달 간 고생할 필요도 없었어. 다른 애들은 이미 다 알고 있었던걸? 아무튼 고생했지." 인성은 피식 웃으며 말했다.

"그때 왜 우리는 사귄다는 걸 비밀로 하고 싶었을까? 음, 전단지 메뉴를 고르는 것만큼이나 그때 나의 생각을 이해하기가 어렵네. 역시 짜장면이나 먹어야겠다. 난 더 이상 못 고르겠어." 수지가 허탈하게 말했다.

"나도 짜장면." 인성도 고를 것이 없다는 듯 어깨를 으쓱하고 말했다.

"영규야 너도 뭐 먹지 않을래?" 인성이 영규를 바라보고 묻자 영규는 한 손으로 배를 두드리고 볼에 바람을 넣어 배부르다는 뜻을 나타냈다.

"넌 그럼 아직도 자전거로 집에서 학교까지 다니는 거야?" 인성이 점심 배달 전화를 하는 동안 수지가 영규에게 물었다.

"화석연료를 사용하지 않는 교통수단이 나올 때까진 자전거로 다닐 거야." 영규가 힘차게 말했다.

"지구를 지키는 대단한 영웅이 나셨네." 수지가 비꼬았다.

"오. 그럼 한 10년만 더 자전거 타면 되겠다. 자동차 회사들은 그것을 매년 연기하거든. 물론 넌 비행기도 탈 수 없어!" 전화를 끊은 인성이 고소하다는 듯이 웃으며 말했다. 그리고 덧붙였다. "또 우리가 그 사업을 못 하는 이유가 있어. 너는 우리에게 채식을 강요했던 적이 있었지. 돼지와 소의 사육으로 인해 메탄가스가 엄청나게 배출되어서 지구가 위험에 처했다고 말이야."

"맞아. 난 한 달 동안 5kg나 빠졌어!" 수지가 갑자기 생각난 듯 분해서 벌겋게 달아오른 얼굴로 말했다. 하지만 영규는 수지를 보더니 빙그레 웃으며 말했다.

"넌 내가 채식하라고 말했던 다음날 인성이와 함께 삼겹살 5인분을 먹었잖아. 어떻게 살을 뺀 거야? 그 방법을 알고 싶어하는 여성들이 굉장히 많을 것 같은데?" 인성이도 영규와 함께 웃고 있자 수지가 째려보았고 그는 헛기침을 하며 웃음을 참았다.

"그리고 난, 너희들이 완전한 채식을 하는 걸 바라지도 않았어. 페스코 베지테리언이 되길 원했지. 소와 돼지와 같은 육류만 제외하면 너희가 하는 식습관과 똑같아." 영규는 말을 이었다.

"페스? 뭐?" 수지가 의아해하며 인성을 봤지만 인성의 표정을 보니 그도 모르는 것이 분명했다. 고개를 45도로 틀며 어깨를 으쓱하고 있던 것이다.

"페스코 베지테리언. 채식주의자 중에서 가장 낮은 등급이지. 아무튼 난 너희에게 무엇을 하라고 강요한 적이 없었어. 물론 대중교통을 이용하라고 한 것 빼고 말이지. 나머진 권유한 거야. 이번에도 들어 보기나 해줘." 영규가 간절한 표정으로 바라보았다. 한동안 침묵이 이어졌지만 수지가 귀찮다는 듯이 말했다.

"그럼 듣기는 해줄게. 무슨 사업인데?"

"바로 잡지야." 그녀가 그 말을 하길 기다린 듯 영규가 눈을 반짝거리며 재빨리 말했다.

"다행이네. 난 옷을 염색하는 것이 환경오염에 원인이라면서 염색을 안 한 옷을 판다거나 나체로 다니자는 말도 안 되는 소리를 할 줄 알았어." 수지가 다행이라는 듯 안도의 한숨을 쉬며 말했다.

"그것도 좋은데? 참고하지(수지는 농담이라며 손을 저었다). 아무튼 내가 권유할 사업은 잡지야! 그것도 특별한 잡지지. 왜냐하면 공짜야! 잡지를 운영하는 비용은 광고와 후원을 받으면 가능해. 그리고 잡지는 지하철역과 버스터미널에서만 배부할 생각이야. 대중교통을 이용하는 사람들을 위한 잡지인 거지. 자가용을 타고 다니는 사람들도 우리의 잡지를 보기 위해서 대중교통을 이용하도록 만들 수도 있어. 자가용차를 이용하는 게 더 빠르지만 잡지를 보기 위해서라도 대중교통을 이용하게 되는 거지. 기존에 지하철과 버스를 이용하는 사람들도 우리 잡지로 인해 대중교통에 대한 충성도를 올릴 수 있어. 어떻게 보면 '지구를 사랑하고, 지구를 지키고, 지구를 구하기' 위한 사업이 아닌 것 같지만 자세히 보면 우린 '지구를 사랑하고, 지구를 지키고, 지구를 구하기' 위한 사업을 하는 거야." 영규는 인성과 수지가 이해할 수 있도록 기다렸다가 말을 이었다. 하지만 수지는 그것이 과연 '지구를 사랑하고, 지구를 지키고, 지구를 구하기' 위한 것과 관련이 있는지 계속 이해할 수 없다는 표정을 지었다. 그리고 마침내 반박하려고 입을 열자 인성은 수지의 옆구리를 팔꿈치로 쿡 찔렀다. 수지가 인성을 보자 그는 더 얘기해봤자 소용이 없다는 듯 고개를 절레절레 흔들었다. 그 모습을 보고 수지는 동의한다는 듯이 천천히 입을 다물었다.

"그리고 우린 이 사업을 잘할 수 있을 거야. 나는 컴퓨터학과이니까 홈페이지를 만드는 데 도움이 되겠지. 인성인 신방과(신문방송학과)니까 당연히 잡지 만드는 데 큰 도움이 될 거고…."

"나는?" 영규가 뜸을 들이자 수지가 참지 못하고 따져 물었다.

"너는 금융학과니까 자본을 대면 되겠다. 잘 봐. 우린 완벽한 조합이라니까?" 영규가 말하자 인성이 웃었다. 수지는 황당한 듯 입을 벌렸다. "농담이야. 우리 셋 다 신문부에서 일하잖아. 물론 지금은 4학년이라 잘 하진 않지만, 그런 경험을 살리면 분명 잘 만들 수 있을 거야. 그리고 수지네 아버지가 신문사 사장님이니까 우리가 잡지를 만드는 데 도움을 주실 수 있을 걸?" 영규가 수지에게 짓궂은 농담을 해서 미안하다는 듯이 재빨리 덧붙였다. "사실 가장 중요한 건 새국신문 사장님이신 수지 아버지야. 수지 아버지가 계셔야 우리 사업이 현실이 될 거야." 영규가 계속 말했다.

"새국신문 사장님이 널 만날 정도로 퍽도 여유가 있으시겠다." 인성이 헛웃음을 치며 말했다.

"만약에 딸이 자신과 비슷한 업계에서 일하고 싶어 하는데 싫어하는 아버지가 있을까? 우리는 수지를 안다는 것에 정말로 큰 자부심을 가져야 해." 영규가 의미심장한 미소를 지으며 수지를 쳐다보았다.

"넌 날 뭐로 생각하는 거니? 아버지의 힘을 빌리는 재벌 2세라고 생각하는 거야? 그걸로 너는 콩고물을 얻어먹겠다고 생각하는 것 같다? 아무튼 난 안 할 거야. 그리고 아빠한테 손을 벌리는 건 정말로 싫어." 수지가 가자미눈으로 영규를 째려보며 말했다.

"수지야 신경 쓰지 마. 영규가 다른 뜻은 없을 거야. 영규의 말은 절대 실현 가능성이 없어. 영규야. 미안하지만 우린 취업 준비나 할게." 인성이 수지의 머리를 쓰다듬으며 달랬다.

"아냐. 수지의 말이 맞아. 콩고물 얻어먹으려고 하는 거지. 인맥도 하나의 재산이거든. 나의 아이디어는 너희들에게 도움이 될 거야." 영규가 인성의 말에 반박하며 말했다.

수지는 더 이상 못 참겠는지 욕을 하며 영규에게 덤벼들려고 하자 인성이 말렸다. 영규가 농담이라며 도망가려고 했다. 하지만 수지는 이미 인성을 제치며 영규의 발을 밟았고 그는 아파하며 발을 만졌다. 그 순간 수지는 영규의 뺨을 때리려고 손을 들었다. 인성이 들어 올린 수지의 손을 다행히 잡았다. 하지만 수지는 재빨리 다른 손을 들었다. 영규는 체념한 듯이 눈을 질끈 감았다. 그때 문이 열렸다.

"짜장면 시…키신 분?" 짜장면 배달을 온 직원이 셋이 엉켜있는 모습을 보고 놀라서 점차 목소리가 기어들어갔다.

몇 초간의 정적이 흐른 뒤에 이들은 어색해 하며 짜장면을 받았고 인성이 배달원에게 부자연스러운 미소를 지으며 계산을 했다. 다행히 뱃속에 음식이 들어가자 그녀의 기분은 풀려갔다. 영규는 미안한 마음이 들긴 했지만 그가 생각한 아이디어를 포기할 생각은 못 했다. 영규는 기회가 있을 때마다 사업에 대해 말을 하려고 한 것이다. 그때마다 인성은 수지의 기분을 살피며 영규의 입을 틀어막았다. 다행히 그는 영규를 말릴 수가 있었고, 셋은 아이스크림을 사서 캠퍼스 주변을 거닐었다. 그리고 운동장 벤치에 앉았다. 그들은 운동장에서 축구 하는 학생들을 구경하며 여유를 즐겼다. 아이스크림이 입에 들어가자 수지는 미소를 보였다. 마침내 인성은 그녀를 보며 안도를 했다. 영규도 드디어 아이디어를 말하는 것을 잊은 채 축구를 구경하며 여유로움을 즐겼다. 그렇게 잡지에 대한 얘기는 끝났다.

그랬다. 끝난 것으로 알았다. 그것은 영규가 장난으로 한 말인 줄 알았다. 취업 스트레스를 풀어주기 위한 농담으로 생각한 것이다. 물론 재미는 없었지만 말이다. 하지만 이번에 그가 말한 지하철 무료잡지에 관한 사업은 농담이 아니었다. 한밤중에 영규가 수지의 집을 방문했다. 그리고 수지의 아버지인 김낙운 새국신문 사장을 직접 만났다. 그 후엔 영규는 그가 인성과 수지에게 말했던 사업 얘기를 해버렸다. 물론 영규의 진취적인 성격에 그럴 수도 있다고 생각도 해봤지만 이번엔 정말 막무가내였다. 그래도 인성은 수지의 아버지가 영규의 말에 반대할 것이라고 생각했다. 하지만 뜻밖에도 김낙운 사장은 좋은 아이디어라면서 호탕하게 웃었다. 그리고 광고주를 연결시켜 주겠다고 말했다. 또한 사업을 위해 회사 임원 5명을 뽑아 붙여줬다. 김낙운 사장은 영규의 아이디어를 더욱 구체화시켰다. 그리고 적극적으로 잡지회사를 만드는 것을 지원했다.

그렇게 '비밀' 회사는 순식간에 시작되었다.

인성은 회사에 늦지 않기 위해 서둘러 샤워를 하고 정장을 입었다. 그리고 밥을 먹지도 못한 채 입에 땅콩버터를 바른 토스트를 물고 밖으로 나왔다. 늦긴 했어도 그 꿈에 대해 고민을 안 했다면 아침 식사를 할 수 있었을 것이다. 물론 커피까지 마시는 여유가 있는 아침을 기대할 순 없겠지만 말이다. 꿈에 대한 고민은 그를 지각하도록 돕는 셈이었다. 인성은 수지의 잔소리를 걱정하며 늦지 않길 기도해야 했다. 그의 아침은 머피의 법칙처럼 계속 꼬여만 갔다. 옷을 입는 동안에 틀어놓은 라디오에서 회사 쪽으로 가는 순환도로에 4중 충돌 사고가 있어서 막힌다는 뉴스가 나왔기 때문이었다. 빨리 가기 위해선 다른 루트를 찾아봐야 했다. 하는 수 없이 순환도로가 아닌 일반국도를 이용하기로 했다. 그리고 대학교 때부터 그의 분신이었던(영규가 팔아버리려고 했던) 바이크에 올라탔다. 시동을 걸자 시끄러운 배기통 소리가 가슴을 울렸다. 오랜만에 바이크에 그의 몸을 밀착시켰다. 그리고 빠르게 속도를 올렸다. 속도를 낼수록 소리도 커졌다. 오토바이의 떨림과 요란한 소리가 기분 좋게 느껴졌다. 하지만 달리는 동안 사람들의 짜증이 섞인 시선을 보자 갑자기 창피함에 얼굴이 벌게졌다. 아마 그 시선을 의식하는 순간부터 그가 바이크를 멀리한 것 같다고 생각을 했다. 아침부터 양복 차림에 시끄러운 소리 내는 바이크를 타는 그를 보고 많은 사람들은 미쳤다고 생각하는 것 같았다. 미안했지만 그렇게 하지 않으면 수지의 잔소리를 듣게 될 것이다. 창피함보단 우선 지각을 면해야 했다. 그래도 바이크 덕분에 9시 전에 도착할 수 있었다. 그는 영규에게 바이크를 들킬까 봐(영규는 아직도 화석연료 사용에 대해 증오를 했고 특히 기름을 많이 먹는 인성의 바이크에 대해 더 그랬다) 회사 지하주차장 구석에 숨겨놓고 엘리베이터를 탔다. 7층에 도착하자 영규가 회의실 앞에 서 있는 것이 보였다.

"어이구, 이인성 씨. 회의 시작 10분 전에 오시는구만. 그래도 지각은 면했네? 순환도로 사고 때문에 오늘도 네가 사장님의 잔소리를 피할 수 없다고 생각했는데 뭔가 아쉽다." 영규가 웃으며 손을 들고 인사했다.

"수지는 도착해 있어?" 인성이 비웃지 말라는 듯 손을 내저으며 화답했다.

"사장님한테 수지라니." 영규가 놀랍다는 듯이 말했다.

"농담하지 말고, 회의실 안에 있냐?" 인성은 넥타이를 매만지며 말했다. 회사 밖에선 영규도 수지를 사장으로 예우를 해주지 않았다. 물론 회사에서도 가끔 그녀가 사장인 것을 까먹는 것 같지만. 아무튼 그런 친구한테서 충고를 듣는다는 게 인성은 웃겼다.

"응. 수지는 이번에 고객들을 끌어 모으기 위한 아이디어가 있다면서 좋아하던데?" 영규는 눈을 찡긋하며 미소를 지었다.

"그래도 실질적으로 회의를 진행하는 건 최강희 전무님이지." 인성도 미소를 지으며 말했다.

최강희 전무는 김낙운 새국신문 사장이 회사 창설과 함께 붙여준 5명의 사람 중 한 사람이었다. 온화하고 친절하며 책임감이 강했다. 그리고 50대 여성 답지 않게 젊어 보여 자기관리가 얼마나 철저한 사람인지 보여주고 있었다. 최강희 전무의 회사 내의 별명은 '유모'였는데 수지가 실수하거나 곤란한 일이 생기면 언제든 대신해서 문제를 해결했기 때문이었다. 새국신문의 김낙운 사장은 그녀의 성격을 잘 알고 있었기 때문에 사업을 시작할 때부터 딸을 돕도록 부탁을 했었다. 그녀가 회사에 없어서는 안 되는 사람이 되자 신문사로 돌아가지 못하고 '비밀'에 남게 되었다.

"그만 들어가자." 인성이 말하면서 회의실의 문을 열었다. 직원들 모두가 먼저 도착을 해서 그들을 기다리고 있었다. 지각을 하면 인성에게 더 많이 잔소리를 할 뿐, 다른 직원들도 지각을 하게 될 경우엔 그녀의 잔소리가 쏟아졌다. 그러므로 보통 지각은 없었다. 직원들은 회사에 적어도 10분 전에는 모였다. 인성과 영규는 가장 늦게 회의실 안에 들어가게 되었다.

"이인성 팀장, 박영규 팀장 어서 앉아요. 그래도 제시간에 도착했네요(수지는 엄격한 표정으로 손목시계를 한번 쳐다보았다). 모두 모였으니 회의를 서둘러 시작하죠." 수지가 엄숙히 말했다.

"네. 김수지 사장님." 인성은 그녀를 보고 미소를 지으며 말했다.

최강희 전무가 천천히 주위를 둘러보자 소곤거리는 소리가 없어졌다. 그러자 진행해도 된다는 듯 수지를 쳐다보았다. 그것을 본 후 그녀는 고개를 끄덕이며 회의를 진행했다.

"오늘 회의의 주제는 혁신입니다. 우리는 지하철 주간 잡지 시장의 첫 진입자로 시장을 개척하여 지금의 자리를 잡았습니다. 하지만 다른 경쟁자들이 하나씩 생겨나면서 지금은 모두 저희와 같은 모델(대중교통 주변에서 무료로 배포되는 잡지)이 무려 5개나 있어요. 블루오션이 벌써 레드오션이 되어 피 터지는 전쟁을 하고 있습니다. 그러나 우리 잡지는 선두기업이기에 어느 정도의 고객 충성도를 확보해놨습니다. 다행이라고 생각하지 마세요. 우리가 미래에도 살아남기 위해선 다른 잡지와는 다른 차별화는 필수적입니다." 수지의 말에 그곳에 있던 사람 모두 동의의 의미로 고개를 끄덕였다.

"혁신의 방법에 대해 최강희 전무님과 전 고심했습니다(영규는 인성의 귀에 대고 고민은 유모가 전부 했을 것이라며 비꼬았다. 귓속말하고 있는 둘을 보자 최강희 전무가 째려봤고 둘은 안 그런 척 헛기침을 하며 다시 집중했다). 그리고 고객들이 원하는 것을 찾았죠. 그건 여가 산업입니다. 잡지엔 패션, 이슈, 연예, 스포츠와 같은 전형적인 것만 필요하지 않아요. 이제 전시회나 콘서트, 연극, 뮤지컬 등의 여가 산업에 더 많은 관심을 가질 필요가 있습니다. 우리 잡지를 읽는 고객은 출퇴근을 하는 30~40대 직장인이 대부분입니다. 이들은 데이트를 많이 하죠. 그런데 한 설문조사 결과에서 그들은 데이트에 무엇을 해야 하는지 스트레스를 받고 있다고 합니다. 그렇다면 할 일이 생깁니다. 바로 우리가 무엇을 해야 하는지 알려주는 것입니다. 전시회, 콘서트, 뮤지컬, 연극, 영화 등의 정보제공은 이들의 고민을 줄여줄 수 있어요." 수지는 회의실에 있는 사람들, 한 명씩 눈을 마주치며 말했다. 그리고 집중하고 있는지 확인을 한 후 말을 이었다.

"고객들이 여가 산업에 관심을 갖는 건 우리에게도 좋은 영향을 끼칩니다. 전시회나 콘서트 등을 주최하는 쪽과 연계하여 광고를 받는 것이죠. 그렇게 광고를 얻는다면 우리는 더욱 다양한 분야에서 수익을 얻을 수 있습니다. 또한 고객들도 데이트에 대한 신선한 정보를 받을 수 있고 우리 잡지의 매출도 상승하게 될 것입니다. 기존에도 여가 산업에 관한 잡지의 공간이 있었고, 그래서 광고를 받아 만든 기사들이 분명 존재했습니다. 하지만 그건 다른 분야보다 미미했어요. 이번의 혁신으로 잡지의 질과 양이 달라질 것입니다. 차별화를 위해서 실제 전시회를 방문하고 후기형식으로 기사를 만드는 겁니다. 그리고 장단점을 구분해서 고객들에게 알려드리는 거죠. 장점만 부각되는 것이 아니라 단점도 객관적으로 고객에게 알리는 겁니다. 이것은 고객의 니즈를 충족시킬 것이라고 저는 확신합니다. 가려운 부분을 긁어주는 것처럼 느낄 것입니다. 그래서 전 이번에 열리는 리 전시회를 주목했습니다. 그리고 그쪽에 연락을 취했습니다. 그러자 코너 우드먼이라는 관계자가 긍정적인 반응을 보였습니다. 그분은 우선 기사를 확인한 후에 우리 회사에 지원을 해주겠다고 하면서 전시회 표 2장을 보내왔습니다."

수지가 차분히 목소리를 낮췄다. 차별화라는 말을 했지만 YH29에서만 여가 산업에 관한 후기형식의 글이 없을 뿐 많은 경쟁사 잡지에서 이미 하고 있는 일이었다. 그래서 직원들은 관심이 없다는 듯 듣고 있었다. 하지만 '전시회 표 2장'이란 말을 듣자 자세를 바로 하고 앉았고 집중하기 시작했다. 3초간의 정적으로 직원들에게 더욱 집중을 하게 만든 후에 그녀가 말했다. "중요한 것은 목요일까지 기사를 쓰고 편집부에 넘기려면 지금 당장 2명이 전시회 쪽으로 가봐야 한다는 것입니다."

그러자 사장이 무슨 말을 하고 있는지 알아차린 듯이 직원들이 초롱초롱한 눈빛으로 2장의 티켓을 바라보고 있었다. 그들은 이곳을 벗어나서 리 전시회로 탈출하고 싶은 것이었다. 회의는 오전 내내 진행될 것이 뻔했고 회의 후에 야근하는 것은 회사의 전통이나 다름없었다. 하지만 사장인 수지는 직원들을 골리려고 일부러 그런 말을 꺼낸 것이 분명했다. 더 이상 진지한 얼굴로 말을 못하겠는지 웃음을 터뜨리며 말했다.

"그래서 저와 이인성 팀장이 가려고요."

직원들은 허탈한 듯 한쪽 입꼬리를 올렸다. '그럼 그렇지'라고 말하는 듯 했다. 그러나 영규는 어이가 없는 듯 입을 벌리고 굳어있었다. '왜 자신은 구해주지 않냐?'는 듯 했다.

"나머지 혁신에 관한 내용들과 부수적인 내용들, 스타 만화가와 소설가 섭외, 20~30대 추천 맛집, 패션의 완성은 자신감 등은 최강희 전무님께서 PPT형식으로 소개해 주실 겁니다. 그러면 전무님 부탁드려요. 그럼 이인성 팀장과 저는 기사를 위해 먼저 일어나보겠습니다." 수지는 기사라는 말을 특히 강조했다. 그녀는 데이트가 아닌 일을 하러 간다는 것을 표현하고 싶어 한 것이다. 아니 물론 데이트도 하지만.

"가요. 이인성 팀장." 수지가 얼른 가방을 들었다. 그리고 인성의 손을 잡고 문으로 끌었다. 그가 문을 닫을 때 영규의 애절한 눈빛을 봤다. 하지만 그는 미소를 보이며 조용히 문을 닫을 뿐이었다.

회사 밖에 나온 그들을 햇살이 따뜻하게 비춰주고 있었다.

"오늘 회의도 유모가 진행하네." 인성이 말했다.

"무슨 섭섭한 말씀을! 때때로, 아주 가끔, 아니지. 어쩌다 한 번정도? 맞아. 그 정도만 최강희 전무님이 진행을 하는 거지. 아무튼 오래간만에 우리가 데이트할 수 있잖아. 이런 좋은 기회를 놓칠 순 없지. 리 전시회 관람하고 저녁으로 스테이크와 와인 먹자." 수지도 영규의 애절한 표정을 본 듯 웃으며 말했다.

리 전시회

　하늘은 가을임을 입증이라도 하듯이 구름 한 점 없이 높았다. 나무들도 계절에 맞게 빨간색과 노란색으로 옷을 갈아입었다.

　"유모한테 미안한데." 인성이 조용히 중얼거렸다.

　"뭐? 아, 이미 최강희 전무님하고 미리 얘기했지. 우리 데이트한다고, 회의진행 좀 해달라고 말이야. 그랬더니 최강희 전무님이 젊은 사람들은 좋겠다며 흔쾌히 자신이 회의를 맡겠다고 했어." 수지가 걱정 말라는 듯 말했다.

　"날씨가 좋으니까 더 미안한 것 같아. 비라도 내리면 덜 미안할 텐데." 인성이 쏩쓸한 미소를 지으며 말했다.

　"자기는 나랑 데이트하는 것이 싫어?" 수지는 콧소리를 내며 말했다. 그리고 눈을 깜빡이며 애교를 부렸다. 그러자 인성은 그도 모르게 입꼬리가 올라갔다.

　"아냐. 아니, 그게 아니라 좋은데. 뭐랄까…. 왠지 미안하다는 거지." 인성이 크게 당황하며 말하자 수지가 웃었다.

"알아, 무슨 뜻인지. 하지만 운 좋게 전시회 티켓 2장이 들어왔잖아. 이런 기회를 놓치면 안돼. 그리고 우리는 일도 하는 거야. 전시회에 관한 기사도 써야 하잖아." 수지가 수첩에 글을 쓰는 시늉을 하며 말하자 그는 마음의 짐을 더는 것 같았다.

"그래, 맞아. 그럼 갈까?" 인성이 팔을 동그랗게 만들며 수지를 쳐다보자 그녀는 얼른 그 사이로 팔을 집어넣어 팔짱을 꼈다. 공원을 지나 딱정벌레 모양의 셔틀버스를 타고 리 전시회가 열리는 '가르강튀아 박물관'으로 향했다.

가르강튀아 박물관은 마치 미술작품처럼 아름다운 모양을 하고 있었다. 큰 건물과 작은 건물이 긴 다리로 이어져 있었는데 언뜻 보면 미끄럼틀처럼 생겼다. 건물 사이에 있는 다리 밑에는 사람의 3배 정도 되는 미술작품들이 전시되어 있었다. 청동으로 된 코끼리 가족들과 위아래로 잡아당기고 양옆으로 누른 것 같은 파란색의 농구를 하고 있는 사람 동상, 여러 개의 사각형이 모여서 만들어진 기하학적인 구조물들이 그곳에 자리를 잡았다. 인성과 수지는 박물관을 한 바퀴 돌면서 기사에 관련된 이야기를 했다. 그리고 그들은 미끄럼틀로 치면 내리는 곳에 있는 작은 건물로 향했다. 그곳에 리 전시회가 열리고 있었기 때문이었다. 인성과 수지가 입구로 다가가자 그곳을 한 무리의 사람들이 빠져 나오고 있었다.

"코너 우드먼이야!" 수지가 흥분하며 말했다.

"뭐?" 인성이 갑자기 소리친 그녀의 목소리에 놀라 물었다.

"이번 계약에 대해 우리와 진행을 하는 관계자야! 나는 저 사람과 대화 좀 해볼게. 이번 계약에 대해 어느 정도 규모의 표를 지원받을 수 있는지와 마케팅 비용에 대해 얘기를 해봐야겠어. 자기야. 먼저 들어가 있어!" 수지는 인성이 뭐라 말하기도 전에 한 무리의 사람들 속으로 사라졌다.

인성은 수지가 갑자기 가버려서 당황했지만 회사의 일이라 어쩔 수 없다고 생각했다. 어깨를 한번 으쓱하곤 먼저 전시회장으로 들어갔다.

그곳은 뭐라고 말할 수 없을 정도로 멋졌다. 리의 그림들은 입구부터 시대 순서로 전시되어 있었으며 옆에는 그림에 대한 설명을 적어놓아서 그림에 대한 이해를 높였다. 초보자들도 쉽게 접근할 수 있도록 신경을 쓴 것이 분명했다. 그리고 그림에 집중할 수 있도록 그림의 크기와 설치된 위치에 따라 조명의 위치도 제각각 달랐다. 인성이 시설에 감탄하고 있을 때 수지는 짜증 난 표정으로 팜플렛 2장을 들고 왔다. 짧은 시간에 돌아온 그녀를 보고 놀라는 인성에게 팜플렛을 건네주며 불만을 토로했다.

"코너 우드먼이라는 그 사람이 오늘은 바쁘다면서 나중에 얘기하자고 말하고 도망갔어. 도망가면서 한 말이 뭔 줄 알아? 우리가 전시회를 둘러 본 후에 실린 기사를 보고 계약을 결정하겠대. 어제와 똑같은 말을 듣고 싶은 것이 아니었는데." 수지가 실망한 듯 어깨가 쳐져서 말했다.

"그래도 오늘은 모처럼 데이트잖아. 기분 풀어. 우리가 멋진 기사를 써주면 분명 좋은 계약을 할 수 있을 거야." 인성이 기운 내라는 듯 웃으며 말했다. 그리곤 손에 들린 팜플렛을 확인했다.

알비뇽 리[1721.2.10~1800.4.16]

알비뇽 리는 프랑스의 대표적인 낭만주의 화가이자 소설가이다. 리는 프랑스의 근세소설에 새로운 패러다임을 제시한 작가로서 그 시대에 유명했지만, 오늘날에는 소설작품보다 화가로서의 그림이 더 유명하다. 그는 유럽의 낭만주의 화풍에 영향을 미쳤으며, 특히 고전적인 경향을 탈피하여 인상파의 시초를 이끈 근세의 천재 화가로 알려져있다. '파괴적'이고 개성적인 스타일은 후대 유명 화가들에게 큰 영향을 주었다.

"'파괴적'이라는데?" 인성이 팜플렛을 보면 말했다. 그러자 수지가 반론했다.

"정말? 자기 그림은 보고 말하는 거야?"

"와…. 너무 아름다워." 수지가 코너 우드먼으로 인한 스트레스가 사라진 듯 감탄했다. 인성은 화려한 색채의 그 그림을 확인한 후 그림 옆에 설명을 보았다.

'여인' 리의 초기 작품 중 하나다. 프랑스식 의상을 입은 어린 부인과 그녀를 에스코트하는 젊은 흑인 하녀가 로코코 양식으로 경쾌하게 그려져 있다. 전체적인 구성이 잘 이뤄져 있어 밝은 색상의 표현이 전혀 어색하지 않다. 검은 드레스를 입은 어린 부인이 가장 큰 비중으로 그림에 정면에 배치되어있다. 하지만 색상대비로 인해 그녀가 안고 있는 하얀 강아지와 노란 원피스를 입은 하녀가 더 강조되어 보인다.

"초기엔 아름다움에, 중반엔 리얼리티에, 마지막엔 니힐리즘에 빠져있었다'고 설명되어 있어." 인성이 말했다.

"'니힐리즘'이 뭐지?" 수지가 조용히 속삭였다.

"허무주의를 말하는 거래. 음, 팜플렛에 적혀있어." 수지가 대단한 듯 쳐다보자 인성은 별 것 아니라는 듯 덧붙였다. "처음부터 천재 소리를 듣는 뛰어난 화가였다더라. 그림이 너무나 아름다워서 귀족 부인들의 환심을 사자 주위 화가들이 질투를 했다고 하네. 그러자 리는 사진처럼 보이는 리얼리티 그림으로 자신의 실력을 보여주었대. 그 후론 다른 화가들이 질투조차 하지 못하게 만들었지. 와우! 멋진 사람이네. 하지만 자식의 죽음과 아내의 죽음이 연달아 발생하자 그는 니힐리즘에 빠지게 되었다고 적혀있네." 인성은 팜플렛을 보며 말했다. 그리고 천천히 전시회 전체를 훑어보기 시작했다. 그때 인성은 기둥 뒤쪽에 검은 그림이 눈에 띄었다. 그 그림은 인성이 가까운 과거에 본 듯한 인상을 주었다. 그리고 미래에도 볼 것 같았다. 인성이 그 그림을 주시하고 있자 수지가 말했다.

"자기야. 그건 리의 후기 작품이잖아. 우선 초기 작품부터 감상하자." 수지가 인성의 팔을 잡아당겼다. 하지만 그는 무언가에 홀린 듯이 천천히 그림으로 다가갔다. 수지는 그의 팔에 매달려 억지로 끌려갔다. 그림 아래 '거인(공포)'이란 제목으로 설명이 달려있었다.

'거인' 리의 후기 작품. 리는 전쟁으로 그의 자식과 아내를 잃었다. 이 그림은 그의 심정을 대변하고 있다. 까만 밤을 배경으로 하고 있다. 그림의 한가운데 하늘까지 닿는 크기의 거인이 서 있다. 그리고 거인의 주변엔 사방으로 도망가는 사람들이 어지럽게 그려져 있다.

거인은 죽음과 상실감을 의미하며 어두운 배경은 전쟁을 의미한다. 그리고 거인에 쫓기는 사람들이 리의 심정을 대변하고 있다. 거인이 산을 넘어가는 모습은 죽음과 상실감이 그의 한계를 넘어간 것처럼 보인다. 리는 이 그림 후에 정신착란증을 앓았다. 그리고 그의 아내와 아들처럼 리 역시, 이 작품 후에 전쟁으로 죽음을 맞이하였다. 거인은 리의 니힐리즘을 보여주는 대표적인 작품이다.

"이건 니힐리즘에 빠져있을 때 작품인가? 뭔가 으스스한 느낌이네." 수지가 말했다. 하지만 인성은 말이 없었다. 낯설지가 않았다. 그리고 머리를 세게 맞은 것 같았다. 꿈이 서서히 기억나기 시작한 것이다. 거인에 대한 꿈. 공포가 느껴졌고 어지러웠다.

인성은 어떻게 집에 왔는지 기억 나지 않았다. 그저 정신이 들었을 땐 그는 침대에 걸터앉아 있었다. 마치 필름이 한동안 끊어진 것 같았다. 그래도 마지막에 수지에게 '미안해. 몸이 아파서 먼저 갈게'라고 희미하게 중얼거렸던 것이 생각났다. 핸드폰에는 문자가 많이 와 있었다.

'지금 어디야?'

'오래간만에 데이트인데 이게 뭐야.'

'몸이 안 좋아? 집이라면 약이라도 사갈까?'

'전화도 안 받고…. 이 문자 보면 전화해. 전시회 기사는 내가 써 났어.'

그는 정신이 들자 미안한 마음에 전화를 했다. 몇 번의 통화연결음이 들리고 수지가 전화를 받았다.

"자기야 정말 미안해. 갑자기 사라져서…" 인성이 서둘러 변명했다.

"됐어. '거인'이 그렇게 무서웠어? 다 큰 남자가 무슨…. 기사는 내가 썼으니까 자긴 몸 관리나 신경 써. 집이지? 내가 약 사서 들릴게." 수지가 어이가 없다는 듯 말했다.

"집이지만 들리지 않아도 돼. 내가 무슨 그림에 겁을 먹겠어. 그림 때문이 아니야. 그리고 아프지 않아. 그래. 물론 그 그림을 보고 약간 어지러웠어. 사실, 내가 그곳에서 빠져나온 이유는…" 인성은 뜸을 들였다. "…꿈을 꿨어."

그러나 수지는 대답을 바로 하지 않았다. 침묵이 흘렀다. 인성이 무슨 얘기를 하는지 수지는 알고 있었다. 예지몽에 대해 말하는 것을.

"괜찮아. 말하지 마." 침묵을 깨고 수지가 단호하게 말을 하자 인성은 그녀가 예지몽에 대해 듣길 싫어하는 것을 알아챘다.

"미안해. 나도 믿기 힘든 꿈이었거든. 예지몽인지 아닌지 분간할 수 없을 정도로 현실과 동 떨어져 있었어. 하지만 손을 보고 내가 예지몽을 꿨다는 것을 알게 되었지. 아 물론 듣기 싫어하는 것을 알아. 그래도 갑자기 내가 왜 집에 갔는지 말하고 싶어. 아무튼 어제 예지몽을 꿨었고 다시 잠에 들었는 데 다음날은 기억이 안 났어. 그런데 리의 그림을 보고 그 꿈이 기억이 난 거야. 매우 지독한 악몽이었는데 그 그림과 흡사했어." 인성은 말을 끊지 못하도록 재빨리 말했다.

"신경 안 써. 자기가 언제 이유가 없이 행동한 적이 있나? 지금까지 한 번도 없었어. 집에 돌아간 것도 무슨 이유가 있었겠지." 수지가 담담하게 말했다. 그러자 미안한 마음에 그는 뭐라고 말할지 몰라 몇 초간 대답을 못 하고 우물쭈물하고 있었다. "그러니까 그림이 무서워서 도망간 거라고 생각하면 되는 거잖아?" 수지가 웃으며 말했다.

"그게 아니지. 그림 때문에 지독한 악몽이 떠올라서 어지러움을 느낀 거라고." 인성은 약간 언성을 높이며 말했다.

"알았어. 알았다고. 갑자기 박물관에서 도망간 것을 난 신경 안 써. 그리고 그 꿈의 내용은 궁금하지도 않으니까 내게 말하려고 하지 마." 수지가 단호하게 그의 말을 끊었다.

"음. 아무튼 너무 미안해." 인성이 목소리를 낮추며 말했다. 또다시 몇 초간의 침묵이 흘렀다. "내가 좀 전에 문자를 봤는데 자기가 리 전시회에 관한 기사를 썼다고? 내가 도움이 안 되었네." 인성은 자꾸 그녀에게 미안한 일만 있자 짜증이 났다. 내일은 그녀를 위해 작은 꽃이라도 한 송이를 사가야겠다고 생각했다.

"내가 쓰는 게 자기가 쓴 거지. 신경 쓰지 마. 물론 데이트를 놓친 건 조금 아쉽지만," 수지가 별일 아니라는 듯이 태연하게 말했다. 인성이 어떻게 이 일을 만회할지 생각을 했다. 그때 한 아이디어가 인성의 머리를 스쳤다.

"혹시 잡지에 넣을 소설작가 구했어?" 인성이 말했다.

"아니. 그것 때문에 걱정이야. 이번 주 목요일까지 소설을 편집부에 제출해야 잡지에 들어가는데 소설 작가와 원고료 때문에 협상이 안 돼서 문제야. 이번에도 소설을 잡지에서 빼야 할까 봐." 수지가 웃으며 말했지만 목소리엔 근심이 묻어 있었다.

"…그럼 내가 소설 써 볼게." 인성이 결심한 듯이 말했다. "어? 자기가?"

"응, 학교 신문부로 활동할 때 단편 소설 썼던 적이 있잖아. 이번

'YH29'에 내가 참여 못 하는 게 아쉬워서 그래. 소설에 관한 아이디어도 떠올랐고." 인성은 사뭇 진지했다.

"음. 자기가 그렇게 말한다면야…. 좋아. 그럼 한번 써봐. 유명작가를 섭외하진 못 했지만 유명작가만큼 재밌어야 실어줄 거야." 수지가 짐을 덜어놓은 듯이 기분 좋게 웃었다.

"알았어. 기사에 도움이 안 된 것을 이것으로 만회할게." 인성은 걱정하지 말라는 듯이 말했다. 미안함을 소설로 덜 수 있을 것 같았다.

"그래. 기대할게요. 그럼 늦었으니 이만 끊을게. 내일 봐." 그리고 그녀가 장난을 치며 말했다. "그림을 무서워하는 겁쟁이씨."

"오. 겁쟁이라니! 그럼 내일 봐요. 용감한 공주님." 그녀의 굿나잇키스 소리가 핸드폰 너머로 들려왔다. 그리고 전화가 끊겼다. 인성도 핸드폰을 놓으며 미소를 지었다.

인성은 거인에 대한 소설을 쓸 것이다. 이번 기회는 어쩌면 예지몽에 대해 그가 말할 수 있는 기회라고 생각되었다. 그도 믿을 수 없는 이야기를(물론 아무도 믿지 않을 것이다) 쓸 수 있었다. 마침 아직 'YH29'의 소설란에 실을 소설이 없었다고 했다. 다른 잡지에선 이미 잡지에 소설을 싣고 있었다. 그래서 소설을 읽고 싶어 하는 고객들을 끌어들이고 있다. 비밀에서도 작가영입에 힘을 쓰고 있었지만 잘 되지 않았다. 그래도 인성은 그가 쓸 수 있게 되서 잘되었다고 생각했다. 거인이 등장하는 소설을 쓰는 것. 이 믿을 수 없는 미래의 이야기를 전달할 수 있다. 기사를 못 쓴 실수에 대한 만회도 하고 그의 마음이 홀가분해질 수 있는 일석이조의 기회였다. 인성은 거인이 나타날 수도 있다는 사실을 말하고 싶지만 아무도 믿지 않을 것이다. 기사로 만들거나 뉴스로 전달하면 미치광이라고 손가락질 받고 웃음거리가 될 것이다. 인성은 아나운서가 그에게 '왜 거인이 나타날 것이라고 얘기하시나요?'라고 물었을 때 '예지몽을 꿨어요.'라고 말하는 것을 상상해봤다. 분명 코미디 프로보다 많은 웃음을 받을 것이다. 하지만 소설이면 사람들은 흥미로운 상상이라며 관심을 가질 것이다. 물론 사실이라고 생각하지 않겠지만…. 그래도 사람들에게 거인을 알리는 것만으로도 큰 성과라고 생각이 들었다. 사실 거인이 나타날 것이라는 얘기를 다른 사람에게 하지 않는다면 속병이 날 것 같았다. 물론 나타나지 않으면 다행이다. 어쩌면 이번엔 예지몽이 틀릴 수도 있다. 그가 사람들에게 거인이 나타날 것을 소설로 쓰는 것은 그의 불안함 때문이기도 하였다. 만약에 나타나지 않는다면 그 책임은 누가 진단 말인가? 인성은 책임질 만한 그릇이 되지 못했다.

'그래도 소설을 쓰는 것이 조금은, 그래. 아주 조금은 미래를 바꾸는 선택을 하게 되지 않을까?'

그는 생각했다.

인성의 주변에 있는 몇몇 사람들은 그가 예지몽을 꾼다는 것을 알고 있었다. 하지만 그런 사실을 말할 때마다 시선은 곱지 않았다. 심할 땐 욕을 듣거나 심지어는 구타를 당하기도 했다. 그의 부모님조차 정신감정을 해봐야겠다며 걱정했다. 서서히 내성적인 성격이 되어 갔고 사람들을 멀리했다. 그리고 예지몽에 대해 말하는 것은 그만 두었다. 그러나 타고난 그의 성격은 그를 다시 활달하게 만들었다. 사이클과 같은 거친 운동을 시작하고 여러 동호회에 가입한 것도 그때쯤이었다. 점점 친구들도 생겨났다. 가끔 친한 친구들에겐 예지몽을 꿨다고 알려주었지만 그들은 농담으로 알아들었고 인성을 재밌는 친구라고 생각을 했다. 인성은 처음엔 실망을 했지만 나중엔 예지몽을 농담으로 생각하는 친구들이 고마웠다. 생각해보니 예지몽을 진지하게 받아들이면 문제가 생길 수도 있기 때문이었다. 납치를 당할 수 있고 살해위협을 받을 수도 있다. 그리고 평범한 인생을 살지 못할 수 있었다. 그리고 만약에 예지몽이 틀리게 된다면 진지하게 받아들였던 사람들의 실망스러운 시선이 두려웠다(이제까지 예지몽이 틀린 적이 없었지만, 그래도). 실망을 넘어 화도 낼 수 있을 것이다. 친구도 잃을 수 있을 것이다. 이것이 그에게 가장 두려운 일이었다.

수지도 그가 예지몽을 꾼다는 것을 알고 있었다. 하지만 예지몽에 대해 이야기하는 것을 싫어했다. 그것이 사실이라고 해도 남자친구가 평범했으면 좋겠다는 것이 그녀의 뜻이었다. 그리고 미래는 개척하는 것이지 정해져 있느냐며 그것을 부정했다. 특히 예지몽에 대해 싫어하게 된 계기가 있었다. 바로 수지가 그녀의 친구들에게 인성을 소개했던 작년 여름의 일이었다. 그때 인성은 대화를 재미있게 이끌기 위하여(술이 거하게 취해서 그랬을지도 모른다) 무심코 그가 예지몽을 꾼다고 말했다. 그리고 그 내용을 알려줬다. 내일 아침에 401번 버스가 남산 로터리에서 3중 추돌사고가 발생한다고 말했다. 버스기사를 포함한 3명이 죽고 12명이 부상을 당한다는 세부적인 내용도 말했다. 물론 이러한 이야기를 하자 재밌는 반응이 나왔다. 설마라고 말하며 사람들은 웃음을 터뜨린 것이다. 인성은 예상한 반응이 아니어서 몇 초간 당황했다. 분위기는 심각해졌어야 했는데 사람들은 웃어버린 것이다. 그러자 그는 사람들이 못 믿는다는 것을 알았다. 그리고 설득할 수 없다는 것도. 그래서 사람들에게 농담이라며 같이 웃었다. 수지의 친구인 미나는 내일 학교에 가기위하여 401번 버스를 타야하지만 대신 지하철을 타야겠다고 말했다. 사고를 피할 수 있어서 인성에게 고맙다고 웃으며 말했다. 그도 반드시 그래야한다면서 웃으며 대답을 했다. 그러자 미나는 수지에게 재밌는 사람을 만난 것 같다며 축하해 줬다. 수지가 뭐가 재미있느냐고 물어보자 미나는 '우리가 만나면 항상 남자 이야기, 뒷담화, 화장품, 여행 따위를 했다면 이것은 달라. 드라마와 같이 기다려지는 재미를 주잖아'라고 말했다. 그러자 모두들 웃었다. 분위기가 화기애애해졌고 곧 다른 주제로 대화가 옮겨졌다. 그렇게 그날은 별일이 아닌 듯 넘어갔다. 하지만 문제가 발생했다. 미나는 다음날 401번 버스를 탄 것이다. 인성이 한 이야기를 농담으로 치부한 것이다. 그러나 인성의 말이 맞았다. 비로 인해 401번 버스는 미끄러졌고 뒤따르던 차 2대와 함께 사고가 났다. 미나는 사고를 당하게 되었다. 다리가 부러지고 뇌출혈로 병원에 입원해야 했다. 웃어넘긴 일이 현실로 이뤄지자 수지의 친구들은 인성을 무서워했다. 어떤 이는 헤어지라고 수지에게 진지하게 충고를 했다. 미나에게 병문안을 갔던 인성은 두려움에 찬 그녀의 표정을 아직도 잊지 못했다. 괴물을 보는듯한 섬뜩한 표정. 그는 태어나 처음 보는 그 표정에 사 왔던 과일바구니만 놓고 미안하다는 말도 못한 채 병실을 빠져나왔다.

그 후엔 처음 보는 사람들이나 이해해줄 수 없다고 생각되는 사람들에겐 예지몽에 대한 얘기는 하지 않았다. 입이 간지러우면 정말 친하고, 그를 이해하는 친구들에게만 얘기를 했다. 물론 그 사람들도 인성이 예지몽에 대해 말하면 진지하게 받아들이지 않았다. 그리고 보통은 듣기 싫어했다(특히 수지가 그랬다). 영규와 같은 친구들은 재밌는 농담거리로 생각했다. 그리고 가끔 인성이 운이 좋을 때면 주위 사람들이 '예지몽을 꿔서 미래를 본 거 아냐?'라는 식의 농담을 하며 친근하게 미소를 지었다. 하지만 이번 예지몽은 심각한 일이다. 시험 내용을 먼저 안다거나 내일 날씨를 미리 아는 것처럼 소소한 재미로 넘길 수 있는 일이 아니었다. 그래서 그는 사람들에게 알려주어야 한다는 생각이 들었다. 소설은 좋은 기회였다.

현실에서 일어난다면 세상의 존망이 걸린 중요한 문제인 것이다.

'YH29'

제 1장 거인의 등장

글 이인성

구름들이 해를 따라 지평선 끝으로 사라지자 캄캄한 어둠이 깔렸다. 사람들은 하나둘 잠에 빠져들었다. 아파트의 불빛들도 하나둘 사라졌다. 하늘의 별들은 아파트의 불빛이 없어질 때마다 더 밝아졌다. 특히 50년 만에 가장 크다는 보름달은 분화구가 육안으로 보일 정도로 밝게 빛났다. '가르강튀아'란 고전 책을 읽고 있던 수혁도 졸음을 이기지 못하고 늦은 새벽, 잠을 청했다. 그는 시간을 맞춰 자는 것이 아닌 밤이든 낮이든 졸릴 때가 되어야 자는 이상한 버릇을 즐겼다. 처음엔 불면증을 해소하기 위한 방법으로 병원에서 내린 처방이었다. 효과가 있었다. 사람은 언젠간 잠을 자게 되는 법이었다. 불면증으로 며칠을 못 자던 그가 마침내 침대에 누웠을 때 받은 그 편안한 느낌은 그를 매료시켰다. 이제 시간을 정해놓고 자면 잠을 잘 수 없었다. 반드시 몸이 피곤해져야 했다. 그래서 자는 시간이 들쭉날쭉했다. 몸에 좋지 않은 습관인데도 그는 이미 중독되어 버린 것이다. 그렇기 때문에 직장을 잡을 생각도 못 했다. 그리고 살이 점점 빠져 몸은 야위어 갔다.

수혁은 오랜만에 깊은 잠에 빠져가고 있었다. 아파트의 빛들은 이제 손가락으로 셀 수 있었다. 그가 깊게 잠이 들수록 도로 위의 자동차 소리가 점차 멀어지고 있었다. 세상이 잠을 잘 잘 수 있도록 도와주는 것만 같았다. 수혁은 미소를 지으며 점점 깊은 잠에 빠지고 있었다.

'세상은 나를 향해 돌고 있다.'

그는 꿈에서 주인공이 되어가며 그렇게 생각했다.

푸른 하늘에 드넓은 사막, 그리고 수많은 관중들. 수혁은 자동차경주대회에 참가하고 있었다. 출발선에 보이는 차들 중에 그의 차는 가장 아름다웠다. 그는 다른 레이서들의 부러워하는 시선이 느꼈다. 관중들은 그에게 환호를 보내고 있었다. 그의 어깨에 힘이 들어갔다. 당연할 수밖에 없었다. 다른 차들은 네모난 선물상자처럼 똑같이 생겼지만 그의 차만은 매끈한 곡선이 존재했다. 수혁의 차는 마치 아름다운 여성의 몸매를 표현한 듯 했다. 곧 비키니 차림의 금발미녀가 그녀의 키만큼 커다란 총을 들고 나타났다. 그러자 레이서들은 각자의 차에 올라탔다. 수혁은 지금 상황이 꿈이라는 것을 알았다. 그는 직업이 없다. 하지만 지금은 레이서다. 그것은 조금도 사실일 수 없었다. 하지만 그는 흥분되었다. 꿈인 것을 알기 때문에 모든 것을 생각대로 조정할 수 있었다. 그는 전지전능한 신이 된 것이다. 어떤 식으로 우승을 시킬 것인가에 대해 고민하기만 하면 된다. 아름다운 몸매의 미녀가 경기를 시작시키기만을 즐거운 마음으로 기다렸다. 곧 그녀는 장총을 어깨에 올려 하늘을 겨눴고, 차량 안에 레이서들을 한번 훑었다. 그 미녀는 수혁과 눈이 마주치자 윙크를 했다. 그리고

'탕!'

수혁은 총알처럼 튀어 나갔다. 그는 시작부터 엄청난 속도를 내며 선두를 달렸다. 뒤의 차들이 점으로 보일 만큼 엄청난 격차를 보였다. 보통 이렇게 격차가 날 수 없다. 하지만 그는 꿈이라면 압도적으로 이기고 싶었다. 그래서 상상력을 더한 결과였다. 수혁은 창문을 내리고 바람이 볼을 스치는 것을 즐겼다. 이 기분이 영원했으면 좋겠다고 생각했다. 그렇게 그는 자동차를 타고 달리고 있었다. 모래바람이 뒷바퀴를 통해 뿜어져 나왔다. 그것은 모래 폭풍을 만들며 뒤차들이 쫓아오는 것을 방해하고 있었다. 결승선이 눈앞에 보였다. 이제 조금만 있으면 우승의 기쁨을 누릴 수가 있을 것이다. 그런데 그때 엄청난 굉음이 들렸다.

'차량들이 사고가 났나?'

'그런데 이 익숙한 소리는 뭐지?'

이상했다. 모든 것이 무너지고 있었다. 결승선과 경쟁자들의 자동차, 그의 자동차 그리고 그 자신까지. 무엇인가 잘못되고 있었다. 현실에서 일어난 일이 꿈에 영향을 준 것이다.

수혁은 충격을 받아 스프링처럼 튕겨 일으켜졌다. 세상의 침묵을 깨는 엄청난 굉음이 아파트의 진동과 함께 들린 것이다. 짜증이 났다. 오랜만에 잠이 들었다. 그런데 그런 곤한 잠이 깨진 것이다. 그래도 상황 파악이 우선이었다. 이런 굉음은 처음 들어본 소리였다. 아니, 사실 오

래전 꿈에서 들었었다. 아무튼 그 소리에 고막이 터질 것만 같았다. 그는 욕을 했다. 그리고 무슨 일이 일어난 것인지 베란다로 나가서 밖을 봤다. 다른 사람들도 소리에 놀라 잠에서 깼는지 수혁처럼 아파트 베란다에 잠옷 바람으로 나와 있었다. 처음엔 조용했다. 그때 침묵을 깨고 누군가 외쳤다.

"무슨 일이 있나요?"

그것을 시작으로 목소리가 하나둘씩 생겨났고 어느새 웅성대기 시작했다.

"무슨 소리죠?"

"112로 전화를 했지만 경찰도 확인 중이라고만 말하네요."

"다시 자도 되는 건가요?"

"지진인가?"

많은 말이 뒤엉키자 수혁은 더 이상 무슨 말이 오고 가는지 알 수 없었다. 무슨 일이 일어난 건지 그는 우선 나가보기로 했다. 밖으로 나오자 베란다에 있던 사람들이 보이지 않았다. 그 짧은 시간에 많던 사람들이 어디로 간 건지 이상했다. 대신 요란한 비명 소리가 여기저기서 터져 나왔다. 그는 알게 되었다. 베란다에 있던 사람들은 상황파악을 마친 것이다. 그리고 몇몇은 가족들과 자동차에 오르며 서둘러 시동을 걸었다. 자전거나 오토바이도 이동하는 사람들도 보였다. 그들의 차림은 이상해보였다. 잠옷에 슬리퍼, 심지어 속옷 차림에 맨발도 심심치 않게 보였다. 시간이 빨라진 것처럼 모두들 분주히 움직였다. 울음소리와 비명 소리, 그리고 자동차의 경적 소리는 마치 심판의 날 같았다. 수혁은 영문을 알 수 없었다. 모든 사람들이 제정신이 아닌 것 같았다. 부끄러움도 모른 채 팬티만 입고 뛰어다니던 남자를 붙잡았지만 그 남자는 그를 쳐다보지도 못했다. 동공이 풀려있었으며 '가야 해. 가야 해'라는 같은 말만 반복했다. 그리고 수혁을 밀치며 앞으로 뛰어갔다. 그는 당황하다가 급히 아파트 단지를 나서려는 차를 한 대를 몸으로 막아 세웠다.

"야! 미쳤어! 빨리 비켜!" 갑자기 브레이크를 밟게 되자 짜증이 난 중년의 남성이 자신의 턱수염을 한 움큼 뽑아내며 소리쳤다.

"무슨 일이 있나요?" 수혁은 소음을 뚫고 큰 소리로 물었다.

"저길 봐! 그리고 너도 서둘러야 할 거야. 아무튼 빨리 꺼져!" 중년남성은 창문 밖으로 손을 내밀었다. 그리고 손끝으로 한곳을 가리키며 소리쳤다.

그곳엔 산을 움켜쥔 거대한 실루엣이 보였다. 그것이 산을 넘어 형체를 들어내는 순간 순식간에 세상이 혼돈에 빠졌다. 그리고 다시 한 번 굉음이 들렸다. 그 소리에 사람들은 비명을 질러댔다. 금세 도로는 자동차들로 막혀버렸다. 기다림을 참지 못하는 사람들은 도로에 자동차를 버린 후 가족의 손을 잡고 뛰기 시작했다. 아수라장이었다.

수혁은 그가 앞으로 어떻게 해야 하는지 머리가 복잡해졌다. 하지만 곧, 그곳을 탈출하는 것이 우선이라고 생각했다.

그 실루엣은 엄청난 크기의 거인이었기 때문이었다.

거인은 점점 더 가까워지고 있었다. 도시를 파괴하며 수혁이 위치한 건물로 가까이 걸어오고 있었다. 그것의 크기는 산과 비교할 수 없었고 달을 가릴 듯 했다. 수혁은 빠르게 달리기 시작했다. 그리고 핸드폰을 들었다. 달리면서 가족들에게 전화를 했다. 하지만 가족들은 전화를 받지 않았다. 아마 도로 위에 있는 사람들처럼 공황에 빠져 정신없이 도망치고 있을 것이다. 그렇게 믿고 싶었다. 그래야 조금이라도 희망을 품을 것 같았고 죄책감이 없어질 것 같았다. 이런 일이 발생할 것을 미리 말하지 못한 죄책감을 말이다. 사실 그는 오늘 일을 알고 있었다. 그의 예지몽으로 말이다.

'거인이 나타나 세상을 파괴한다.'

그는 가끔 예지몽을 꿨지만 이번의 꿈은 믿지 못했다. 당연했다. 수혁이 거인을 보고 있는 지금 상황도 믿기지 않았기 때문이다. 그래서 아무에게도 말하지 못했다. 하지만 정말로 거인이 나타났다. 거인은 이제 그의 가까이에서 건물을 부수고 사람들을 잡아먹기 시작했다. 개미핥기가 개미를 먹듯이 한 번에 엄청난 숫자의 사람들이 거인을 입속으로 빨려 들어갔다. 건물의 잔해도 거인의 입으로 빨려 들어갔다. 거인은 대수롭지 않은 듯했다. 그저 과자를 먹듯이 건물의 잔해를 씹었다. 수혁은 더 빨리 뛰려고 노력했다. 심장은 터져 나올 것 같았다. 수혁이 아무리 빠르게 달려도 거인은 멀어지지 않았다. 거인은 한 걸음에 적어도 한 블럭을 이동할 수 있었다. 그가 살 수 있는 가망성이 무너지고 있었다. 그는 앞만 보고 뛰다가 달려오는 젊은 여자와 부딪쳤다. 사과할 생각도 할 수 없었다. 그녀도 마찬가지였다. 그저 빨리 도망가는 것이 우선이었다. 하지만 수혁은 부딪치며 넘어졌고 공포로 몸을 가눌 수가 없었다. 도망가기 위해 다시 일어나려고 했지만 다리에 힘이 풀려 주저앉았다. 그래도 살기 위해선 달아나야 했다. 그래서 수혁은 손을 사용해 다리를 끌어가며 기어가기 시작했다. 팔꿈치에선 금세 피가 흘러내렸다. 그래도 상관없이 필사적으로 몸을 끌었다. 그는 기어가며 거인을 보았다. 거인은 손을 흔들며 계속해서 세상을 흡입하고 있었다. 그의 옆에서 가로등을 끌어안고 있던 여성이 가로등과 함께 거인의 입속으로 빨려 들어갔다. 그 모습을 본 수혁은 공포로 온몸에 소름이 돋았다. 팔을 다시 못 쓰게 될지라도 최선을 다해 기어야 했다. 건물 사이로 틈이 보였다. 일단 그곳으로 그는 몸을 숨겼다. 그리고 다리의 상태를 확인했다. 그가 다리를 만지자 감각이 조금씩 되돌아오고 있었다. 미소가 번졌다. 용기를 내어 천천히 일어났다. 하지만 다리는 걷는 법을 잊어버린 듯 비틀거렸다. 그 순간 천지가 흔들렸다. 그리고 큰 그림자가 그의 위에 덮혔다. 온몸이 크게 떨렸다. 그는 무엇인지 보지 않아도 알 수 있었다. 조심스럽게 얼굴을 들었다. 거인의 눈이 그를 응시하고 있었다. 미쳐버릴 것만 같았다. 살 수 있다는 생각이 들지 않았다. 심장이 몸 밖으로 나올 듯이 뛰고 있었고 그는 이미 죽은 것 같았다.

거인이 미소를 지었다.

위기였다.

인성은 소설을 써서 편집부 강수로 팀장에게 넘겼다. 강수로 팀장은 굉장히 흥미롭다며 다음 화가 궁금하다고 말했다. 그리고 그림까지 넣었으면 한다고 말했다. 인성은 조금의 망설임도 없이 그림은 리의 '거인'으로 넣어달라고 부탁했다. 금요일이 되자 편집본이 나왔고 편집부의 사람들은 그림과 글이 잘 어울린다고 호평을 하였다.

송아지

　인성은 편집부에 글을 넘기고 침대에 누워서 여유로운 시간을 보내고 있었다. 하지만 그의 머릿속에서는 거인에 대한 생각이 떠나질 않았다. 그러다 문득 예지몽을 언제부터 꿨을까가 궁금해졌다. 과연 언제부터였을까?

　인성이 기억 하기론 예지몽을 꾼다는 것을 처음 알게 된 것은 11살이었다. 그날은 여름방학을 맞아 시골에 있는 할머니 집으로 놀러간 날이었다. 인성은 그곳을 굉장히 좋아했는데 그 이유는 소 때문이었다. 인성의 부모는 알레르기로 인해 동물을 키우지 않았다. 하지만 할머니의 농장에는 동물들이 굉장히 많았다. 특히 드넓은 초원에서 자유롭게 풀을 뜯는 소들은 굉장히 매력적이었다. 소들의 모습을 보고 있으면 인성의 마음은 평온해졌다. 그래서 그는 매번 농장 중앙에 있는 나무 밑에 앉아서 하루종일 소를 구경을 했다. 누가 그를 찾기 전까지 구경을 하고 있어서 사람들을 걱정시키기도 했다. 할머니 집에 도착하자 예상대로 초원에서 소들이 자유롭게 노닐고 있었다. 인성이 구경을 하고 있는데 갑자기 작은 송아지 한 마리가 인성의 옆에 다가왔다. 그리고 신기하게 그를 따라다녔다. 인성도 그를 따르는 그 송아지가 맘에 들어 금세 친해졌다. 곧, 같이 뛰어다니며 놀았다. 인성이 뛰어가면 송아진 그를 따라 뛰어왔다. 나무 뒤에 숨으면 용케도 찾아냈다. 둘의 숨바꼭질은 점심시간이 돼서도 끝이 나지 않았다. 점심을 먹으라고 어머니가 불렀지만 그는 송아지와 같이 뛰어놀았다. 그런 모습을 할머니는 슬프게 보고만 있었다. 그러더니 할머니는 안쓰러운 듯 한마디를 했다.

"애야. 그 소에게 정주지 마라."

그는 무슨 뜻인지 알지 못했다. 그렇게 송아지와 몇 시간 동안 뛰어 놀고 나니 피곤해졌다. 그리고 해가 떨어지기도 전에 잠이 들게 되었다.

구름이 그림처럼 하늘에 그려있고, 날씨는 송아지와 뛰며 놀기에 좋은 날씨다. **나**는 신발도 꾸부려 신은 채로 어제처럼 송아지와 놀기 위해 급히 나온다. 하지만 나를 보면 다가와 반겨주던 송아지가 없다. 그런 **나**를 가족들은 슬픈 표정으로 바라보고 있다. 농장의 소들도 큰 눈망울에 눈물이 맺힌 채 슬픈 표정을 짓는다. 소들의 눈은 대추나무를 향해있다. **나**는 울기 시작한다. 울면서 송아지를 부른다. 농장 이곳저곳을 누빈다. 마루 아래도 살펴본다. 할머니한테 물어본다. 하지만 할머니는 대답 없이 **나**를 쳐다보고만 있다. 할머니 역시 슬픈 표정이다. 하지만 그 슬픔은 소들과는 다른 슬픔이다. 할머니는 **나**를 보고 있다. 그 슬픔은 나에 대한 슬픔인 것이다.

나는 **내**가 소를 찾기 위해 다른 곳은 다 찾아보았지만 대추나무만 찾아보질 않았다는 것을 안다. 왠지 이해할 수 있다. 나 역시 그곳을 보기 싫다. 하지만 더 이상 찾을 곳이 없다. **나**와 나는 주저한다. 그래도 천천히, 아주 천천히 나와 나는 대추나무로 시선을 옮긴다.

대추나무엔 철사에 목이 묶인 송아지가 혀를 내밀고 죽어 있다.

충격으로 인성은 눈을 떴다. 그의 어머니는 미소 지으며 그를 바라보고 있었다. 인성의 눈에선 눈물이 흐르고 있었고 꿈에서처럼 흐느끼고 있었다. 좀처럼 진정되지 않았다. 어머닌 그가 자면서도 울고 있자 그 모습이 신기하고 걱정됐는지 옆에서 살펴보고 있던 것이다. 그의 눈물을 닦던 손바닥은 짙은 붉은색을 띄었다. 그리고 그는 궁금함에 서둘러 밖으로 나갔다. 송아지가 살아있는지 확인하기 위해서였다. 밖으로 나가자 송아지는 걱정하지 말라는 듯 한걸음에 달려와 같이 놀자고 껑충껑충 뛰었다. 인성은 안심이 되었다. 왠지 미소가 지어지고 안도감이 들었다. 다시 들어와 잠을 청했다.

다음날 기괴한 소리가 났다. 생명이 세상과 멀어지는 소리였다. 절규였지만 그 소리는 점점 작아졌다. 인성은 그 소리가 무엇인지 알 수 있었다. 그 위치도 알 수 있었다. 그는 서둘러 대추나무로 향했다.

늦었다. 대추나무엔 철사에 목이 묶인 송아지가 혀를 내밀고 죽어 있었다.

그의 눈에서 눈물이 나오지 않았다. 대신 그는 죽음을 알고 있었으면서 막지 못했다는 죄책감이 들었다. 어지러움을 느꼈다. 그리고 기절했다.

할머니는 쇠고기를 보자기에 싸서 주셨다. 같이 놀던 송아지의 흔적이었다.

썩 좋은 예지몽의 기억은 아니었다. 슬펐다. 인성은 한동안 고기를 못 먹었던 생각이 났다. 왜 그에게 이러한 능력이 생겼는지 의아하게 생각되었다. 또 어떻게 이 능력을 써야 할지 고민이 들었다. 수지는 예지몽을 꿔도 안 꾼 것처럼 행동하라고 말을 했었다. 그래서 그녀의 생각대로 평범하게 살아야겠다고 생각했다. 인성은 이런 어려운 고민을 하는 것은 그에게 안 어울린다고 생각했다.

술자리

    월요일 저녁에 '비밀'의 사람들 모두 모여 회식자리를 가졌다. 그날 새벽에 'YH29' 완성본이 나와서 발행되었기 때문이다. 그래서 모두 함께 축하하고 일주일간 수고했음을 격려했다. 일주일간 노력한 일을 서로 자랑하고 칭찬했다. 모두들 가벼운 마음으로 그 유쾌한 분위기를 즐겼다. 특히 사장인 수지는 더욱 들떠 있었다. 이번 'YH29'에 좋은 소식이 많았다. '톱스타 A양의 결혼발표 독점 인터뷰'를 실었고 광고가 2개 더 붙었으며, 리 전시회 측과 한 달간 후원 계약도 받았다. 수지는 코너 우드먼에 대해 욕을 하면서 이번 계약이 얼마나 어려웠는지를 설명했다. 인성과 영규는 고생했다며 사장 하나는 잘 뽑은 것 같다고 그녀의 어깨를 추켜세워줬다. 수지는 부끄러워했다. 회식은 정말 즐거운 분위기로 흘러갔다. 하지만 잘 익은 사과만큼 얼굴이 붉어지는 사람들이 생겨났다. 회식을 끝낼 시간이 다가온 것이다. 그것을 알아차린 수지는 회식 종료를 알렸다. 그리고 수지는 사람들과 하나둘씩 인사를 하고 배웅했다. 그래도 그녀는 기분 좋은 월요일 저녁을 날릴 수 없었는지 영규와 인성을 데리고 2차로 자리를 옮겼다. 그렇게 셋이 되자 인성은 '거인의 꿈'에 대해 털어놓았다. 수지는 듣기 싫어했지만 인성은 술에 취해 심각한 얘기라며 말했다.

"수지야. 내가 리 전시회에서 먼저 간 건 예지몽 때문이었어. 너도 알지? 가끔 내가 예지몽을 꾼다는 거. 이번에 내가 꿈을 꿨는데 거인이 나타나는 꿈이었어. 꿈의 내용과 리의 그림이 너무 비슷해서 잠시 어지러웠고 몸이 안 좋았어. 그래서 그때 집에 먼저 간 거야." 그러자 수지는 이해한다는 듯이 고개를 끄덕였다. 그래도 더 이상 꿈 얘기는 하지 말라는 듯이 검지 손가락으로 인성의 입을 막았다.

"이미 그 얘기 했어. 물론 거인 얘기는 안했지만. 아무튼 그런 말도 안 되는 말 좀 하지 마." 수지가 나지막하게 말했다. 하지만 영규는 흥미롭다는 듯이 보았다.

"그럼 내가 대신 리 전시회를 가는 건데! 너는 기사도 못 쓰고, 그림 보고 아프기까지 했잖아. 이야, 데이트도 쫑 났겠다? 내가 갔으면 기사 쓰며 열심히 일을 했을 거야." 영규가 아쉽다는 듯이 말을 하자, 인성이 영규를 째려보았다. 하지만 영규는 인성의 표정을 이해 못 하고 계속 말을 이었다. "너희들이 리 전시회에 간 그날 난 어떠했는지 알아? 유모가 1시간 20분 동안이나 PPT를 했어. 쉬는 시간도 없이 말이야. 이게 무슨 영화를 보는 것처럼 재밌는 것도 아니고. 아무튼 꿈에서 거인이 나타난 거야?"

"응. 내가 이번에 'YH29'에 실은 소설과 내용이 비슷해. 세상은 멸망한 듯 보였고 거인이 있었어. 물론 이번 꿈은 현실과 너무 동떨어져 있어서 믿기 힘들어. 하지만 정말 거인이 나타날 수도 있다는 생각이 들어." 인성이가 정색하며 말하자 수지는 말도 안 되는 소리는 그만 하라는 듯 어깨를 툭툭 쳤다.

"그래서 네가 소설로 예언을 했다는 것이네. 거인이 나타난다고 말이야. 재밌어. 그것이 맞든 아니든 조금은 경고를 해준 셈인가? 아니다. 경고는 무슨. 사람들은 아무도 너의 예지몽을 꾸는 능력을 모르니까 그냥 웃겠지. 만약 사람들이 너의 능력을 안다고 해도 믿을 사람이 있을까? 네가 쓴 소설을 보며 재밌다고만 하겠지." 영규가 미소를 지으며 그의 생각을 말했다. 그의 미소는 한쪽 입꼬리만 올라가 있었다. 비웃는 것이 분명했다.

"그렇겠지. 너도 이렇게 비웃고 있는데 말이야. 하물며 나도 못 믿겠어." 인성은 씁쓸하게 한숨 쉬며 말했다.

"맞아. 못 믿지. 너무 허무맹랑하잖아? 우리가 대학생일 때 넌 가끔 예지몽에 대해 말했었어. 언제나 너의 예언이 정말로 맞아서 우릴 놀래켜 주곤 했었는 데 말이야. 그래도 우린 믿지 않았지. 이번에는 믿어봐야 하는 거 아냐? 거인이 나타나니까 도망칠 준비를 해야 되나?" 영규가 웃으며 말했다.

"그만해. 오늘은 좋은 날이잖아. 악몽을 꿨다는 불길한 소리를 하고 있냐." 수지가 술에 취해 혀 짧은 소리를 내었다.

"악몽이 아냐. 예지몽이야." 인성이 반박했다.

"일어났을 때 손이 붉은 색으로 변해있었어?" 영규가 눈을 반짝이며 물었다.

"아마 붉은 색이었어." 인성이 심각한 표정으로 손을 보며 말했다.

"아마라니? 아마 아닐걸? 그러니까 그 헛소리 이제 그만해. 오늘같

이 좋은 날에 자긴 내가 싫어하는 그런 이상한 얘기만 할래?" 수지가
더는 못 듣겠다며 신경질을 냈다. 그러자 잠시 침묵이 흘렀다.

"신경 쓰지 마. 오랜만에 네 꿈 얘기 들으니까 재미는 있다." 영규도
웃으며 작게 말했다.

이런 반응을 예상했지만 술 기운에 이야기를 하고 말았다. 그 자신
도 못 믿을 얘기를 왜 했을까. 후회가 되었다. 그래도 말을 해서 시원
했다. 뭔가 두렵고 찝찝한 마음을 푼 것 같았다. 그것을 두 번 느꼈
는데 첫 번째는 소설을 썼을 때였고 두 번째는 지금 친구들에게 말
을 했을 때였다. 만약 거인이 나타나게 된다면 말도 안 되는 죄책감
이 줄어드리라. 그렇게 생각했다.

그날 밤은 구름 한 점 없었다.

거인

인성의 예지몽에 대한 얘기 이후 분위기가 급속히 다운되었다. 하지만 영규가 수지에게 리 전시회에 관한 기사가 너무 좋다고 칭찬을 하자 금세 좋아졌다. 인성은 영규에게 고마움을 느끼며 맞장구를 쳤다. 어느 정도 분위기가 고조되었을 때 수지는 이번 'YH29'는 재발행을 할 정도로 인기가 좋다며 흥분해있었었다. 분명 기분이 좋아 수지가 소주 1병을 더 시킨 것까지는 기억을 하는데 그 이후에는 기억이 없었다. 물론 어떻게 집에 왔는지도 인성은 알 수 없었다.

인성은 술에 취해 넥타이만 풀어 놓고 그대로 침대에 쓰러져서 잠이 들었다. 말끔한 슈트 차림에 머리에 왁스를 발라 고정시켜 놓은 상태였다.

파란 하늘에 **나**는 밑으로 떨어지고 있다. **나**는 무서워서 소리만 지르고 있는데 영규가 손을 새의 날개처럼 흔들면 날 수 있다고 말을 한다. 한번 손을 흔들어 보니 **내**가 날고 있다. 나는 것은 환상적이다. 땅의 나무들은 브로콜리같이 보였으며 인간들은 개미처럼 작아 보인다. 앞이나 뒤가 아닌 위아래로 움직일 수 있다는 것은 너무나 자유롭다. 어느새 수지도 같이 날고 있다. 셋은 웃으며 신나게 난다. 그때 갑자기 하늘이 어두워지고 구름이 사라진다. 영규는 도망치라고 말하며 달아나기 시작한다. **나**는 영규가 도망치던 이유를 알기 위해 뒤를 바라본다. 거인의 얼굴이 **나**를 가까이서 보고 있다. 거인과 **나**는 눈이 마주친다.

"와아아악!"

세상이 찢어지는 굉음이 났다. 이미 들어본 익숙한 소리였다. 인성은 꿈꾸는 것을 멈추고 서둘러 일어났다. '혹시'라는 생각과 함께 창문으로 다가가 밖을 쳐다보았다. 거리는 아수라장으로 변해있었다. 사람들은 여기저기 뛰어다녔으며 차들은 사고가 난 듯 불길에 휩싸여있었다. 그리고 산 뒤편에 커다란 그림자가 보였다. 그것이 무엇인지 인성은 알았다. 생각대로 엄청난 크기였다. 그는 다급해졌다. 그리고 수지가 걱정이 되었다. 핸드폰을 찾았지만 어디에 있는지 알 수가 없었다.

'젠장. 술을 적당히 먹었어야 했어.'

거인은 이제 윤곽을 알 수 있을 정도로 가까워졌다. 핸드폰은 문제가 아니었다. 목숨이 위태로웠다.

'뭘 챙겨야 하지?'

'수지는 안전할까?'

'다른 곳에서도 거인이 존재한다면 어떻게 하지?'

이런저런 생각에 맘이 편치 않았다.

'이제 세상은 어떻게 되는 거지?'

아스갈

영규는 자전거를 타고 거인으로부터 무작정 도망을 쳤다. 자전거를 타봤자 기어도 없는 자전거로는 거인보다 훨씬 느렸다. 물론 기어가 있다고 해도 달라지지 않았을 것이다. 하지만 그는 정말 운 좋게 그곳을 탈출할 수 있었다. 세상은 거인의 피해로 몸살을 앓았다. 그도 매한가지였다. 곧 그의 옷은 누더기가 되었고 좋아하던 구두는 밑창이 뜯겨 버렸다. 그는 본의 아니게 떠돌이 생활을 시작하게 되었다. 거인이 침략하지 않은 도시를 찾아 방랑을 했다. 영규는 인성이 했던 말이 생각났다. 거인이 나타난다는 예지몽.

'그때 인성의 말에 조금 더 귀를 기울였어야 했는데…'

그가 그것을 믿는다고 세상이 바뀌진 않았을 것이다. 하지만 세상이 그것을 믿어준다면 분명 대책이 있었을 것이라고 생각했다. 물론 세상도 믿을 리 없었을 것이다. 그렇다면 그 자신만이라도 처음에 인성의 말을 믿었다면 좋았을 것이라고 생각했다. 아마 그는 사람들에게 미친놈이란 소리를 들어도 거인이 나타난다는 것을 계속해서 말했을 것이다. 그리고 그는 생각했다.

'내가 말하고 다닌다면 몇몇은 심각하게 고려해 주지 않을까? 그러다 보면 그 인원이 조금씩 늘어나고 세상이 지금과는 달랐지 않을까? 믿는 사람이 조금이라도 있다면 말이야. 조금은 지금과 달라졌을 거야.'

왠지 영규는 인성에게 미안했다. 허기가 심해질수록 그 생각은 더욱더 강해졌다. 뱃가죽은 점점 등에 다가가고 있었다. 파괴된 도시에서 쓰레기를 뒤져가던 그는 차츰 지쳐갔다. 불행하게도 그가 들리는 도시마다 이미 약탈자들의 손을 거친 곳이었다. 아무것도 안 남은 도시는 그의 마음마저 공허하게 만들었다.

바람 빠진 자전거를 끌고 밤낮을 끊임없이 헤맨 끝에 그는 운 좋게 멀쩡한 도시를 발견하게 되었다. 건물은 거인이 나타난 흔적은커녕 폭동의 흔적도 없는 완벽한 모습을 하고 있었다. 영규는 들떠 있었다. 드디어 배를 채울 수 있다고 생각을 했다. 하지만 곧 모든 것이 허무해졌다. 그 도시엔 물건이며 사람조차 존재하지 않았다. 모두 챙겨서 달아난 것이다. 신이 그를 속인 것 같았다.

'무슨 블랙코미디인가? 포장은 번듯한 상자인데 내용물이 없다고?'

영규는 짜증이 밀려왔다. 한쪽 입꼬리가 올라가며 헛웃음만 나왔다. 드디어 죽을 때라고 생각했다. 그는 겉만 멀쩡한 아무것도 없는 도시를 배회했다. 그러다 도시의 중앙에 위치한 눈에 띄게 큰 교회를 발견하고 그곳으로 자석에 끌린 듯 천천히 들어갔다. 죽기 전에 그의 신세를 신 앞에서 한탄하고 싶었던 것이다. 그는 큰 소리로 신을 욕하기 시작했다. 자신처럼 '지구를 사랑하고, 지구를 지키고, 지구를 구하기' 위해 착한 행동만 해온 사람을 이렇게 죽게 내버려 두

겠냐는 것이다. 분명 그는 다른 누구보다 깨끗이 살아온 것 같았다. 물론 인간관계가 그렇게 좋은 편은 아니었다. 친하다고 해봐야 인성과 수지밖에 존재하지 않았다. 하지만 환경주의자로는 지구에게 도움이 되는 인간 편에 속한 것 같았다. 무조건 미래의 지구에 도움이 되는 일을 한다고 생각했다. 그런데 그가 가는 곳마다 먹을 것이 없고 심지어 입을 옷, 마실 물조차 없다니 신이 존재하는 것이 맞느냐며 고래고래 소리쳤다.

그런 그를 몰래 지켜보던 사람이 있었다. 바로 고기찬 목사였다. 갑자기 낯선 사람이 교회에 나타나자 놀라서 숨었는데 그 사람의 행동이 흥미로워서 계속 지켜보고 있었다. 무섭기도 했지만 신을 향해 욕하고 있는 그가 재밌게 여겨졌다. 시간이 지나 그는 신에 대한 분노를 말하는 것에서 스스로에 대한 한탄을 하는 것으로 주제가 바뀌기 시작했다. 그때 고기찬 목사는 흥미로운 내용을 듣게 되었다. 그가 거인이 나타나는 것을 미리 알고 있었다는 것이다. 영규를 쳐다보던 목사는 이젠 진지해졌다. 뭔가 사업수단이 떠올랐다. 이것으로 도망간 사람들이 다시 교회로 모여들 수 있는 아이디어가 생긴 것 같았다. 사실 고기찬 목사는 거인이 나타나기 전에 엄청 잘나가는 목사였다. 전 세계에서 손꼽히는 부자였고 사람들의 존경도 한몸에 받았다. 그의 말 한마디면 신도들은 팥으로 메주를 쑨다고 해도 믿을 정도였다. 하지만 거인이 나타나자 신도들은 불안에 떨었다. 어느새 신도들은 변해 있었다. 그의 믿음 넘치던 신도들이 아니었다. 그는 매일 거인으로부터 신이 지켜주신다고 설교를 했지만 곧 신도는 한 명도 남지 않았다. 거인에게 피해 받지 않은 멀쩡한 도시임에도 사람들은 불안감에 다른 곳으로 도망쳤다. 바로 세상에서 제일 안전하다고 생각되는 '세계'로 향한 것이다. 살기 위해 몸부림을 치는 사람들은 종교 앞에서도 예외가 없었다. 고기찬 목사도 신도들이 아무도 남지 않자 '세계'로 갈 생각이었다. 하지만 많은 재산을 트럭에 실어야 했기 때문에 '세계'로 갈 시간이 늦어지고 있었다. 그가 우연히 들은 영규의 말은 뜻밖에 수확이었다. 그의 눈은 번뜩였다.

"저기 학생? 아니 청년? 몰래 엿들어서 미안하네." 고기찬 목사가 말했다.

"누구시죠?" 영규는 아무도 없는 줄 알았다. 그런데 사람이 나타나자 놀라면서 말했다.

"아, 난 이 교회의 목사인 고기찬이라네. 듣다보니 아무것도 못 먹은 것 같은데, 내가 먹을 것을 많이 가지고 있다네. 같이 먹겠나?" 고기찬 목사가 사람 좋게 미소를 지으며 말했다. 영규는 왠지 치유되는 느낌이 들었다. 그리고 신이 사람을 보낸 것이라고 생각이 들었다.

"혹시 물이 있나요? 있다면 우선 물이 있으면 주실래요?" 영규가 다급하게 말했다. "아, 저는 박영규입니다." 영규가 이름도 말하지 않은 채 물부터 찾는 자신이 부끄러워 급하게 말을 붙였다.

"물을 달라고? 물론이지. 그리고 배가 터질 정도로 먹을 것도 주겠네. 그런데 영규 형제. 아까 말했던 친구에 대해서 무척 궁금하구만. 조금 더 자세히 얘기해 주겠나?" 고기찬 목사가 정말 너무나 궁금하다는 듯 영규에게 얼굴을 들이밀었다. 영규도 당장 대답을 해야 할 것만 같았다. 하지만 영규는 목이 타고 배가 고팠다.

"우선 물을 주신다면 모든 것을 얘기해 드릴게요." 영규가 고개를 돌리며 말했다.

"아…. 정말 미안하네. 우선 여기 물이네." 고기찬 목사는 피아노 의자 뚜껑을 열고 안에 들어있는 물병을 꺼내 건넸다.

"으아. 드디어 조금은 살 것 같네요. 그래도 배가 등에 붙어있어서 친구 이야긴 먹으면서 말해야 할 것 같아요." 영규가 물을 마신 후 입을 닦으며 욕심을 부렸다.

"아, 그래야지. 교회 옆에 우리 집이 있어. 따라오게나. 그 예언자 친구 얘기가 너무나 듣고 싶어." 고기찬 목사가 서둘러 오라고 손짓 하며 앞장섰다. 영규도 재빨리 따라갔다. 주린 배를 채울 기회가 생 긴 것이다. 신이 응답한 것 같았다. 목사의 집은 교회만큼이나 컸으 며 그의 집에선 10찬이 넘는 진수성찬으로 영규를 대접했다. 영규는 목사이기 때문에 인성이 좋아 죽어가는 자신을 살려줬다고 생각했 다. 그래도 고마웠다. 하지만 왜 목사가 인성의 이야기를 궁금해 하 는지 의아했다. 그렇게 생각하니 불안해졌다. 그는 이런 시기에 먹을 것을 양보하는 경우를 보지 못했다. 음식 때문에 싸우는 것은 봤어 도 말이다. 아무튼 그가 배불리 먹고 나자 고기찬 목사는 잘 먹었는 지 물었고(영규는 고맙다고 감사인사를 했다) 그 후에 곧바로 인성에 대해 묻 기 시작했다. 영규는 불안해도 받은 게 있으니 알고 있는 내용을 고 기찬 목사에게 말을 해줬다. 예지몽을 꾸는 친구인 인성, 인성이 회 식 때 말했던 꿈 얘기 그리고 인성이 'YH29'에 쓴 소설에 대해 말했 다. 덧붙여 그 잡지에 쓴 소설은 지금의 상황과 똑같다고 말했다. 그 러자 고기찬 목사는 이해했다며 고개를 끄덕였다. 그리고 머리를 굴 려 새로운 사업을 구상했다. 고기찬 목사는 생각을 마친 후에 영규에게 자신과 같이 '세계'로 가자고 말했다. 영규는 '세계'에 대해서 물었다. 고기찬 목사는 '세계'는 국가들의 연합체라고 말했다. 그리고 지금은 지하에 존재한다고 말했다. 없는 것이 없는 곳으로 지상의 세상을 지하로 옮겨놓았다고 생각하면 쉽다고 말을 이었다. 그리고 그는 '세계'에 교회를 만들 생각인데 영규에게 조금 도와달라고 했다. 영규는 도움을 받았으니 갚아야 한다며 흔쾌히 따라 간다고 했다. 물론할 것도 없기도 했고 말이다. 그러자 고기찬 목사가 잊었다는 듯 말했다.

"아참, 교회를 만든다고 했는데 기존의 종교와 약간은 다를 수도 있어. 오히려 더 멋지지. 그러기 위해선 영규 형제의 친구도 있어야 해. 영규 형제도 그 인성이란 친구를 잘 알고 있으니까 도움이 될 거야. 오! 걱정되나 보군(영규가 불안한 표정을 짓자 고기찬 목사가 별것 아니라는 듯 서둘러 말을 이었다). 내가 약속하지. 그렇게 해도 아무런 해가 없을 것이라고, 오히려 도움이 될 것이라고 말이야. 아무튼 새로운 종교를 만들 생각인데 도와주겠나?" 고기찬 목사가 애절한 목소리로 권유를 했다.

영규는 무엇인가 홀렸었다는 생각이 들었다. 그는 객관적으로 사람을 보는 시각이 뛰어났으며 분석적이었다. 하지만 그가 고기찬 목사를 처음 봤을 때 믿음이 간다고 생각했다. 그의 첫인상이 거짓이 없는 사람의 대표적 모습이라고 생각된 것이다. 믿음이 가게 생긴 사람. 그 인상이 이렇게 강력한 사람은 처음이었다. 지금도 그랬다. 이 사람이 하는 말은 전부 믿고 싶었다. 그러나 배도 부르고 머리가 다시 돌아가기 시작하니 그는 다시 고기찬 목사에 대한 새로운 정의를 내리기 시작했다. 우선 목사는 대단한 능력을 지닌 사람으로 판단되었다. 믿음이 가는 인상을 주며 말을 정말 잘하는 사람이었다. 정말 타고난 목사라고 생각이 되었다. 그리고 결론을 내렸다. 그는 목사와 함께하면 무엇인가 할 수 있을 것 같았다. 영규는 신을 믿지 않았지만 그를 처음 봤을 때 신이 존재할 수도 있다는 생각을 하게 만들었으니 말이다. 하지만 고기찬 목사는 그에게 숨기는 것이 있으면서 명예욕을 가지고 있다고 생각했다. 친해지되 깊어지면 안 된다고 그는 생각했다.

"음. 좋아요. 왠지 재밌을 것 같아요. 그게 환경을 파괴하지 않는다면 조금 더 기쁠 것 같군요." 영규가 말했다.

"영규 형제는 정말 큰 도움이 될 거야. 원하는 것이 있다면 다 들어주겠네." 고기찬 목사가 달콤하게 말했다.

곧 그들은 짐을 꾸렸다. 그리고 '세계'로 출발했다. 며칠 후에 그들은 '세계'에 도착을 했다. '세계'는 정말 넓은 지하공간이었다. '세계'는 거인이 나타나기 전부터 만들어졌었다고 고기찬 목사는 말했다. 전쟁이나 운석, 전염병 등 위급상황을 대비해 만들어진 공간이었다. 물론 '세계'는 거인이 나타날지는 몰랐었다. 그래도 '세계'는 놀라웠다. 영규는 감탄을 하며 주위를 둘러봤다. 하늘을 보자 인공태양이 보였다. 그리고 '세계'의 모퉁이 쪽으로 시선을 돌리자 몇몇 사람들이 지하공간을 넓히기 위한 공사를 하고 있었다. 우측엔 눈에 띄는 엄청난 크기의 폭포가 보였다. 영규가 궁금한 표정을 보자 고기찬 목사는 자세히는 모르지만 저것으로 전기를 만든다고 말했다. '세계'는 굉장한 폭포와 구획이 잘 정비된 지하에 존재하는 하나의 큰 나라였다.

"아. 오면서 생각해봤어. 우리들이 만들 새로운 종교의 이름 말이야." 고기찬 목사가 '세계'를 쭉 둘러보며 말했다.

"뭔가요?" 영규가 물었다.

"아스갈이야." 고기찬 목사가 말했다.

그 드넓은 지하공간에서 새로운 종교가 만들어졌다. 바로 '아스갈'이다. 고기찬 목사의 능력은 영규의 생각보다 더 대단했다. 고기찬 목사와 영규의 종교는 기존의 종교들을 순식간에 제압했다. 그리고 지하 '세계'의 최고의 종교가 되었다. 곧 아스갈은 세계 위에 군림하는 종교가 되었다.

탈출

　인성은 다급하게 건물을 빠져나왔다. 자고 일어나 머리가 눌리고 정장을 입은 상태 그대로였다. 거인은 빠른 속도로 도시를 파괴하고 인간을 먹으며 다가오고 있었다. 그는 서둘러 바이크를 찾았다. 하지만 회사에 두고 찾지 않았다는 걸 알게 되었다. 전에 회사에 늦지 않기 위해 타고 갔다가 안 가져온 것이다. 자동차도 회식장소에 두고 왔다. 어쩔 수 없이 그는 무작정 뛰었다. 하지만 거인은 그가 열심히 뛰어도 멀어지지 않았다. 거인이 조금만 움직여도 따라잡힐 수 있었다. 아니 그가 있다는 걸 알기만 해도 거인은 그 자리에서 그를 먹을 수도 있었다. 그래도 다른 방법이 없었다. 무작정 뛰었다. 숨이 막혀 등산과 사이클로 다져온 지구력이 바닥이 나기 시작할 때 빨간색 바이크가 그의 앞에 멈춰 섰다. 인성은 안도를 했다. 그 바이크가 누구의 것인지 알고 있었던 것이다. 바이크를 몰고 있는 사람은 다름 아닌 수지였다.

　"한참 찾았어. 빨리 타. 거인이 가까워지고 있어." 수지가 다급한 듯 말했다.

"수지야, 너 술 먹었잖아? 운전 안전한 거야? 그리고 내가 여기에 있다는 걸 어떻게 알았어?" 인성이 숨이 차서 헉헉대며 불안하게 말했다.

"말했잖아. 한참을 찾았다고. 집에 갔더니 없더라. 생각해보니 자기가 바이크는 회사에 두고 차는 술 먹어서 놓고 왔잖아. 그래서 아마 이 근처를 뛰어다닌다고 생각했지. 아무튼 지금 내가 술 먹고 운전하는 게 중요해? 빨리 타기나 해." 수지가 짜증 난 듯 큰 소리로 외쳤다. 몇몇 사람이 수지가 타고 있는 오토바이를 보자 빼앗기 위해서 달려오고 있던 것이다. 인성은 놀라 그녀의 뒤로 재빨리 올라탔다. 그리고 빠른 속도로 사람들을 지나쳐 내달렸다.

"어디로 갈 거야?" 인성이 바람 때문에 인상을 찌푸리며 말했다.

"모르겠어. 저것으로부터 도망치는 게 우선이야." 수지가 참참한 마음으로 말했다.

"너희 부모님은 어떻게 되셨어?" 인성이 물었다.

"나도 몰라…. 나에게 바이크 키를 주시면서 빨리 도망치라고 하셨어. 지금같이 혼란한 상태에선 오토바이가 차보다 낫다면서 말이야." 수지가 울먹였다.

"혹시 핸드폰 있어?" 인성이 물었다.

"아니. 자긴?"

"나도 없어. 일어나보니까 없더라. 내 생각엔 술집에 놓고 왔나 봐." 몇 초간의 정적이 흘렀다.

"이제…. 세상은 어떻게 될까?" 인성이 허무한 듯 말했다.

"모…르겠어." 수지가 눈물을 닦았다.

그 후 수지는 거인과 반대쪽으로 아무 말을 하지 않고 바이크를 몰았다.

그저 목표도 없이.

거인에 대한 이론

거인이 어떻게 존재하는지에 대한 이론

첫 번째 이론 : 고대에는 동물이나 곤충의 크기는 상상 이상이었다. 악어나 잠자리 등 많은 생물들은 지금과 모습은 비슷하지만 크기는 현재의 10배가 넘었다. 하지만 생존을 위해 적응을 해야 했다. 그렇게 진화를 거치자 크기는 줄어들었고 큰 개체는 멸종하게 되었다. 그처럼 인간도 현재보다 큰 고대 인간이 존재했다. 현재 인류와 모양은 같지만 고대 인간(거인)은 크기가 200m가 넘는 지금과 같은 세상의 지배자였다. 하지만 운석충돌과 빙하기처럼 힘든 시간을 겪었다. 고대 인간은 살아남기 힘들어졌다. 그래도 그들은 끈질겼다. 살기 위해서 지하로 된 굴을 만들어 위험을 피해왔다. 세월이 지나는 동안 거인의 눈은 지하생활에 맞게 어둠에 적응해갔다. 배가 고플 때면 밖으로 나와서 고래나 야생동물을 잡아먹었다. 가끔 인간도 잡아먹었다. 하지만 보통, 그들에게 인간이 잡아먹히면 실종으로 처리되었다. 산사태나 야생동물의 습격으로 인하여 죽었을 것이

라고 생각되었다. 실종된 사람들이 거인에게 잡아먹혔다는 것은 생각조차 못 한 것이다.

고대 인간은 때를 기다렸다. 현대 인간을 없앨 수 있는 힘이 존재했지만 그 자리를 양보해 왔다. 하지만 무엇 때문인지 그럴 필요가 없다고 느껴졌다. 다시 세상의 지배자가 되어야 한다고 생각했다. 거인들은 현대 인간을 없애도 되는 시간을 기다린 것이다. 인간들이 자신들보다 세상을 지배하는 것이 형편이 없어지는 시간을. 시간은 흘렀다. 그리고 시간이 되었다. 고대 인간은 현대 인간을 사냥하기 시작했다.

두 번째 이론 : 신이 보기엔 세상은 너무나 더러웠다. 환경파괴, 기아, 기근, 성병, 폭력, 자살 등으로 더 이상 신이 원하는 모습이 아니었다. 신은 세상을 다스리라고 인간을 만들었는데 인간은 오히려 세상을 파괴하고 있었다. 세상에 인간은 악이었다. 그래서 신은 결단을 했다. 신은 예전에도 그랬듯이 세상을 청소해야겠다고 마음을 먹은 것이다. 그리고 세상을 심판하기 위해 새로운 인류를 만들어 지구에 등장시켰다. 새로운 세상을 만들기 위해 현 인류를 청소하기 시작했다. 하지만 살 수 있는 기회를 주었다. 미래에 관한 꿈을 꿀 수 있는 메시아를 땅에 내려 준 것이다. 미래를 예측할 수 있다면 미래를 바꿀 수 있다. 신은 세상의 미래를 바꿀 수 있는 기회를 주었다.

세 번째 이론 : 외계인이 분명하다. 너무나 뜻밖의 등장이고 과학

의 힘으로 밝히기엔 지구 상에 거인은 있을 수 없다. 미지의 세계에서 온 것이다. 그리고 외계인은 현 인류를 공격하기 시작했다. 아니면 돌연변이? 핵폐기물에서 나온 괴물?

거인에 관한 많은 이론들 중에 두 번째 이론은 '아스갈'이라는 종교에서 주장하는 이론이었다. 아스갈은 혼란 속에서 급속히 전파되었다. 세계는 아스갈에 귀를 기울였다. 환경파괴나 육식은 그 종교의 금기였다. 자연으로 돌아가자는 것이 아스갈의 모토였다. 아스갈은 세계에서 가장 영향력 있는 종교가 되어갔다. 아스갈은 거인이 세상을 청소하는 동안 신을 믿으면 안전할 수 있다고 강조하였다.

아스갈에선 이미 메시아를 보내줬다고 했다. 놀라운 예지능력을 가진 분이라고 했다. 그분께선 사람들에게 거인이 나타날 것이라고 미리 경고했다며 신이 내려주신 분이라고 받들었다. 하지만 그분은 그 거인이 나타날 것이라는 예언을 마지막으로 남기고 사라졌다고 한다.

강태식 박사

거인이 나타났다. 곧 국가체계가 붕괴되었다. 국가는 존재하지 않고 한 개의 '세계'만 존재했다. 세계란 모든 국가를 합친 존재였다. 처음엔 국가의 기득권층들은 많은 사람들이 죽어가도 대책을 만들기는커녕 그들의 이익을 챙기기만 급급했다. 하지만 곧 많은 국가원수들은 잘못을 깨닫고 단일의 국가인 '세계'를 만들었다. '세계'를 만든 것은 거인들이 세상의 인간의 반을 죽인 후였다. '세계'에선 거인의 숫자는 약 1000명이라고 추산했다. 그리고 '세계'에선 거인과 맞서 싸웠다. 하지만 고작 거인 숫자의 11.2%인 112명만 죽였고 인류는 거인에 의해 또 다시 반 이상 목숨을 잃었다. 핵도 동원해 봤지만 현 인류의 피해가 더 컸다. 적도 죽이고 아군도 죽이는 무식한 방법이었다. 총은 거인에게 촉감조차 못 느끼는 무기였다. 미사일 또한 거인의 두꺼운 피부 가죽을 뚫고 지나갈 수 없었다. 쉽게 끝날 것 같은 전투는 길어지고 있었다. 곧 충격적인 사실이 밝혀졌다. 거인의 숫자가 점점 늘어나고 있다는 것이었다. 다른 대책이 필요했다. 그러자

'세계'는 바이러스 연구가 강태식에게 도움을 요청했다. 거인을 없앨 수 있는 바이러스를 만들어달라는 것이었다. 하지만 강태식은 아스갈의 신도였다. 아스갈은 채식을 권유하고 환경보호를 모토로 하는데, 이것은 강태식 신념과 같았다. 아스갈은 다른 종교와 달리 생명존중을 말로만 하는 것이 아닌, 실천을 중요시 하고 있는 종교였다. 곧 태식은 아스갈을 믿었으며 아스갈을 섬기게 되었다. 그의 아내와 딸도 그런 강태식을 이해하고 같이 아스갈을 섬겼다. 아스갈은 독특한 종교였다. 아스갈은 하나의 유일신을 믿었으며, 신은 거인이 나타나기 전에 메시아를 내려줬다고 했다. 기독교와 비슷하게 보이지만 그들이 보는 성서는 메시아가 쓴 일기와 소설을 기반으로 만들어졌다. 메시아가 쓴 글들이 발견될수록 성서는 확대되었다. 문제점은 아스갈이 자연을 파괴하는 것도 금기시 했지만 거인을 공격하는 것도 금기였다. 신의 심판을 역행하는 행위로 본 것이다. 아스갈의 고기찬 목사의 말에 따르면 거인이 세상을 정화한 후에 인간은 지상으로 올라갈 수 있다고 했다. 그러면 태식이 원하던 세상이 될 수 있을 것 같았다. 하지만 '세계'에선 거인을 죽일 수 있는 치명적인 바이러스를 만들도록 설득을 했다. 말이 설득이지 태식을 가족과 떨어뜨려 놓고 가족은 바이러스를 만든 후에 만날 수 있다고 협박했다.

태식은 아내와 딸과 떨어지게 되었다. 그리고 그도 눈이 가려진 채 알 수 없는 곳에 도착했다. 그곳에서 태식에게 50명의 연구원과 20명의 감시원을 붙였다. 어쩔 수 없이 태식은 바이러스를 만들기 시작했다. 아니 사실은, 가족들이 걱정되어 'anti-YH29'라는 바이러스 연구에 도움을 주는 척을 하고 있었다. 하지만 종교적인 신념으로는 만들면 안 되었다. 강태식 박사는 자신이 어떻게 해야할지 알 수 없었다. 이 세상은 미쳐가고 있었다.

안전한 장소

인성과 수지는 안전한 곳을 찾아 이리저리 돌아다니느라 많은 시간이 지나갔다. 가끔 무리 지어 돌아다니는 들개들에게 습격을 받기도 했으며, 도적떼에게 가방을 도둑맞기도 했다. 바이크는 더 이상 작동이 되지 않았다. 주유소를 찾아 돌아다녔지만 기름을 찾지 못했다. 그래서 바이크를 버렸다. 무작정 걷기 시작했다. 그러면서 많은 도시를 지나쳤다. 어떤 도시에선 펭귄이 돌아다니고 냇가에 하마가 보이는 기이한 곳도 있었다. 알고 보니 동물원이 파괴되어 갈 곳을 잃은 동물들이 나와 사는 도시였다. 호랑이나 사자, 곰 따위가 나타날까봐 그 도시를 피해가기로 했다. 수지는 도시를 헤매며 주인이 없는 핸드폰을 발견할 때마다 가족들에게 전화를 걸었다. 하지만 통화가 되지 않았다. 절망적인 상황이었다. 더 이상 희망을 찾을 수 없다고 생각했다. 주저앉고 싶었다. 그러다 그들은 '클로버'라는 한 도시에 도착을 했다. 대부분 거인의 등장 후에 도망을 다니던 사람들이 모인 마을이었다. 마을은 여기저기가 폭동으로 인해 파괴된 흔적은

보였으나 거인으로부터 어느 정도 안정을 찾은 것 같았다. 운이 좋게
도 수지와 인성은 마을 회의를 거쳐 마을에 받아들여졌다. 그리고
살 곳을 무료로 배정받았다. A-E까지 알파벳으로 표시된 5층짜리 아
파트 5채가 마을에 있었는데 그중 'D301'이 주어졌다. 이곳 사람들은
자유분방했다. 각자 직업을 가질 수 있지만 돈을 주진 않았다. 물론
더 이상 돈은 중요하지 않았다. 그리고 직업이 없어도 상관없었다.
어떻게 하든 마을에 도움만 되면 되었다. 새로운 인원이 마을에 오
는 것이나 큰일이 아닌 이상 마을회의도 없었다. 그곳은 감옥도 없었
다. 관대해 보이는 '클로버'는 살인만 제외하면 거의 모든 일이 용인되
었다. 이곳 마을 사람들은 아스갈에 대해 욕하는 것을 즐겼다. 아스
갈이 클로버를 무시해왔기 때문이다. '세계' 정부에선 전 세계로 구호
물자를 배급하고 군인들을 파견했는데 클로버에선 아스갈을 안 믿는
다는 이유로 아무 도움이 없었다. 아스갈은 사람들이 그들의 종교를
믿도록 강요하고 다른 종교가 있다면 개종하도록 만들었는데 마을에
선 회의를 거쳐 클로버는 종교에 자유가 있다고 선언을 했다. 그리고
그것을 '세계'에 말하자 도움을 주지 않았다. 마을에선 아스갈을 믿
는 사람도 몇 명이 있지만 나머지 사람들까지 강요할 수는 없다는 것
이었다. 아스갈이 '세계' 정부에게도 뿌리를 깊게 내리고 있었다는 걸
알자 마을 사람들은 그 이후 더욱 심하게 욕을 했다. 아스갈을 믿는
사람들 앞에서도 아스갈을 욕하는 걸 서슴지 않았다. 인성은 그가
아스갈을 믿는 입장이라면 괴롭힘으로 인해 클로버에서 살지 못할
것 같았다.

여하튼 인성은 마을에 금방 적응했다. 마을에선 농사를 짓거나 물

건을 만들지 않았다. 근처 파괴된 마을로 가서 물건을 가져오는 것으로 모든 일을 해결했다. 언젠간 주변 마을도 물건들이 동나겠지만 마을에선 개의치 않았다. 자동차를 이용해 더 먼 곳으로 이동하면 그만이라고 생각했다. 최후에는 그들이 욕하고 있는 아스갈을 믿으며 세계로 가야 될 지도 몰랐지만 아직까진 그들은 즐기는 것을 택했다.

인성은 강호, 강철과 함께 트럭을 타고 오리마을로 향했다. 강철과 강호는 형제였다. 형인 강철은 키가 2m정도 되는 장신에 몸무게가 100kg가 넘는 거구였다. 하지만 항상 웃는 얼굴에 긍정적인 성격으로 친화력이 좋아 인성과 금세 친해졌다. 하지만 동생 강호는 강철과 달랐다. 몸은 왜소했으며 키가 작았다. 그리고 마을에서 아스갈을 믿는 몇 안 되는 사람이었다. 그래서인지 언제나 조용하고 조심스러웠다. 사실 인성의 생각에는 강호는 강철과 성격이 비슷했다. 하지만 마을에서 아스갈을 싫어하자 일부러 이 사실을 드러내지 않았다. 사람들과 떨어져 있으면 강호도 호탕하고 재밌는 사람이었다. 가끔 쓸데없는 소리로 강철에게 욕을 먹었지만 말이다.

"아! 오늘은 스테이크를 먹고 싶은 날이다. 하늘을 봐. 구름이 스테이크 모양이야." 강철이 큰 소리로 외쳤다.

"형. 그러고 보니, 전에 오리마을에 갔을 때 내가 따로 고기 몇 개를 숨겨 뒀어." 강호가 잘되었다며 말했다.

"바보야. 그때가 언젠데? 한 2주는 되었겠다. 그 고긴 진즉에 썩었지. 스테이크를 먹으려면 살아있는 소를 찾아야 해." 강철이 생각은 있느냐는 듯이 강호를 쏘아보았다.

"살아있는 소가 있을까?" 인성이 조그맣게 중얼거렸다.

"오리마을에 축산농가가 있었어. 그쪽을 찾아볼 생각이야. 운 좋으면 야생에 풀어져 있는 소도 찾을 수 있어. 내가 장총을 가져왔으니까 잡으면 돼." 강철은 한 손은 핸들을 잡고 다른 손으로 장총을 만지면서 말했다.

"제발 발견할 수 있었으면 좋겠다. 강호야. 그런데 고기를 숨겨놨다니 무슨 뜻이야? 너 고기를 먹어? 아스갈인들은 육식을 하면 안 된다고 말하지 않았나?" 인성은 궁금한 듯이 강호에게 물었다.

"그래. 못 먹어." 강철이 강호 대신 비웃으며 말했다. "없어서 못 먹어."

"아스갈을 믿는다고 해서 육식을 안 한다고 생각하면 오산이야. 축산으로 인해 만들어진 동물은 금지되어 있을 뿐이지. 축산은 환경오염의 원인이 된다고 생각하고 있거든. 하지만 지금 세상에 축산을 하는 사람은 없어. 세상이 뷔페지." 강호는 강철을 한번 째려보고 웃으며 말했다.

"사랑교회의 고기찬 목사님이 세계정부에 압력을 넣어 축산을 금지시키도록 했어. 자연스레 돼지와 소를 풀어지게 되었지. 그것 때문에 사람들은 아스갈인들은 채식을 한다는 오해를 하게 된 거야." 강호가 말했다.

"그럼 자동차와 같은 화석연료 사용제품도 금지시킨 것은?" 인성이 물었다.

"그건 사실이야. 아스갈의 모토인 '지구를 사랑하고, 지구를 지키고, 지구를 구하기' 위해 필수적이지." 강호가 말했다.

"오. 그거 내가 전에 다녔던 회사 이름하고 똑같다. 뭔가 아이러니하네." 인성이 이상해하며 혼잣말했다. 하지만 우연히 그럴 수도 있을 것 같아 더 이상 궁금해 하지 않기로 했다.

"그렇다면 강철아. 화석연료를 사용하면 안 되잖아? 우리가 사용하는 자동차는 뭐야? 물을 이용해?" 인성이 놀라며 묻자 강철 웃으며 대답했다.

"하하하. 당연히 석유로 가지. 강호, 이 녀석은 아스갈인 중에서 괴짜야. 자신이 운전을 하지 않았으니 문제가 없다고 생각하지." 강철은 인성이 웃긴 농담을 했다는 듯 크게 웃었다. 하지만 강호는 웃지 않았다.

"괴짜라니! 종교는 자신의 믿음만 있으면 되는 거야. 그리고 난 가족과 떨어지지 않기 위해 '세계'를 포기했다고." 강호가 짜증을 냈다.

"'세계'를 포기하다니?" 인성은 이해할 수 없다는 듯이 물었다.

"아? 너는 '아스갈'에 대해서는 조금 들었지만 '세계'에 대해서는 모르는구나. 음, 내가 간단히 설명해 줄게." 강철이 말했다. "세상은 거의 멸망했어. 인구의 반이 없어졌지. 반 이상일라나? 아무튼 그러고 나자 국가는 무너졌어. 당연하지. 국경은 무의미하고 세상은 무질서했으니까. 거인이 나타나고 시간이 흐르자 자연스럽게 세상의 국가들은 하나가 되었지. 그게 바로 '세계'야. 그 '세계'는 거인과의 전쟁을 선포하고 사람들은 지하의 안전한 곳으로 대피시켰어." 간단하지 않느냐는 듯 어깨를 으쓱거리며 강철이 말했다.

"전쟁을 했다고?" 인성이 물었다.

"그래, 맞아. 인간과 거인들은 전쟁을 했었어. '세계'의 주도하에 말이야. 그렇지만 소득이 별로 없었지. 전쟁은 지루하게 이어지고 하면 할 수록 인명피해만 더 컸어. 더 이상 거인을 없앨 방법이 없을 것 같았지만 그래도 계속 전쟁을 해야만 우리의 터전을 지킬 수 있었어. 선택의 여지가 없지. 끝을 볼 때까지 전쟁을 해야 하는 거야. 하지만 '세계'는 거인과의 전쟁을 포기하게 돼." 강철이 안타깝다는 듯 말했다.

"왜? 이길 수 없어서?" 인성이 물었다.

"음. 그렇진 않아. 사실 조금씩 인류가 이길 수 있을 것이라는 희망도 보였어. 하지만 '아스갈' 때문에 중단되었지. 전쟁을 포기하는 시점이 '아스갈'이라는 종교가 '세계'의 유일한 종교로 채택이 되는 시점이었어. '아스갈'은 거인이 지구를 청소시키는 대변인이라고 주장을 해왔어. 아마 '세계'는 '아스갈'의 힘에 굴복한 것 같아. '아스갈'은 조금만 기다리면 거인은 없어진다고 주장을 해. 그리고 때가 되기 전까지는 거인을 죽이면 안 된다고 말하지. 자연히 거인이 사라지는 게 신이 원하는 대답이라나 뭐라나. 아무튼 어느 정도 시간이 지나면 거인은 굶어 죽을 것이고 그러면 신의 심판은 끝난 것이라고 말을 하는 거지. 그리고 만약 너가 '세계'에 갈 생각이라면 아스갈을 믿어야 돼. 그 장소는 아스갈을 믿는다면 갈 수 있는데 만약 다른 종교가 있거나 무교라면 들어갈 수 없어. 절차가 까다롭다고 하더라. 동생이 뭐라고 했었는데…." 강철이 강호 보고 들어가는 방법을 알고 있지 않느냐는 듯이 쳐다보았다. 하지만 강호는 입을 달았다. "저 녀석은 최근에 '세계'에 대해 자세히 말하는 것을 꺼리고 있어." 강철이 고개를 설레설레 흔들며 말했다.

"강철, 너의 말을 들어보면 아스갈은 엄청 폐쇄적인 것처럼 들리는데 어떻게 신흥종교가 '세계'까지 정복할 정도로 커질 수 있었을까?"

인성이 궁금한 듯 말했다.

"글쎄. 뭔가 있겠지. 음, 맞아. 장점이 있네. 아스갈을 믿으면 좋나 보더라. 아스갈은 믿는데 사정이 있어 '세계'에 오지 못하면, 그 사람들이 머무는 장소에 식량 지원이나 군인들이 파병돼. '아스갈'에선 신자들을 보호해야 할 것이니 말이야. 신을 믿는데 거인한테 죽는다면 웃겨 보이잖아. 아스갈을 믿으면 안전하다는 것을 보여줘야 해. 아마 그 모습이 부러운 사람들도 생겼을 거야(인성은 강철의 의견에 동의한다는 듯이 고개를 끄덕였다). 맞아. 사람들은 점차 '아스갈'을 믿으려고 했어. 안전한 '세계'에 가거나 군인을 지원받고 싶어 했어. 그래서 아스갈이 거인이 등장 후에 급격히 퍼질 수 있었을 거야. 하지만 우리 가족은 다른 곳으로 갈 생각이 없어. 클로버는 우리 고향이야. 아버지도 이곳을 떠나고 싶지 않아. 그래서 우린 이곳에 남았지. 우리가 이곳에 남아있자 도망 다니던 사람들은 안전한 장소로 생각하게 되었고, 하나둘 모이게 되었지. 그렇게 외부인들이 모여 살게 되었어. 예전에 한번 강호 이 녀석은 사실 가족을 배신했었지. 혼자 살겠다고 도망쳤었어. 전에 '세계'에 갔었거든(강호는 얼굴이 벌게졌다). 오, 이런 쓸데없는 가족 얘기까지 했나? 강호가 민망해 하네. 세계에 대해서만 말하려고 했는데 옆으로 샜군." 강철이 민망한 듯이 말했지만 인성은 의외로 자세하게 들은 것 같아 고마워했다.

"클로버와 같은 마을은 더 있을까?" 인성은 혼잣말 하듯 중얼거렸다.

"아마 꽤 있을 거야. 하지만 얼마 가지 않아서 '세계'로 향하겠지. 조금 늦어질 뿐이야." 강철이 말했다. "얘기하는 동안 오리마을에 도착했네. 상태를 보니 더 먼 동네도 알아봐야겠어." 강철이 어깨를 으쓱하며 말했다. 그의 말대로 다른 곳을 찾아봐야 했다. 도시는 제대로 서 있는 건물이 없었고 이미 몇 번 왔었기 때문에 남은 물건도 별로 없어보였다. "어차피 저 위에 축산농가 쪽을 보는 게 목적이었어." 강철이 차량에서 내리며 말했다.

"으…. 건물이 부서져 있어서 그런지 음침하네. 형! 총도 챙겨야겠어." 강호가 장총을 들고 나와서 강철에서 던져주었다.

"그래." 강철이 장총을 받으며 말했다.

셋은 오리마을 끝에 있는 축산농가로 걸어갔다.

"소가 없다면 또 다시 마트에 들려야 하나? 거긴 무너질 것 같아." 강호가 말했다.

"괜찮아. 넌 안 들어가도 돼. 인성이와 내가 갈 거니까. 넌 너무 겁이 많아." 강철이 비웃으며 말했다.

"아냐! 무서워서 그런 게 아냐. 이건 목숨이 달린 일이니까 중요하게 생각해 볼 필요가 있어서 하는 말이지." 강호가 얼굴이 붉어져 큰소리로 반박했다.

"그게 겁이 많다는 거야." 강철이 낄낄거리며 말했다.

"조용히 해! 무언가 움직이고 있어." 인성이 강호가 다시 반박하려던 것을 막으며 말했다. 사실이었다. 전에는 사람의 흔적이 없었다. 시체조차 거인이 훑어 지나갔기 때문에 발견할 수 없었다. 하지만 지금, 그들 앞엔 2명의 남자가 부서진 슈퍼에서 나오는 것을 목격할 수 있었다. 셋은 이곳에 2주 전에 와봤으니, 그 2명은 길어봤자 2주 정도 이곳에 있었던 것 같았다. 한 명은 10대 초반으로 보이는 작은 소년이었고 다른 사람은 나이 든 노인으로 보였다.

"손 들어. 움직이면 쏜다!" 강철이 큰 소리로 말했다. 그들을 그 슈퍼에 있는 물건을 넣은 것으로 보이는 가방을 내려놓고 두 손을 올렸다. 셋이 그들을 보고 놀란 것처럼 노인과 아이도 그들을 봐서 놀란 듯 보였다.

"저흰 무기가 없어요. 그리고 아스갈을 믿습니다. 쏘지 마세요." 할아버지가 떨리는 목소리로 말했다. 강철은 서서히 총을 내렸고 셋은 그들에게 천천히 다가갔다.

"저희도 소나 돼지가 아니면 사실 쏠 생각이 없어요. 그리고 아스갈을 믿든 안 믿든 상관없어요." 인성이 말했다. 나이가 든 사람은 얼굴에 주름이 많았다. 언뜻 보면 커다란 호두를 보는 것 같았다. 분명 젊었을 때 열심히 산 훈장일 것이다. 그리고 허리가 약간 굽어 있어 소년보다 작아 보였다. 소년은 뚱뚱한 비만 체형이었다. 그리고 앞니 2개가 도드라져 보였으며 코는 들창코였다. 마치 아기 돼지 같이 귀여웠다. 그들은 한동안 못 먹은 것이 분명했다. 왜냐하면 총 때문에 겁을 먹었어도 시선은 먹을 것이 쏟아진 가방을 보고 있었기 때문이다.

"저흰 이곳에 사람이 없는 줄 알았는데요?" 강호는 뜻밖에 마을에 사람이 있자 신기한 듯이 물었다.

"아. 저희도 이곳에 도착한 지는 얼마 되지 않습니다. 그런데 당신들은 누구죠?" 할아버지가 겁을 먹은 듯이 물었다.

"저는 이인성이라고 하고 총을 든 키 큰 친구는 고강철, 그리고 마른 이 친구는 그의 동생 강호입니다." 할아버지가 겁을 먹은 것을 알아차린 인성은 부드럽게 말했다.

"저, 저는 최복호라고 하고, 이 아이는 제 손자 병헌이라고 해요."
노인이 말했다.

"혹시 거인으로부터 도망치고 있나요?" 인성이 물었다.

"글쎄요. 아니에요. 사실. 대, 대답하기가⋯. 당신들은 '세계' 사람
들인가요?" 복호는 떨리는 목소리로 말했다.

"아닙니다. 근처 클로버라는 마을 소속입니다." 강철이 말했다. 하지
만 복호는 그들을 의심스러운 듯이 쳐다보았다. 그러자 강호는 뭔가
알아차린 듯이 미소를 지으며 물었다.

"세계에서 도망쳤군요?" 강호가 말하자 복호는 자리에 주저앉았고
병헌은 할아버지 품으로 달려들었다.

"오, 괜찮아요. 저희 마을에도 할아버지처럼 세계에서 도망친 사람들
이 몇 명 있기 때문에 혹시나 해서 물어본 거예요. 당신들을 해칠 생각
은 없어요." 복호가 계속 의심의 눈초리로 쳐다보자 강호가 말했다.

"저흰 세계 사람들이 아니라니까요!" 복호가 소리쳤다.

"왜 세계에서 도망쳐 나왔나요?" 인성은 거짓말을 알아챈 듯이 복
호의 말을 무시하며 물었다. 침묵이 흘렀다. 복호는 더 이상 숨길 수
없겠다는 생각에 한숨을 쉬며 말했다.

"글쎄요. 정말 아니시겠죠? 세계 사람들이⋯(그러자 인성은 당연하다며
복호를 똑바로 응시했다). 조, 좋아요. 그렇다면 믿고 말씀드릴게요. 그래
요. 세계 쪽 사람들이 아니시라면 말해도 되겠죠." 체념하듯이 한숨
을 쉬며 복호는 말을 이었다.

"제 아들은 거인이 나타나기 전에 소를 키우던 사람이었습니다. 하
지만 알다시피 거인이 갑작스럽게 나타나 세상을 파괴했습니다. 그때

아들은 며느리와 손자 그리고 저를 데리고 도망쳤죠. 운 좋게 도망치는 도중 '세계'에 대해 알게 되었고 우린 그 아래로 들어갈 수 있었습니다('아래라니! 정말 세계는 지하에 존재하나?' 물론 인성은 강철에게 들었지만 사뭇 놀랐다. 하지만 강철과 강호는 알고 있다는 듯 고개를 끄덕였다). 세계는 정말 굉장했습니다. 지구 아래에 지구라고 할까요? 세상이 지구의 밑에 또 만들어졌습니다. 그곳은 아스갈을 믿으면 살 곳을 얻었습니다. 아스갈의 보호 아래 '거인이 있다'는 생각조차 못할 정도로 괜찮게 살았어요. 하지만 제 자식들은 달랐습니다. 예전에 소를 키우던 생각을 하며 고향에 대한 향수병에 걸렸죠. 제 자식은 소를 많이 걱정했어요. 저는 분명 죽었을 것이라고 말을 했지만 제 아들은 며느리와 함께 소에 대해 알아보겠다면서 손자를 맡기고 세계 밖으로 나갔습니다. 일주일 정도 지난 후 아들과 며느리는 소 5마리를 끌고 들어왔더라고요. 운 좋게 100마리가 넘는 소 중에 5마리는 살았다며 기뻐했습니다. 아스갈에서 소에 대해 의심을 했지만 아들은 그 소가 야생소라고 주장하며 들여왔습니다. 하지만 그 기쁨은 오래가지 못했어요. 아스갈에선 제 자식을 미행했었답니다. 그래서 제 아들의 말이 거짓이라는 것을 이미 알고 있었죠. 그리고 몇몇 사진과 녹음기를 증거로 아스갈의 목사가 진행하는 '세계재판'으로 보냈습니다. 야생 동물이 아닌 이상 이 일을 묵인할 수 없다며 재판에서는 제 자식들을 죽이려 했습니다. 그리고 저와 손자도 이 일에 관여되었다며 체포하려 하자 저는 손자라도 살려야 한다는 마음에 급히 손자를 데리고 세계를 빠져나왔습니다." 복호가 손자를 껴안고 기운 없이 말했다. 그러자 인성은 안쓰러운 마음이 들었다. 그리고 자신의 가족들 안부도 궁금해졌다. 부모님은 살아계실 것이라고 자신을 스스로 위로했다.

"혹시 갈 곳이 없다면 저희와 함께 가요. 저희 마을엔 할아버지, 손자와 같은 외부인들이 많아요." 인성이 이해한다는 듯이 말했다.

"안 돼. 그건 마을 회의를 해서 결정할 사항이야." 강호가 단호하게 말했다.

"그러니까 회의를 하러 마을로 데리고 가자고." 인성이 답답한 듯 말했다.

"이들은 마을의 일원으로 받아들여지기 힘들어서 하는 말이야." 강철은 강호가 하는 말의 뜻을 알아채고 말했다. "보통 나이 든 사람과 어린 사람은 도움이 안 돼. 살아남기도 힘들고. 우리 마을은 프리한 곳이긴 하지만 마을에 도움이 안 되는 사람은 필요가 없어."

"뭐야! 너는 어린 시절이 없었어? 나이 안 들 것 같아? 세상에 필요 없는 사람이 어디 있다는 거야?" 인성은 짜증이 났다.

"인성아, 네가 무슨 뜻으로 하는 소린 줄 알지만 마을 사람들은 회의에서 반대표를 던질 게 뻔해. 우리도 돕고 싶어! 하지만 우리가 찬성한다고 해도 안 될 거야." 강호가 씁쓸하게 말했다.

"우리가 설득하면 돼! 그럼 이 사람들이 죽게 내버려 두자고?" 인성이 더 이상 참지 못해 소리쳤다.

"그만하자. 네 말 대로 이 사람들이 가고 싶다면 마을로 데리고 갈게. 하지만 마을 사람으로 받아들여지는 건 힘들 거야." 강철이 중재하며 말했다.

"아니 받아들여질 거야. 할아버지, 손자와 함께 저희 마을로 가실래요?" 인성이 손을 내밀며 말했다. 복호는 인성의 손을 잡으면 고개를 끄덕였다. 인성은 미소를 지었다.

"그래. 그렇게 정했으면 마을로 데려가보자. 잘 될진 몰라도…" 강철은 복호를 일으키며 힘차게 말했다.

"그럼 축산농가로 다시 가볼까?" 강호가 고기를 먹을 기대감에 웃으며 말했다. 인성은 웃음이 났다. 아스갈인은 인간이 기른 고기는 먹으면 안 된다고 말했으면서 강호는 그 고기를 먹을 생각에 들뜬 모습이 재밌는 것이다.

그들은 10분 정도 걸어 마을의 끝에 있던 축산 농가에 도착을 했다. 살아있는 소나 돼지를 볼 생각에 희망에 부풀어 있던 그들의 얼굴은 축산농가에 다가가면 갈수록 구겨졌다. 썩은 냄새가 코를 찔렀기 때문이다. 이미 동물들은 전부 죽어있었다.

"전부 아사했나? 아니면 거인 때문에?" 강호가 중얼거렸다.

"멍청한 녀석. 거인이라니? 당연히 아니지! 거인이면 뼈조차 남지 않아. 이 소들은 누군가 일부러 죽였어." 강철이 동물을 살펴보며 말했다. 다른 사람들이 궁금해 하자 말을 덧붙였다. "몇몇은 정말로 아사한 것 같지만 나머진 총이나 칼로 죽인 흔적이 보여."

강철은 장총으로 돼지를 뒤집었다. 정말로 총에 맞은 흔적이 있었으며 바닥에 피가 흥건하게 고여 있었다.

"아마 아스갈의 짓일 거예요." 복호는 끔찍해 하며 손자가 보지 못하도록 끌어안고 말했다.

"네?" 강호가 무슨 말이냐는 듯 복호 쪽으로 고개를 돌렸다.

"아스갈에서 제 자식들과 같은 일이 또 발생하지 않도록 소들을 처리한 것 같습니다."

"그럼 풀어놓거나 고기로 만들어 들고 가면 되잖아요?" 강호가 물었다.

"이 녀석아. 머리에 뭐가 들었냐? 생각 좀 해봐. 아스갈은 만약 축산 농가를 하던 사람들이 찾아온다면, 키우던 동물들이 죽어있는 모습을 보고 공포에 떨길 바란 거야. 사육은 금지라는 것을 확실하게 나타낸 것이지." 강철이 말했다.

"그럼 이번에도 마트에서 쇼핑이나 해야겠는걸?" 인성이 쓸쓸해하며 화재를 전환했다.

"어쩔 수 없지. 강호 너는 이 두 사람과 함께 먼저 차로 가있어. 우린 음식 좀 챙겨갈게." 강철이 강호에게 말했다.

인성과 강철은 몇 번이나 들려 물건이 거의 없는 마트에서 음식을 챙기긴 힘들었다. 소시지 28개와 라면 4박스 파인애플 통조림 10개 정도가 다였다.

"이건 마을 일주일 식량도 안 돼. 정말로 다른 도시를 찾아봐야겠다." 강철이 파인애플 통조림을 귀에 대고 흔들며 말했다.

마을회의

수지가 인성을 깨웠다.

"자기야. 오늘 시장님 집의 마당에서 마을회의가 있어. 어제 자기가 데려온 사람들을 마을주민으로 받아들일지에 관련된 회의야."

인성은 잠에 취해 얼굴을 찌푸리다가 벌떡 일어나 침대에 앉았다. 회의가 오늘이었던 것이다. 인성은 황급히 마을 사람들을 어떻게 설득할 지에 대한 생각을 하기 시작했다.

어제 강철과 강호, 인성은 마을 사람들의 환영을 받으며 들어왔다. 식량을 가져오고 그들이 무사한 것에 대해 감사하는 것이다. 하지만 그들이 데려온 할아버지와 아이를 보자 눈빛이 달라졌다. 마을 사람들은 그들을 경계하면서 쳐다보았다. 그리고 더럽다는 듯이 한 발 뒤로 물러섰다. 강호는 '그것 봐. 마을 사람들은 노인이나 아이를 싫어해'라는 듯 인성을 보고 한쪽 입꼬리를 올렸다. 인성은 그 정도 일 줄은 몰랐다. 특히 상춘은 화를 넘어 분노한 것처럼 보였다. 상춘은 인성보다 마을에 먼저 도착한 마을 사람이었다. 그는 자신보다 늦게 마을에 온 사람들에게서 우월감을 느끼길 좋아했다. 인성은 가끔 상춘의 멍청한 생각을 고쳐주어야 된다고 생각을 했지만 수지가 말렸기 때문에 그를 무시했다. 상춘은 자신보다 늦게 마을에 온 사람들 중에 인성을 특히 싫어했다. 인성이 강철 형제와 같이 어울리면서 마을의 식량을 책임지는 것 자체를 못마땅하게 보는 것 같았다. 상춘은 이목구비가 도드라지는 깔끔하게 잘생긴 얼굴이었다. 하지만 화를 낼 때면 눈꼬리가 위로 찢어지고 입꼬리가 아래로 내려가서 도깨비처럼 보였다. 물론 인성은 마을에 온 뒤로 그 잘생긴 얼굴을 본 적이 없었다. 언제나 상춘은 도깨비처럼 무서운 얼굴로 그를 보았던 것이다. 마을 사람들 앞을 지나가는 중 상춘을 보고 있자니 인성은 책임감으로 인해서 속이 매스꺼워졌다. 하지만 인성은 겉으로 당당한 척하며 복호와 병헌에게 미소를 지었다. 그리고 마을 주민이 되게 해준다며 병헌과 약속을 했다.

"내가 무슨 배짱으로 약속을 했을까." 인성이 어제 주민들의 표정이 떠오르며 혼잣말했다.

"뭐라고?" 수지가 못 들은 듯 되물었다.

"아냐. 공사는 어느 정도 진행이 됐어?" 인성이 화재를 전환했다.

"이제 거의 다 되었어." 수지가 미소를 지으며 발랄하게 말했다. 수지는 클로버 마을 뒷산인 클로버 산에 굴을 만드는 공사에 참여하고 있었다. 거인이 오면 대피할 수 있는 장소를 만드는 것이다. "앞으로 일주일 정도면 완성할 것 같아. 빨리 씻고 나와. 밥 먹고 시장님 집으로 가야 돼. 9시에 회의 시작한다고 했어."

'강철과 강호, 그리고 옆집인 'D302'에 살고 있는 존슨 부부는 내 편을 들어줄 거야.' 인성은 생각했다. 존슨 부부는 인성이 마을에 도착한 후에 온 첫 외부인이었다. '세계' 쪽에서 근무하던 공무원이라고 했다. 그들은 언제나 웃으며 마을 사람에게 친절했다. 친절함. 그 말은 그 사람들에게서 나온 말 같았다. 그리고 인성은 유독 그에게 더욱 더 친절하다는 느낌을 받았다. 항상 그가 옷이나 책 따위가 필요할 때 언제든 도움을 주었다. 그리고 자주 자신들의 집에 자주 초대하고 식사를 대접했다. 부담스럽기도 했지만 감사했다. 인성도 존슨 부부의 일이라며 항상 도와주려고 했다.

'고동수 시장님도 내 편이 되어 주겠지? 그는 언제나 옳은 일만 하시지(고동수 시장은 고강철, 강호 형제의 아버지다. 가운데 머리가 벗겨지고 맞는 벨트가 없을 정도로 배가 나와 멀리서도 그를 인식할 수 있었다. 그는 멋지게 콧수염을 길렀으며 웃을 때 수염의 끝을 매만지는 버릇이 있었다. 옆집 아저씨처럼 푸근한 인상에 마을 사람들 모두 그를 좋아했다).'

'하지만 시장님은 회의를 주관하기 때문에 선택권이 없어.'

'음, 다수결로 판결이 되니까 더 많은 사람을 끌어 들여야 해. 어제 시민들의 표정을 보면 복호 할아버지와 병헌이 마을 주민이 되는 건 불가능해 보인단 말이지…. 어떻게 하면 좋을까?' 인성은 고민했다.

시장의 집에 들어서자 이미 많은 사람이 모여 있었다. 약 300명의 시선이 단상 옆에 앉아있는 복호와 병헌에게로 쏟아졌다.

"아, 오늘은 여기 있는 두 사람, 에…. 그러니까(병헌이 자신과 할아버지 이름을 한 글자씩 또박또박 말했다. 그러자 웃음소리가 여기저기서 튀어나왔다). 그래,

고맙다. 병헌아. 최복호씨와 병헌 군을 마을주민으로 받아들이는지에 관련된 회의가 있겠습니다."

시장이 말을 시작하자 산발적으로 박수가 있었다. 하지만 시민들은 회의가 금방 끝날 것으로 예상하고 다음 할 일을 신경 쓰는 것 같았다. 이상춘은 큰 괭이를 수건으로 닦고 있었고 한헌은 한 무리와 함께 문 쪽으로 몸을 돌린 채 자리를 잡았다. 그들은 모두 큰 망치를 옆에 끼고 수건을 목에 두르고 있었다. 그들은 서둘러 할 일이 있는지 초조해 보였다.

"그럼 바로 표결을 시작하겠습니다." 시장은 빨리 끝내달라는 무언의 시위를 의식한 듯 다른 말없이 바로 표결을 시작했다.

"이 사람들을 마을의 식구로 받아들이는 것을 찬성하는 분?" 시장은 천천히 말했다.

인성과 수지 그리고 강철, 강호 형제와 존슨 부부 외 몇몇만 손을 들었다. 10명이 약간 넘는 정도였다.

"그럼 이 사람들을 마을의 식구로 받아들이는 것을 반대하는 분?"

거의 모든 사람이 손을 들었다. 상춘은 괭이를 닦던 것을 멈추고 자리에서 벌떡 일어나서 적극적으로 손을 들었다. 그러자 시장은 그를 보고 인상을 찌푸렸다. 그리고 두 손을 올렸다 내리며 손을 내리라는 시늉을 했다. 그리고 말을 이었다.

"그럼 결정된 것 같군요." 시장의 말에 상춘은 당연하다는 미소를 지었다. "두 사람을 추방하는 것으로 하고 회의를 마치도록 하겠…. 이인성 군 무슨 문제라도?" 고동수 시장은 판결을 하다 말고 손을 들고 있는 인성을 보고 말했다. 인성은 얼른 자리에서 일어났다.

"왜 이 두 사람을 주민으로 받아들이지 않는 거죠?" 인성이 말하자 장내는 술렁였다. 여기저기 수근거리는 소리가 들렸다. "할아버지와 아이는 도움이 안 되기 때문인가요?" 인성이 소리 높여 말하자 소곤거리는 소리는 없어졌다. 대신 사람들은 외마디 비명을 지르고 입을 벌린 채 놀란 표정이 보였다. 마치 인성이 금기를 말한 것 같았다. 하지만 인성의 말에 반박하는 사람은 없었다. "시장님, 우리 마을 사람들은 잘못을 범하고 있습니다. 어려운 상황이라 힘없는 사람들은 도움이 안 된다고 생각하고 있죠. 먹는 입만 늘어난다고 생각을 하는 겁니다. 그러면서 나이 든 사람이나 어린 사람을 받아들이면 안 된다고 암묵적으로 동의하고 있습니다." 인성이 뒤를 돌면서 다른 사람들을 쳐다보았다. 그 순간, 상춘이 인성을 노려보며 소리쳤다.

"그래 맞아. 하지만 지금까지 그래 왔어. 그래서 마을이 커질 수 있었단 말이야! 이 멍청한 녀석아. 그리고 우리는 항상 다수결로 문제를 해결해 왔는데 이제 와서 반대를 해?"

"악습을 바꿔보자는 뜻으로 하는 말입니다." 인성이 상춘을 바라보며 설득했다.

"어디서 말대꾸야? 너희를 받아준 게 누군데?" 상춘이 말하자 다시 한 번 사람들이 수근거렸다. 수지는 짜증이 나서 그를 노려보았다. 그리고 그에게 한 마디 하기 위해 일어나려 했다. 그때 인성은 수지의 어깨를 잡아 앉히며 상춘에게 말했다.

"그럼 저희는 마을을 나가겠습니다." 인성이 말을 하자 수지는 화내던 것을 까먹고 충격을 받은 듯 입을 벌리고 인성을 쳐다보았다. 몇몇 사람들은 안 된다며 소리쳤다. 인성은 마을의 식량을 책임지는 중요한 사람 중 하나였기 때문이었다. 그는 사람들을 설득할 수 없는 것을 알고 강수를 두었다. 물론 진심이었다. 그는 옳다고 생각한 것이 무너질 수 없었다고 생각했다. 그는 병헌에게 마을주민이 될 수 있다고 말했다. 하지만 그 약속을 못 지켰기에 그들을 책임져야 한다고 생각했다. "이들과 저흰 다른 것이 없다고 생각합니다. 여러분이 이해해 줄 수 없다면 그들과 함께 마을을 떠나겠습니다." 인성이 단호하게 말했다.

"그…그런." 상춘도 인성이 그렇게 나올지 생각을 못 했는지 당황했다.

"인성이 나간다면 저도 떠나겠습니다." 마을에선 언제나 조용히 지내던 강호가 적극적으로 나서자 사람들은 놀랐다. 인성도 놀랐다. 그렇게 나서줄 것이라고 생각도 못 했던 것이다. 고마움에 눈물이 날 지경이었다.

"그럼 저도 같이 가겠습니다." 강철이 어쩔 수 없다는 듯이 미소를 띠고 일어나며 말했다.

"아들! 앉아!" 시장이 뜻밖의 상황에 화가 나서 소리쳤다. 그리고 몇 초가 조용한 정적이 흘렀다. 시장은 정색을 하며 조용히 말했다.

"저는 이 사람들을 그러니까 누구라고 했지?(병헌이 큰 소리로 그와 할아버지의 이름을 말했다. 이번에도 약간의 웃음소리가 들렸다. 그러자 조용하라는 듯 시장은 헛기침을 두어 번 했다) 아, 그래. 저는 최복호씨와 병헌 군을 받아들였으면 좋겠습니다. 인성은 저의 아들들과 같이 식량을 찾아오는 매우 귀중한 일을 하는 것을…. 모두 아시죠? 인성은 굉장히 중요한 인재입니다. 주민을 새로 받아들이는 이 자리에서 주제가 이렇게 바뀌게 될 줄은 몰랐군요. 흠, 아무튼! 마을 밖은 아직도 거인이 배회하고 있습니다. 엄청나게 위험하죠. 누가 인성을 대신하여 식량을 구하는 일을 하고 싶으신가요?(웅성거리는 소리가 들렸지만 아무도 손을 들지 못했다) 맞아요. 선뜻 나설 수 없을 것입니다. 위험하지만 중요한 일을 하는 인성은 마을에 꼭 필요한 사람이에요. 그리고 그의 말대로 우리가 지금까지 악습을 행해온 것도 같아요. 어린아이와 노인이 있다면 그들 나름대로 할 일도 있겠죠. 없어도 서로가 조금 더 노력하면 어떻게든 됩니다. 인간들은 사회적 동물이에요. 뭉칠수록 힘을 발휘하죠. 저희는 그동안 인간의 존엄성을 무시해온 것도 같군요. 아무튼, 제가 왜 이런 말을 하는지 알겠죠?" 시장은 사람들이 생각할 약간의 시간을 주었다. 그리고 사람들 한 사람, 한 사람에게 눈을 마주쳤다. 절대 손을 들지 말라는 듯이.

"그, 그래도." 상춘이 그러지 말라는 듯 시장에게 슬픈 표정으로 말했다. 하지만 시장은 상춘을 보지도 않고 무시했다.

"자, 알아들었다면 다시 표결하겠습니다. 이 사람들을 마을의 식구로 받아들이는 것을 반대하는 분?" 시장은 날카로운 표정으로 사람들을 노려보았다. 그리고 아무도 손을 들지 않자 재빨리 말했다. "아. 다행히 없는 것 같네요. 그럼 받아들이는 것으로 생각하고 회의를 마치겠습니다. 짧은 시간 동안 고생하셨습니다." 사장은 서둘러 회의를 마쳤다. 그리고 단상에서 내려오다 생각난 것이 있는 듯 눈을 동그랗게 뜨며 손가락을 튕겼다. "아참. 모두들 잠시만 주목해주십시오. 1분이면 됩니다. 마을의 경사를 알려드리겠습니다! 그것은 바로…"시장은 모두 주목했는지 천천히 좌에서 우로 둘러봤다. 그렇게 뜸을 한번 들이고 말했다. "일주일 후면 클로버 산의 굴이 완성이 됩니다! 모두들 그날 굴의 제막식에 참석해 주세요. 그리고 저녁엔 저의 집 마당에서 축제가 있을 예정입니다. 이제 거인이 온다면 우리는 클로버 산의 굴로 대피하면 안전할 것입니다. '세계'보다 자유로운 우리의 '세계'를 만들어봅시다. 그럼 모두들 이제 돌아가도 됩니다. 가서 일들 보세요. 해산! 아, 그리고 헌! 철문을 만드는 것을 더욱 서둘러 줘야겠어. 이러다간 일주일이 넘어가겠다. 나를 거짓말쟁이로 만들지 말라고." 시장이 헌을 보고 신신당부를 했다. 철문은 굴의 크기에 맞게 만들어져 설치될 예정이었다.

"알, 알겠습니다!" 헌은 몇몇 도제들과 함께 서둘러 마당을 빠져나갔다.

"그래요! 최복호 씨와 손자는 'E202'에서 머물도록 하세요. 자, 모두들 알아들었으면 이제 제 집에서 나가주세요. 제가 아들들에게 하는 말을 안 들으셨으면 합니다. 여러분. 만약 우리 집이 그립거든 다음 주 동굴 제막식 후에 오세요. 그땐 다음날 새벽까지 있어도 별 말 하지 않고 오히려 환영할 겁니다. 아무튼 오늘은 가세요." 시장이 이렇게 말을 하고 아들 둘을 불러내서 중앙에 있는 방으로 들어갔다. 그리고 사장의 고함 소리가 그 방에서 흘러나왔다.

마을 사람들은 천천히 흩어졌다. 인성은 미소가 지어졌다. 그리고 복호를 쳐다보았다. 복호는 고맙다는 표정으로 인성을 바라보고 있었다. 인성은 그들에게 다가가서 잘 됐다고 말하고 싶었지만 그냥 더 밝게 웃어주었다. 상춘이 화가 나서 얼굴이 벌게졌기 때문이었다. 인성은 그의 심기를 건드리고 싶지 않았다. 그리고 강철과 강호, 존슨 부부에게 고마움을 느꼈다. 특히 강호에게선 감동을 받았다. 사람들

앞에선 부끄럼을 타는 녀석인데 극적인 순간에 나서서 분위기를 반
전시킬 수 있던 것이다.

같은 꿈

    일주일이 지났지만 상춘은 인성에게 화가 안 풀렸다. 그는 인성이 마을의 전통을 해친 것이라고 분개하고 있었다(물론 거인 이후, 마을의 역사는 얼마 되지 않지만). 인성은 상춘이 분해하고 있는 것을 알고 있었지만 화해하지 않고 그냥 그를 무시하기로 마음을 먹었다. 시간이 지나면 조금이라도 부끄러워 할 줄 알았는데 아직도 당당해 하는 그가 이해가 가지 않았다. 수지는 클로버 산의 굴이 완성 되었다면서 기뻐했다. 그리고 상춘에 대해서 신경을 쓰지 말라는 듯이 말했다.

    "난 자기가 잘했다고 생각해. 그 사람들은 추방했다면 얼마 살 수 없었을 거야. 사람을 죽게 내버려 둘 수 없잖아? 그러니까 상춘은 신경 쓰지 마. 반대했던 마을 사람들도 그때 왜 반대했는지 부끄러워하는 것 같아. 지금은 복호 할아버지와 병헌이에게 친절하다니까." 수지가 인성이의 어깨를 주무르며 말했다.

    "나도 신경 안 써." 인성은 수지가 마음을 읽었다는 걸 알고 미소를 지으며 말했다.

"시장님이 그 굴의 이름을 '스노드롭'이라고 지었어. 한 번 가볼래?" 수지가 인성의 목에 팔을 두르며 말했다.

"그래." 인성이 수지가 그에게 두른 팔에 키스를 하며 말했다.

그들은 아파트에서 30분 정도 천천히 걸어 산의 입구에 위치한 스노드롭에 도착했다. 이미 많은 사람이 모여 있었다. 그곳엔 복호와 병헌이도 와 있었다.

"인성이 형! 어서 와. 이제 헌 아저씨가 저기 보이는 커다란 철문만 달면 된다고 했어!" 병헌은 인성을 보고 손을 흔들며 기뻐해 했다. 그곳엔 높이 6m나 되는 거대한 철문이 보였다. 그리고 그 문에 2m정도 되는 작은 문이 더 달려있었다. 6m의 큰 문은 물건을 많이 나르거나 대피할 때만 사용할 것이고 보통은 작은 문을 통해 왕래할 계획이었다.

"드디어 거인이 왔을 때 대비할 수 있어!" 강철이 인성을 보자 다가와서 말했다. 강호는 사람들이 모여 있는 장소여서 그런지 구석에서 조용히 손 만들어 인성에게 인사를 했다. 인성도 그를 향해 미소로 화답했다.

스노드롭은 헌과 그의 도제 5명이 마무리를 남겨두고 있었다. 문의 경첩에 못질만 하면 마무리가 될 것이었다. 큰 망치로 헌과 도제들은 동굴과 문에 못질을 하였다. 못이 마지막으로 한 개만 남자 경첩에 못질을 시장이 할 수 있도록 양보했다. 시장은 근육질의 도제 한 명과 같이 망치질을 하였다. 못이 박힐 때마다 사람들은 박수를 치며 기뻐했다. 쇠문이 산과 완벽하게 겹쳐지자 모든 사람들이 우레와 같은 환호를 보냈다.

"거인이 나타나면 마을주민들 모두 이곳으로 모여 주시기 바랍니다." 시장이 머리에 흐르는 땀을 닦으며 기뻐했다. "그리고 저번 마을회의에서 말씀드렸다시피, 스노드롭을 기념하여 저희 집 마당에서 오늘 6시에 축제가 있을 겁니다. 모두 모여 기쁨을 나눕시다."

사람들이 또다시 박수를 치며 환호했다. 인성도 기뻐하며 수지를 바라보았다.

"어제 우리가 야생 소를 발견해서 다행이야. 축제에 고기가 빠질 뻔했어." 강철이 인성을 보며 눈을 찡긋했다. 강철과 강호, 인성은 새로운 마을을 발견하였고 물건을 챙겨 돌아오던 길에 운 좋게 도시를 돌아다니던 소 다섯 마리를 잡았다.

곧 어두워졌다. 하지만 시장의 집의 마당은 축제로 인해 낮처럼 환했다. 그리고 신나는 노래 소리가 들렸다. 그건 거인이 나타나기 전 유행하던 노래였다. 노래에 잠겨있는 인성과 수지를 보자 시장이 말했다.

"멍하니 서 있지 말고 너희도 음식 나르는 것을 도와라!" 시장이 노랫소리보다 크게 그들에게 소리쳤다. 시장은 양복 위에 안 어울리는 하트 무늬 앞치마를 두르고 바삐 움직이고 있었다.

"네에! 알겠습니다." 인성과 수지가 대답했다.

"이 노래는 's2y'의 노래야. 어때, 괜찮지?" 강철은 그들에게 웃으며 말했다. 그는 시장의 집 마당에 있는 테이블에 음식을 나르고 있었다. 맥주와 콜라, 소고기가 쟁반에 담겨져 있었다. "지난주 마을회의

땐 집 안에서 해서 좁았는데 마당까지 사용하니까 넓어서 좋은 것 같아." 강철이 쟁반을 테이블에 놓고 인성과 수지와 함께 식당으로 들어가며 말했다.

"강호는 어디에 있지?" 인성이 주위를 둘러보며 말을 하자 강철은 대수롭지 않은 듯 말했다.

"글쎄? 손님을 테이블로 안내하라고 시켰는데 없어졌네. 내 동생은 마을 사람들이 많으면 소심해지잖아. 그래서 그 일을 헌과 병헌에게 맡기고 사라졌어. 뭐 어디에 숨어 있겠지."

곧 마을 사람들이 모두 모이자 시장이 노래를 줄이고 말했다.

"우리 마을도 이제 세계와 같은 안전한 장소를 만들었습니다. 거인이 와도 무서워 할 필요가 없습니다. 스노드롭으로 몸을 숨기면 안전할 테니 말이죠. 하지만 이미 거인이 나타난 이후로 인류의 반 이상, 어쩌면 2/3 이상이 먹혔는지도 모릅니다. 우선 축하를 하기 전 그들을 위해 묵념이 있겠습니다."

잠시 동안 정적이 흘렀다. 헌은 음식을 나르다 말고 흐느끼고 있었다. 그리고 몇 사람도 헌처럼 눈물을 보이고 있다는 것을 알았다. 그들은 거인으로 가족을 잃은 경험이 있는 사람들이었다.

"이제 우리는 미래를 생각해야 합니다. 거인은 곧 굶어 죽게 될 것입니다. 그 커다란 덩치를 유지하기 위해선 계속 먹어야 할 텐데, 사람들이 이젠 보이지 않을 것입니다. 사람들은 아마도 우리처럼 어떻게 하면 살아남을 수 있는지 생각을 했을 테니까요. 조금만 견디면 새로운 세계가 만들어질 것입니다. 핸드폰과 인터넷을 자유롭게 사용할 수 있으며 온수가 마음대로 나오고 시끄러운 소형 발전기를 이용해 전기를 돌리지 않고도 전기를 쓸 수 있을 겁니다!" 시장이 힘차게 말하자 사람들이 희망에 차 환호했다.

"그럼 이제 저희의 안전을 위해 만들어진 스노드롭을 위해 축하를 합시다." 시장이 와인을 들고 말하자 곧 여기저기서 잔을 들었다. "우선 스노드롭을 위해 힘을 써주신 마을 주민 여러분들, 고생 많이 하셨습니다. 특히 굴 입구의 문을 만들기 위해 밤낮없이 땀을 흘린 헌과 도제 5명은 특히 더 고생하셨습니다. 그들을 위해 박수 한번 쳐줍시다(우레와 같은 환호와 박수가 이어지자 헌은 얼굴이 벌게졌다). 여러분, 스노드롭으로 인해 저희는 미래가 생겼고 꿈을 꿀 수 있습니다. 정말 아름다운 희망이죠. 자 그럼 오늘같이 기쁜 날에 제가 대표로 여러분들께 축배를 제안하겠습니다. 그럼 다 같이 외칩시다. 스노드롭을 위하여!" 시장이 와인 잔을 높이 들며 외쳤다.

"위하여!" 사람들도 시장의 말을 받으며 잔을 들고 외쳤다.

축제는 즐겁게 진행되었다. 어디서 났는지 노래방 기계가 들어왔다. 순식간에 마을 주민들이 원하는 노래를 반주에 맞춰 부르기 시작했다. 술에 취해 감정의 폭이 더욱 심해진 헌은 '드디어 안전한 장소가 생겼어. 여보'라고 말하며 액자 속 사진을 보고 흐느꼈다. 인성은 헌이 안쓰러웠다. 인성도 가족의 생사를 알 수 없었기 때문에 가족을 잃은 헌의 마음을 이해할 수 있었다. 물론 인성은 가족이 살아 있다고 생각했다. 언젠간 수지와 함께 '세계'도 가보고 여러 마을을 돌아다니며 가족을 찾아다닐 계획이었다.

복호 할아버지가 흥에 겨워 노래방 기계 반주에 맞춰 '칠갑산'을 불렀다. 그러자 상춘이 마이크를 빼앗고 분위기를 다운시킨다며 큰소리를 쳤다. 인성은 상춘에게 한 마디 하려고 일어나려 했다. 하지만 수지가 그를 붙잡아 다시 앉혔다. 인성은 화를 참았지만 그 일 말고는 축제는 매우 즐거웠다. 사람들은 거인이 나타난 이후 처음으로 마음껏 기뻐했다. 언제까지나 이런 희망적인 일들만 있기를 바랐다. 어느덧 시간은 저녁 9시가 지났다. 인성과 수지는 남은 사람들과 인사를 하고 잠을 자기 위해 'D301'로 이동했다. 인성이 너무 기쁜 나머지 폭음해서 더 이상 자리를 지킬 수 없기 때문이었다. 사실 그는 더 마시고 싶었다. 하지만 수지로 인해 그는 집으로 돌아가야 했다. 흥분해서 '거인으로부터 안전해졌어. 오늘은 맘껏 즐거워하는 날이다!'라고 말하며 비틀거리다가 테이블과 함께 엎어졌기 때문이다. 그는 '괜찮아. 더 기뻐해도 돼' 라고 말하며 일어나려다 다시 넘어졌다. 그것은 본 수지는 어이가 없는지 그에게 팔짱을 끼고 아파트로 이끌었다. 그는 아파트로 향할 때 대들었지만 수지가 그에게 무서운 표정을 지어 보였다. 그러자 인성은 '거인보다 자기가 더 무서워'라고 말했다. 그는 집으로 들어가자마자 침대로 바로 쓰러졌다. 수지가 씻으라며 깨웠지만 그는 미소를 지으며 잠을 청했다. 수지는 몇 초 동안 누워 있는 그를 바라보았다. 그리고 미소를 지었다. 오늘은 넘어갈게라는 듯 그에게 이불을 덮어주었다. 오늘은 즐겨도 된다고 여긴 것이다.

앞을 분간할 수 없는 밤이다. 도시는 파괴되어 형체를 알 수 없다. 그 순간 **내**가 나타난다. 나는 단번에 그때의 꿈과 같다는 것을 안다. 바로 잡지에 글을 싣게 만든 원인이 되었던 꿈, 술자리에서 친구들에게 말을 해도 들어주지 않았던 그 꿈이다. 나는 전 꿈에서 이해하지 못했던 일을 이제는 이해할 수 있다. 꿈에서 파괴되어있는 도시는 바로 '클로버'인 것이다! 지난번처럼 수첩을 꺼낸다. 그리고 날짜를 적는다. '10월 25일' 저번엔 꿈에서 날짜를 중요하게 생각하지 않았다. 하지만 무엇을 뜻하는지 알 것 같다. 사람들을 대피시켜야 한다. 내가 이해하는 순간 **나**는 뒤를 돌아보더니 저번과는 다르게 나를 보고 미소를 보인다. 나에게 행운을 비는 것처럼. 전처럼 **나**는 달린다. 창고 쪽으로 몸을 숨겨가며 달린다. 그리고 그곳에 도착하자 준비한 가방에 물건을 챙긴다. 그때와 마찬가지로 라이터를 켜서 불이 붙자 소름끼치는 함성이 들린다. **나**는 달아나기 시작한다.

수지가 인성을 흔들어 깨웠다. 인성이 놀라며 일어났다. 수지가 걱정스러워하며 눈을 크게 뜨고 그를 바라보았다. 수지는 잠을 자기 전에 샤워를 하고 나온 듯 보였다. 새하얀 얼굴에 붉게 홍조를 띠었다. 그녀의 시선은 그의 손에 멈춰있었다. 인성의 손이 붉게 변해 있던 것이다. 이번엔 그 일이 가까운 시간에 나타날 것을 알 수 있었다. 이번 꿈은 전에 꾸었던 꿈과 같았다. 그때와 다른 점이라면 인성은 알고 있다는 것이다. 꿈에서 파괴된 그 도시가 바로 '클로버'라는 것을, 그리고 인성이 나타난 곳이 '스노드롭'이라는 것도 알 수 있었다! 사람들을 대피시켜야 한다.

"무슨 꿈이야?" 수지가 걱정스러운 눈빛으로 인성을 바라보았다. 수지는 인성이 예지몽에 대해 말하는 것을 싫어했지만 이제는 달랐다. 이것은 중요한 일인 것이다.

"그 꿈에서 나온 도시는 '클로버'였어. 지금이 며칠이지?" 인성이 두 손으로 머리를 만지며 말했다. 술을 적당히 먹었어야 했다. 머리가 지끈지끈 아팠다.

"며칠이라니? 오늘 날짜? 25일. 10월 25일이야." 인성은 수지의 말을 듣자 가슴이 내려앉았다.

인성은 머리가 복잡했다. 어떻게 해야 할 지 생각해야 했다. 바로 오늘, 거인이 마을을 파괴할 것이다. 인성은 사람들을 대피시켜야 했다. 식은땀이 코끝에 맺혔다.

"오늘 거인이 나타날 거야. 25일엔 이미 마을은 파괴되어 있었어. 아직 거인은 보이지 않지만 시간 문제야! 사람들을 대피 시켜야 해! 예전과 같은 꿈인데…. 얘기할 시간이 없어. 이런 젠장!" 인성이 다급하게 일어나며 말했다. 그리고 인성은 시장의 집을 향해 뛰기 시작했다. 수지도 속옷 위에 흰 티와 반바지만 급히 입고 인성을 쫓았다. 시장의 집에 도착하자 다행히 많은 사람들이 아직 모여 있었다. 인성은 안도했다. 그리고 그들을 향해 큰 소리로 외치기 시작했다.

"빨리 스노드롭으로 가세요! 물건 챙길 시간이 없습니다. 지금 당장 이동하세요!" 인성의 갑작스러운 외침에 갑자기 사람들이 조용해졌고 노래방 기계에서 나오는 음악 소리만 들렸다. 사람들은 그가 무슨 말을 하는지 이해하지 못했다.

"뭐라는 거야? 스노드롭은 거인이 나타났을 때 이용하려고 만든 거야." 상춘이 분위기를 깬 그를 보고 짜증 내며 외쳤다. 그러나 인성의 표정은 말다툼할 시간이 없다는 듯 무서웠다.

"빨리 이동해야 해." 인성은 상춘을 노려보며 말했다. 상춘도 인성을 노려보았다. 그러다 상춘은 인성의 태도에 '설마'라는 생각이 들었다. 그리고 표정은 화가 나고 겁에 질린 어색한 표정이 되며 물었다.

"혹시 거인이 나타났나?"

"아니. 하지만 곧 나타날 거야." 인성이 단호하게 말했다.

"나, 나는 보이지 않는데?" 상춘은 인성을 비꼬는 듯이 억지웃음을 지으며 말했다. 몇몇 사람들도 상춘을 따라 억지웃음을 지었다. 하지만 시장은 웃지 않았다. 심각한 얼굴을 하고 인성을 바라보았다. 인성은 짜증이 나서 소리쳤다.

"지금 당장 거인이 나타나도 이상할 것이 없단 말이에요! 오늘 중에 마을이 파괴될 것입니다. 제가 거짓말이라면 추후에 욕을 먹고 마땅한 처벌을 받겠습니다. 우선 제발! 스노드롭으로 이동해주세요!"

"여러분. 인성의 말이 맞습니다. 그리고 사실이 아니더라도 거인이 나타나기 전에 한 번쯤은 이러한 상황을 연습할 필요도 있습니다. 좋은 쪽으로 생각하세요. 모두들 빨리 스노드롭으로 이동하십시오. 축제는 끝났습니다. 마을주민들은 모두 이동하십시오. 강철! 너는 이 사실을 모르는 사람들에게 거인이 나타난다는 것을 알리고 스노드롭으로 이동시켜. 헌과 상춘도 강철을 도와서 빠르게 이동할 수 있도록 하고!" 시장이 인성을 한번 바라보더니 사람들을 향해 심각하게 외쳤다. 하지만 헌이 분위기를 파악하지 못하고 말했다.

"저 집에서 물건 몇 개만 챙기면 안 될까요?"

"미친 소리 하지 말고 어서 강철을 돕게! 비상사태야!" 시장이 어이가 없다는 듯이 말했다.

"지금 저자의 말을 믿는 겁니까?" 상춘이 시장을 보며 허탈하게 말했다. 그러자 시장은 그를 째려보았다. 더 이상 말을 하지 말라는 단호한 표정이었다. 그러자 그는 어쩔 수 없다는 듯이 크게 한숨을 한 번 쉬고 사람들을 향해 이동했다.

"이건 심각한 상황입니다. 실제 상황이에요!" 시장이 외쳤다. 그러자 곧 아수라장으로 변했다. 강철과 상춘, 헌은 사람들을 진정시키려 애를 먹고 있었다.

"인성은 나와 함께 이동하지. 아, 수지 양도." 시장이 웃으며 말했다. 하지만 억지로 웃는 것이 분명했다. 시장의 왼쪽 이마엔 핏줄이 짙게 서 있었다.

"저도 강철을 돕겠습니다." 인성이 말하자 시장은 크게 화를 냈다.

"아니, 자넨 됐어! 군소리하지 말고 나를 따르게." 시장의 말에 인성은 이해가 되지 않았다. 지금까지 그런 모습을 보인 적이 없었던 시장에 태도에 인성은 놀랐다. 시장은 지금 이성을 잃은 것처럼 큰 소리로 호통을 친 것이다! 인성은 항상 마을의 일이 생길 때마다 앞장서서 일하도록 부탁을 많이 받아왔다. 하지만 지금은 부탁은커녕, 돕겠다고 했더니 화를 냈다. 그는 왜 시장이 화를 내며 같이 가자는 건지 이해할 수 없었다. 수지도 시장을 이상한 눈빛으로 바라보았다. 이게 고맙다는 말은 대신에 화낼 말이었나? 하지만 따지지 않았다. 이런 비상사태엔 사람이 당황하기 마련이다. 시장이 인성에게 말을 하고 그의 팔을 잡고 끌자 수지가 그들을 뒤따랐다. 아마 시장은 거인이 등장한다는 것 때문에 신경이 날카로워졌으리라.

스노드롭

스노드롭엔 시장과 인성, 수지가 제일 먼저 도착을 했다. 세 사람만 있자니 굴은 굉장히 넓어 보였다. 몇 분 동안 어색한 침묵이 흘렀다. 시장은 무엇인가 말하려고 하다가 주저하기를 반복했으며, 인성은 시장이 말하기 전에 말을 먼저 꺼내고 싶지 않았다. 수지는 이 상황이 당황스럽고 누군가 그녀에게 말을 걸어주길 기다리고 있었다. 하지만 얼마 후 강철과 상춘이 마을 사람들을 이끌고 들어와서 침묵이 깨졌다.

"오. 좋아. 생각보다 빠르군. 거인도 보이지 않고 말야. 잠깐만? 헌은 왜 안 보이지?" 시장이 강철에게 물었다. "혹시 집에 물건 가지러 간 건 아니지?" 시장이 믿을 수 없다는 듯 물었다.

"아니에요. 남은 사람들이 있나 둘러보고 온다고 했습니다." 강철이 말했다.

"그 자식 말을 믿는 거냐?" 시장이 버럭 화를 내며 말했다.

"믿어봐야죠. 없는 사람이 누구누구죠?" 강철이 이제 그만 하라며 손을 흔들며 주위를 살폈다.

"헌만 오면 모두 모인 것 같아." 상춘이 사람들을 둘러보며 말했다.

"아니에요! 복호 할아버지와 병헌이 아직 안 왔어요. 병헌이가 아직 어려서 일찍 재워야 한다면서 할아버지께서 이른 저녁에 아파트에 먼저 들어가셨거든요." 존슨 부인이 걱정된다는 듯 말했다. 부인의 긴 생머리는 그녀의 어깨 위에서 아름답게 빛나고 있었다. 혼란스러운 상황이 일어나도 단정한 머리를 유지하다니 수지는 놀랍고 부러웠다.

"그리고 강호도 안 보여요. 제가 가서 데리고 올게요." 인성이 일어나면서 말했다. 그러자 시장이 또 다시 화를 냈다.

"넌 제발 가만히 있어! 조금이라도 가만히 있어 봐. 무슨 강박증이 있는 것처럼 그러는 거야! 강철, 상춘. 너희들이 가봐라." 시장이 말했다.

"네? 인성이 간다는데…" 시장이 상춘을 노려보자 상춘은 말을 끝내지 못하고 작은 소리로 욕을 하며 강철과 밖으로 나갔다. 인성이 놀란 표정으로 시장을 바라보았다.

"인성아. 조금 전에 같이 오면서 사실 말을 하려고 했는데. 말을 못 했구나. 네가 나의 말을 듣게 된다면 당황할 것 같아서 말이야. 아무튼 넌 중요한 사람이야. 거인이 나타나서 네가 다치는 것을 원하지 않는다." 시장이 화를 풀고 다정하게 말했다.

"중요하다니요?" 인성이 말했다.

"아, 못 말하겠어. 아니, 안 되겠어. 지금은 말이야. 나중에 말을 해주마." 시장이 당황하며 얼버무렸다. 그리고 시장이 인성이 궁금해 죽겠다는 표정을 무시하고 인성을 등졌다. 그리고 주민들을 쳐다보았다. "주민 여러분! 무서울 겁니다. 거인이 나타난다…. 마을은 위험하겠죠. 하지만 우리들은 운이 좋습니다. 거인이 나타날 때가 되자 스노드롭이 완성이 되었거든요. 우선 거인이 지나갈 때까지 여기서 머물러야 합니다. 집보단 불편하겠지만 조금만 견뎌주셨으면 좋겠습니다." 시장이 미소를 짓고 말했다. 하지만 시장의 입술을 떨리고 있었다. 그도 무서움에 웃을 수 없었지만 주민들을 진정시키기 위해 억지로 만든 표정인 것이다. 어색한 표정이었지만 진심은 주민들에게 전달되었고 주민들도 걱정하지 말라는 듯 그에게 미소를 지어 주었다.

"나도 나가서 아직 여기에 못 온 사람들을 데리고 와야겠어." 인성이 수지에게 조용히 속삭였다.

"무슨 소리야? 시장님께서 나가지 말라고 하셨잖아." 수지가 조용히 화를 냈다.

"그들이 죽으면 내 책임이야. 내가 이 마을로 데려 왔잖아." 인성이 짜증 내며 말했다.

"이 마을로 안 왔으면 이미 그들은 죽었어. 그리고 강철과 상춘이 갔으니 자긴 갈 필요 없어." 수지가 단호하게 말했다.

"아무튼 나도 강철과 상춘을 도와야겠어. 자기가 시장님 주위를 끌어봐." 인성이 말했다. 수지가 인성을 다시 설득하려 했지만 인성은 단호한 표정을 지었다. 한 번 더 설득하기 위해 입을 열었지만 인성은 검지 손가락으로 수지의 입을 막았다. 수지는 인성의 고집을 잘 알기 때문에 단념하고 도와주기로 했다. 그래서 인성이 나가는 시간을 벌기 위해 시장에게로 가서 대화를 시작했다. '스노드롭에 있는 발전기를 며칠 정도 사용할 수 있나요?' '식량은 충분한가요?' '조금 좁지 않나요?'라고 계속 질문을 던졌다. 그러자 시장은 당황해했다. 시장이 수지와 대화를 하면서 지하 창고로 데려갔다. '아아. 머리가 복잡해지는군. 질문이 너무 많네. 우선 식량부터 말하자면 식량은 이곳에 보관 되어지네' 라며 시장이 한 곳에 손을 뻗었다. 그곳엔 큰 천으로 많은 박스를 덮어놓은 모습이 보였다. '스노드롭은 굴 안이라 먼지가 많아. 그래서 이곳은 먼지를 가라앉히기 위해 물을 자주 뿌려 줘야 해. 하지만 음식들 위엔 물을 뿌릴 수 없잖아? 그래서 그냥 큰 천을 만들어 식량들 위에 얹어 먼지를 막았어.' 시장은 말했다. 그리고 발전기에 관한 얘기가 시작되려는 찰나에 수지가 인성에게 눈길을 보냈다. 시장은 자신에게 집중하고 있으니 지금 나가라는 뜻이었다. 인성은 고맙다고 오른손 엄지손가락을 하늘로 올린 뒤에 스노드롭을 빠져나왔다.

밖에 나오자마자 인성은 상춘과 헌을 만났다.

"… 너는 안에 있으라고 하지 않았나?" 상춘이 의심스러운 눈빛으로 인성에게 물었다.

"시간이 많이 지났는데도 다 모이지 않아서 시장님께서 내가 도울 수 있도록 나가는 것을 허락하셨어." 인성은 당황했지만 둘러대며 말했다. "그런데 왜 늦은 거야?" 인성이 거짓말을 들킬까봐 황급히 화재를 전환하며 물었다.

"이 바보 같은 녀석이 집에서 물건을 챙겨 나오잖아." 상춘이 말하자 헌은 얼굴이 빨개지며 얼른 액자를 뒤로 숨겼다. 그 액자엔 헌의 아내로 보이는 여성이 보였다.

"복호 할아버지와 병헌은?" 인성은 상춘이 의심의 눈빛을 풀지 않자 당황하며 물었다.

"강철이 그들의 집으로 갔어. 그나저나 거인이 나타난다고 하지 않았나?" 상춘이 인성을 비꼬면서 말했다.

"나타날 거야." 인성이 확신하여 말했다. 하지만 인성은 꿈이 틀릴 수도 있다는 생각에 속이 뒤틀렸다. 거인이 안 나타난다면 그는 거짓말쟁이가 될 것이다. 그래도 맞는다면 마을 주민들이 다치는 것을 막게 되는 것이다. 그렇다. 거인이 나타난 후에 피하면 인명피해가 생길 것이다. 그것보다는 차라리 거짓말쟁이가 되는 것이 나았다.

"그럼 행운을 빌어줄게." 상춘은 한쪽 입꼬리를 올리며 비웃고 안으로 들어갔다.

인성은 서둘러 강철과 복호, 병헌을 찾아 나섰다.

'시장님 집엔 없을 거야.' 인성은 시장의 집이 아닌 아파트로 향했다. 다행히 아파트 E동에서 나오는 세 사람의 실루엣이 보였다. 인성은 서둘러 다가갔다.

"넌 왜 나와 있는 거야?" 강철이 다가오는 인성을 보고 황당해 하며 물었다.

"상춘과 똑같은 소리를 하네. 시장님이 허락했어." 인성이 말했다.

"아버지가? 그럴 리가 없을텐데…. 아무튼 서두르자." 강철이 인성을 의심의 눈빛으로 쳐다보며 말했다. 인성은 그 시선이 알아차리고 얼른 다른 곳으로 눈길을 돌렸다.

"무슨 일이야?" 병헌이 잠에서 방금 깨서 짜증이 난 듯이 투덜거리며 말했다.

"거인이 나타날 거야." 인성이 병헌에게 말했다.

"흠, 그거 큰일이군. 강철 군이 서둘러 달려와서 무슨 일이 생긴 줄 알았지만…. 거인이라니…." 복호가 걱정이라는 듯이 말했다.

"스노드롭으로 이동해야 해요." 인성이 병헌의 손을 잡으며 말했다.

"누군가 거인을 본 것인가?" 복호가 사방을 살피고 강철을 보며 말했다.

"아닙니다. 하지만 곧 나타날 것입니다." 강철이 말하자 인성은 고마움을 느꼈다. 상춘은 그를 의심하지만 강철은 믿고 있는 것이다. 시장처럼 아무것도 묻지도 않고 그를 믿어 준 것이다.

"그런가?" 복호는 더 묻고 싶었지만 빠른 속도로 이동하는 강철을 따르려면 숨이 찼으므로 더 이상 말을 못했다.

마을엔 그들만 남아있었으므로 말이 없어지자 정적이 맴돌았다. 그때 또 다른 사람이 없다는 걸 인성이 깨달았다. 강호가 없는 것이다.

"강호는?" 인성이 물었다.

"강호는 벌써 스노드롭으로 이동했어." 강철이 대답했다. 하지만 인성은 스노드롭에서 강호를 보지 못했었다. 인성이 강철을 보며 한 마디를 더 하려고 하자 강철이 대답했다.

"보지 못했어? 어쩌면 당연하지. 지하로 내려가 있었거든. 스노드롭엔 지하실이 있어. 식량 창고로 이용하는 장소지. 강호는 사람들이 많은 곳은 피하잖아. 그곳에 숨어있을 게 뻔해." 인성은 강철의 대답에 나오기 전 시장과 수지가 대화를 나누며 들어갔던 지하창고가 생각났다. 그곳에 커다란 천으로 덮인 식량의 모습도 떠올랐다. 하지만 강호의 모습은 보질 못했다.

"나와 수지, 시장님이 먼저 도착해서 들어오는 사람들을 확인했지만 강호는 못 본 것 같은데?" 인성이 의구심을 가지고 말했다.

"강호는 사람들이 많으면 조용하잖아? 별로 눈에 안 띄어서 확인을 못 한 것이지." 강철이 별 게 아닐 것이라는 듯 말했다. 인성이 더 물어보려고 했을 때, 먼 곳에서 괴성이 들렸다. 드디어 거인이 나타난 것이다. 그는 그러면 안 되지만 거인을 보고 반가운 마음이 들었다.

"크아아아악!"

"어서 뛰어!" 강철이 외쳤다. 거인이 움직일 때마다 마을은 순식간에 초토화가 되어가고 있었다. 거인은 인간을 찾는 것처럼 보였다. 아직 그들을 보지 못한 것 같았지만 그들을 향해 오는 것 같았다. 그들은 스노드롭으로 있는 힘껏 달렸다. 무서움에 그들은 거인 못지않은 속도로 내달렸다. 입구가 눈에 보이기 시작했다. 그때 앞서 달려가던 강철의 발에서 튀어 나간 돌이 뒤에 있던 병헌의 발을 맞췄다. 병헌은 앞으로 크게 넘어졌다.

"일어나! 빨리!" 강철이 다급하게 말했다.

"몸이 안 움직여. 어떻게 해." 병헌이 울며 말했다. 병헌이 공포로 몸이 떨며 주저앉은 것이다. 그러자 인성은 되돌아가 병헌을 업고 서둘러 뛰기 시작했다. "고, 고마워. 인성이 형." 병헌이 눈물을 훔치며 말했다.

마을은 모두 파괴했지만 인간을 찾지 못한 거인은 계속 큰 소리로 소리쳤다. 그들은 그 광경을 한 번 쳐다본 뒤에 스노드롭으로 들어갔다.

뜻밖의 만남

시장은 인성이 그의 말을 듣지 않고 나갔다며 매섭게 화를 내었고 인성도 화를 참지 못하고 같이 폭발하였다. 한동안 시장과 인성의 말다툼이 있었고 강철과 수지가 말리면서 소강상태로 접어들었다. 마을 사람들도 모두 신경은 곤두설 때로 곤두서있었다. 스스로의 감정을 조절하기 힘들었다. 몇몇은 인성과 시장처럼 조금의 여지라도 있으면 싸움이 일어날 것 같아 보였다. 그리고 여기저기서 웅성거리는 소리가 들렸다. 소수지만 공포를 참지 못하고 울고 있는 사람들도 보였다. 그때 상춘이 지하창고에서 나오면서 소리를 쳤다.

"시장님, 식량이 모두 없어졌어요!" 상춘이 다급하게 나오면서 시장을 보자 사람들은 비명을 질렀다.

"어떻게 그런 일이?" 시장은 그런 일은 있을 수 없다는 듯 눈을 동그랗게 뜨며 의아해했다. 그러자 상춘이 인성이 범인이라고 확신하며 노려보며 말했다.

"저 자식이 수상해요. 마을 사람들보다 미리 이곳에 왔었잖아요?

그리고 거인이 나타난다는 것은 어떻게 알고 있던 거죠?" 인성은 상춘의 말을 반박하고 싶었지만 꿈에서 본 내용이라고 하면 상황을 상춘에게 더 유리하게 해 줄 뿐이었다. 인성은 얼굴이 빨개졌지만 끝내 해야할 말을 찾지 못하고 있었다. 사람들은 인성을 주목하기 시작했고 몇 사람이 상춘을 지지한다는 듯 상춘의 뒤에 일어나 섰다.

"인성은 거인과 한통속일 것입니다. 거인과 모종의 거래가 있었을 거예요. 거인은 인성이 말한 시간에 나타나 주기로 했을 것입니다. 스노드롭에 저장된 음식을 나눠 갖기로요! 거인이 약속한 대로 마을을 공격하여 분위기가 어수선해지자 그때 훔친 것이 분명합니다!" 헌이 상춘의 뒤에서 상춘을 지지했다.

"거인은 인간과 대화가 안 통해." 시장이 답답한 듯 헌에게 말했다. 헌의 화났던 표정은 풀렸다. 하지만 '그럼 왜?'라는 듯 궁금한 표정이 떠올랐다. "인성이는 저와 함께 이곳에 제일 먼저 왔습니다. 시장인 저도 의심하는 건 아니겠죠? 그리고 식량은 마을 사람이 모두 모였을 때까지도 분명히 있었습니다. 저와 수지 양이 확인을 했었죠." 시장이 의심할 필요가 없다고 사람들에게 설명을 했다.

"하, 하지만 거인이 나타날 것이란 것을 어떻게 안 것이죠? 그리고 수지양도 인성과 한패입니다." 상춘이 말했다. 사람들은 상춘의 말에 고개를 끄덕였다. 그러자 시장이 강철을 보았고 서로만 알아들을 수 있는 신호를 보냈다. 그러자 강철은 시장을 보고 고개를 끄덕였다. 시장이 어쩔 수 없다는 듯이 한숨을 내쉬고 천천히 말했다.

"인성은 아스갈의 메시아입니다." 이 말은 파장이 컸다. 병헌은 인성을 경애하듯 쳐다보았다. 하지만 거의 모든 사람들은 인성을 두려운 듯이 쳐다보았고 자리에서 일어났으며 몇몇은 슬금슬금 인성에게서 뒷걸음질을 쳤다. 당사자인 인성도 시장의 말에 충격을 받았다.

'메시아라니?' '아스갈을 믿지도 않는데?'

"그, 그럼 인성, 아니 메시아님이라고 불러야 하나? 정말 앞날을 볼 수 있는 건가요?" 상춘인 두려움과 화난 표정이 뒤섞인 이상한 표정으로 말했다. 클로버의 마을 사람들은 거의 아스갈을 믿지 않지만 아스갈의 메시아가 비범한 예지능력을 가지고 있다는 것을 알고 있었다.

"그렇다네. 인성은 앞날을 예견할 수 있다네. 예지몽을 통해서 미래를 읽는 거야. 그리고 다행히 오늘 우리를 구해줬지." 시장이 차분하게 말했다. 인성은 다시 머리가 아팠다. 이게 무슨 소린지 이해할 수 없었다. 시장은 그가 예지몽을 꾼다는 것을 어떻게 알았을까?

"우리는 인성에게 고마워해야 합니다! 덕분에 마을 사람들은 한 명의 피해도 없이 스노드롭으로 이동할 수 있었어요. 우리가 거인이 나타난 것을 본 후에 피했으면 분명 몇몇은 죽었을 겁니다. 아, 제가 몇몇이라고 했나요? 전부 다 죽었을 겁니다. 다시 한 번 말하지만 우리는 고마워해야 해요." 시장은 사람들에게 진정하라는 듯이 큰 소리로 외쳤다.

"제가 아스갈의 메시아라뇨? 저는 아스갈을 잘 알지도 못하고 믿지도 않습니다." 인성이 당황하며 시장에게 뭔가 잘못되었다는 듯이 말했다.

"그럼 자네는 우리를 미리 대피시킨 이유가 무엇인가? 예지몽을 꾼 후에 위험을 감지하고 이동시킨 게 아닌가?" 시장이 빙그레 웃으며 물었다.

"그, 그건 맞지만, 아니 그걸 어떻게 알죠? 그리고 그게 아스갈과 무슨 상관이죠?" 인성이 물었다. 그러자 시장은 주머니에서 한 잡지와 신문 스크랩을 꺼내 들었다. 잡지는 'YH29' 마지막 호였다. 그리고 신문은 세계에서 나오는 신문이었다. YH29 마지막 호엔 인성이 쓴 거인에 대한 글이 실려 있었다. 인성은 YH29를 보자 깜짝 놀랐고 수지도 그것을 보고 놀란 듯 보였다.

"자네 이 잡지에 글을 썼었지?" 시장이 이미 답을 알고 있다는 듯 YH29를 들고 물었다.

"네? 아, 네." 인성이 당황해서 처음에 알아듣지 못했다가 다시 대답했다.

"난 자네가 아스갈과 상관없다는 건 마을에 왔을 때부터 진즉에 알고 있었네. 만약 아스갈과 관계가 있었다면 자동차와 같은 환경을 오염시킨다는 물건은 거들떠보지도 않았겠지. 강철이 축산 농가를 가자고 했을 때에도 반대를 했을 테고 말이지. 강호는 아스갈의 돌연변이니까 신경 쓰지 말고. 아무튼 자네는 아스갈과 세계에 대해서 잘 몰랐어. 강철과 강호가 자네에게 그것에 대한 얘기하기 전까진 말이야. 자네가 아무것도 모른다는 이야기를 강철에게 듣고 자네에 대한 의심을 버렸네. 아무튼 내가 자네에게 아스갈의 메시아라고 하니 당황스럽지?" 시장은 그 말을 하고 인성을 걱정스러운 눈빛으로 쳐다보았다. 인성은 다시 뭐라 말하고 싶었지만 시장의 말대로 당황스러웠다. 무엇을 말해야 할지 몰랐다. 마침내 생각을 마치고 인성이 입을 열려고 했다. 하지만 시장은 인성의 어깨를 두드리고 자상하게 쳐다보았다. 그리고 시장은 인성을 보던 눈빛을 돌려 사람들의 눈을 하나씩 마주 보았다. 그리고 사람들을 향해 말을 이었다. "여러분. 여기 있는 인성 군은 마을의 보물입니다. 마을이 위기에 빠지기 전에 미리 우리들에게 말해줄 수 있는, 지금 같은 시대에 가장 훌륭한 능력이 있죠." 그러자 시장의 말에 동의한다는 듯 사람들은 고개를 끄덕이며 웅성거리는 소리가 생겨났다. "여기 제가 들고 있는 잡지에 대해 설명하자면, 'YH29'는 지하철에 배부되는 무료 잡지에요. 다양한 오락거리를 실어놓고 있습니다. 그중에 우리가 주목해야 하는 것은 이 잡지에 소설입니다. 이 소설은 거인에 대한 내용이 담겨있습니다. 거인이 나타나기 전에 쓰인 소설이에요. 거의 바로 직전이죠. 거인이 인간들을 잡아먹고 도시를 파괴하는 내용을 담은 소설이었습니다. 현실과 너무나 비슷하죠. 여러분은 우연히 그런 소설을 쓸 수 있다고 생각하시나요? 그렇다고 하기엔 이 소설은 너무 자세히 알고 있죠. 마치 이미 알고 있던 것처럼 말이죠. 이제 궁금하지 않나요? 누가 이 소설을 썼는지 말입니다. 바로 이 소설을 쓴 사람이 이인성 군, 아스갈의 메시아죠." 사람들은 더욱 더 동요하였다. 하지만 시장은 그것을 무시하고 말을 이었다. "우리는 여기 있는 이인성 군이 이 글을 쓴 이인성 군인지 알지 못했습니다. 우연히 이름만 같은 동명이인으로만 생각을 했죠. 하지만 저의 아들이 식량을 찾으러 다른 마을에 갔을 때 이 신문을 가져오면서 저는 모든 것을 알게 되었습니다." 시장이 신문 스크랩을 들어 올리며 말했다. "그리고 이 '새국신문'을 보시면(인성과 수지는 놀랐다. 그건 수지 아버지가 대표로 있던 회사의 신문과 이름이 같기 때문이다), 물론 아시는 사람들은 알다시피 세계에서 나오는 신문이죠. 아무튼 이 신문에서 메시아에 대한 내용이 있습니다." 인성과 수지는 동공이 커졌다. 신문에는 인성의 사진이 보인 것이다. 밑엔 '거인의 등장을 예언한 메시아'라고 써져 있었다. "이 신문엔 메시아의 대한 글이 무려 1면과 2면에 걸쳐 상세히 적혀있습니다. 하지만 중요내용만 읽어 보자면, '메시아는 예지능력을 갖고 계신다.' '거인이 나타나기 전에 이미 그것의 등장을 예상하셨고 그것을 예언하여 우리들에게 알려주려 하셨다.' '미천한 사람들은 소설로만 치부했고 재미로만 생각했다.' '거인이 나타나고 나서야 그분의 위대함을 알 수 있었다.' '사람들은 자신들의 무지를 개탄했고 세계에서 그분을 찾으려 하였지만 종적을 감추셨다.' 자! 이렇게 써져 있습니다." 시장이 말을 마치자 사람들은 인성을 신기한 듯 낯설게 쳐다보았다. 그리고 조금씩 소음이 생겨났고 점점 커졌다. 환호하는 사람도 있었으며, 엎드려 절하는 사람들도 있었다. 인성은 부담스러워서 어쩔 줄 몰랐다. 그가 모르는 종교에서 그를 찬양하고 있고, 이젠 클로버의 마을 사람들도 그런 기미를 보인다. 시장은 당황해하는 인성의 표정을 알아차리고 주민들에게 외쳤다. "제가 마을의 보물이라고 치켜세웠지만, 그리고 아스갈에서 인성을 메시아라고 받들지만 말이에요. 여러분들만큼은 인성을 특별하게 대해 주지 않으셨으면 합니다. 인성은 제가 이 말을 하기 전까지 자기가 메시아라는 것도 알지 못한 평범한 사람입니다. 물론 앞날을 예견하는 능력이 있으니 평범한 것은 아닐 수도 있어요. 아아. 또, 말이 옆으로 샜군요. 아무튼 아스갈에서 신도들의 믿음을 얻기 위해서 인성을 끌어들인 것 같습니다. 아스갈을 만든 사람은 인성과 알고 지내던 사람일 수 있겠죠. 인성이를 평범한 클로버의 주민으로 생각해 주셨으면 좋겠습니다. 인성이도 그것을 원할 것입니다. 그렇지 않니?" 시장이 말을 마치고 인성을 쳐다보았다. 인성은 감사하다며 시장에게 대답을 하고 싶었지만 말이 안 나와서 고개만 끄덕였다. 힘이 빠져 말을 할 수 없던 것이다. 많은 생각이 머릿속으로 밀려 들어와 인성을 어지럽게 만들었다. 주민들은 시장의 말에 동의를 하였지만 인성을 보는 호기심이 어린 눈을 거두진 않았다. 그리고 우울한 분위기는 긍정적인 분위기로 바뀌었다. 마을 사람들은 그와 함께 있으면 안전하다고 생각하는 것 같았다. 몇몇이 인성에게 다가왔지만 시장이 주의를 주자 발길을 돌렸다. 인성의 옆에 있는 수지조차 인성에게 뭐라 말할 수 없었다. 인성은 그 분위기가 어색했다. 인성은 주저앉았고 모두들 휴식에 들어갔다.

인성은 정말이지 머리가 복잡했다. '아스갈이란 종교는 무엇일까. 자신을 왜 끌어들인 것일까.' 아스갈은 인성이 예지몽을 꾼다는 것을 알고 있었다.

'나를 아는 사람이 아스갈에 있는 것이 분명해.' '누가 아스갈을 만들었을까.'

수지는 아무 말 없이 인성의 옆에 앉아 손등을 어루만져 주고 있었다. 그러다 인성은 갑자기 일어섰다. 수지는 깜짝 놀라 동그란 눈으로 인성을 올려다보았다. 인성은 꿈이 떠올랐던 것이다! 꿈은 식량이 없어진 후에 내용이었다. 그리고 거인이 마을을 파괴하는 모습이 아닌 그가 식량을 가져오는 꿈을 보여줬다. 해야 하는 일이 아직 남아 있던 것이다. 식량을 가져오는 일! 그것이었다. 힘이 없고 머리도 복잡했지만 할 일은 명확했다. 거인이 나타난 지금 움직이는 건 위험했다. 하지만 꿈에서 그는 마을 창고에 남아있는 식량을 무사히 스노 드롭으로 가져왔었다. 인성은 식량을 가져오기 위해 밖으로 나가야 했다. 그래서 그는 시장에게 다가가 말했다.

"저의 꿈에 대해 할 말이 있습니다."

"뭔가?" 인성이 갑자기 일어나 자신에게 다가오자 놀란 표정으로 시장이 말했다.

"제 꿈에선 식량이 없어질 것을 알았던 것 같아요. 그래서 부서진 도시에서 전 식량을 챙겨 오는 꿈을 꿨어요."

"안 돼! 자넨 앞날을 예견한다네. 마을의 중요한 인재야." 시장은 단호했다.

"저를 평범하게 대해주신다면서요! 그리고 꿈에선 전 죽지 않았습니다." 인성이 시장을 설득했다.

"…그럼 강철과 몇몇 사람들도 붙여주겠네. 같이 가게. 그게 좋을 것 같네." 시장이 몇 초간 생각을 하더니 말했다.

"꿈에선 저 혼자 행동을 했습니다." 인성이 결심했다는 듯 단호하게 말했다.

"시장님도 제가 예지몽을 꾼다는 것을 믿어주셨는데 이번에 식량을 가져오는 것도 절 믿고 보내주세요. 사람들이 식사는 해야할 것 아닙니까?" 인성이 말을 했고 한동안 어색한 침묵이 흘렀다. 시장이 고민을 하였다. 그리고 이내 말했다.

"그럼, 몸조심하게. 부탁이야. 자넨 중요한 사람이라네. 내가 마을 사람들에겐 평범하게 대해 달라고 했지만 사실 자넨 특별한 사람이야. 마을의 위험을 예측해줄 수 있는 사람이라고. 그렇기 때문에 다른 누구보다 자넬 잃는다는 것은 마을에서 제일 큰 불행이야."

"알겠습니다. 조심할게요. 음, 약간은 낯간지러운 말이네요. 그러면서 마을의 시장님으로서 말하면 안 되는 발언이었어요. 마지막 말은 못 들은 걸로 할게요." 인성은 희미한 미소로 걱정 말라는 듯 말했다.

인성이 큰 가방을 챙겨 스노드롭의 입구로 향하자 수지가 다가와서 물었다.

"어디 가?"

"식량을 가지러 갔다 오게."

"나도 갈게."

"이건 나 혼자 해야 돼."

"아니 나도 갈래."

"내가 미래를 봤을 때, 난 혼자였어."

그래도 수지가 뭔가를 말하려고 했다. 하지만 인성은 알고 있다는 듯 수지의 입을 검지로 막고 말했다.

"무엇을 생각하는지 알아. 날 걱정하는 거겠지. 고마워. 하지만 걱정 마. 꿈에선 난 안전하게 식량을 가지고 나왔어." 인성은 수지에게 웃어주었다. 그녀는 그래도 불안한지 걱정된 표정을 풀지 못했다. 인성은 그녀의 머리를 쓰다듬어 주었다. 그리고 이마에 키스를 했다. 그 후에 천천히 입구로 향했다. 인성은 밖으로 나왔다. 바람이 차가웠다. 그도 사실 두려웠다. 하지만 꿈에선 안전했으니 현실의 그도 안전할 것이라고 막연히 생각했다. 심호흡을 했다. 세계와 아스갈, 새국신문 등 이런저런 생각이 머리를 복잡하게 했지만 지금은 식량에 대해서만 생각하는 것이 중요하다고 판단했다.

"무서워 할 것 없어. 난 안전했으니까." 인성은 다시 한 번 스스로를 달래고 마을로 달렸다. 거인은 보이지 않았다. 한결 안심이 되었고 몸이 가벼워졌다. 그는 어느 순간 자신의 행동이 저절로 움직이는 것처럼 느껴졌다. 분명 몸은 의지대로 움직였지만 그 움직임은 꿈에서 했던 움직임이었다. 자신감이 생겼다. 숲은 그가 한번 보았던 것 같았다. 그가 달리는 위치에서 보는 풍경들이 전에도 똑같이 본 것 같았다. 웃음이 터져 나왔다. 거인에 대한 걱정은 그의 지나친 생각이었다. 인성은 어느새 마을의 식량 창고에 들어왔다.

'곧 거인이 등장할 거야. 최대한 물건을 많이 챙겨야 해. 라이터를 켜볼 필요도 없어. 분명 꿈에서 작동이 가능했으니 그냥 챙기면 될 거야.' 인성은 꿈에서 보다 더 많은 식량을 가방에 집어넣었다. 꿈에서 상품의 위치를 미리 알 수 있었던 것이다. 당연한 얘기지만 미래를 볼 수 있었으니 미래를 바꾸는 것도 가능했다. 가방은 너무 많은 양이 들어오자 먹은 것을 도로 토해냈다. 그는 물건을 억지로 쑤셔 넣으며 사용할만한 것이 더 있는지 둘러보았다. 그때 거인의 울음소리가 들렸다. 그는 '드디어 나타났구나'라고 생각했다. 거인을 기다리고 있었다는 이상한 생각이 들었다. 꿈에서처럼 달리기 시작했다. 다시 한 번 그 느낌을 느낄 수 있었다. 몸을 누군가 움직여주는 느낌. 그는 몸을 맡기고 스노드롭으로 달렸다. 스노드롭 입구에 안전하게 도착하자 거인을 쳐다보았다. '여기까지가 꿈의 끝이었지.' 그는 생각했다. 스노드롭 입구 앞엔 상춘이 서 있었다. 그는 인성을 반겼다. 이제껏 인성을 보던 표정이 아니었다. 미소를 지으며 다정한 표정으로 바라보았다. 물론 억지로 그러한 표정을 만들어 어색해 보였다. 그래도 도깨비 같은 표정보다 훨씬 나았다. 잘생긴 얼굴도 약간은 보이는 것 같았다.

"인성아. 니가 아스갈의 메시아였다니…. 그동안 미안했어." 몇 초간의 어색한 침묵이 흘렀다.

"미안할 필요가 있나?" 인성이 침묵을 깨고 어이가 없어 허탈한 웃음을 지으며 말했다.

"가방 무겁지? 내가 가지고 들어갈게."

"그래. 고마워." 인성이 말했다.

상춘이 허리를 굽히자 인성은 가방을 그의 등에 올렸다. 그리고 상춘이 먼저 스노드롭으로 들어갔다. 그 순간 문이 닫혔다. 순식간의 일이었다. 인성은 당황했다. 다시 문을 열려고 했지만 문은 안에서 잠긴 것 같았다.

상춘의 행동은 인성이 식량을 구하러 나가는 것을 본 순간 계획되었다. 상춘은 이제껏 인성과 다툼이 많았고 그에게 특히 신경질적으로 굴었다. 하지만 인성이 메시아라는 것을 알게 되자 두려워졌다. 그가 예지몽을 꾸는 것 말고도 신적인 능력이 있을 것이라고 생각했다. 그리고 그 능력으로 자신을 해칠 것이라고 상춘은 생각했다. 그가 다른 능력이 없어도 그를 따르는 사람은 엄청 많았다. 아스갈을 믿는 사람들을 선동해서 죽일 수도 있었다. 상춘의 몸은 무서움에 부들부들 떨렸다. 그러자 상춘은 자신을 보호하기 위한 방법을 생각했다. 인성을 이곳에 다시 못 들어오도록 막는 것이다. 그가 스노드롭에 못 들어오면 다음 날 죽어있을 것이다. 인성이 거인의 먹이가 될 것이 분명했기 때문이다.

스노드롭 밖에 남겨진 인성은 어떻게 해야 할 지 몰랐다. 당황했다. '꿈이 예견했던 내용은 이미 끝났는데 그 이유가 내가 죽어서 끝난 것인가?'

꿈은 이다음에 인성이 해야할 내용을 알려주지 않았다. 곧 거인은 움직이는 인성을 볼 것이다. 인성은 걱정이 되었다. 거인의 후각은 시력이 나쁜 대신 인간보다 월등했다. 물론 그것은 낮에만 맞는 말이었다. 낮엔 거의 장님이나 다름 없었지만 밤이면 시각도 인간보다 월등했다. 역시나 마을을 배회하던 거인은 코를 몇 번 들이키더니 인성을 쳐다보았다. 그리고 그를 향해 달려왔다. 엄청난 스피드였다.

"날 잡아먹으면 입맛만 버릴 거야!" 인성의 입에선 생각지도 못했던 말이 나왔다. 두려운 와중에 농담이라니 부끄러워졌다. 하지만 거인은 그의 말을 모른다. 그는 '이제 곧 죽겠구나'라고 생각했다. 당연하지만 거인의 속도는 그보다 몇 배는 더 빨랐다. 그런데 인성이 땀을 훔치며 숲으로 들어가려던 순간 엄청난 스피드의 자동차가 그의 앞을 막아섰다. 그가 멍하니 바라보고 있자 차의 뒷문이 열렸다.

"뭐 해, 빨리 타!" 들어본 적 있는 젊은 남성의 목소리가 들렸다. 그는 얼른 자동차에 올랐다. 다시 엄청난 스피드로 자동차는 거인에게서 멀어지기 시작했다. 거인은 눈앞에서 먹이를 놓친 것이 분한 듯 자동차를 쫓았지만 자동차는 곧 땅 속으로 내려가고 있었다. 거인은 갑자기 자동차가 사라지자 한동안 얼이 빠져 서 있었다. 그리고 다리를 구르며 짜증 섞인 고함을 외쳤다.

"누군지 몰라도 고맙습니다. 정말 죽는 줄 알았거든요." 인성이 식은땀을 훔치며 말했다. 그리고 옆을 보자 강호가 미소를 지으며 그를 보고 있었다.

"강호? 너 언제…" 인성이 놀란 듯 말했다.

"앞좌석을 보세요. 메시아님을 구하러 온 사람이 누군지 알게 되면 놀랄 것입니다." 강호가 인성의 말을 막으며 듣기 거북한 존댓말했다. 인성은 앞을 보자 입이 떡하고 벌어졌다.

"오래간만이야." 영규가 웃으며 백미러를 통해 그를 바라보고 있었다.

세계

　지상에선 모든 것이 파괴되어 핸드폰이나 인터넷 등 기타 통신기기 사용이 불가능했다. 영규를 찾으려고 해도 방도가 없었다. 분명 잡초 같은 그가 어디엔가 살아있다고 생각했지만 이렇게 만날 줄은 몰랐다. 거인이 나타난 이후 처음 본 그는 인성이 알던 영규와 많이 달라져 있었다. 언제나 짧은 머리스타일을 즐겨 했던 영규는 어깨 넘어 까지 긴 머리를 늘어트렸고 얼굴엔 칼로 벤 듯 보이는 예리한 상처가 양쪽 볼에 나 있었다. 예전에도 마른 체형은 아니었지만 키가 껑충해서 실제 몸무게보다 말라보였다. 그러나 지금은 거의 뼈만 남은 것처럼 보였다.

　"어떻게 된 거야?" 물어볼 것이 많은 인성이었지만 무엇부터 말해야할지 몰랐다. 인성은 마치 생전 처음 보는 사람처럼 영규의 얼굴을 물끄러미 쳐다보았다. 그러자 영규는 궁금한 게 많을 것이라며 한 번에 많이 말을 토해냈다.

　"아스갈의 신도인 강호가 나를 찾아왔어. 메시아를 찾았다고 말이지. 아스갈의 신도가 사방에 있어. 그 이유는 바로 메시아인 인성, 너를 찾기 위해서야. 강호는 클로버 마을로 파견된 아스갈 신도이지. 아무튼 강호는 네가 클로버에 있다는 얘기를 해줬어. 강호가 나에게 너에 대한 이야기를 해줬을 때 진짜 너일까에 대해 의심을 했었어. 그냥 동명이인이 아닐까 생각을 했지. 물론 계속 관심을 기울였지만 말이야. 그러다 최근 운 좋게 너의 사진을 발견했어. 네가 전에 살던 집을 조사하다가 앨범 사진을 발견한 것이지. 그래서 신문에 실었는데 그걸 본 강호가 확실하다고 내게 말해줬어. 사진 속의 네 체격이 더 좋긴 하지만 분명 하다고 말이야. 나는 그 얘기를 듣자마자 바로 찾으러 갔어."

차는 아래로 계속해서 들어가고 있었다. 굴의 양쪽엔 전등이 밝혀 있어 그들을 안전하게 안내하고 있었다. 마치 백화점 지하주차장을 이용하는 느낌이었다. 인성은 오랜만에 만난 친구를 보며 편안한 기분이 들었다.

"우리가 너를 찾아갔을 땐, 이미 마을은 비어있었어. 강호가 너는 아마 클로버 산에 있는 굴인 스노드롭으로 갔을 것이라고 했지. 그래서 스노드롭으로 가고 있었어. 그런데 우연찮게 거인에 쫓기는 널 발견한 거야." 영규가 기뻐하며 말했다.

"정말 말도 안 되게 운이 좋았어. 사실 거의 죽을 뻔했거든. 복권이라도 사야 할 것 같아. 어, 그런데 너 운전을 해?" 인성은 영규가 환경주의자라는 것을 알고 있었다. 그는 환경오염을 이유로 차를 싫어했었다.

"아? 환경에 해로운 걸 지극히 싫어하는 내가 운전을 하니까 궁금한가 보군. 이건 물로 가는 자동차야! 대단하지? 속력도 화석연료로 가는 자동차 못지않아. 웃긴 것은 이런 기술이 거인이 나타나기 전에도 존재했었다는 거지. 그런데 석유로 가는 자동차를 규제하니까 내놓더라고. 참 웃기지 않아? 회사는 무조건 이익에 관해서만 움직여. 무서운 경제야." 영규는 인성이 무슨 뜻으로 묻는지 이해하고 말했다. 서서히 입구가 환해지기 시작했다. 곧 인성의 눈앞엔 믿지 못할 세계가 나왔다. 지하엔 거인이 나타나기 전의 모습이 존재했다.

"여긴 지하 깊숙한 곳에 숨어있는 세상이에요. 일명 '세계'로 불리고 있습니다." 놀라서 입을 벌리고 있는 인성을 보며 재밌다는 듯 강호가 말했다.

"세계에 온 것을 환영해!" 영규가 큰 소리로 웃으며 말했다.

자동차가 다녔다. 기차도 보였다. 건물들은 불빛을 화려하게 비추고 있었으며 거리의 몇몇 시민들이 바쁘게 걷고 있었다. 학교도 보였는데 아이들이 학교 운동장에서 축구를 하고 있었다. 세계는 엄청나게 넓은 곳이었다. 지상에 있던 모든 것이 존재하는 것 같았다. 복호 할아버지가 말한 세상 아래의 세상이었다. 조금 이상한 것이 있다면 거대한 폭포가 존재하는 것이었다. 인성이 거대한 폭포를 쳐다보고 있다는 것을 본 영규가 말했다.

"저 폭포는 '거베라'로 지하를 다니던 물을 끌어들여 만든 인공폭포야. 물의 낙차로 전기를 만들어. 덕분에 24시간 전기가 들어오지." 영규는 뿌듯한 듯 말했다.

"대단한데! 그런데 지금은 밤이잖아? 밤에도 이렇게 환해? 그러니까 밤에도 불을 켜놔?" 인성이 환하게 비추는 인공태양을 쳐다보며 묻자 영규가 웃으며 말했다.

"세계에선 지금 시간이 일할 시간이야. 낮엔 잠을 자거나 지상으로 올라가서 햇빛을 보지. 그리고 거인들이 낮엔 시력이 안 좋잖아? 사람들은 햇빛을 보고 싶어 해. 물론 나도 그렇고. 햇빛이 없으면 너무 우울하거든. 물론 인공태양이 존재하지만 자연이 더 좋잖아? 그런 이유로 세계에선 낮과 밤을 바꿨어."

인성은 세계 곳곳을 둘러보다가 익숙한 것이 많아서 놀랐다. 심지어 거인이 나타나기 전에 지상에 보던 기업들이 이곳에 있었다. 그리고 활발한 사람들의 모습은 거인에 대한 두려움은 찾아보기 힘들었다.

"혹시 핸드폰이나 인터넷 사용도…." 인성이 물었다.

"물론 가능하지. 그리고 가족이 살아있는지 알 수 있어. 세계 인구의 정보는 전부 '세계' 메인 컴퓨터에 등록 되어 있거든"

"그럼 혹시 우리 가족은 '세계'에 있어?" 인성이 영규에게 물었다. 그러자 영규의 얼굴이 어두워졌다.

"아…. 메인 컴퓨터에는 살아있는 인류의 1/3정도가 등록되어 있지만 너희 가족은 찾을 수 없었어. 유감이야." 영규가 어찌 할 바를 모르며 말했다. 인성이 허탈해하는 표정을 보자 영규가 말을 이었다. "분명 지상에 살아있을 거야. 클로버와 같은 독립적인 마을이 꽤 많은 것으로 보고되고 있거든. 그리고 곳곳에 아스갈인들이 보내져서 정보를 주고받기 때문에 너의 가족을 찾는 것은 시간 문제야." 그러자 인성은 기분이 조금 나아졌다. 그리고 수지의 가족도 생각났다. 그리고 머리에 '새국신문'에 대한 기억이 떠올랐다.

"혹시 세계에 존재하는 '새국신문'은 수지 아버지이신 김낙운 사장님이야?"

"맞아. 김낙운 사장님은 이곳 세계에서도 신문사에서 일하셔. 그렇다고 만나러 가진 마. 수지와 함께 가는 게 사장님께 기쁨을 드리는 거야. 물론 살아있다는 이야기는 내가 벌써 해드렸지." 영규는 인성이 새국신문 건물을 찾으려고 두리번거리자 대답했다.

"물어볼 게 많겠지만 나중에 물어보고 빨리 사랑교회로 가야 돼. 목사님께서 메시아님을 발견하면 데리고 오라고 하셨잖아." 강호가 시간이 없다는 듯 영규에게 말했다.

"그렇지! 고기찬 목사님이 기다리고 있겠네." 영규가 미처 생각하지 못했다는 듯 놀라며 말했다.

"그럼 마지막으로 하나만 물어볼게. 혹시 그 교회가 아스갈을 믿니?" 인성이 묻자 영규가 미소를 띠우며 대답했다.

"맞아. 그리고 그곳이 아스갈의 시작이라고 할까? 아무튼 넌 정말 엄청난 사람을 만나러 가는 거야. 그 교회의 목사는 세계의 정부보다도 위에 존재하는, 지구 상에 가장 강한 사람이야."

메시아

사랑교회는 특이했다. 그저 벽에 스노드롭처럼 거대한 입구만 존재했다. 입구엔 새국신문이 쌓여있었는데 부끄럽게도 인성의 얼굴이 신문 1면을 장식했다. 그의 얼굴은 김이 날 정도로 벌게졌다. 길을 가는 사람들을 몇몇은 그를 알아보고 놀라워했다. 비명을 질러대고 가던 길을 멈췄다. 한 여성은 그를 알아보고 다리가 풀려 그대로 주저앉았다. 사람들이 점점 몰려들었다. 인성은 사람들이 알아볼수록 민망했다. 그때 그들이 들어올 수 있도록 자동으로 문이 열렸다. 교회의 거대한 문이 천천히 열리자 내부의 강력한 빛이 조금씩 밖으로 나와 눈을 뜨기가 어려웠다. 그들은 문에서 나오는 빛에 눈을 비비며 적응을 하고 안으로 들어갔다. 인성은 세계로 들어왔을 때와 비슷한 충격을 받았다. 너무나 인상적이었다. 그 크기는 아마 '세계'의 사람들 전부를 들일 수 있도록 지어진 크기인 것 같았다. 그리고 벽을 점차 파서 교회를 늘려온 것 같았다. 지금도 '세계'의 인구가 늘고 있는지 벽을 파는 공사를 한 흔적이 보였다. 천장의 높이가 거인의 크기와 맞먹었다. 마치 교회는 10층이 넘는 오페라 하우스처럼 보였다.

인성의 앞엔 거대한 스크린이 보였다. 그때 스크린 아래의 문으로 흰 가운을 입은 한 남자가 걸어왔다. 상고머리에 동그란 안경을 쓴 그는 인성의 어깨 정도만 오는 키에도 불구하고 카리스마로 인해 거대해 보였다. 기도 굉장히 세서 실제로 인성의 눈엔 그의 아우라가 보이는 것 같았다.

"어서 오세요. 메시아님." 목사가 근엄하며 낮은 목소리로 말했다. 그 목소리는 거대한 교회에 메아리를 치며 울렸다. "궁금한 것이 많을 것으로 생각됩니다. 우선 저의 집무실로 가서 얘기할까요?" 목사는 그가 나왔던 스크린 아래의 문으로 인성을 인도했다. 인성이 어리둥절해 있자 영규는 인성의 등을 밀며 따라가라고 했다. 목사를 선두로 인성과 영규, 강호가 이동했다.

집무실은 정사각형의 모양의 흰색으로 모든 것이 꾸며진 방이었다. 하얀 벽지와 하얀 책상, 하얀 의자와 하얀 벽장, 하얀 옷 등 모든 제품이 하얀색이었다. 목사는 상석에 인성을 앉히고 그는 상석의 왼쪽에 앉았다. 그리고 반대쪽에 영규와 강호가 앉았다. 인성은 그의 자리와 목사의 자리를 바꾸려 했지만 목사는 웃으며 일어나려는 그를 만류했다. 그리고 말을 시작했다.

"영규가 말한 대로 이 잡지에 '거인'을 쓰셨나요?" 목사는 온화한 목소리로 인성에게 말했다. 그는 하루종일 힘든 일이 많았지만 그 목소리로 치유되는 느낌이었다.

"네. 맞아요."

"그럼 실례되는 말이지만…. 예지몽을 꾸는 것도 사실이죠?" 목사는 미소를 띠며 말했다.

"…네." 인성은 멋쩍게 말했다.

"정말 메시아님은 대단하십니다. 거인이 나타나기 전에 미리 꿰뚫어 보셔서 사람들에게 알려주시다니요." 목사는 놀랍다는 듯 화통하게 웃으며 말했다.

"아니에요. 소설을 누가 사실로 받아들이나요? 전 사람들에게 알려준 적이 없어요." 인성이 말도 안 된다면서 팔을 저었다.

"저는 그 전에 이 친구가 예지몽을 꾼다는 것을 알고 있었지만 이렇게 대단한 능력인 줄은 몰랐습니다." 영규는 인성을 자랑스러운 표정으로 바라보았다. 그 표정은 인성이 학교에 차를 타지 않고 걸어왔을 때 본 이후 처음이었다. "전엔 이 친구의 말을 그저 농담으로 생각했죠. 인성의 예언은 언제나 정확했지만요. 비가 내릴 거란 시시한 예언도 했습니다. 그정돈 저도할 줄 안다고 무시했습니다. 기상청 일기예보의 반대로 말하면 되니까요. 하지만 '올림푸스 빌딩 테러'나 '갈라파고스 유조선 폭발사고' 등을 예언했죠. 저는 그래도 믿질 못했습니다. 너무 정확하니까 오히려 반감이 생긴 것이죠. 하지만 거인이 나타난 후, 제 스스로를 질책했습니다. 그를 믿지 못하고 의심을 했다고 말이죠." 영규의 미안한 듯이 하는 말은 인성에게 어색하게 들렸다. 그런 식으로 말하는 것은 그답지 않았다.

"네가 그렇게 말하니까 어색해 죽겠다." 인성이 시비조로 말했다.

"아. 우선 목사님 앞에선 이렇게 말해야 해." 영규가 인성의 귀에 낮게 속삭였다.

"우선은 무선 뜻이지? 무엇 때문인지 몰라도 저 사람 때문에 지금 연기하고 있다는 거야? 그렇다면 다행이군. 넌 내가 뭐라도 된 것처럼 말하지 않았으면 좋겠어." 인성도 조용하게 말했다.

"넌 대단한 사람이 맞아. 난 아스갈을 믿는 사람이니까. 널 찬양해야지." 영규가 과장된 표정을 하며 놀렸다.

"그럼 넌 나를 메시아로 섬기겠다는 거야?" 영규만 들릴 정도로 인상을 찌푸리며 작은 목소리로 말했다. 그러자 영규는 웃으며 역시 인성이만 들릴 정도로 속삭이며 말했다.

"물론 아니지. 하하. 장난친 거야. 이 종교는 나와 '악어와 악어새' 같은 존재야. 서로 이익을 위해 필요하지. 아무튼 저 목사의 언변은 대단해서 교회에 머물다 보면 가끔 착각을 해. 내가 이 종교에 빠지게 된다니까. 사실 이 종교는 내가 만든 엉터리 종교인데 말이야."

"그래. 소설로만 이런 종교가 만들어질 수 없어. 나를 알고 있는 누군가 개입했다는 것을 의심했는데 그게 너였구나. 도대체 어떻게…" 인성이 영규를 쩨려보며 말했다. 그러자 영규는 인성을 말을 끊었다. "우리만 있을 때 말해줄게."

목사는 영규가 작은 목소리로 말하는 것을 궁금한 듯 쳐다보았지만 인성이 대화를 마치고 그를 쳐다보자 천천히 말을 꺼냈다.

"메시아님께서 이곳에 오셔서 다행입니다. 지상엔 아직도 세상을 정화하기 위해 거인이 돌아다니고 있습니다. 그런 곳에 있으면 메시아님의 목숨은 위험해 질 수도 있어요. 다행히도 영규와 강호가 훌륭한 일을 했군요! 메시아님을 안전하게 세계에 모시고 왔습니다." 목사가 칭찬하자 강호는 쑥스러워하며 좋아했다. "메시아님께선 앞으로 세계의 북쪽에 위치해 있는 7층 건물인 햴름성에 머물도록 조치를 하겠습니다. 그 성은 지금껏 메시아님을 모시기 위해 존재한 곳이니까요." 목사가 말을 하자 영규와 강호는 놀라는 눈치였다.

"그곳은 사용이 없자 세계 정부에서 의정활동을 위해 사용하겠다고 하지 않았습니까?" 영규가 의아해하며 말했다.

"메시아님이 왔다는 것을 알면 세계 정부에서도 기꺼이 승낙을 할 것입니다." 목사가 인성에게 미소를 지으며 말했다.

"아니에요. 괜찮아요. 목사님." 인성이 손사래를 쳤다.

"그 정도는 메시아님을 위해 아무것도 아니죠." 목사가 다정한 웃음을 보였다. "메시아님을 위해 더 많은 것을 드릴 겁니다."

"부담스럽게 왜 그러세요. 정말 괜찮아요." 인성은 당황해서 눈이 동그랗게 뜨며 크게 팔을 저었다.

"아닙니다. 메시아님이 교회에 왔다는 것만으로도 교회는 축복을 선물 받은 것입니다." 목사는 인성의 말은 맞지 않다는 듯 고개를 좌우로 저으며 말했다. "그럼 더 자세한 내용에 대해 이야기를 해보도록 하죠. 여러분, 메시아님과 긴히 할 말이 있는데 자리를 비켜주시겠습니까?" 목사가 말하자 영규와 강호가 일어섰다. 인성은 당황했다. 처음부터 이런 상황이 이뤄질 것을 알았는지 영규와 강호는 아무 말도 없이 물러났다. 그리고 하얀 입구로 다가가서 그들을 한번 쳐다본 후 사라졌다.

"저희만 남았군요." 목사가 정색을 하고 말을 하자 분위기가 바뀐 걸 안 인성이 물었다.

"무슨 심각한 이야긴가요? 그리고 저는 정말 아무것도 필요가 없어요." 인성이 정중하게 말했다. 인성은 처음엔 기분이 좋았다. 하지만 인성은 너무나 부담되었고 잘못된 것이라는 생각이 들었다.

"설마요. 많을 겁니다! 사실, 그저 드리는 것이 아닙니다. 메시아님께서도 해주셔야 할 것이 있습니다. 앞으로, 그러니까 미래를 위해서죠." 목사가 차분히 말을 이었다. "앞으로 메시아님은 이곳에서 강연을 하시는 게 어떨지요?" 목사는 인성을 따뜻하게 쳐다보았다.

인성은 깜짝 놀랐다.

'무슨 소리지? 나는 아스갈을 믿지도 않는데?'

"아, 저도 드리고 싶은 말씀이 있습니다. 전 아스갈의 메시아인 것도 받아들일 수 없으며 아스갈을 믿지도 않습니다." 인성은 몇 초간 생각을 정리하고 말했다. 그러자 목사는 재밌다는 듯 크게 웃었다.

"아. 당연하죠. 메시아님이 안 믿는 것이 말입니다. 아스갈은 제가 영규와 만들 엉터리 종교니까요." 웃기지 않느냐는 듯 인성에게 윙크를 했다. 인성은 당황스러웠다. 둘만 남았을 때의 목사는 그가 처음 봤을 때의 모습과 사뭇 달랐다. 약간 경망스러웠다. 목사라기 보단 약장수 같았다. 목사는 인성이 당황스러워하는 것을 무시하고 말을 이었다. "하지만 당신은 앞날을 보는 신기한 능력은 사실입니다. 그것을 사람들에게 말해주면 사람들은 당신을 존경하게 될 것입니다. 당신의 예지몽은 항상 맞으니까요. 아스갈을 믿는 신도들이 더욱 늘고 신도들의 신앙심도 깊어질 것입니다."

"아뇨. 어, 저는 그러고 싶지 않아요." 인성이 당황하며 말했다.

"왜요? 전처럼 자신의 예지몽에 대해 얘기를 했다가 구타를 당하거나 사람들의 조롱거리가 될까 봐서 그러는 건가요?" 목사가 자신의 말이 맞지 않느냐며 미소를 띠며 말했다.

"아뇨. 그런 이유가 아니라. 아니, 잠시만요. 제가 그랬다는 것을 어떻게 아세요?" 인성이 의아해 하며 목사를 쳐다보자 목사는 인성이 썼던 일기를 보여줬다.

"당신이 행했던 일들은 아스갈의 자산이 되죠." 목사가 안경을 치켜세우며 말했다. '어떻게 일기를 발견했을까'라는 것보다 인성은 그의 과거를 들킨 것에 짜증이 났다. "생각해보세요. 간단합니다. 예전에 당신이 아닙니다. 이미 당신의 말을 믿을 수 있도록 전 사람들에게 당신을 신의 메시아로 각인시켰습니다. 이미 무대는 만들어졌고 연기만 하시면 상은 당신이 받게 될 것입니다. 걱정마세요. 당신은 할 것이 별로 없어요. 이곳에서 몇 마디만 해줘도 사람들은 안심하게 될 것입니다. 당신이 할 일은 혼란한 상황 속에서 평온함을 주는 것이에요. 아마, 아니 반드시 영웅이 될 것이에요." 목사는 확신에 차서 설득했다. 하지만 인성은 그러고 싶지 않았다. 그저 스노드롭으로 돌아가 상춘의 엉덩이를 걷어차고 싶었다. 엉터리 종교에서 거짓을 연기하는 것을 상상할 수 없었다. 이곳은 그와 맞지 않는 곳이었다.

"어, 저는 거짓말을 하고 싶지 않아요. 저는 메시아가 아니에요. 죄송합니다." 인성이 대답했다.

"아. 똑같은 말을 반복하게 만드시네요. 아스갈이 거짓인 것은 당신도 알고 저도 알아요. 강연을 하기 싫다면 그저 얼굴만 비춰도 되요. 그래도 예지몽을 꾼 내용을 저에게 말씀해 주신다면 감사하겠네요. 여하튼 사람들에게 희망을 심어주는 것은 나쁜 일이 아닙니다. 오히려 좋은 일이고 칭찬받아 마땅하죠. 특히 이런 어려운 시기에 말이에요." 목사가 주먹을 쥐며 강조했다. 인성은 생각을 했다. 수지와 클로버 마을의 사람들을 데리고 와서 안전하게 살까도 생각했다. 아무리 그래도 거짓말이 좋을 순 없을 것 같았다. "조금만 연기를 해주시면 명예, 돈, 뿐만 아니라 하고 싶은 것은 무엇이든 할 수 있습니다." 목사는 좋은 게 좋은 거라는 듯 인성이 동의하길 기다렸다.

"아뇨. 아무리 생각해도 아닌 것은 아니에요. 전 연기를 안 할 겁니다." 인성이 말했다.

"좋은 선택이 아니에요. 인성 군." 목사는 아쉽다는 듯이 말했다.

"일어나 보겠습니다." 인성은 자리에서 일어나면서 정색했다.

"앉아서 얘기하죠. 제가 버는 돈에 1/3을 드리겠습니다. 아니지, 좋아 1/2. 이건 정말 파격적인 겁니다." 목사가 일어나는 인성의 손목을 잡고 앉히려 힘을 줬다.

"전 거짓말 못 해요! 그리고 아스갈에서 제가 메시아라고 말하는 것을 그만 뒀으면 좋겠습니다!" 인성이 손을 뿌리치며 소리를 쳤다.

목사는 불안한 표정을 지었다. 그리고 누군가 듣고 있는지 사방을 살핀 후 조용히 말했다.

"안돼요. 그런 말을 함부로 해선 안 돼요. 상황이 곤란해집니다. 또다시 말하자면 세계의 사람들에게 안정을 주고 싶어서 하는 말입니다. 아시잖습니까." 목사는 왜 그의 의견을 반대하는지 이해가 안 되는 듯 고개를 갸우뚱했다.

"물론 저는 무슨 의도인 줄 알겠습니다. 하지만 저는 메시아도 아니고 예지몽을 꾼다는 것만 빼면 평범한 사람이에요." 인성은 슬슬 짜증이 나기 시작했다.

"아니죠. 예지몽은 꾼다는 것을 뺄 순 없죠. 당신은 평범함을 넘었어요." 목사는 씨익 웃었다.

"아무튼 전 이곳에 있지 않겠습니다. 그리고 내일 클로버로 떠나겠습니다." 인성이 단호하게 말했다. 그러자 목사의 표정이 바뀌었다.

"그건 안됩니다. 핼름성에 머무르셔야죠. 메시아님께서는…."

"메시아! 메시아! 그런 말 마세요. 전 메시아가 아닙니다. 목사님 다시 말하지만 이제부터 아스갈에서 제가 메시아로 불리는 일이 없도록 해주셨으면 좋겠군요." 인성은 눈을 부릅뜨며 목사를 응시한 채 부탁을 했다.

"안됩니다. 당신은 아스갈의 메시아입니다. 당신이 없으면 아스갈도 존재하지 않습니다. 수 많은 종교가 지구 상에 있었지만 그것들은 하나 같이 단점이 있었죠. 과거에 있던 믿을 수 없는 내용들만 적혀있고 미래의 예언은 들어맞질 않았습니다. 하지만 당신은 미래를 정확히 예언하셨고 증거도 속속들이 발견되고 있습니다. 방금 전에 당신의 일기장을 보여줬지만 더 많은 것들이 있죠. 'YH29'라든지 당신의 수첩, 앨범, 영규 신도와 같은 증인들이 그것이죠. 그리고 우린 그것을 발견하기 위해 수많은 사람을 지금도 파견하고 있습니다." 인성은 놀랐다. 물론 둘이 남았을 때 그의 일기를 보여주긴 했지만 더 많은 것을 찾고 있다는 것을 몰랐다. 어째서 목사의 손에 일기가 있는지 알게 되었다. 수지와의 연애편지나 그가 어렸을 적 앨범과 같은 것을 다른 사람이 보는 것을 상상하니 미칠 것 같았다. 아스갈은 그의 자취를 발견하는 것을 너무나도 당연히 여기고 있었다. 인권을 무시한 채. "그리고 사람들은 이미 당신을 메시아로 믿고 있습니다. 제발 사람들을 위해서라도 당신이 나서서 격려해 준다면 좋겠습니다.

거인이라는 말도 안 되는 존재가 등장하는 현실에서 당신은 희망이에요."

"전 그만 말했으면 좋겠군요." 인성이 화를 냈다.

"물론 당신이 설교하기 싫다면 그냥 얼굴만 내비치라니까요." 목사는 지지 않고 말했다.

"자꾸 똑같은 말을 반복하게 되네요! 아스갈과 전 상관이 없습니다. 이런 말이 다신 없었으면 좋겠습니다!" 인성은 참지 못하고 소리쳤다. 그러자 고기찬 목사도 놀랐는지 눈이 휘둥그레졌다. 그리고 단념한 듯 천천히 말을 이었다.

"아. 완고하시군요. '세계' 사람들을 위한 일인데도 말이죠. 어쩔 수 없군요. 하지만 사람들에게 아스갈을 안 믿는다는 말을 하지 않으셨으면 좋겠군요. 또 지금 저희가 말한 내용들도 포함해서요. 이곳에서의 대화는 비밀로 합시다. 아시겠죠? '세계' 밖으로 나갈 때까진 아스갈의 피해가 가지 않도록 행동해 주셨으면 좋겠습니다. 무슨 뜻인지 아시겠죠?" 처음처럼 온화한 목소리가 아닌 저음으로 경고하는 무서운 목소리였다.

"저는 이만 나가 볼게요." 인성이 일어나며 말했다.

"꼭 비밀을 지켜주세요." 목사가 조용히 말했지만 인성은 대답을 하지 않고 잠시 멈칫거리더니 문을 향해 걸었다. 그리고 곧 하얀 문을 세차게 닫았다. 인성은 나갔지만 고기찬 목사는 계속해서 문을 응시했다. 그리고 생각을 했다. 메시아, 아니 인성은 아스갈의 위협이 될 수 있다고. 힘들게 만든 아스갈이란 종교를, 아니, 그의 전부를 파괴시킬 수 있다고.

도움이 안 될 것이라면 차라리 그를 없애야 했다. 인성을 발견하기 이전의 상태로 만들어야 했다.

'위험요소를 없애야 한다.'

탈출

영규와 강호는 인성을 기다리고 있었다. 그래서 인성이 하얀 방 밖으로 나오자마자 그의 곁으로 다가왔다.

"메시아님. 햄름성으로 가실 건가요?" 강호가 인성에게 차분히 말했다.

"메시아라고 하지 말라니까!" 인성의 목소리가 얼마나 컸는지 그 소리는 교회에 메아리를 치며 울렸다. 인성은 짜증이 났지만 강호에게 화를 낼 생각은 아니었다. 하지만 목사와의 불편한 대화로 그는 신경이 곤두서 있었다. 또 그는 하루종일 잠을 자지 못했다. 그렇게 민감해진 그는 더 이상 참지 못하고 폭발하고 말았다. 몇 초간의 정적이 흘렀다.

"미안해. 그래도 전에 하던 대로 편하게 나를 대해 해줬으면 좋겠어." 강호가 당황한 표정을 보이자 인성이 미안해하며 덧붙였다.

"흠, 만약 햄름성으로 안 가겠다면. 좋아, 내가 지내는 곳으로 가자." 영규가 어쩔 수 없다는 듯 머리를 긁적이며 말했다. 하지만 사실 친구를 집으로 초대하는 것이 기쁜지 입꼬리가 양귀에 붙을 것 같았다.

"여기서 가까운 곳에 있어? 난 지금 몹시 피곤해서 빨리 자고 싶어." 인성이 지친 목소리로 말하자 영규가 미안한 듯 말했다.

"약간 시간이 걸려. 사랑 교회와 정 반대편에 있거든. 그래도 차를 타고 가니까 얼마 안 걸릴 거야."

"물론 차로 가야지. 나를 걷게 할 생각은 아니었겠지? 밖에선 내가 잠을 자고 있을 시간이야!" 인성이 '농담하냐'는 듯 말했다. "잘 생각해봐, 너는 모르겠지만 스노드롭이 완성된 걸 축하하는 축제(사실 그 후에 조금 자기는 했다), 그리고 거인으로 인한 대피, 사람들을 구하기 위해서 스노드롭과 클로버를 왔다가 갔다가 했고, 스노드롭에서 식량 구하려고 다시 마을 가고, 쓰레기와 같은 상춘 때문에 거인에게 쫓기고, 다행히 너를 만나 세계로 왔는데 목사랑 장시간 동안 터무니없는 대화로 난 녹초가 되었어." 인성이 피곤하게 말했다.

그들은 물로 가는 차를 타고 도시를 가로질러 영규가 사는 곳으로 향했다. 인성은 가는 도중 잠을 청했다. 강호는 창밖을 보며 인성에게 편하게 말하는 연습을 하고 있었다. 인성이 메시아라는 것을 알고 나자 전처럼 편하게 대하기 힘들었던 것이다. 하지만 인성은 편하게 대하길 원했고 그는 인성과 지내려면 그의 뜻을 따라줘야 했다. 강호는 인성이 잠에서 깰 경우를 대비해서 '인성아 일어났어?' 라며 말을 연습하였다. 그때 강호의 핸드폰에 문자가 왔다. 그는 대화 연습을 하면서 문자를 확인했다. 문자를 확인한 강호는 표정이 심각해졌다. 그러더니 황급히 그 문자를 지웠다.

"무슨 문자인데 표정이 그렇게 심각해? 얼굴빛이 변했는데?" 영규가 룸미러로 뒷자리에 있는 강호를 쳐다보며 말했다.

"아, 아무것도 아니야." 강호가 당황해서 말했다. 그 모습은 영규를 더욱 궁금하게 만들었다.

"당황하니까 더 궁금한데?" 영규가 웃으며 물었다.

"형한테 온 안부 문자야."

"너희 형은 지상에 있잖아. 문자가 되나?"

"형도 세계에 왔나 봐."

"그래? 아스갈을 믿나 보지?"

"형도 빨간 장미를 가지고 있어." 빨간 장미는 아스갈의 상징이었다. 세계로 들어오려면 아스갈을 믿는다는 것을 증명하는 빨간 장미를 '세계' 정부로부터 얻어야만 했다. 장미만 있다면 지상으로 왕래하는 것은 어렵지 않았다.

"그렇군." 영규는 짧게 동의를 했다.

강호는 이제 안절부절하는 것 같았다. 그러더니 참지 못하겠다는 듯 말을 꺼냈다.

"여기서 세워줘. 난 형을 만나 봐야 할 것 같아."

영규는 아무것도 묻지 않고 우체국 앞에 차를 세워 강호를 내려주었다. 강호의 행동이 이상해 보였지만 신경 쓰지 않기로 했다. 인성을 그가 사는 곳으로 초대할 생각에 약간은 기분이 들 떠 있었기 때문이었다.

어느덧 영규가 살고 있는 장소에 도착했다. 영규는 자고 있는 인성을 깨워 같이 내렸다. 그곳은 도시에서 떨어진 곳이었다. 거베라 폭포를 가까이서 볼 수 있는, 세계의 벽이 있는 장소였다. 주위엔 건물이 보이지 않았다. '프리오니 가'라고 쓰어 있는 낡은 표지판만이 그곳의 이름을 알려주고 있었다. 사실 접근 금지와 위험이라고 쓰인 다양한 크기의 표지판들로 엉켜있어서 주의를 기울이지 않는다면 그곳이 어떤 곳인지 알 수 없었다. 인성은 황당해서 영규를 보았지만 영규는 자랑스럽게 그곳을 둘러보고 있었다. 영규는 인성의 표정을 보고 이해하겠다는 듯 고개를 끄덕이며 말했다.

"아무것도 없는 것 같아? 사실 여기엔 거대한 성이 숨어 있어. 내가 언젠간 너를 이곳에 초대하려고 했지." 영규가 기쁜 듯 말했다.

"무슨 성이 있다는 거야?" 인성이 황당한 듯 말했다. 그러자 영규는 세계의 벽 끝으로 갔다. 그곳에는 약 2m의 거대한 바위들이 벽에 기대있었는데 영규는 그중에 오른쪽에서 세 번째에 위치한 돌을 어루만졌다. 그러자 한 곳 돌출되기 시작했고 그곳을 꾹 누르자 돌들이 이동하기 시작했다. 곧 굴의 입구가 생겼다. 그리고 그 안에서 빛이 새어 나왔다.

"프리오니 성에 온 것을 환영해." 영규가 입 벌린 채 놀란 인성을 보고 웃으며 말했다.

프리오니 성 안은 사랑 교회만큼이나 컸다. 그곳은 쾌쾌한 병원 냄새를 풍겼고 무엇인가 실험을 하던 곳 같았다.

"이곳을 너 혼자 쓰는 거니? 너 엄청난 갑부가 되었구나?" 인성이 물었다.

"응 맞아. 프리오니 성, 아니 프리오니 가 전체는 사실 통제구역이야. 하지만 난 아스갈의 창시자라고 해야 하나? 아무튼 엄청난 권력이 있는 사람이니 이곳을 마음대로 쓸 수가 있지. 이곳의 한쪽을 내 집으로 개조해서 사용하고 있어." 영규가 별 것 아니라는 듯 말했다. 그때 인성이 궁금증을 느끼며 물었다.

"전에 물어보지 못했었는데 네가 아스갈을 만들었어?" 인성은 사실이 아니길 바란다는 듯한 무서운 표정으로 영규를 쳐다보았다. 그리고 냉장고에서 물을 꺼내 마시기 시작했다. 하지만 영규는 한숨을 쉬며 말했다.

"그래. 내가 아스갈의 목사, 어쩌면 사기꾼이라고 해야 할까? 고기찬과 만나서 만든 말도 안 되는 종교야."

"뭐라고?" 인성은 놀라서 마시던 물을 뿜었다.

"으아. 더럽게! 뭐, 닦으면 되지. 어디부터 말해야 하나…. 그래. 거인이 나타난 후부터 말해줄게. 난 거인 때문에 세상 곳곳을 돌아다니며 도망치고 있었어. 그러나 세상은 나를 도와주지 않았어. 어딜 가도 먹을 것은 없었거든. 거의 죽기 전이었지. 죽기 전에 난 한 교회에 들어가 신에게 푸념을 늘어놓을 생각이었어. 난 그곳에서 신에게 고래고래 소리치기 시작했지. 그 푸념 중에서 네가 말한 예지몽에 관한 내용도 있었어. 그런데 고기찬 목사는 숨어서 그 내용을 듣고 있었던 거야. 그 사람은 예지몽이 돈이 되는 사업이라고 생각한 것 같아. 나에게서 그 이야기를 자세히 듣고 싶어 하더라고. 그래서 내가 자세히 말해줬고 그 사람이 구체적으로 구상하기 시작하더니 아스갈을 만들더군." 영규는 '대단하지 않냐'는 듯이 어깨를 으쓱하며 말했다.

"야! 너는 내 허락도 없이 쓰는 것을 찬성했냐? 그리고 그런 말도 안 되는 종교를 만드는데 왜 동참을 한 거야?" 인성은 어이가 없어서 짜증을 냈다. 그러다 물통을 떨어뜨리고 말았다. 그는 재빨리 물통을 집어들었지만 물통의 물은 이미 반 이상 빠져나갔다.

"조심 좀 하지. 집들이 선물은 바라지도 않았지만 해를 끼치진 말아달라고. 아까 네가 뿜었던 곳하고 같이 닦아줘." 영규는 서랍에서 수건을 꺼내 던져주며 말했다. 인성이 사납게 수건을 잡으며 눈을 흘겼다. 그리고 한숨을 한번 쉰 뒤 수건으로 바닥을 훔쳤다. "내가 원하던 '지구를 사랑하고, 지구를 지키고, 지구를 구하기' 위한 노력을 종교의 신념으로 세워준다고 했기 때문에 난 오히려 고맙던걸? 환경을 종교와 결합시켰어. 굉장하지 않아? 내가 원하던 것이기 때문에 난 엉터리 종교라도 쓸 만하다고 생각했어" 영규가 미소를 지으며 말했다. 그러다 표정이 어두워지며 혼잣말같이 말했다. "물론 종교를 만들고 나서 많은 피해가 생기긴 했지만…"

"무슨 피해?"

"난 원치 않았지만 전쟁이 있었거든."

"뭐?" 인성은 놀랐다. 거인이 나타난 후에 인성도 모르는 일이 많았다. 바보가 된 느낌이었다.

"세계엔 원래 아스갈이란 종교가 없었잖아. 그런데 아스갈이란 종교가 만들어지고 힘이 급속도로 커져 가니까 사람들 사이에 이상한 기 싸움이 생기더라고. 아스갈을 믿지 않고 거인과 싸우자는 세력과 아스갈을 믿고 거인을 놔두자는 세력의 싸움이었어. 아스갈을 믿지 않고 거인과 싸우자는 세력을 '전前 세계'라고 부르고, 아스갈을 믿고 거인을 놔두자는 세력은 '세계'라고 불리게 되었지. 아무튼 그 전쟁으로 전 세계는 쫓겨나게 돼." 영규는 냉장고로 가면서 별거 아니라는 듯 말했다. 그리고 병맥주 2병을 꺼내 들고 인성에게 보여줬지만 인성은 토하는 시늉을 하며 안 먹는다는 것을 표시했다. 그러자 한 병만 꺼내서 영규는 입에 털어 넣기 시작했다.

"으하. 시원하다(한 번의 목 넘김으로 맥주의 반이 사라져 있었다). 전 세계라고 불리는 이유는 그 사람들이 세계 사람들보다 이곳에 먼저 와있던 사람들이 많아서야. 그리고 사실 전 세계 사람들은 쫓겨 난 게 아니라 스스로 나갔어. 그들은 세계와의 전쟁을 하다가 갑자기 사라졌지." 영규가 인성이 닦던 수건을 뺏어 들며 말했다. 그리고 영규는 수건을 세탁기를 향해 던졌다. 수건이 포물선을 그리며 세탁기에 들어가자 영규는 공중에 어퍼컷을 날리며 좋아했다.

"거인이 나타난 지 얼마나 되었다고 참 많은 일이 있었네." 인성이 어이가 없다는 듯 말했다.

"세상은 원래 빨리 변하지." 영규는 맥주를 다 마시고 비어있는 맥주병을 흔들며 말했다. 너무나 빨리 없어지자 아쉬운 듯 보였다.

"전 세계 사람들은 모두 죽은 거야?" 인성은 침대에 몸을 뉘며 몸을 편한 자세로 뒤척이며 말했다.

"아니. 모르지 나도. 어딘가에 세계와 같은 것을 만들지도 모르겠네. 가끔 전 세계 사람들을 보았다는 정보가 들어오는데, 세계와 비슷한 시설에서 거인과 싸우고 있다고 말하더라고. 하지만 너무 적은 정보라 신뢰가 가지 않아." 영규는 냉장고에서 새로운 맥주를 하나 더 꺼내면서 말했다. 영규는 맥주를 보고 침을 삼키며 입맛을 다셨다. "그 전 세계 사람들은 세계에 먼저 도착한 엘리트들이야. 이곳의 존재를 미리 알고 대피를 할 수 있었다는 건 고위층 간부, 아니면 귀족, 엄청나게 똑똑한 인재 등의 꼭 살아야 하거나 힘 있는 사람이라는 거잖아. 죽었을 리는 없다고 봐." 영규가 맥주병 뚜껑을 손으로 돌리며 말했다. 맥주에 한 번 입을 대자 이번에도 반이 사라졌다.

"천천히 마셔라." 인성은 영규를 걱정하며 말했다.

"괜찮아. 괜찮아. 딱 이것만 마시고 안 먹을 거야." 영규는 인성의 걱정에 미소를 지으며 말했다.

"거짓말 마. 넌 술자리에서 항상 그런 말을 했지만 자제한 적이 없었어. 그리고 난 천천히 마시라고 했지, 마시지 말라곤 안 했어. 마시지 말라고 해봤자 어차피 넌 안 듣고 마실 거 잖아." 인성은 영규가 술자리에서 자주 말하던 말버릇을 오랜만에 듣자 향수를 느끼며 대답을 했다. 그리고 거인이 나타나기 전에 수지와 영규, 인성은 셋이서 함께 지내던 추억들이 떠올랐다. 그러면서 인성은 천천히 주위를 둘러보았다. 굉장히 넓은 크기에 성의 내부는 한눈에 들어오지 않았다.

"아, 이곳은 사람들이 연구소로 쓰던 곳이라는 것밖에 난 몰라. 아마 거인과의 전쟁에 필요한 것을 만들었을 거야." 이번엔 맥주병을 쓰레기통에 던지면서 말했다. 맥주병이 포물선을 그리며 쓰레기통을 한참 벗어나 벽에 기대어 있던 곰 인형을 맞췄다. 그리고 바닥으로 떨어졌다. 그것을 침대에 누워서 보고 있던 인성은 한숨을 쉬며 안도를 했다. 다행히 깨지진 않은 것이다. 그러나 영규는 쓰레기통에 안 들어간 게 아쉬운 듯 자신의 머리를 움켜잡았다.

"여기는 거인과의 전쟁은 금지시켰기 때문에 더 이상 쓰이지 않는 거야?" 인성이 물었다.

"그렇지. 그리고 일반인들에게 위험한 생각을 가질 수 있다는 이유에서 폐쇄된 장소이기도 하고." 영규가 나머지 맥주병도 쓰레기통에 넣기 위해 던지려고 자세를 잡자 인성은 깜짝 놀라서 일어났다. 그리고 황급히 영규를 말렸다.

"미쳤어? 그만해." 인성이 영규가 들고 있는 맥주병을 잡고 말했다.

"아까 수건이 완벽한 포물선을 그리며 세탁기 속으로 들어가는 것을 못 봤어?" 영규가 말리지 말라며 인성을 밀치고 말했다.

"어. 봤지. 그리고 맥주병이 완벽한 포물선을 그리며 곰돌이 인형을 맞추는 것도 봤다. 내가 예지몽을 꿨는데 이번에 던지면 벽에 맞춰서 병이 깨진다." 인성이 영규의 맥주병을 뺏으면서 거짓말했다. 사실은 그런 꿈을 꾼 적이 없었던 것이다.

"음. 그렇다면 그만 둬야지." 영규는 그래도 아쉽다는 듯 가상의 맥주병을 던지는 시늉을 했다.

"그런데 연구소 치곤 너무 크다. 사랑 교회만큼이나 되는 것 같은데?" 인성은 다시 침대에 몸을 뉘며 말했다.

"그래. 이곳은 사랑교회 다음으로 두 번째로 큰 규모야. 전 세계는 궁극적인 목표가 거인을 없애는 것이기 때문에 이곳에 많은 투자를 한 것 같아."

그때 갑작스럽게 누군가가 들어왔다. 인성이 자세히 보니 그 사람은 다름 아닌 강호였다. 강호는 급하게 찾아온 듯 땀을 흘리며 숨을 헐떡이고 있었다.

"무슨 일이야?" 영규가 물었다.

"큰, 큰일 났어. 지금 당장 도망쳐야 해. 메시아, 아니 인성을 죽이라는 지령이 떨어졌어." 강호가 숨을 고르며 말했다.

지상으로

"혹시 고기찬 목사가 죽이라고 했어?" 영규가 물었다.

"그래. 내가 사랑교회에서 형과 만나기로 했었거든. 사랑교회로 들어갔을 땐 아무도 없더라고. 형도 안 와있고. 엄청 조용했어. 그런데 집무실 쪽에서 소리가 들리는 거야. 목사라고 생각되서 인사라도 할 겸 집무실 쪽으로 걸어가는데 통화내용이 인성이와 관련된 내용인 거야. 그래서 자세히 들어봤는데 인성을 죽이라는 지령을 내린 것이었어. 나는 깜짝 놀라서 서둘러 너흴 찾아온 거야." 강호가 말을 끝내자 영규는 술이 깨는 것 같았다. 그리고 얼굴에 핏기가 사라졌다. 하지만 무엇을 해야 하는지 알고 있는 것 같았다.

"목사가 우리를 물리고 났을 때 너에게 아스갈의 마스코트나 뭐 그렇게 해달라고 했지?" 영규가 인성을 쳐다보고 진지하게 물어봤다.

"어떻게 알았어?" 인성이 신기한 듯 물었다.

"뻔하지. 그 사람은 네가 오면 더 많은 사람을 세계로 끌어들일 수 있다고 생각한 거야. 사업능력이 뛰어난 사람이니까 그런 생각을 했겠지. 난 언젠가 이런 날이 올 수 있다고 생각했는데 너무 급작스럽네. 아무튼 인성, 그리고 강호. 나를 따라와." 영규는 인성과 강호를 향해 손짓을 하며 앞장서서 걸었다. 그들은 프리오니 성의 안쪽으로 계속해서 들어갔다. 인성과 강호는 도망쳐야 하는 상황에서 왜 안쪽으로 들어가는지 의아해 했다. 하지만 영규는 당연하다는 듯이 그들을 이끌고 있었고 이곳은 영규가 더 잘 알고 있으므로 아무 말 하지 않고 영규를 쫓았다.

"넌 목사와 어떤 말을 나눈 거야?" 영규가 왼쪽 복도로 돌며 물었다. 인성과 강호는 영규의 빠른 걸음을 따라가기 위해선 거의 뛰어다녀야 했다.

"사랑 교회에 있으면서 강연을 하래. 그렇게 하면 자신이 버는 돈의 절반을 준다고 했어." 인성이 어이가 없다는 듯 웃으며 대답했다.

"음, 그렇구만." 영규는 다시 오른쪽으로 방향을 틀었고 전방에 있는 문을 열었다. 하지만 열리지 않자 주머니에 손을 넣어 열쇠꾸러미를 꺼냈다. 열쇠꾸러미엔 열쇠가 엄청나게 많았지만 영규는 어떤 열쇠인지 아는 듯 금세 문을 따고 들어갔다. 복도는 계속 이어졌다.

"그런데 종교가 무슨 이익 집단이야? 그리고 내가 믿지도 않는데 그곳에서 내가 왜 꼭두각시를 해야 해?" 인성은 영규에게 한탄을 했지만 영규는 문을 여는 것에만 집중하며 대충 대답했다.

"그래. 맞는 말이네."

"난 아스갈을 믿지도 않으며, 날 아스갈의 메시아로 부르는 것을 그만 두라고 말을 했지." 인성은 자신이 목사에게 자신이 했던 말 중에 그가 잘했다고 생각한 말을 말했다. 그러자 영규는 고개를 절레

절레 흔들며 눈썹을 치켜 올렸다.

"으, 너는 신중해야 했어. 그 사람은 최고의 권력자야. 손가락 까닥하면 없던 산이 생기고 있던 산이 없어져. 교회에 들어가기 전에 내가 미리 말해주는 건데. 조심하라고 말이야. 그 목사 앞에선 그의 말에 동의를 했어야 했어."

"아니 미리 알려줘도 난 거짓말을 못 했을 거야." 말도 안 되는 말을 하지 말라는 듯 인성은 혀를 내밀고 말했다.

"그래, 잘했다. 잘했어." 영규는 인성을 보지도 않고 전방을 주시한 채 그들을 이끌었다. 미로 같은 복도였다. 문을 열고 지나가도 방이 아닌 여러 개의 복도가 이어졌다.

"이 복잡한 곳에 갇히면 못 나오겠는 걸?" 강호가 영규를 쫓아가느라 숨을 헉헉거리며 말했다.

"응. 맞아. 많이 복잡하지. 그래도 여기에 오래 살다 보니 익숙해지더라." 영규는 문에 열쇠를 꽂아 열며 별거 아니라는 듯이 어깨를 으쓱거렸다.

영규는 가장 깊숙이 있는 문으로 그들을 이끌었다. 영규가 마지막으로 문을 열었을 때 이번엔 방이 나왔다. 하지만 그 방은 엄청나게 좁았다. 그 방은 원형으로 되어있었는데 사람 한 명이 간신히 누울 정도의 공간만이 있었다.

"이게 뭐야. 여기에 숨어있자는 뜻이야? 이 좁은 방에 3명이 옹기종기 모여서?" 인성이 어이가 없다는 듯 한숨을 쉬며 말했다.

"도망가는 게 아니었어?" 강호도 영규에게 물었다. 그들이 도망갈수 있는 통로는 보이지 않았다. 인성은 불안한 표정으로 영규를 보았지만 영규는 그를 보지 않고 흐뭇한 웃음만 지어 보였다.

"자, 일단 올라타자." 방의 바닥에는 방 크기만 거대한 대야가 놓여져 있었다. 인성과 강호가 그곳에 올라타자 영규가 문을 닫고 올라탔다. 그리고 중얼거렸다.

"우리 몸무게가 얼마나 나갈까?" 그러더니 벽에 있던 숫자로 표시된 단추 중에 한 곳을 눌렀다. 그 순간 거대한 대야는 급속도로 올라가기 시작했다.

"이것은 전 세계에서 만들어놓은 엘리베이터야. 수압을 이용해서 지상으로 우릴 올려 보내지. 아마 거베라와 같이 지하로 다니는 물을 이용한 것 같아." 영규가 웃으며 말했다. "멋지지 않니?" 영규가 인성을 보고 말했지만 인성은 올라가는 속도 때문에 얼굴이 일그러졌다.

"퍽이나."

동그란 천장으로 하늘이 보이기 시작했다. 그러자 영규가 그들에게 주목하라며 큰 소리로 말했다.

"우린 튕겨져 나갈 거야. 그래도 걱정하지마. 이 주위엔 안전장치가 되어있어." 강호는 얼굴이 창백해졌다. 이런 속도로 튕겨져 나간다면 아무리 안전장치가 되어있다고 하더라도 위험해 보인 것이다. 그 순간 대야가 어떤 장치에 걸리는 느낌이 들었고 그들은 사방으로 튕겨져 나갔다. 인성은 공중으로 튀어 올랐을 때 지상에 영규가 말한 안전장치가 보였다. 그저 나뭇가지와 나뭇잎으로 만든 완충장치였다. 별로 믿음이 가지 않게 보였다. 하지만 그곳으로 그가 떨어졌을 때 꽤나 푹신한 느낌이 들었다. 마치 침대에 뛰어 눕는 느낌이었다. 인성이 그곳에 일어나 강호를 보았을 때도 그도 같은 느낌이었는지 하얗

게 질린 얼굴이 어느새 생기가 돌아와 있었다. 인성은 클로버 마을에서 축제 이후 쪽잠을 몇 번 자긴 했지만 피곤이 가시지 않았다. 그래서인지 그곳에서 누워 일어나기가 싫었다. 사실 프리오니 성의 한쪽 구석을 개조해 만든 영규 방의 침대에서 잠을 자고 싶었었다. 그런데 그 침대보다도 이 완충시설은 더 포근한 느낌이었다. 그리고 서서히 눈이 감겼다.

'도망이고 뭐고 일단 잠이나 좀 자야겠다.'

인성은 생각했다. 하지만 강호의 외침 때문에 잠이 달아났다.

"영규! 이런 영규가 잘못 떨어졌나? 메시…, 아니 인성아. 영규가 안 보여." 강호의 말에 인성은 입술에 침이 바짝바짝 말랐다. 얼른 주변을 찾기 시작했다. 영규의 가벼운 몸이 더 멀리 날아갔을까 걱정되었다. 강호도 얼른 주위를 살펴보고 있었다. 인성은 주위를 둘러보다가 이상한 광경을 보게 되었다. 끝이 안 보이는 작은 무덤과 중간에 거대한 언덕. 영규를 찾는 것을 까맣게 잊고 그곳을 멍하니 쳐다보고 있었다. 강호가 그런 그를 보고 다가왔다.

"뭐 해! 지금 우린 상황이 급해. 도망쳐야 하고 영규도 찾아야… 그런데 이게 뭐지?" 강호도 끝이 안 보이는 무덤 앞에 서서 그곳을 바라보고 있었다. 하지만 금세 정신을 차리고 말했다.

"지금 이게 중요한 게 아니야. 영규를 찾아야…" 이번에도 강호는 말을 끝을 맺지 못했다. 이번엔 그들 쪽으로 검은 차 한 대가 다가왔기 때문이었다. 인성과 강호가 도망칠 시간도 주지 않았다. 하지만 그 차는 위협을 가하지 않았다. 그들 옆에 선 차의 유리창이 내려갔다. 운전석엔 영규가 있었다. 그가 말했다.

"뭐 해! 빨리 타."

하지만 인성은 가만히 서서 무덤을 가리키고 말했다.

"이게 도대체 뭐야?"

"그건 전 세계에서 한 실험의 희생양이야. 프리오니 성은 거인을 제거하기 위한 실험실이었으니 많은 연구를 했겠지." 그건 중요치 않다는 듯이 영규는 빨리 타라며 급하게 손짓을 했다.

"아마 인간들이겠지? 이렇게 많이 죽일 필요 있을까?" 인성은 영규의 손짓을 무시한 채 멍하니 서서 혼잣말처럼 말했다.

"나는 인간이 죽는 건 그렇게 크게 신경 쓰지 않아. 인간은 환경의 적이거든. 그래도 친하다던가, 지구에 도움이 될 사람들은 예외로 생각하지. 아무튼 네가 말한 무덤에 물론 인간들도 있지만 내가 확인했을 때 그 무덤의 거의 대부분은 실험용 쥐였어." 영규는 인성이 타지 않자 포기한 채 한숨을 쉬며 답을 해줬다.

"모르겠다. 세상이 어떻게 돌아가고 있는지." 인성이 고개를 절레절레 흔들었다.

"그래도 그 실험은 전 세계 입장에선 '성공'했던 실험이야." 영규는 언덕을 보면서 말했다.

"뭐?" 인성이 의아해 했다.

"저기 중앙에 보이는 언덕 보이지? 저건 사실 거인의 무덤이야." 영규가 담담하게 말했지만 인성은 충격적이었다. 커다랗게 보이는 언덕은 거인의 무덤이었던 것이다. 그 무덤은 프리오니 성에서 진행한 연구의 성공적인 기념비였다.

"지금 우리는 쓸데없이 시간 낭비할 때가 아냐. 이곳에서 도망쳐야 한다고." 영규가 이젠 되었다는 듯이 다급하게 말하자 인성과 강호가 차에 올랐다. 뒷좌석에 올라탄 강호가 걱정했다는 듯이 말했다.

"어떻게 된 거야? 없어져서 놀랐어."

"만약에 긴급한 일이 생기면 도망갈 수 있도록 대비해 놨지. 설마 내가 맨땅에 헤딩할까봐서 나를 찾고 있었어?" 영규가 감동 받았다는 듯이 웃으면서 말했다.

"당연하지. 얼마나 걱정했는데! 그런데 넌 나와 같이 도망칠 일이 생길 수 있다고 생각한 거야?" 인성이 창문을 열고 바람에 머리를 날리며 말했다.

"아니. 혹시 목사가 나를 제거할지도 모른다는 생각을 해서 미리 준비해 놨지. 내가 아스갈의 중요인물이어도 도움이 안 된다면 날 죽일 사람이거든. 아스갈은 헛소리라는 걸 내가 떠벌릴까봐서 그 사람은 매일 걱정을 했지. 어쨌든 난 아스갈에서 '지구를 사랑하고, 지구를 지키고, 지구를 구하기' 위한 행동을 하는 한 아스갈을 안 믿는다거나 아스갈을 욕되게 하는 짓은 안 한다고 약속을 했어."

"넌 진실을 말해야 했어. 아스갈은 쓰레기라고." 인성은 짜증을 냈다.

"그렇게 한다면 내가 죽어서, 널 만나기 힘들었을 거야. 아무튼 넌 어디로 갔으면 좋겠어?" 영규는 말도 안 되는 소리라는 듯 헛웃음을 내뱉으며 물었다.

"뭐야? 알고 운전하는 거 아니었어?" 인성은 도망갈 수도 있다고 생각을 해온 사람이 목적지도 안 정해 놓을 것을 알고 깜짝 놀라며 말했다.

"이젠 우린 도망자야. 그게 뭐가 중요해." 강호도 창문을 열고 바람을 맞으며 말했다.

"그럼 스노드롭으로 가자." 인성의 한 마디에 영규는 술 먹은 사람 처럼 차를 비틀거렸고 (정말로 술을 먹기도 했지만) 강호는 놀라서 입을 벌린 채 그를 바라보고 있었다.

"제 정신이야? 그곳으로 이미 널 죽이라고 사람을 보냈을 거야." 영 규는 말도 안 된다며 소리쳤다.

"그래. 하지만 우린 그곳으로 돌아가야 해. 거기엔 수지가 있단 말이야." 인성이 단호하게 말하자 영규는 심각한 표정으로 고민을 하기 시작했다. 그리고 결심했다는 듯이 말했다.

"그럼 가자."

"미쳤어!?" 강호가 놀랐다.

"대신 내가 수지를 데리고 나올게." 영규가 말했다.

"아냐. 내가…" 인성이 자신이 하겠다며 나섰다.

"넌 안 돼. 아스갈에서 클로버로 사람을 보냈을 거야. 만약 그 사람들이 너를 보면 상황이 더 위험해질 게 뻔해." 영규는 인성을 말렸다. "그리고 니가 갔다가 잘못하면 수지도 위험해 질 수 있단 말이야." 영규가 말하자 인성은 더 이상 반박하지 못했다.

"그렇게 결정했다면 빨리 스노드롭으로 가자. 나도 사실은 가족들이 걱정돼." 강호가 우울한 듯 창문을 올리며 쓸쓸한 표정으로 말했다.

똑딱이

영규는 고기찬 목사보다 빨리 움직여야 한다며 서둘렀다. 하지만 거인이 아직도 스노드롭에 있을 수도 있다며 숲으로 숨어다니던 터라 생각만큼 속도를 내진 못했다. 다행히도 스노드롭으로 가는 길엔 거인은 보이지 않았다. 점점 클로버 마을이 가까워지기 시작했다. 거인으로 인해 건물들이 붕괴되었지만 인성은 그가 살던 클로버 마을을 알아볼 수 있었다. 그리고 천천히 눈을 돌려 스노드롭이 위치한 클로버 산을 보았다. 클로버 산을 보자 그의 몸은 경직되고 식은땀이 나기 시작했다.

클로버 산은 무너져 내려서 두 동강이 나 있던 것이다. 거인이 공격해도 끄떡없을 것 같은 큰 산이라고 생각했지만 거인의 힘을 과소평가했음이 분명했다. 아니면 세계에서 움직인 것일까?

"이럴 수가. 안전할 줄 알았던 스노드롭이 이렇게 무너져 내리다니." 강호가 망연자실하게 말했다.

"일단 내가 확인하고 올게. 여기서 기다리고 있어." 영규가 스노드롭과 클로버 마을 중간에 위치한 숲에 차를 세우더니 말을 하고 내렸다.

"제기랄. 수지는 안전할까?" 인성이 말했지만 강호는 대답이 없었다. 몸이 사시나무 떨듯이 떨고 있었다. 그리고 마치 혼이 나간 사람처럼 눈이 풀린 채 멍하니 앉아있었다. 인성도 강호를 보니 더 이상 말을 할 수 없었다. 그리고 강호처럼 의욕을 잃고 무너졌다. 스노드롭이 완성되어 축제를 열었던 게 오래전 일 같았다. 그땐 정말 아무런 걱정 없이 오랜만에 즐거워했었다. 하지만 그날은 예지몽이 말하고자 했던 날이기도 했다. 그때부터 지금까지 인성은 많은 일이 생겼다. 아스갈의 메시아, 세계 그리고 전前 세계, 아스갈의 탄생과 고기찬 목사, 영규와의 만남, 프리오니 성, 수 많은 무덤…. 머리가 터질 듯 복잡해도 견뎠다. 하지만 스노드롭이 무너져 내려있고 수지의 생사조차 알 수 없이 된 지금은 아무것도 소용이 없었다. 인성은 그도 모르게 눈물이 날 것 같았다. 그때 영규가 심각한 표정으로 돌아왔다.

"이게 무슨 뜻이야?" 영규는 강호에게 손바닥 크기의 동그란 물건을 던져 주며 말했다. 강호는 그 물건을 받자 생기를 찾는 것 같았다. 그러더니 그의 주머니에서 똑같이 생긴 물건을 꺼내 들었다. 두 개의 빨간 색 공은 똑같이 불빛을 깜빡이고 있었다.

"살, 살아있어." 강호가 말했다. 인성은 깜짝 놀라 물었다.

"뭐라고? 누가?"

"그들은 세계로 향하고 있어. 전前 세계로 말이야. 우린 전 세계로 가야 해." 강호가 힘차게 말했다.

영규는 자이언트 사막으로 차를 몰기 시작했다. 그곳은 전前 세계가 있다는 첩보가 있던 곳이었다. 가는 도중 차 안에선 대화가 없었다. 영규가 강호에게 화가 나 있었기 때문이었다. 이유는 영규가 강호에게 던져준 '똑딱이'란 물건 때문이었다. 그 물건은 세계에서 나오는 물건이었는데 세계와 지상을 연결해주는 연락수단으로 만들어진 것이었다. 지상에선 전화와 컴퓨터와 같은 통신장비의 사용이 불가능했지만(시설이 전부 파괴가 되어서 전기는 먹통이었다) 똑딱이는 가능했다. 그것은 세계에서 지상으로 아스갈인을 파견할 때 건네주는 물품이었다. 이러한 세계의 물건은 수량이 한정되어 있었다. 그런데 강호는 클로버에 이를 더 빼돌려 아스갈인이 파견되는 다른 마을에 전달을 안 한 것이었다. 그것은 큰 문제가 되지 않는다고 생각한 인성은 영규가 신경이 곤두서서 쓸데없는데 화를 내고 있다고 생각하였다. 하지만 영규는 그 똑딱이가 지상에 있는 환경문제에 영향을 미치는 암호도 내포한다며 분개했고 강호 같은 도둑놈에게 똑딱이를 나눠주는 일을 시키지 말았어야 했다고 말했다. 강호는 도둑놈이라는 말을 듣자 똑딱이를 클로버 주민에게 더 나눠준 게 그렇게 큰일이냐며, 그래도 그 덕에 클로버 주민들이 이동을 한 것을 알게 되어 오히려 고마워해야 한다고 맞받아쳤다. 둘은 계속해서 말다툼을 하자 짜증이 난 인성이 그만하라고 큰 소리를 쳤다. 그러자 조금 잠잠해졌다.

자이언트 사막을 가는 길은 굉장히 멀었다. 많은 마을을 지나쳐야 했다. 그런 긴 시간 동안 어색한 상황을 인성은 견디기가 너무 힘들었다. 하지만 서로 화를 풀 생각이 없어 보였고 노력조차 하지 않았다. 인성은 심심하기도 했고 똑딱이라는 것이 궁금하기도 해서 강호에게 물었다. 그러자 강호는 똑딱이에 대해 자세히 설명해주었는데 똑딱이의 사용방법은 단순하고 쉬웠다. 똑딱이는 2개가 한 세트인데 2개 중 한 개를 '똑딱' 소리가 나도록 누르면 불빛이 들어오게 되고 다른 한 개도 똑같이 불빛이 들어온다. 한 번 똑딱거리면 1초에 한 번 불이 들어오게 되고, 연속으로 두 번 똑딱거리면 1초에 두 번 불이 들어오게 된다. 최대 5번까지 가능하며 이것을 신호로 1~5가지의 암호를 숨기는 것이다. 거리에 상관없이 한 개가 똑딱거릴 때 마다 나머지 한 개도 똑같이 불이 들어오므로 지상과 세계의 연락이 가능한 것이다. 영규가 강호에게 준 똑딱이는 3가지의 암호를 숨기고 있었다. 1초 동안 한번 깜빡일 경우가 있었고 1초에 3번 깜빡일 때가 있었으며, 1초에 4번 깜빡일 때도 있었다. 인성은 물었다.

"이게 무엇을 뜻하는 거야?"

"1번은 세계, 2번은 위험, 3번은 피신, 4번은 존슨 부부, 5번은 거인이야. 그리고 그 단어마다 해석방법은 1개에서 많으면 3개까지 있지. 내가 해석해 보자면 1번, 이번 사건이 세계와 관련이 있었고 이것은 전 세계를 의미하는 것일 수도 있어. 해석방법이 2개인 거야. 그리고 2번, 위험하진 않다는 것 같아. 스노드롭이 무너진 것을 보면 위험했던 상황이 있었을 것 같지만 2번은 사실 생명이 지장이 있을 때만 사용해. 그리고 3번, 다행히 피신을 했어. 그리고 4번, 사건은 아마 존슨 부부와 관련이 있겠지. 그리고 5번, 거인은 아니라는 거지."

"존슨 부부를 왜 번호에 넣은 거야? 그리고 왜 전前 세계라고 확신을 하는 거지?" 인성이 친절한 존슨 부부를 떠올리며 왜 넣었는지 의아해했다.

"존슨 부부는 전前 세계와 관련이 있는 사람이었거든. 그 사람은 세계에서 일을 하던 사람이라고 했을 때 난 세계와 연락을 해보았지만 정보가 없었고 추적을 해본 결과 전前 세계에서 연구원이었어. 그것도 미지에 쌓인 프리오니 성에 있는 연구실 소속이었지. 그래서 나는 주의 깊게 관찰을 하고 있었어. 내가 전前 세계를 가자고 한 이유도 존슨 부부와 관련이 있지. 존슨 부부와 관련이 있다면 나는 더욱 더 세계가 아닌 전前 세계가 맞다고 생각해. 영규도 내 해석을 듣고 전前 세계라고 생각해서 자이언트 사막으로 가고 있는 거고."

"그렇구나. 근데…" 인성은 목소리를 낮췄다. "뭐 때문에 영규가 저렇게까지 화를 내는 거지? 똑딱이 몇 개가 그렇게 중요하나."

"아, 내가 암호를 바꿨다는 것 때문이지 뭐. 지금 암호해석은 내가 클로버에 나눠주며 임시로 정한 암호야. 영규가 똑딱이를 지상에 있는 마을에 나눠줄 때의 암호는 따로 있지." 인성이 궁금해하자 강호가 말했다. "원래 암호는 1번은 세계, 2번은 위험, 3번은 피신, 4번은 환경, 5번은 거인이야. 나는 4번 암호만 바꿨어. 4번 환경은 필요 없잖아? 중요한 것을 넣어야지. 잘 생각해봐. 환경은 클로버에서 필요 없었어. 물론 아스갈에선 아니 영규가 특히 중요하게 생각하는 것 같지만." 강호는 어깨를 별것 아니라는 듯 귀를 후비며 말했다. "영규는 처음 똑딱이를 보고 해석을 했지만 이해할 수 없자, 나에게 물어봤지. 영규가 해석을 했을 때 이랬어. 1번 세계와 3번 피신, 4번 환경이라면 '폐수 누출로 인해 세계로 피신한다.' 아니면, '지구 온난화로 인해 전前세계로 피신한다' 이런 식으로 해석이 되는 거야." 강호가 한

쪽 입꼬리를 올리며 비웃었다. "4번은 필요가 없는 암호였어. 4번 환경은 내가 1~3개 있다는 해석방법이 무한히 많은 번호이기도 해. 쓰레기처리장 발견, 핵무기 발견, 염료공장 파괴, 오존층 이상 등등. 하지만 영규는 아스갈의 권위자이기 때문에 바꾸는 것을 통제했어. 그건 정말 권력남용이지." 강호는 진저리를 치며 말했다. "내가 4번이 환경이 아닌 존슨 부부로 바꿔서 사용했다고 말했어. 그러자 영규는 말도 안 되는 일이라고 말하더라고. 그러면서 아직까지 분통해 있는 거야." 강호가 영규를 째려보면서 말했다.

"환경은 원자력 발전소 같은 위험시설 근처에 있는 마을의 주민들에게 중요한 암호야. 만약 거인이 발전소를 공격한다면 즉시 4번 똑딱이를 울려 알려주지. 그곳에 접근하면 위험하고 환경이 오염되고 있다는 것을 알리기 위해서 말이야." 영규가 버럭 화를 냈다.

"클로버 근처엔 그런 건 없어. 아유, 지독한 환경주의자 같으니." 인성이 조용히 중얼거렸다.

다시 침묵이 시작되었다. 가는 도중 물이 떨어졌다. 물을 구하기 위해 부서진 마을을 찾아 이리저리 돌아다녔고 거인을 만나서 위험한 상황에 놓이기도 했다. 위험한 일을 몇 번 함께 겪고 나니 영규와 강호는 서로에게 조금씩 화를 풀어갔다. 오히려 싸워서 더 돈독해진 것처럼 보이기도 했다. 물론 조금은 어색해 보였지만. 서로 말을 할 땐 전보다 더 존중했고 필요한 것이 있으면 서로 챙겨주었다. 인성은 보기 좋게 생각되었다.

며칠이 지나 전 세계가 있는 곳으로 알려진 자이언트 사막에 도착을 하게 되었다.

"드디어 자이언트 사막이구나. 전 세계는 도대체 어디에 있는 거지?" 인성이 햇빛에 눈을 찌푸리고 사막을 쳐다보며 물었다.

"지상에(지하에)." 강호와 영규가 동시에 말했다. 하지만 서로 다른 말을 하자 놀란 듯 서로 쳐다보았다.

"전 세계를 가본 적 있어?" 강호가 영규에게 물었다.

"아니 하지만 정보원들이 말하는 것을 종합해보면 확실히 지하에 위치하고 있어." 영규는 자신 있다는 듯 검지 손가락으로 땅바닥을 가리키며 말했다.

"내는 듣기론 지상에 위치해 있다고 알고 있는데?" 말도 안 된다는 듯 두 팔을 벌리고 강호가 말했다.

"이제 그만해. 전 세계에 대한 정보가 거의 없었다며. 의견이 다른 게 당연해. 일단 가보면 알게 되겠지. 너희들 또 싸우겠다." 인성이 중재했다.

끝없는 모래언덕으로 인해 더 이상 차는 들어설 수가 없었다. 걸어서 돌아다닐 수밖에 없었다. 그러한 상황에 맥이 풀렸지만 그래도 곧 전 세계를 찾을 수 있다고 긍정적으로 생각하기로 했다. 하지만 3일 동안 고생한 결과 전 세계는커녕 죽을 수도 있다는 생각을 하게 되었다. 가끔 거인에 대한 공포로 인해 거인이 걸어오는 신기루를 봤으며, 낮 동안 올라가는 기온은 숨이 턱턱 막힐 정도로 후덥지근했다. 물이 부족할 것 같아서 차에 넣은 것까지 뽑아 왔는데도 앞으로 5일도 못 버틸 것 같았다.

"정말 여기 있는 것 맞아?"

"맞아(맞아)." 인성이 묻자마자 영규와 강호가 똑같이 대답을 했다.

"하하하. 그래도 아무것도 모르는 체 이렇게 무작정 찾는다고 보이기나 할까?" 인성은 동시에 대답하는 그들 때문에 웃음이 났다.

"지하에 있든 지상에 있든 규모가 상당할 거야. 세계에서 나온 사람들과 거인과 싸우려고 몰려든 사람들까지 있을 거 아냐?" 영규는 하늘을 보고 전 세계의 모습을 손으로 허공에 그려보며 말했다.

"그렇지…. 아마 크기는 세계만 할 거야." 강호가 대답했다.

"그렇다면 진즉에 보였어야 하는 거 아냐? 그렇게 거대한데?" 인성이 의아하다는 듯이 말했다.

"모르겠다." 강호는 땅에 있는 모래를 공중에 뿌리며 말했다.

그들은 달궈진 모래 위에서 수분을 뺏기고 있었다. 점점 어깨는 땅으로 가라앉았고 개처럼 혀를 내밀었다. 그들은 지쳐가고 있었다.

돼지우리

강호가 뭔가 깨달은 듯이 길을 알 것 같다고 말했다. 사막에서 숲이 보이는 쪽으로 걸으면 된다고 말했다. 하지만 영규는 웃었다. 인성도 영규가 왜 웃는지 알 수 있었다. 오른편에 숲이 보이긴 했지만 정말 멀어 보였던 것이다. 어이없는 웃음이 나왔다. 그래도 선택의 여지가 없었다. 강호의 말대로 숲 쪽으로 걸어가기 시작했다. 밤낮으로 걸어도 가까워지는 기미가 보이지 않았다. 그래도 강호는 자신이 받은 정보에 의하면 확실하다고 말하며 선두에 서서 달려갔다. 그런데 뛰어가던 강호는 모래언덕 꼭대기에서 멈춰있었다. 인성은 강호에게 다가가 그의 어깨를 잡았다. 강호는 놀란 표정으로 언덕 아래를 바라보고 있었다. 인성은 강호가 보는 곳을 처다보았다. 그곳에는 거대한 축산농가가 있었다. 전 세계는 아닐 것이라는 생각이 들었다. 전 세계는 세계와 비슷한 크기라고 했다. 하지만 그곳은 세계에 비하면 턱도 없이 작았다. 그 정도면 세계 도시의 한 구역만한 크기였다. 그래도 축산농가치곤 큰 편이었다. 여러 개의 건물들이 일렬로 줄지어 있었었는데 그간 관리를 안 했는지 먼지가 쌓여 있었지만 외관을 오동나무와 흙벽돌로 정성껏 꾸며진 농장이었다. 왠지 수염을 멋지게 기른 부농이 튀어나올 것 같았다. 그리고 우측 끝에는 큰 물탱크가 보였다. 아마 소나 돼지를 키우는 농장으로 쓰였을 것으로 보였다.

"저기 좀 봐. 엄청나게 거대한 축산농가처럼 보이지?" 인성이 사막에 축산농가가 있는 게 신기한 듯 소리쳤다.

"저기가 전 세계인가? 생각한 것과는 많이 다른데 말이야." 영규가 의심스러운 듯이 고개를 갸우뚱하며 말했다.

"일단 한 번 가서 조사해보자." 강호가 앞장서서 뛰어갔다.

"강호가 참 적극적이네." 인성이 영규에게 그렇지 않느냐고 묻자 영규는 동의한다는 듯이 고개를 끄덕이며 웃었다. 두 사람도 강호를 따라 뛰어갔다.

충격적인 장면을 볼 것이라는 상상도 못 한 채.

축산농가 입구에 도착했는데 강호가 안 보였다. 축산농가 입구엔 '우리농업'라고 적혀있는 간판에 크게 × 표시가 되어있고 그 옆에 '심판을 위한 장소'라고 핏빛 페인트로 써 있었다. 인성과 영규는 얼굴을 찌푸렸다.

"전 세계는 아닌 것 같은데? 여긴 왠지 기분이 더러워." 영규가 토할 것 같은 표정으로 페인트가 맞는지 손가락에 침을 묻혀 문지르며 말했다.

"나도 그렇게 생각해. 그런데 강호가 어디 갔지?" 인성이 동의를 하고 물었다.

"이곳을 조사하기 위해 들어갔나 봐." 영규가 그렇지 않겠냐는 듯이 눈썹을 올렸다.

"그럼 우리도 들어가 볼까?" 인성이 용감하게 문을 열면서 말했다.

농가 안은 어두웠다. 하지만 인성은 라이터를 가지고 있어서 불을 밝힐 수가 있었다. 비상용으로 라이터를 가져오길 잘했다고 생각했다.

"잘했어. 일단 스위치부터 찾아보자." 영규가 손을 앞으로 내밀고 벽을 더듬으며 말했다.

"그래. 좋은 생각이야. 여긴 너무 어두워서 귀신이라도 나올 것 같아." 인성도 벽을 더듬기 시작했다. 안에 있는 벽은 시멘트를 모래와 섞어 대충 발랐는지 꺼끌꺼끌했다. 그래도 인성은 벽을 더듬어가며 스위치를 찾아 조금씩 옆으로 이동해갔다. 그러다 벽에서 빨간색 액체가 흐르는 것을 발견했다. 인성이 '뭐지?'라는 생각에 그 액체를 닦는데 순간 피라는 생각이 들었다. 인성은 화들짝 놀라며 라이터를 바닥에 떨어뜨렸다.

"뭐야? 왜 그래?" 영규가 아무것도 안 보인다며 짜증이 섞인 목소리로 말했다. 라이터는 불이 꺼지지 않은 채 마른 풀 더미에 떨어졌다. 그러자 불은 금세 피어올랐다. 더미는 아마도 소의 먹이로 사용되었을 것으로 보였다.

"음. 불을 밝히는 좋은 방법이네. 잘했어. 인성아." 영규가 자신은 생각도 못 했다며 인성을 칭찬했다.

"아니야. 그게 아니라 벽에서 피가 흘렀어. 네가 피가 맞는지 확인해줄래?" 인성이 놀란 가슴을 쓸어내리며 말했다. 하지만 영규는 대답이 없었다.

"영규야 뭐해?" 인성이 영규를 쳐다보았다. 영규는 주저앉아 있었고 넋이 빠진 채 앞을 멍하니 보고 있었다. 인성도 영규가 뭘 보고 놀랐는지 영규가 바라보는 곳을 보았다. 그곳을 쳐다보자 인성도 주저앉았다. 그곳은 가축우리를 개조하여 창살 달린 감옥을 만들어 놓은 곳이었다. 그런데 그 안에 많은 사람들이 죽어있었다. 그리고 그 옆은 각종 고문 도구와 농기구들이 섞여 있었다. 아마 죽은 사람들은 그것들을 사용해서 죽였으리라. 그리고 천장엔 목을 매단 시신들이 그들을 바라보고 있었다. 벽에 흐르던 것은 피가 맞았다!

"으헉." 영규가 외마디 비명을 지르며 쓰러졌다. 인성이 영규를 바라보는 순간 무엇인가 인성의 뒷목을 강타했다. 그도 의식을 잃고 쓰러졌다.

인성이 눈을 뜨자 감옥 안이었다. 그가 기절했던 장소는 아닌 듯했다. 현재 있는 곳은 그곳보다 크기가 더 작았으며 시체는 보이지 않았다. 그리고 벽은 피가 없이 깨끗해 보였다. 주위를 둘러보자 몇몇 사람들이 그처럼 감옥에 갇혀 있었다. 예전에 동물 우리였던 곳을 개조했는지 가축들의 분비물 냄새가 지독했다.

"으, 영규야?" 인성이 아픈 뒷목을 매만지며 영규를 찾았다.

"어, 살아있니?" 영규의 목소리가 멀리서 들렸다.

"그래. 살아있지. 그러니까 널 부를 수 있는 거야." 인성이 웃으며 말했다.

"어우, 이 상황에서 농담을 하다니 역시 메시아님은 정말 대단하십니다?" 낯익은 목소리에 인성은 표정이 굳었다. 그 목소리는 강호였다.

"강호? 근데 어디가 어디지?" 인성이 의아해하며 물었다.

"여기는 농가를 개조한 감옥이지. '세계'에선 이곳을 돼지우리로 불러." 강호가 웃으며 대답했다.

"네가 왜? 아무튼 나 좀 여기서 꺼내줘. 이곳은 위험한 곳 같아." 인성이 창살을 흔들며 다급하게 말했다. 그러나 강호는 말없이 미소를 지으며 인성을 바라볼 뿐이었다.

"저 자식. 우리를 배신했어." 멀리서 화가 난 영규의 목소리가 들렸다.

"오우, 배신자라니! 나는 고기찬 목사님을 위해, 그리고 아스갈의 미래를 지키기 위해 마땅히 해야 할 일을 하는 거야." 강호가 약 올리며 말했다. "아스갈에 등을 돌린 너야말로 배신자지. 영규야." 강호가 웃음을 거두고 정색하며 말했다.

"네가 이런 짓을 하다니 믿을 수가 없군. 죽어 버리겠어." 인성이 창살을 흔들며 강호를 위협했다.

"오, 아니야. 죽는 건 너희들이지. 이 더러운 반역자들아." 강호가 무섭게 목소리를 낮추며 대답했다. "너희는 할 수 있는 것이 아무것도 없어. 인성. 너의 능력도 여기에선 쓸모가 없어. 그저 죽음을 기다리는 수밖에 없지. 그리고 난 그 모습을 천천히 지켜볼 거야." 강호와 인성은 서로를 노려보았다. 두 시선이 만나는 곳에서 불꽃이 튀는 듯했다. "조금 있다가 다시 올게. 맞은 목이 뻐근할 테니 좀 쉬어." 강호가 시선을 거두고 어둠 속으로 사라졌다.

"저 쓰레기자식! 내가 반드시 죽이겠어." 영규가 소리쳤다. 그러자 건물에 '죽이겠어'란 말이 메아리쳤다.

"저…. 옆에서 듣고 있었는데 혹시 아스갈의 메시아신가요?" 젊은 여성의 목소리가 들렸다.

"아뇨. 메시아라, 글쎄요. 전 아니에요. 아스갈에선 그렇게 부르지만 저도 몰래 저를 아스갈의 메시아로 만들었어요. 아스갈은 거짓부렁이에요." 인성은 목을 좌우로 돌리며 대답을 했다.

"그렇군요. 그럼 앞날을 볼 수 없는 건가요?" 젊은 여성이 아쉽다는 듯이 한숨 섞인 목소리로 말했다.

"당연할 걸 물어! 닥치고 잠이나 자! 말을 하며 체력을 낭비하다니 빨리 죽으려고 용을 쓰는구만!" 가래가 섞인 걸걸한 목소리의 남자가 몸을 뒤척이며 외쳤다.

"전 예지몽으로 앞날을 볼 수 있습니다. 그건 사실이에요." 그러자 웅성거리는 소리가 들렸다. 감옥에서 죽은 듯이 누워 있던 사람들이 일어나기 시작하더니 한마디씩 했다.

"그럼 기도 좀 해줘요!" 영규의 옆 칸에 있던 나이 든 여성이 울면서 말했다.

"그렇다면 여기에 올 것을 미리 알고 피해야 하는 것이 아닌가요?" 어린 남자 꼬마 아이가 눈을 크게 뜨며 궁금해 했다.

"앞으로 저흰 죽게 되나요?" 젊은 여성이 양손을 모으며 물었다.

"먹을 것을 달라고 신에게 부탁해줘!" 걸걸한 목소리의 남자였다.

"오, 진정들 하세요. 저는 원한다고 예지몽을 꾸는 것이 아닙니다. 우연히 꿀 수가 있어요. 제가 해드릴 수 있는 건 아무것도 없어요. 저도 갇힌 신세랍니다." 인성이 큰소리로 대답을 하자 다시 잠잠해졌다.

"그럼 빨리 잠이나 자서 그 예지몽이란 걸 꾸고 알려줘. 우리에게 좋은 걸로다가 꾸라고." 걸걸한 목소리의 남자가 다시 누우면서 말했다.

다시 하나 둘씩 시체처럼 눕기 시작했다. 인성도 구석에서 뒷목을 매만지며 자리를 잡았다.

"여기선 먹을 것을 잘 안 줘요. 그저 가둬놓기만 하죠." 젊은 여성이 조용히 속삭였다.

"그렇군요." 인성이 말했다.

"저는 가인이라고 해요." 가인은 창살 사이로 손을 내밀어 악수를 청했다.

"인성입니다." 인성도 살짝 미소를 지으면서 손을 내밀고 악수를 했다.

"알아요. 아스갈의 메시아" 고개를 끄덕이며 존경의 눈빛으로 인성을 보며 말했다.

"아니라니까요." 인성은 짜증을 냈다.

"농담이에요." 가인은 한 손으로 입을 가리며 웃었다. 보조개가 매력적인 여성이었다. 그리고 짙은 쌍커풀의 큰 눈은 수지를 생각나게 할 정도로 비슷했다. 인성은 수지는 지금 뭘 하고 있을지 궁금해졌다. 그리고 그리웠다.

"그런데 이곳은 어떤 곳이죠?" 인성은 걸걸한 목소리의 남자를 의식하고 조용히 물었다.

"저도 잘 몰라요. 세계에서 잘못을 저지르면 오는 것으로 알고 있어요. 자세히는 잘…" 가인도 모르겠다며 손사래를 쳤다.

"이곳은 세계의 감옥이야. 실제로 존재하다니. 아마 우린 거인의 먹이가 될 거야." 영규가 끼어들며 소리쳤다.

"뭐라고? 왜?"

"세계에선 거인을 필요악으로 생각해. 거인이 존재하기 때문에 아스갈은 번창할 수 있지. 그런데 거인이 없다면? 다시 사람들은 지상으로 올라올 것이고 아스갈은 힘이 점점 약해지겠지. 그것을 두려워해서 세계의 범죄자들을 지상감옥에 가두고 거인에게 먹이로 주는 거야. 거인이 생존할 수 있도록." 영규가 끔찍하다는 듯이 말했다.

"그런 말도 안 되는…." 인성이 대답을 했다. 그러다 속이 메스꺼워졌다. 그리고 토를 했다. 인간의 추악함에 너무나 역겨웠던 것이다. 가인은 그를 안타깝게 쳐다보고 있었다.

"처음에 고기찬 목사가 나에게 이 말을 했을 때 나도 말도 안 되는 이야기라며 절대 안 된다고 했지. 그런데 목사는 장난이었다고 말을 하고는 뒤에선 사람들을 거인의 먹이로 주고 있었어. 나도 여기에 와서 실체를 보니 목사가 역겨워." 영규는 진의 파악을 못 한 것을 아쉬워했다. 그리고 이런 일을 막았어야 했다는 듯 주먹으로 벽을 쳤다.

"손 아프게 그러지마. 달라질 건 없어. 너도 어쨌든 몰랐잖아." 인성이 영규를 달랬다.

"다 뒤집어 놓을 거야." 영규가 이를 갈며 말했다.

"어떻게? 우선 이곳에서 나갈 방법이나 찾아야 해. 그리고 강호를 흠씬 패고 싶어." 인성이 말했다.

"거 체력 낭비하지 말고 잠이나 자라니까! 시끄러워서 잠을 못 자겠네." 걸걸한 목소리의 남자가 소리쳤다.

탈출

　감옥에 갇힌 지 시간이 어느 정도 흘렀지만 인성은 나갈 방법을 찾
지 못했다. 거인이 이곳을 발견한다면 도망도 못 치고 먹힐 것이다.
그렇다고 가만히 앉아서 거인에게 먹히기만을 기다릴 수 없었다. 강
호 말고도 감옥을 관리하는 아스갈인들이 더 있었다. 그 사람들은
그저 잘 있는지 확인한 후 몇 마디 던지고(골려주러 오는 것 같았다.) 갈 뿐
이었다. 인성은 그들을 회유하려 했지만 그들의 더러운 침만 얼굴에
묻을 뿐이었다. 시간이 지나면서 인성은 그와 함께 있는 사람들에
대해서 알 수 있었다.

　첫 번째 감옥에는 기다란 남자가 쓰러져있었다. 죽었는지 살았는
지 알 수 없었다. 인성이 왔을 때부터 지금까지 똑같은 모습으로 쓰
러져있는 것이다. 말을 한 적이 한 번도 없었지만 가끔 낑낑거리는
소리를 듣는다고 두 번째 감옥에 있는 영규는 말했다. 가인의 말을
들어보면 그 남성은 제일 먼저 이곳에 있었다고 했다. 세 번째 감옥
에는 이애숙이란 여성이 있었다. 나이는 68살이지만 피부를 관리한

듯 주름이 많지 않았다. 그리고 굉장한 거구였는데 그녀는 전체적으로 엄청 큰 공처럼 보였다. 그녀가 이곳에 오게 된 이유는 세계에 살 때에 겉으론 아스갈을 믿는다고 했지만 사실은 불교를 믿고 있었다. 세계경찰이 그녀의 집에서 불상을 발견하고 추궁을 하자 그녀는 사실은 불교를 믿는다고 시인했다. 그리고 아스갈은 쓰레기이며 절대 믿을 수 없다고 외쳤다. 그러자 그들은 그녀에게 알 수 없는 주사를 놓았고 곧 잠이 들었다. 그리고 눈을 뜨니 감옥이었다. 그래도 아스갈을 믿지 않는 것을 털어놔서 죽기 전에 다행이라고 말했다. 네 번째 감옥에 있는 꼬마 아이는 박우찬이라는 남자아이로 세계에 드문 고아였다고 한다. 매일 마트에서 물건을 훔치며 배를 채웠는데 마트에선 그가 훔치는 것을 알고도 모르는 척 해줬다고 한다. 고아라는 것을 알고 가엽게 여겼기 때문이었다. 하지만 운 나쁘게도 물건을 훔치는 장면을 쇼핑하던 세계 경찰이 보게 되었다. 경찰이 우찬을 끌고 가는 것을 보자 마트 사장이 길을 막아 세웠지만 마트 사장은 보호자 신분이 아니었기 때문에 우찬을 구해줄 수 없었다. 우찬은 경찰서에서 경찰들에게 심한 구타를 당했고 기절을 했다가 깨어보니 이곳이라고 했다. 다섯 번째 감옥에 있는 걸걸한 목소리의 남자는 자신을 소개하길 꺼려 했다. 그저 자신을 부를 땐 '캔'이라고 부르라고 했다. 자신은 멍청이 깡통이라면서 사람 하나를 죽이려다 못 죽이고 오히려 자신이 체포되어 죽게 생겼다고 했다. 여섯 번째 감옥에는 권가인이라는 여성이 있었다. 나이는 24살로 왜소한 체구의 미소가 아름다운 여성이었다. 그녀는 바람을 피는 남편을 죽이고 이곳에 끌려왔다고 했다. 그리고 일곱 번째 칸에는 인성이 있었다.

"나보다 낫네. 역시 난 깡통이야. 난 죽이지도 못하고 끌려와서 억울하지만 당신은 죽였으니까 부럽네. 부러워." 캔이 가인을 보며 말했다. 그러자 가인은 얼굴이 벌게져서 말했다.

"전, 제가 사람을 죽이는 범죄자가 되길 원하지 않았어요. 그런데." 가인은 잠시 멈칫했다. "그 사람이 다른 여자와 함께 있는 것을 보자 저도 모르게…." 그녀가 후회한다는 듯이 말했다. "전 남편을 사랑했어요. 그리고 지금은 남편에게 굉장히 미안하게 생각해요." 그녀가 나지막이 말했다.

"바람 핀 녀석에게 왜 미안해해? 죽어 마땅하지." 캔이 그건 아니라며 목소리를 높이자 가인은 식은땀을 흘리며 안절부절못했다. "그나저나 인성 군은 어젯밤에 좋은 꿈 없었나?" 캔이 화제를 전환하며 인성에게 물었다.

"안타깝지만 예지몽은 아니었어요." 인성은 아무것도 없었다는 듯 어깨를 으쓱하고 말했다. "그리고 일반적인 꿈도 무슨 내용이었는지 기억도 안 나요." 인성이 급하게 말을 이었다. 지난번에 일반적인 꿈이라도 말해달라고 하자 바닥이 가라앉는 꿈을 꿨다고 알려준 적이 있었다. 그러자 그는 계속해서 뛰기 시작했다. 그러면 땅이 꺼질 수도 있다고 생각한 것 같았다. 말려도 소용없었다. 그는 계속 뛰었다. 그것은 한 시간이나 지속되었다. 인성은 말하지 말걸 그랬다고 후회했다.

"우릴 위해 기도나 좀 해줘요." 할머니가 말하자 캔이 화를 냈다.

"아, 노친네 왜 이러시나? 글쎄, 저 사람이 신의 사자나 그런 게 아니라니까 그러네. 불경이나 읊어!"

순간 문이 열리면서 강호가 들어왔다.

"잘 지내고들 계십니까? 우리의 메시아와 나머지 범죄자들?" 강호가 웃으며 말했다. 그러자 사람들은 모두 자는 척 누우며 말을 하지 않았다.

"이거. 이거. 설마 말하면서 기운 빼고 계시는 것은 아니죠? 이러다 거인의 밥이 되기도 전에 골로 갑니다?" 강호가 자신이 재밌는 농담을 했다는 듯 만족해했다.

"널 저주한다. 이 개만도 못한 놈아!" 캔이 소리쳤다.

"저기, 아저씨? 나한테 한 말인가요? 미쳤습니까? 거인이 오기도 전에 죽고 싶어요?" 강호가 무서운 표정으로 고함을 쳤지만 캔은 계속해서 강호를 노려보았다. 하지만 강호는 다시 미소를 지으며 인성에게로 고개를 돌렸다.

"엄청난 파워! 명예! 그것이 너에게 해가 되었어. 그러게 목사에게 등을 돌려선 안 됐지." 강호가 말했다.

"언제부터지? 처음부터 거짓말을 한 거야?" 인성이 강호를 노려보며 목소리를 낮춰 물었다.

"오, 아니야. 처음에 목사가 너를 죽여야 한다고 했지만 난 너를 살려야 한다고 생각했어. 너는 아스갈, 그 종교 자체니까 말이야. 하지만 스노드롭에서 발견한 똑딱이 기억나나?" 강호가 묻자 영규가 알아챘다는 듯이 소리쳤다.

"똑딱이의 다른 해석이 있는 거야! 젠장, 진즉에 알아챘어야 했어! 저 자식 우리에게 거짓말을 한 거야!"

"오, 똑똑하군. 그래도 영규, 내 말 끊지 말고 듣기나 해. 내가 말한

1번은 세계, 2번은 위험, 3번은 피신, 4번은 존슨 부부, 5번은 거인이 맞아. 아마 클로버의 주민들은 세계, 피신, 존슨 부부와 관련이 있는 어떤 일을 했겠지. 그런데 너희가 간과한 것이 있어. 1번 세계는 또 다른 해석이 있단 말이야. 영규, 너도 모르는 해석이 말이야." 강호가 궁금하지 않느냐는 표정을 지으며 말했다. 짜증이 났다. 인성은 똑딱이에 대해 몇 가지의 신호와 해석방법이 몇 개 있다는 것을 강호에게 배웠다. 하지만 해석방법이 더 있었던 것이다. 영규는 그가 모르는 해석방법이 있다는 말에 분노로 얼굴이 벌게졌다. 그리고 그는 해석방법이 더 있을 수 있다는 것을 의심하지 못한 것에 후회했다. 그저 그땐 강호가 하는 말을 듣는 것이 가장 좋은 방법 같았다. 믿을 수 있는 친구로 생각했었다.

당황하는 인성과 영규의 표정을 보고 강호는 웃었다. 인성은 그런 강호의 모습을 보자 소름이 돋았다. 소심하던 그 녀석이 아니었다.

"1번 세계의 또 다른 해석은 지켜보고 있다는 뜻이야. 우리가 여기까지 오는 것도 고기찬 목사는 알고 있었지." 강호가 회심의 미소를 띠었다. 인성은 그가 두려워졌다. 여기에 가두기 위해 그가 지금까지 연기를 하며 그들을 유인했던 것이다. 죽기 위해 점점 머리를 사자의 입에 넣고 있었지만 인성과 영규는 그것을 알지 못했다.

"얼굴 한번 봤으니 됐다. 푹 쉬라고." 강호는 그렇게 말하고 나가라고 문을 열다가 갑자기 생각난 듯이 인성에게 다가갔다.

"조금만 기다려줘." 강호는 인성에게 조그맣게 속삭였다. 인성은 강호를 노려보았다.

해 질 녘에 태양은 너무나 예쁘다. 신이 직업이 있다면 그것은 화가일 것이다. 도저히 흉내조차 못 낼 실력의 그림이 하늘에 그려져 있다. 사막 모래 언덕에 걸려있는 태양과 아지랑이는 적색의 예술작품이다. 사막에서 운전할 수 있도록 개조된 트럭에 강호가 운전을 하고 있으며 그 옆에 영규가 타고 있다. 그들은 언제 싸웠냐는 듯 호탕하게 웃고 있다. 화물칸엔 이애숙 할머니와 우찬이, 캔과 가인 그리고 기다란 친구와 내가 타 있다. 즐거운 듯 계속해서 웃는다. 그렇게 트럭은 사막에서 숲으로 이동하고 있다. 그러다 숲 앞쪽에 자리 잡은 거대한 오벨리스크들을 본다. 끝이 굉장히 날카로워 보이는 오벨리스크들이 여기저기 서 있다. 그 수가 매우 많아 나는 처음에 오벨리스크들을 나무로 보고 숲에 도착한 것으로 착각했다. 모두 내려 그 광경을 바라본다. 그리고 서로를 쳐다본다.

인성은 천천히 눈을 떴다. 그리고 몸을 일으키고 손바닥을 보았다. 붉었다. 그들은 죽지 않는다. 인성은 생각했다. 그리고 무슨 이유에서 강호가 행동하고 있는지 모르겠지만 그는 배신하지 않은 것이라고 생각했다. 전에 강호가 그에게 조금만 기다리라고 한 말은 죽음을 기다리라는 말이 아닌 구해주겠으니 기다리라는 것을 말한 것이다.

"인성아, 일어났니? 똑딱이 있잖아. 나는 왜 바보같이 강호를 믿었을까. 그리고 해석이 더 있다는 것을 왜 의심을 못 했을까?" 영규가 조용히 말했다.

"1번은 세계와 전前 세계, 2가지를 의미한다고 생각했어. 그런데 아스갈에서 나도 모르는 해석을 만들어 놨던 것 같아. 고기찬 목사가 해석방법을 더 만들어 뿌렸겠지. 나한테는 안 알려주고 말이야. 화가 나네. 고기찬 목사는 정말 영악한 사람이야. 내가 조금 더 의심했어 야 했어." 영규는 미안해하며 인성을 쳐다보았다. 그러나 인성은 손을 바라볼 뿐 영규를 보지 않았다.

"너? 혹시, 예지몽을 꾼 거야? 우리가 탈출할 방법이 나온 꿈이니? 아니면 탈출한 꿈?" 영규가 손을 보고 있는 인성을 보고 기뻐하며 물었다.

"혹시 강호가 잘못했다고 울며 비는데 내가 때려서 기절시키는 꿈? 개인적으로 이것이었으면 좋겠어." 영규는 주먹으로 다른 편 손에 몇 번 내리치며 무서운 표정을 지었다.

"형. 전 첫 번째요." 우찬이가 장난치며 말했다.

"난 두 번째." 가인도 장난을 치며 웃었다.

"글쎄. 가인의 말이 정답이라고 해두지." 인성이 웃으면서 장난을 받아주었다. "그리고 영규야. 우리가 강호를 오해하는 것 같아."

"무슨 오해? 그 녀석이 우릴 데리고 와서 여기에 가뒀어. 스노드롭에 있을 때부터 계획한 정말 무서운 악마에다가 피도 눈물도 없는 자식이라고." 영규가 화난 표정으로 인성에게 말했다.

"…조금만 기다려줘." 인성이 멍하게 말했다.

"뭘? 시간을 주면 네가 날 구해줄 수 있다는 거야?" 영규가 물었다.

"아니, 강호가 그렇게 말했어. 조금만 기다려달라고." 인성이 말했다.

"오. 그건 죽음이나 기다리라는 소리야!" 영규가 소리쳤다.

"꿈의 내용은 그렇지 않아. 꿈의 내용을 알려줄게. 모두들 잘 들어." 인성이 말했다.

인성은 그들이 해 질 녘에 개조된 트럭을 타고 도망가는 꿈 얘기를
해줬다. 다 듣고 나자 그들은 기다리면 강호가 구해줄 것이라고 결론
을 내렸다. 그 외에는 답이 없었다.

"오. 좋아. 이번에야말로 그 녀석의 손과 발의 위치를 바꿔줘야지.
그래서 발로 밥을 먹고 손으로 뛰어다니게 만들겠어." 캔이 허스키한
목소리로 기분 좋게 소리쳤다. "아니다. 그냥 찢어 죽여야지." 캔이 소
름 돋는 미소를 지어 보였다. 그 모습은 주위의 기온을 떨어뜨렸다.
그리고 덧붙였다. "만약에 내가 그 녀석을 못 죽인다면 사람 새끼가
아니다." 인성은 왠지 캔에게 찍힌 사람이 불쌍해졌다. 가인은 저질이
라는 듯이 캔을 쳐다보았다.

"전 나가면 배 터지게 먹고 싶어요. 지금은 배고파서 죽을 것 같거든
요." 우찬이 눈을 감고 밥 먹는 상상을 하는지 입맛을 다시며 말했다.

"음. 그럼 그 녀석 연기를 하고 있다는 건가?" 영규가 고개를 갸웃
하며 인성에게 물었다. "강호 자식, 연기자 해도 되겠는데? 그래도 이
짓을 왜 한 것인지 물어보고 정당하지 않다면 죽기 전까지 때릴 거
야." 영규가 다행이라는 듯이 웃으면서 말했다.

급한 발소리가 들렸다. 강호가 내려왔다. 그리고 아무 말도 하지
않고 서둘러 인성을 풀어줬다.

"다른 사람들도." 인성은 영규와 그만 문을 열어주자 강호에게 말
했다. 강호는 알겠다는 듯 손가락으로 'ok' 사인을 만들고 다른 사람

들도 풀어줬다. 그리고 그들에게 따라오라고 손짓했다. 다행히 기다
란 남성도 움직였다. 하지만 몹시 야위어 보이는 것이 금방이라도 쓰
러질 것만 같았다. 그래도 그 기다란 남성은 그들 잘 따라다녔다. 밖
으로 나오자 축산농가 건물이 많이 보였다. 사실 내부는 감옥이나
고문실로 이뤄진 건물이었다. 강호는 벽에 몸을 밀착하고 의아해 하
며 물었다.

"뭐야? 이 상황이 궁금하지도 않아? 왜 이렇게 고분고분해."

"닥쳐. 이 연기자야. 빨리 우릴 구출하기나 해." 영규가 째려보며 강
호에게 말했다.

"음, 뭐지. 내가 연기를 잘하고 있다 생각했는데 들켰나 봐?" 강호
가 민망한 듯 머리를 긁적였다.

"그래. 인성의 예지몽 덕이지." 영규가 말하자 강호는 알겠다는 듯
고개를 끄덕였다.

"그럼 그렇지. 안 그랬으면 내 연기를 알지 못했을 거야." 강호는 뿌
듯해 했다.

"빨리 트럭으로 안내나 해." 영규가 다 안다는 듯 말하자 강호는 놀
랐다.

"어떻게 알았어? 사막에 맞게 개조된 트럭으로 우린 이동하는 거야."

"네가 왜 이런 일을 했는지 설명해야 할 거야. 만약에 내가 이해할
수 없으면 넌 내 손에 죽어." 영규가 어금니를 물며 말했다.

그들은 건물들 사이를 이동해가면서 물탱크 쪽으로 갔다.

"이곳엔 적어도 10명의 아스갈인들이 관리를 해. 그런데 사막에선

운송수단이 물탱크 옆에 보이는 저 트럭과 튼튼한 두 다리 뿐이야. 그럼 보통 뭘 쓰겠니? 다리? 아니지. 당연히 트럭을 쓰겠지! 왜 힘들게 걸어 다니겠어. 그런데 트럭을 뺏기면 두 다리로 걸어야 하잖아. 그래서 저 트럭을 지키는 사람을 따로 두고 있어. 나는 이제 어떻게 해야할지 몰라." 강호는 그렇게 말을 하면서 인성을 쳐다보았다. 나머지 사람들도 기대감에 찬 눈빛으로 인성을 바라보았다.

"음. 모르겠는데. 내 꿈에선 트럭을 타고 이동하는 장면이 나왔지 트럭을 가져가는 방법이 나온 게 아니었어." 인성은 그도 모른다면서 속삭였다. 하지만 사람들의 기대하는 눈빛으로 계속 보자 그는 모르겠다는 듯이 그들을 바라보다가 체념하며 말했다.

"알겠어. 내가 해보지."

인성은 건물에 기대어 있는 나무 판자 하나를 집어 들었다. 그리고 트럭 옆에 서 있는 사람을 보았다. 인성은 그 사람을 향해 돌진하기 시작했다. 인성은 최대한 가까이 갈 때까지 눈에 안 띄었으면 했지만 그는 금세 들켰다. 트럭 옆에서 경계를 서던 또 다른 남자가 인성을 향해 총을 쏘아댔다. 인성은 몸을 이리저리 움직이며 총알을 피하고 가지고 있던 나무판자로 그 사람을 기절시켰다. 그리고 옆에 있던 사람도 팔꿈치로 턱을 날려 기절시켰다. 순식간에 2명을 제압했다.

영규 등 일행은 트럭으로 다가와 인성에게 환호를 했다. 캔은 인성의 어깨를 쳤으며, 꼬마는 안겼다. 그리고 영규는 하이파이브를 했다. 이애숙 할머니는 인성을 향해 절을 했다.

"오, 보살님…"

"아, 왜 이러세요." 인성은 당황해하며 맞절을 했다.

가인은 껑충껑충 뛰며 좋아하다가 인성의 볼에 입맞춤을 했다. 인성은 기분이 좋았지만 수지를 생각하며 말했다.

"오, 이러지마."

"그래, 그럼. 안 돼. 이 사람 주인 있는 사람이야." 영규가 웃으며 말했다.

"그저 감사의 표시예요." 가인의 볼이 붉어졌다.

"다 왔지? 그럼 빨리 타자. 총소리 때문에 아스갈인들이 몰려올 거야. 이곳을 벗어나야지." 강호가 사방을 둘러보며 말했다.

강호는 운전을 했고 영규는 보조석에 탔다. 그리고 나머지는 뒷자리에 탔다.

출발하자 시끄러운 소리가 대지를 울렸다. 농가를 경계하던 아스갈인들이 어느덧 트럭 근처까지 쫓아왔다. 하지만 이미 늦었다. 그들은 멀어지고 있었다. 의미 없는 총질이 이어졌다. 그리고 화가 난 아스갈인들의 목소리가 들렸다. 인성과 그의 일행은 고소하게 생각했다.

"오. 난 가까운 거리에서 그렇게 총알을 피할 수 있는 사람을 처음 봤어." 캔이 자동차 소리를 뚫고 존경스러운 듯이 말했다. 그러면서 인성이 총을 피하던 행동을 흉내 내며 장난을 쳤다.

"저도 피할 수 있을 거라 생각 못 했어요." 인성이 모래 때문에 눈을 찌푸리며 말했다.

"그럼 왜 그런 무모한 행동을 한 거예요?" 가인도 눈을 찌푸린 채 놀라며 물었다.

"꿈에서 전 살아서 도망치고 있었어요. 저는 그때까지 죽지 않는다는 거죠. 그걸 한 번 믿어본 거예요." 인성이 웃었다.

"그건 무모한 행동이에요." 가인이 화를 냈다.

"이거 참. 미친 놈이었구만." 캔이 기분 좋게 웃으며 말했다.

전 세계

그들은 사막 한 가운데서 캠프파이어를 했다. 강호가 먹을 것과 마실 것, 그리고 담요 등 필요한 것들을 트럭에 챙겨놔서 오랜만에 배를 채울 수 있었다.

"조금만 더 있었으면 우리는 굶어 죽었을 거야." 인성이 말했다.

"맞아. 도대체 연기였으면 먹을 것을 조금씩 찔러줬어도 됐잖아. 우리에게 솔직하게 말하고 말이야." 영규가 짜증 내며 말했다.

"들킬 수도 있잖아. 조심할 필요가 있었어. 그래도 미안하게 생각해. 내가 생각한 최선의 방법은 도망갈 준비를 하면서 너희들의 상태를 살피는 방법 뿐이었어." 강호가 미안해했다.

"도대체 왜 그런 거야? 우리를 그 감옥에 왜 가둔 거야?" 영규가 물었다. "네가 어떻게 말하는지에 따라 내가 너를 저 불에 넣어버릴 수도 있어." 영규가 불을 보고 말하자 강호가 손사래를 쳤다.

"오, 그러면 안 돼. 말하자면 길어. 음, 그래, 우리가 세계에 있었던 일부터 말해야 할 거야." 강호가 대답을 하자 인성과 영규는 계속 말하라는 듯 고개를 끄덕거렸다.

"어, 목사와 인성이 말을 하고 인성을 너의 집으로 데려가던 날 있었지?" 강호가 말했다.

"그래." 어서 말하라는 듯 영규는 보챘다.

"그날 난 문자를 보고 먼저 내렸잖아." 강호가 말했다.

"어, 맞아. 그랬었지." 영규가 생각해보더니 말했다.

"그때 내게 형이 문자를 보냈다고 했지만 형은 세계가 어디에 있는지 알지도 못해."

"그럼 뭐였어?" 인성이 어이가 없다는 듯이 물었다.

"아스갈 고위간부 긴급소집명령이었어." 인성의 궁금해하는 표정을 보고 강호는 말을 이었다.

"고위간부회의는 약간 실질적이야. 아스갈을 종교라고 보지 않고 이익집단으로 보고 회의를 하지." 강호는 모두들 이해되었는지 쳐다보고 말을 이었다. "아스갈의 메시아인 이인성 군이 아스갈에 등을 돌렸고, 아스갈을 만든 영규는 이인성과 사이가 가까워 무슨 짓을 할지 모른다. 이들을 어떻게 '처리'할 것인가?' 이게 회의 주제였어."

"어. 나를 빼놓고 그런 회의가 있었다고? 재밌네. 계속해줘." 영규가 화를 참으며 말했다.

"그래. 고기찬 목사는 종교가 어느 정도 힘을 가지게 되자 영규 널 견제했어. 그리고 중요회의에서 차츰 너를 제외시켰어. 너도 견제를 받고 있는 걸 알고 있는 줄 알았는데?"

"음. 알고 있었지. 그런데 구체적으로 들으니까 더 열 받는 것 같아." 영규는 짜증 난다는 듯 애꿎은 사막 모래를 불 속으로 던지며 신경질을 냈다.

 "어쨌든 그 회의에 참석하게 되었는데 내가 몰래 엿들었다던 그 이 야기를 했지. 너희를 제거해야 한다고. 하지만 난 너희를 좋아해. 제 거할 수 없었어. 하지만 목사는 내 가족들이 클로버 마을에 살고 있 다는 것을 알고 있었고 가족의 목숨을 담보로 너희를 돼지우리에 데 려가도록 지시했어."

 "오. 너는 불과 더욱 가까워지고 있어. 나쁜 놈. 그때부터 배신하도 록 맘을 먹었구나?" 영규가 어금니를 갈며 말했다.

 "아니. 아니야. 스노드롭으로 갔을 때 무너져 내린 것을 보고 목사 가 내 가족에 해를 끼쳤다고 생각하고 망연자실하게 되었지만 똑딱 이를 보고 알게 되었지. 그들은 세계에 잡힌 것이 아니라, 도망을 갔 다는 걸 말이야. 나는 안도했어." 강호는 배신한 것이 아니라며 손을 휘젓고 말했다.

 "그럼 똑딱이에 대한 해석 좀 다시 해봐. 짜증 나는 똑딱이… 지상 에도 '세계'처럼 핸드폰이 가능해야 해. 답답해 미치겠다. 아무튼 네 가 했던 해석이 맞는 거야?" 영규는 이번에도 모래를 불에 뿌리며 말 했다. 가인은 모래 때문에 불이 꺼질까 짜증 난 표정으로 영규를 쩨 려보았다. 하지만 영규는 아랑곳하지 않고 모래를 불에 다시 던졌다. 가인은 어이가 없는 표정을 지으며 자리를 피했다.

 "그래. 맞아. 1번, 3번, 4번이 울렸으니, '세계가 아니면 전 세계' '피 신을 했다' '존슨 부부와 관련이 있다' 이거야. 그리고 1번과 4번이 같 이 울렸으니 세계가 아니라 전 세계를 의미하는 거지. 다 합한다면 '전 세계로 피신을 했다'로 해석이 되는 거야." 강호는 어깨를 으쓱거리고 말을 이었다. "그리고 1번이 '지켜보고 있다'라고 했는데 너희에게 긴장감을 불어넣기 위한 거짓말이었어."

"그럼 뭐야?" 영규가 으르렁거렸다. "그런데 왜 우리를 그 감옥으로 데려간 거야? 가족이 피신을 해서 가족에 대한 협박의 위협도 벗어났는데 말이야." 영규가 화가 나서 물었다. 이번에도 모래를 불에 던졌다. 가인은 트럭에서 가져온 나무들을 불에 넣으며 영규를 째려봤다. 영규는 그래도 가인을 무시했다.

"정보를 얻기 위해서야. 전 세계에 대한 정보가 너무 부족했잖아." 강호가 동의를 구하는 듯 인성과 영규를 보았다.

"설마 그것 때문이면…. 정말 그것 때문이라면 넌 정말 죽고 싶다고 내게 말하는 거야!" 영규가 어이없다는 듯이 강호를 향해 외쳤다.

"오, 엿들어서 미안하지만 인성이 만큼 미친놈이 하나 더 있었군. 덕분에 난 살았지만." 캔이 어이가 없다는 듯 불을 보며 웃었다. 인성은 캔에게 끼어들지 말라고 눈치를 줬다.

"아무튼 돼지우리는 지상 곳곳에 존재해. 거인에게 먹이를 제공하기 위해서 말이야. 나는 전 세계와 가까운 돼지우리에서 정보를 찾을 수 있다고 생각했지."

"돼지우리?" 캔은 감옥에서 자느라 감옥을 돼지우리라고 불린다는 것을 못 들었었다. 그래서 영규에게 물었다.

"네. 당신들이 갇혀 있던 그곳을 세계에선 돼지우리라고 불러요. 실제로 돼지나 소 등 가축을 키웠던 장소에 범죄를 저지른 사람들을 가둬놓고 거인의 먹이를 주는 거죠."

"네가 말하긴 했지만, 또 들어도 역겹네." 인성이 토하는 시늉을 하며 말했다.

"그래서 알아낸 정보가 있어?" 영규가 화를 참으며 물었다.

"그래. 우리는 오벨리스크를 찾으면 될 거야. 그것은 엄청나게 크고…"

"엄청나게 많겠지." 강호가 말하는 것을 끊고 인성이 말했다.

"맞아. 예지몽에서 봤나 보구나." 강호가 놀랐다는 듯이 말했다.

"그래." 인성은 어이가 없었다. 돼지우리에 가지 않아도 예지몽으로 알 수가 있었던 것이었다.

"이제 날 용서해주겠니? 저 불은 꽤 뜨거울 텐데 말이야." 강호가 애절하게 말했다.

"음. 일단 내가 살아있으니 용서해줄게." 인성이 말했다.

"난 절대 용서 못 해. 죽을 뻔했단 말이야." 영규가 말하면서 더 이상 참지 못하겠다는 듯이 강호에게 덤벼들었다. 둘은 한 대 뭉쳐서 사막 언덕을 굴러다녔다. 그러다 언덕 밑으로 미끌어졌다. 인성이 말리기 위해 뛰어가다가 미끌어져 내려갔다. 인성이 밑에 도착했을 땐 어느새 둘은 하늘을 보고 누워있었다. 인성도 그 옆에 같이 누웠다.

"가족들이 보고 싶다아!" 강호가 별을 보며 말했다.

"나도 마찬가지야!" 영규가 소리쳤다.

"수지는 잘 있겠지?" 인성도 하늘의 별을 처다보고 말했다.

"음, 가인이라는 저 여자 너를 맘에 들어 하는 것 같던데. 새 장가 가는 것은 어떠니?" 영규가 인성을 보고 웃으며 농담을 하자 인성은 영규에게 덤벼들었고 이번엔 둘이 엎치락뒤치락 사막을 굴러다녔다.

사막에서 오벨리스크를 찾기 위해서 돌아다닌 지 시간이 많이 흘렀다. 먹을 식량이 바닥나기 시작했다.

"나는 먹을 것을 한 번에 3인분씩 준비했는데 계획보다 입이 늘어서 큰일이야." 강호가 남은 식량을 씁쓸한 듯 쳐다보며 말했다.

"오. 저희는 구할 생각이 없었다는 거군요?" 가인이 어이가 없다는 듯이 말했다.

"우린 범죄자야. 구해준 걸 감사하게 여기라고." 캔이 웃으면서 말을 했고 가인이 반박을 하려던 그때 나머지 사람들이 소리를 쳤다. 전방에 오벨리스크가 보였던 것이다. 그것은 꿈에서처럼 크기가 제각각이었다. 작은 건 1m도 채 안 되었지만 커다란 것은 5m도 넘게 보이는 날카로운 탑들의 집합체였다.

"뭐야? 저게 오벨리스크들인가?" 인성이 놀라며 물었다.

"왠지 모래사막에 이런 게 있다는 것이 이상하지 않냐?" 영규도 신기한 듯이 말했다.

"그래. 정말 이상한 광경이야. 여기 주변에 분명 전前 세계에 관한 힌트가 있을 것 같아." 강호도 맞장구를 치며 확신에 차서 말했다.

그들은 차에서 내려 확인을 했다. 가까이서 보니 오벨리스크는 최대한 날카롭게 다듬은 흔적이 보였다. 그리고 몇몇 오벨리스크에선 핏자국도 보여 섬뜩한 공포를 선사하고 있었다. 그때 멀리서 무언가 걸어오고 있었다. 그것은 인간의 실루엣이었다. 시간이 지날수록 그 실루엣은 점점 더 커졌다. 거인이다! 그들은 어떻게 할 지 모르고 모래 언덕을 기어오르기 시작했다.

"거인의 속도가 너무 빨라요." 우찬이 울 것 같은 목소리로 말했다.

"모래를 몸에 비벼서 냄새를 숨겨야 해." 영규가 소리쳤다.

"으. 차에서 내리지 말았어야 했어." 강호가 후회를 했다.

"오? 거인이다! 하하하. 멋져! 덤벼라. 이놈아!" 캔은 미친 사람처럼 거인을 보고 호탕하게 웃었다.

그들은 모래를 몸에 비빈 후 도망가고 있었지만 모래에 발이 무릎까지 잠겨가며 도망치기엔 평지에서 걸어가는 것보다 훨씬 느렸다.

"이러다 먹히겠어!" 인성이 소리쳤다. 그 순간 이상한 광경이 그들 눈앞에 펼쳐졌다. 그 많던 오벨리스크들이 눈앞에서 순식간에 사라지는 것을 본 것이다.

"뭐지?"

그들은 어리둥절해서 도망가는 것도 잃어버리고 제자리에 서서 뒤를 돌아보았다. 거인은 빠른 속도로 다가오고 있었다. 그러다가 무엇인가가 아래로 잡아당기듯 거인도 사라졌다. 그리고 거대한 비명이 들렸다. 엄청나게 큰 소리에 그들은 귀를 손으로 막았다.

"끄에에엑!"

그들이 천천히 거인이 사라진 곳으로 다가가자 거대한 둥근 구멍이 보였다. 그 구멍엔 오벨리스크에 찔린 거인이 보였다. 그리고 그 주변으로 많은 사람이 몰려들고 있었다. 그리고 사람들은 환호했다.

"와! 잡았다!"

"이 빌어먹을 녀석들 다 죽어야 해!"

"얼마나 많은 사람들을 죽여 왔는지 배가 빵빵한 것 좀 봐."

사람들은 기쁨에 겨워 한마디씩 하고 있었다.

"오. 사람들이다! 여기가 전 세계인가 보지?" 영규가 기뻐서 말했다. 그러자 순식간에 그 많던 사람들이 도망치기 시작했고 몇몇 군복을 입은 사람은 그들에게 총을 겨누었다. 인성과 그 무리들은 깜짝 놀라 두 손을 올렸다.

"너희들은 세계의 사람들인가?!" 군복을 입은 사람들 중에 콧수염을 기른 키 작은 흑인이 그들에게 소리쳤다. 언뜻 보면 클로버 시장을 닮은 것 같았다. 피부가 검고 키가 작은 시장? 아무튼 그의 목소리는 지하에 메아리를 치며 그들에게 무섭게 들렸다.

"아닙니다." 인성이 앞장서며 용감하게 말했다.

"그걸 어떻게 증명할 수 있지?" 키 작은 흑인은 콧수염을 매만지며 의심스러운 표정을 지었다. 인성이 말을 하려던 그 순간 강호의 주머니에서 똑딱이가 지하로 떨어졌다. 시간은 굉장히 천천히 흘렀다. 인성의 이마에선 식은땀이 흘렀다.

'왜 하필 이럴 때에 저게 떨어지는 거야?' 인성은 속으로 짜증을 냈다.

지하로 떨어지는 똑딱이는 붉은 빛을 깜빡이며 신호를 보냈다. 키작은 흑인은 똑딱이를 주워 들고 말했다.

"이건 세계에서 나오는 물품으로 아는데?" 흑인의 말에 총을 장전하는 소리가 들렸다. 분위기가 서늘해졌다. 강호도 당황해하며 식은땀을 흘리고 있었다. 총을 들지 않은 건장한 군인들은 해머를 어깨 위로 들썩이며 위협했다.

"설명 드릴 수 있어요. 하지만 설명하려면 시간이 좀 걸려요." 인성이 다급하게 말했다. 그때 누군가 인성의 앞에 나서며 그를 막아섰다. 그는 캔이었다.

"설마. 날 쏘려는 것은 아니겠지?"

"오. 세상에! 질!" 그 흑인은 다른 군인들에게 총을 내리라는 손짓을 하였다. 캔의 본명은 질이었다.

"오. 우선 내려와서 이야기를 하지." 흑인은 반가운 듯이 소리쳤다.

"전前 세계 사람이라면 빨리 말해주지 그랬어요! 전 세계를 찾느라 고생한 것과 지금 위협을 받을 때 빨리 앞장섰어야죠!" 가인이 질을 향해 어금니를 깨물고 으르렁거렸다.

"그래서 지금 나서줬잖아." 질이 미소를 지었다.

"그러니까 빨리 나섰⋯."

"됐어! 그만해. 빨리 내려가서 쉬자. 하하하하." 질이 가인의 말을 끊고 가인의 등을 두어 번 치며 호탕하게 말했다.

인성이 바닥으로 어떻게 내려가는지 생각하는 동안 발판이 그들 눈앞에 도착해 있었다.

"어떻게 살아있었네? 자네의 걸걸한 목소리가 너무나 듣고 싶었어. 하지만 질, 자네가 세계로 가서 고기찬 목사의 목을 딴다고 말할 땐 정말 농담인 줄만 알았다니까." 키 작은 흑인 남자가 살아있어 다행이라며 질의 팔을 툭툭 건드렸다.

"아쉽게 실패하고 오히려 내가 죽을 뻔 했네." 질은 미소를 지으며 말했다.

"그런데 이 사람들은 누구야?" 흑인은 이제야 눈에 보인다는 듯이 다른 사람들을 한 명, 한 명 관찰했다.

"아. 날 구해준 사람. 그리고 세계와 거인에 대적할 무기들이지." 질은 다른 사람들이 아니라며 얼굴을 구겨도 무시하고 그들에게 엄지를 세웠다.

"그런가? 아, 내 소개를 하지 나는 꽝튀그리엘이라네. 간단하게 꽝이라고 부르게." 꽝은 질이 데려온 사람들을 둘러보며 말했다. 그리고 상냥한 미소를 지으며 인성에게 손을 내밀었다.

"아. 저는 이인성입니다. 잘 부탁 드려요." 인성도 미소를 지으며 악수를 했다.

"아! 그래, 자네가 이인성인가? 자네 이야기는 많이 들었어. 내가 총을 겨누다니 노망이 났구만. 물론 자네인지 알지 못했지만 날 용서하게. 아무튼 자네가 아스갈의 메…." 꽝은 말을 마칠 수가 없었다. 멀리서 날아온 수지가 인성에게 안겼기 때문이었다.

"보고 싶었어. 멍청아." 수지가 흐느끼며 말했다.

"다녀왔어. 공주님." 인성도 감정이 북받쳐 말을 제대로 할 수 없었다.

한쪽엔 클로버의 사람들이 모여 있었다. 너무도 그리운 얼굴들이었다. 시장과 강철, 헌, 병헌 그리고 인성이 엉덩이를 차고 싶어 했던 상춘도 보였다. 상춘은 인성을 보자 안절부절못했다. 그 모습을 보자 인성은 화가 가라앉았다. 그래서 모든 걸 용서해주기로 했다. 마음고생이 심했을 것이라고 생각했기 때문이다. 머리가 듬성듬성 빠졌으며 등이 굽고 살도 몰라보게 많이 빠진 모습이었다. 인성은 상춘에게 다가가 한번 안아줬다. 그리고 괜찮다는 듯이 웃어줬다.

"내가 밉지 않아?" 상춘은 불안한 표정으로 물었다.

"어마어마하게 밉지." 인성이 웃으며 대답했다. "하지만 괜찮아. 이렇게 다시 볼 수 있잖아. 그럼 됐어. 너도 살아있어서 다행이다." 인성의 말에 상춘은 눈에 눈물이 고이며 고마워했다.

수지는 두 시간도 넘게 인성의 옆에 붙어서 스노드롭에서 전 세계로 온 이야기를 해줬다. 거인이 스노드롭의 문을 부순 이야기며(인성은 마을 사람들이 전부 살아있는 게 다행이라며 놀라워했다.), 다행히 존슨 부부가 그것을 예상했다는 듯 만들어 놓은 뒷길로 사람들을 이끈 이야기. 그리고 존슨 부부가 이끈 숲 속 공터엔 여러 대의 자동차가 있었으며 사람들이 그 자동차들을 타고 이동한 이야기. 사막에서 내려 걸어가던 이야기('너무 더워.' 인성도 자이언트 사막을 걸어봤기에 안다는 듯 혀를 내밀고 말했다), 전 세계에 도착해서 한 축제 이야기, 그리고 거인을 사냥한 이야기 등을 인성이 끼어들 틈이 없이 말했다.

"아, 맞다. 그때 식량이 없어졌잖아. 과연 누굴까?" 인성이 갑자기 생각난 듯 수지에게 물었다.

"글쎄…. 궁금하긴 하지만 이젠 중요하지 않잖아? 앞으로가 중요하지." 수지가 인성을 뚫어져라 쳐다보며 그의 얼굴을 손으로 쓰다듬었다.

"그래. 맞아. 사실 네가 내 옆에 있다는 것이 중요해. 보고 싶었어." 인성은 수지에게 진한 키스를 했다.

다음 날 아침 팡은 인성과 영규, 강호를 찾았다.

"당신 어마어마한 재능이 있더구만. 질한테서 들었어. 총알을 피해 다닐 수 있다면서?" 팡이 놀랐다는 듯이 말했다.

"어, 잘못 아신 것 같은데요. 이 친구는 미래를 알 수 있는 능력이 있어요." 영규가 정정하면서 말했다.

"아. 맞아. 그렇게 들었는데 질은 그것보다 총알을 피하면서 적을 제압하는 모습을 더 인상적으로 설명해줘서 말이야. 내가 헷갈렸네."
팡이 호탕하게 웃으며 말했다.

"좋아. 좋아. 내가 여기에 부른 이유는 거인과의 전쟁을 하는데 당
신들이 도움을 줄 수 있나 해서 말이야." 팡이 제발 도와달라는 듯
두 손을 모으며 간청했다. 그러나 셋은 벙 쪄서 대답이 없었다.

"오, 내가 너무 급작스러웠나? 조금 더 생각할 시간을 줄게. 그런데
그걸 알아야 해. 세계에선 사람을 먹이로 해서 거인을 키우고 있어.
자신들의 종교를 유지하기 위해서 말이야! 그것은 엄청나게 잘못된
일이야. 꽤 전에 우린 세계와 대화를 했지만 세계는 아스갈에 지배하
에 있어서 알아먹질 못했어. 그래서 세계와 전쟁을 하게 되었는데 생
각해보면 적은 그들이 아니잖아? 거인이지. 그래서 우린 전쟁을 중단
하고 이곳으로 떨어져 나왔어. 그리고 거인과의 전쟁을 이어가고 있
지." 팡이 갑자기 많은 말을 빠르게 꺼내놨다. 팡은 자랑스러운 듯 어
깨에 힘을 주고 턱을 들어 올렸다. 그러나 그들은 듣기만 할 뿐 말이
없자 힘이 빠진 듯 말했다.

"잘 생각해보고 결정해줘. 우리의 최종 목표는 지상으로 올라가는
것과 아스갈이 더 이상 세계를 지배하는 것을 막는 것이야."

곧 그들은 전 세계를 위해 일을 하겠다고 말했다. 거인과 전쟁을
하기로 한 것이다. 그들은 고민을 해 보았지만 딱히 할 것이 없었다.
그리고 거인 이전의 세상을 만드는 것은 꽤 괜찮은 일이라고 그들은
생각했다. 팡은 대단히 기뻐했다. 그리고 다음 주엔 어떠한 일이 적
합한지 전 세계의 시설을 구경시켜주겠다고 말했다.

"야. 그런데 넌 그래도 괜찮아? 아스같을 믿잖아?" 인성이 강호에게 물었다.

"장난하니? 그들이 나의 가족의 목숨을 가지고 담보로 협박한 순간 난 그것을 적으로 간주했어." 강호는 펄쩍 뛰며 대답을 했다.

"당연히 그래야지. 그런데 아스같은 환경을 지키는 대단히 매력적인 종교인데, 너무도 아쉬워." 영규는 감상에 젖으며 말했다.

"강호야. 망치 좀 가져와 봐. 저 녀석 머리 좀 열어봐야겠어." 인성이 정색하며 강호에게 말했다.

"음, 좋은 생각인 것 같아. 조금만 기다려!" 강호가 망치를 찾기 위해 앞으로 뛰어 나갔다.

"농담이야. 강호야. 농담이라고!" 영규가 소리치며 쫓아갔다.

일주일간 인성은 전 세계를 수지와 함께 둘러보며 구경을 했다. 전 세계는 세계만큼이나 넓어 구경하는데 사실 일주일도 모자랐지만 보지 못한 곳은 수지의 부가적인 설명으로 어떤 곳인지 파악할 수 있었다. 전 세계의 중앙은 오벨리스크들로 가득 차 있으며 동서남북으로 동굴이 나 있었다. 4개의 동굴은 개미의 집처럼 이루어져 있으며 동쪽에는 중앙 통제부가 서쪽에는 산업시설이, 남쪽에는 문화시설이, 북쪽에는 주거시설이 있었다. 흥미로운 공간이었다. 마치 개미들이 인간을 잡기 위해 파놓은 함정처럼 보였다. 수지는 인성에게 전 세계를 구경시켜주며 즐거워했다. 인성은 수지의 행복한 미소를 보니 가슴이 아팠다. 그것은 인성을 안심시키기 위한 억지 미소임을 알기 때문이었다. 수지는 세계에 부모님이 계시는 것을 알게 되었다. 하지만 그것을 내색하지 않고 있었다. 인성은 아직 가족의 생사도 모르기 때문에 수지가 부모님에 대해 말하면 그가 슬퍼할 것을 생각한 것이다. 속이 굉장히 깊은 여자였다.

직업선택

일주일 후, 팡은 인성과 영규, 강호를 데리고 동쪽의 중앙 통제부로 이끌었다.

"우리는 보통 중앙 통제부의 네 번째 굴을 많이 사용해. 거인과 전쟁을 하는 실질적인 부서로 우리의 최고의 무기를 사용하기 위한 활동을 하지." 팡이 자랑스러운 듯 가슴을 치며 말했다.

"최고의 무기가 뭐에요?" 인성이 궁금해서 팡에게 묻자, 팡은 알지 않냐는 듯이 고개를 갸우뚱하면서 대답했다.

"오벨리스크지, 오면서 거인을 잡는 걸 봤잖아? 아무튼 네 번째 굴은 거인들을 이곳으로 유인하는 역을 담당하지. 전 세계가 움직이지 못하니까 유인을 하는 거야. 보통은 10번 시도를 하면 1번 성공할 정도로 위험하긴 하지만 방법이 없거든. 그래도 우리 전 세계 사람들은 용감해. 계속해서 지원자가 나타나거든. 혹시 관심 있니?" 팡이 눈을 반짝이며 물었다. 셋은 안 하겠다며 고개를 빠르게 좌우로 흔들었다. 팡은 아쉬운 듯 한숨 쉬고 말했다. "음…. 부서는 많으니까 신중하게 골라봐."

광과 셋은 일곱 번째 동굴로 이동했다. 중앙 통제부는 13개의 동굴로 이루어져 있었는데 일곱 번째 동굴은 휴식공간이었다. 음료 자판기와 수많은 테이블이 있었고 많은 사람들이 대화를 하며 쉬고 있었다.

"첫번째 동굴은 전 세계의 머리가 있는 곳이지. 쑥스럽지만 내가 이곳의 대통령인데 첫 번째 동굴을 사용하지." 광이 대수롭지 않게 콜라를 들이키며 말했지만 셋은 깜짝 놀라서 광을 쳐다보았다.

"대통령이 직접 저희를 안내해주면서 맞는 직업을 선택해 주신다고요?" 영규가 놀랐다는 듯이 소리쳤다.

"푸, 켁켁, 아. 그래. 직업선택이 얼마나 중요한데, 그리고 너희는 질의 추천의 받았으며(알고 보니 질은 전 세계의 4성 장군이었다) 나중에 너희들이 영웅이 된다면 내가 너희를 데리고 다녔다고 자랑하고 다닐 수 있잖아." 영규의 갑작스런 소리에 광은 놀라서 콜라를 뿜고 대답했다.

"영웅이요? 말도 안 돼요." 강호가 손사래를 쳤다.

"그건 아무도 몰라." 광은 진지하게 말했다.

"아무리 그래도 대통령이 직접 하다니요. 뭔가 잘못 된 것 같은데요." 영규의 컵에서는 사과주스가 넘치고 있었다. 하지만 다른 이들도 그것을 바로잡지 못하고 놀란 채 광만 바라보고 있었다. 그러자 광은 사과주스를 따르는 통을 얼른 뺏었다.

"아, 아까워라. 사과주스를 얻기가 얼마나 힘든지 아니? 음, 대통령은 가장 중요한 일을 해야 한다고 생각해. 전 국민의 모범이 될 수 있고 국가가 좌우되는 그런 일. 나는 지금 내가 하는 일이 그렇다고 생각을 해. 애들아, 너희들은 미래잖아. 직업이나 생각해보자." 팡이 놀라고 있는 그들을 진정시키고 말했다.

"혹시 대통령 자리를 노리는 사람이 있나?" 팡이 묻자 그들은 고개를 좌우로 세차게 저었다.

"오, 다행이군. 자, 그럼. 두 번째 동굴. 이 동굴은 외교부야. 세계와 소통을 하면서 정보를 빼 오는 게 사실 주 업무이지." 팡이 말했다. "사실 스파이인 것을 들킨다면 위험할 수 있어. 돼지우리에 갇히고, 고문을 당하며 전 세계의 위치를 말하라고 협박을 받을 수 있지. 아무튼 이곳은 위험을 감수할 수 있어야 하고 판단 속도가 빠른 사람이 많이 지원을 하지." 팡이 말했다.

"제가 할 수 있을까요?" 강호가 말했다.

"뭐?" 인성과 영규가 놀라서 동시에 말했다.

"오. 그래? 왜 지원을 하려고 하지?" 팡이 기쁘다는 듯이 웃으며 물었다.

"제가 사실 세계의 아스갈 고위간부였어요. 그래서 제가 잠입을 해서 정보를 빼 오는 것에 적합할 것 같아요." 강호가 진지하게 말했다.

"안돼. 넌 이미 들켰어! 우리가 함께 돼지우리에서 빠져나왔다는 것을 세계는 이미 알고 있을 것이라고!" 인성이 만류했다.

"알아. 하지만 나는 거짓말로 세계를 속일 수 있어. 내가 전 세계에 관한 정보를 훔치기 위해 연기를 한 것이라고 말하는 거지." 강호가 미소를 지으며 자신감을 내비쳤다.

"이중 스파이를 말하는 거군." 팡이 생각을 하는 듯이 턱을 만지며 말했다. "세계엔 전 세계의 정보를 캐내는 스파이라고 말하지만, 실상은 전 세계를 위한 스파이인 거야." 영규가 궁금해하는 표정을 짓자 쾅이 덧붙였다.

"그래. 좋아. 그럼 한 명은 정한 것 같군! 그럼 계속 말할게. 강호군도 다른 부서가 맘에 들면 생각을 바꿔도 좋아." 쾅이 박수를 한번 치고 말했다.

"세 번째 동굴의 부서는 관리부야. 전체적인 전 세계 전반의 예산, 계획을 짜고 타당한지 분석 후에 결재를 하게 되지. 물론 내 인장이 필요하지만 말야. 하하하하! 음. 관심이 없는 것 같군." 무표정의 그들을 보고 쾅이 말했다. "문서편집능력이나 회계능력이 있다면 도움이 될 거야. 물론 없어도 배우며 할 수 있어. 그래도 관심이 없어 보이는군. 그래. 좋아. 네 번째 동굴은 말했듯이 거인과 전쟁을 하는 국방부야. 질을 그곳의 장관으로 복직시킬 생각인데 질이 맘에 들어 할 지 모르겠어. 뭐 너희들은 이것에 대해 관심을 갖지 않겠지." 쾅은 그들이 집중을 하고 있자 기분이 좋은 듯이 보였다. 그리고 콜라를 한 번 더 들이켰다. "다섯 번째는 환경부(환경이라는 단어가 나오자 영규의 눈은 반짝거렸다)야. 전 세계에서 나오는 쓰레기는 물론, 사람들의 건강과 위생, 그리고 전 세계 시설의 디자인과 동식물 등 다양한 것을 관리하는 곳이지."

"제가 그곳에 관심이 가네요. 그곳은 앞으로 친환경을 모토로 삼을 것입니다! 자연을 파괴하는 것은 안돼요." 영규는 쾅이 더 많은 것을 말하려고 했지만 얼른 자신의 생각을 말했다.

"부서의 비전과는 안 맞는 것 같은데? 지금 환경부에선 쓰레기를 처리하는 것만으로도 골치여서 말이야. 뭐 관심을 가져주니 좋구만.

어쨌든 '친환경'은 좋은 말이야." 팡이 사람 좋게 웃으면서 말했다.

"쟤가 그곳으로 배치하게 되면 전 세계는 세계처럼 이상해 수 있어요! 저 녀석은 지독한 환경주의자에요." 인성이 다급하게 팡에게 말했다.

"세계와 같다니 어떻게 그런 심한 모욕을!" 영규는 인성에게 화를 냈다.

"자연에게 도움이 되는 것은 항상 옳은 일이야. 우리는 거인과의 전쟁이라는 핑계와 아직은 인프라가 세계만큼 갖추지 못한 이유로 친환경에 거리를 두었어. 그런데 잘못된 점을 지적하며 고쳐준다면 영규는 도움이 될 거야." 팡은 걱정 말라는 듯이 인성을 보고 말했다. 인성은 불안했지만 그래도 팡의 사람 좋은 웃음에 인성도 미소가 지어졌다.

"인성 군만 남았구만. 혹시 내가 다른 부서들을 말하기 전에 자네가 관심이 가는 분야가 있나?" 팡이 궁금한 듯이 물었다.

"글쎄요. 저는 거인이 나타나기 전에 잡지 회사에서 일을 했어요." 인성이 말했다.

"흠. 이곳은 아직 잡지나 TV 등의 엔터테이먼트 시설이 없어." 팡이 아쉽다는 듯이 말했다. 하지만 팡은 생각났다는 듯이 말했다.

"그럼 직접 창업을 해보는 것이 어때? 잡지나 그런 것을 말이야."

"좋아요! 수지와 얘기를 해봐야 할 것 같네요." 인성이 곰곰이 생각하면서 말했다.

"일할 것은 많아. 자기와 맞는 일을 하는 것이 중요하지. 천천히 생각해봐." 팡이 말했다.

일주일이 지났지만 마땅한 것이 떠오르지 않았다. 나머지 굴에 대해서도 들었지만(여섯 번째 의료부, 일곱 번째 휴식공간, 여덟 번째 문화부, 아홉 번째 노동부, 열 번째 과학부를 비롯하여 열여섯 번째 법무부같은) 인성은 끌리는 곳이 없었다. 정말로 엔터테인먼트 산업을 창업할까 생각해봐도 부담스러웠다. 그저 일이 있는 영규와 강호가 부러웠다.

질이 인성을 찾아왔다.

"어이. 메시아!" 질이 인성의 갈비뼈가 부러질 듯 안으면서 소리쳤다.

"악! 국방부 장관이 된 것을 축하드려요. 질!" 인성이 갈비뼈를 매만지며 인상을 구겼다. 그리고 질을 그의 집에 있는 테이블로 이끌었다. 곧 수지가 커피를 가지고 왔다.

"오! 이런 귀한 것을 가지고 있다니. 고마워요. 마담!" 질이 호탕하게 웃었다. 그리고 한쪽 눈을 감고 윙크하며 커피를 받았다. 수지는 어이가 없다는 듯이 눈을 동그랗게 뜨고 입을 벌렸다.

"왜 이런 누추한 곳까지 왔어요." 인성이 질의 모습을 보고 혀를 끌끌 차면서 말했다.

"아, 백수생활 좋나 보러왔지." 질이 비웃으며 말했다.

"이런. 보서도 알겠지만 그리 좋지 않아요. 친구들처럼 저도 빨리 일을 잡고 싶어요." 인성이 씁쓸하게 웃으며 말했다.

"내 생명의 은인이면서 다시 한 번 복수의 기회를 만들어 준 네가 이렇게 기운이 다운돼 있으니까 왠지 내가 미안하잖아! 그래서 내가 좋은 일을 소개시켜 줄려고." 질이 비밀스럽게 말하면서 수지를 의심스럽다는 듯이 쳐다보았다.

"믿을 수 있는 사람이에요. 그런데 무슨 일이에요?" 인성이 흥미롭다는 듯이 물었다.

"존슨 부부 알지? 너와 함께 클로버 마을이란 곳에 살았다며? 그 사람들이 왜 클로버에 머물렀을까?" 질이 재밌다는 듯이 말했다.

"뭔데요?" 인성이 짜증 나는 듯 빨리 말하라고 보챘다.

"그 사람들하고 방금 만나고 오는 길이야. 재밌는 얘기를 하더라." 질이 미소를 띠었다.

"이곳은 감옥이 아니에요. 왜 자꾸 말을 아껴요. 빨리 말해줘요." 인성이 으르렁거리며 경고했지만 질은 그런 인성을 귀엽다는 듯이 쳐다보았다. 그리고 알았다는 듯이 고개를 끄덕이며 말했다.

"그 사람들은 전 세계의 고위 공무원이야. 내가 예전에 국방부 장관을 할 때에 존슨은 의료부 장관이었지. 나는 존슨과 꽤 친했어. 우린 잘 통했거든(친절한 존슨 씨와 험악한 질이 친하다니 인성은 이해가 가지 않았지만 이야기가 너무 흥미로워 끊기가 싫었다). 내가 고기찬 목사를 죽이기 위해 장관을 그만두고 나왔는데, 존슨 부부는 너를 찾기 위해 장관을 포기하고 나왔대." 질이 인성의 멍한 표정이 재밌다는 듯이 웃으며 말했다. "그런데 너를 위험에 빠뜨렸었다고 죄책감에 힘들어 하더라. 네가 그들을 찾아서 위로 좀 해줘. 그리고 내 감이 좋은데 네가 그들을 만나면 왠지 할 일이 생길 것 같아." 질이 커피의 향을 맡으며 말했다.

"존슨 부부가요? 왜 저를 위험에 빠뜨렸다고 생각하는 거죠? 그리고 왜 제가 할 일이 생길 것이라고 생각해요?" 인성이 진지하게 물었다.

"그건 직접 물어봐야지. 그리고 네가 할 일이 생길 것이라는 건 정확해. 내 50 평생의 감이야." 질도 진지하게 대답하자 인성의 맥이 빠졌다.

"정말 재밌으시네요. 당신은." 인성은 질을 비웃었지만 질은 알아차리지 못한 것 같았다.

"하하. 내가 장관을 안 했다면 개그맨을 했겠지. 아무튼 넌 존슨한테 궁금한 게 많을 것 같은데 빨리 찾아가 봐." 질은 커피를 한입에 모두 털어 넣었다. "생각해보니까, 넌 인기가 정말 좋은 것 같구나. 과거엔 존슨이 장관을 포기하고 널 찾아 멀고 먼 클로버란 도시로 갔었고, 지금은 세계에선 너를 죽이려고 혈안이잖아. 넌 진짜 멋진 녀석이야. 내가 널 알고 있다는 게 뿌듯한 걸? 하하하하하!" 질은 호탕하게 웃었다. 그리고할 얘기는 끝났다는 듯이 일어났다.

"잘 먹었어요. 아가씨." 질은 수지에게 말을 하며 그녀의 엉덩이를 때렸다.

"어머!" 수지는 놀라며 소리쳤고 질을 째려보았다.

"이런 미친!" 인성이 자리에 일어나며 소리쳤다.

"오호, 성격도 있구만. 설마 아버지뻘 되는 나에게 덤빌 생각은 아니겠지? 그래도 넌 남자야. 자신을 여자를 지키려고 하는 모습이 멋져. 아무튼 존슨 부부에게 빨리 가봐. 그들은 여기서 네 번째 옆 동굴에 머물고 있어." 질은 행운을 빈다며 한 손을 들어 올리며 나갔다.

"미친 사람이었어. 저런 사람을 구해주다니!" 인성이 소리치자마자 다시 질이 고개를 내밀고 말했다.

"오? 나에 대해 말을 했나? 어쨌든 내가 생각난 것이 있는데 존슨 부부가 미안해하는 이유가 식량을 훔쳤었던 것 때문이라는데?" 인성과 수지의 놀란 표정을 보자 흐뭇한 미소를 띠고 나갔다.

"방금 저 사람이 뭐라고 했지?" 수지가 당황하며 인성에게 물었다.

존슨 부부

사람은 한 개 이상의 꿈을 꾼다. 하지만 그 다음 날 기억하는 꿈은 대게 마지막에 꾼 꿈이다. 그러나 그 꿈도 곧 잊혀진다. 당신이 꿈을 강렬하게 잡지 않는다면.

인성과 수지는 서로를 마주 보았다. 서로의 황당한 표정. 그들은 곧 질이 알려준 동굴로 갔다.

"존슨 씨 계신가요?" 인성이 굴 앞에서 물었다.

"누구? 인성 씨!" 존슨은 놀라며 인성을 껴안았다. 그리고 기쁨에 눈물을 흘렸다. "자기야. 나와 봐! 그리고 누가 왔는지 봐."

"누군데? 헉! 인성 씨!" 존슨 부인은 인성을 보자 마찬가지로 눈물을 흘리며 기뻐했다.

"어… 오랜만이에요." 인성이 당황하며 말을 했고 곧 존슨은 인성을 놓아주었다. 그리고 존슨은 인성과 수지를 소파로 안내했다. 그들은 간단한 안부를 묻고 자세한 얘기를 하기 시작했다.

"제가 인성 씨를 이곳으로, 그러니까 전 세계로 데려오려고 했어요. 그런데 상황이 꼬여서 인성 씨가 사라졌죠." 존슨은 존슨 부인에게 차를 부탁했다. 그리고 휴지로 코를 풀며 말했다.

"아…. 네." 인성은 뭐라고 해야 할 지 몰랐다.

"식량을 훔친 게 여러분이라고 질이 말하던데요? 맞아요?" 수지는 인성이 할 수 없었던 말을 대신해줬다. 투수로 치며 묵직한 직구로 인성이 묻고 싶었던 말을 대신 해줬다.

"아, 그게…. 맞아요." 커피를 내오던 존슨 부인이 말했다. "그게 어떻게 된 것이냐면, 사실 저흰 스노드롭이 안전하지 않다는 것을 알고 있었죠."

"저흰 전 세계의 사람들이에요. 거인하고 전쟁을 치러보았고, 얼마나 무섭고 강한 괴물인지 알고 있었죠. 스노드롭은 거인의 힘에 의해 무너질 것이 보였어요." 존슨이 인성의 눈을 바라보고 말했다.

"저흰 전 세계로 인성을 인도하려고 했어요. 미래를 예측하는 메시아, 그러니까 당신이 그런 능력이 있다는 것을 알고 있었어요. 아스갈에서 나온 것들이 허구가 아니라 진짜라는 것을 강태식 박사와 저흰 알고 있었죠." 존슨은 말하면서 커피를 마시지 않고 있는 잔을 바라보았다. 그러자 인성은 커피를 한 모금 마시고 물었다.

"강태식 박사가 누구죠?"

"강태식 박사는 저희와 프리오리 성에서 같이 연구를 하던 사람이에요." 존슨 부인이 코를 홀쩍거리며 말했다. 아직도 인성을 보고 미소를 지으며 울고 있었다. 수지가 프리오리 성에 대해 궁금해하자 존슨 부인이 말을 이었다.

"프리오리 성은 세계에 있어요. 그곳에서 거인을 제거하는 바이러스를 만들었어요."

"계속하세요. 전 프리오리 성에 가보아서 잘 알아요. 전에 제 친구가 머물고 있었고 지금은 이곳에 같이 왔죠. 아무튼 제가 예지몽을 꾸는 것이 사실이라는 것을 알고 계셨다는 것이네요."

"네. 맞아요. 그리고 강태식 박사는 아스갈의 신도였는데('그래도 전 세계의 사람이에요. 나중에 아스갈을 증오하며 전 세계에 큰 힘이 되죠.' 존슨 부인이 인성의 짜증 섞인 표정을 보고 말했다.) 당신이 온다면 큰 힘이 된다고 생각을 했죠. 그래서 저희는 당신을 데리고 오겠다고 말을 했어요. 강태식 박사는 자신이 가고 싶지만 자신이 간다면 가족들이 위협을 받을 것이라고 생각을 했거든요." 존슨 씨가 말했다.

"강태식 박사의 가족들은 강태식 박사가 거인을 제거하기 위한 바이러스를 만들 동안 인질로 잡혔어요. 그래서 강태식 박사는 떠날 수가 없었어요." 존슨 부인이 강태식 박사가 불쌍하다는 듯 코를 풀었다. 이번엔 다른 의미의 눈물이었다.

"저희도 바로 출발할 수는 없었어요. 연구의 성과가 눈 앞에 있었거든요. 거인을 제거하기 위한 바이러스를 만드는 것이 완성단계에 접어들었죠."

"그리고 성공했죠." 인성이 말하자 다들 놀라서 인성을 쳐다보았다.

"아. 제가 세계를 탈출하다가 거인의 무덤을 발견했거든요. 제 친구는 그것이 프리오리 성에서 한 연구의 성과라고 말했죠." 인성이 다들 자신을 주목하자 얼굴이 벌게져서 대답했다.

"맞아요. 연구는 성공했지만 세계는 거인과의 전쟁을 포기하죠. 아스갈의 손에 세계가 넘어간 거예요."

"그리고 세계와 전 세계는 전쟁을 하게 되겠죠." 인성은 담담하게 말했다. 이번엔 다들 인성이 알고 있는 것에 의아해하지 않았다.

"네, 맞아요. 하지만 전 세계는 전쟁을 중단하고 지금의 장소로 이동을 해요. 인간끼리 싸울 필요는 없다는 이유에서죠." 존슨은 말을 하고 한참 망설였다. 그리고 말을 이었다.

"안타까운 일이 이때 발생해요."

"바로 강태식 박사의 가족이 죽임을 당한 거예요." 존슨 씨가 말하자 존슨 부인은 더 흐느꼈다. 수지가 다가가 어깨를 두드리며 위로를 했다.

"바로 그 지시를 한 것은 아스갈의 목사, 고기찬 목사에요." 존슨씨가 울음을 삼키며 말했다.

"그런 끔찍한!" 수지가 놀라서 말했다.

"그 사람은 자신에게 위협되는 사람들은 제거를 하겠지. 놀랍지도 않아. 그 쓰레기." 인성이 주먹을 쥐며 말했다.

"질은 난리를 쳤어요. 그리고 장관직을 내려놓고 고기찬 목사를 죽이러 갔죠." 존슨이 말을 하자 질의 불같은 성격이 떠오르며 그럴 수 있다고 생각을 했다.

"강태식 박사는 점점 미쳐갔어요. 거인에 대항하는 바이러스는 강태식 박사만이 알고 있었는데 그는 절대 입을 열지 않았어요. 희망이 사라지고 있었죠. 그런데 그때 다시 희망이 떠올랐죠." 존슨 부인이 말했다.

"제가 말이군요." 인성이 최대한 담담하게 말을 했지만 약간 부끄러운 말투가 남아 있었다.

"예. 그래서 당신을 찾아 나섰어요. 그리고 저희는 운 좋게도 세계와 가까운 마을에서 당신들을 찾을 수 있었어요. 당신을 전 세계로 데리고 가기만 하면 되었어요." 존슨이 말했다.

"그런데 저희는 마을 사람들과 모두 친해졌죠. 그들도 살리고 싶었어요." 존슨 부인이 말했다.

"맞아요. 하지만 스노드롭은 안전하지 않았죠. 제가 생각하는 한 스노드롭은 거인의 힘에 무너질 수 있었어요. 실제로도 무너졌고요." 존슨이 말했다.

"그래서 저희는 스노드롭 안에 또 다른 사람이 지나다닐만한 굴을 하나 팠답니다. 강철에게 들켰는데 그들은 저의 속사정을 듣고 도와줬어요. 굉장히 고마운 사람이에요." 존슨 부인이 말했다.

"저희는 당신과 모두를 같이 데려갈 시점을 재고 있었어요. 가장 좋은 시점이 스노드롭으로 모두 모였을 때라고 생각했어요. 그런데 나갈 이유가 있어야 했죠. 저희를 갑자기 믿고 움직일 수 있게 하는 힘이 말이에요." 존슨이 말했다.

"그게 식량이었어요. 알아요. 약간은 극단적이라는 것을, 하지만 그래야만 사람들은 저희를 따라올 것 같았어요." 존슨이 커피를 한 모금 마시는 동안 존슨 부인이 대신 말했다.

"전 세계에선 스노드롭의 완성 2주 전에 저희의 연락을 받고 차량과 인원을 지원해줬어요." 존슨이 커피잔을 내려놓으며 말했다. 이제 퍼즐이 맞춰가는 느낌이 들었다.

"그런데 문제는 인성 씨가 사라졌다는 것이었어요. 식량을 가져가겠다면서 말이에요. 저희는 당황했지만 거인을 피해서 도망가는 수밖에 없었죠. 그래도 아스갈인을 설득해 받은 똑딱이로 신호를 남겼어요. 해석을 잘 해주길 바라면서 말이에요." 존슨이 말했다.

"똑딱이로 신호를 남긴 것이 당신들이었군요?" 인성은 놀라웠다.

"네. 맞아요. 똑딱이 신호를 보니 클로버의 아스갈인들은 저희를 스파이로 의심하고 있더군요." 존슨은 희미한 미소를 지었다.

"어차피 상관없었어요. 저희는 달아날 것이니까요." 존슨 부인이 말했다.

"다행히 당신은 살아 있었고, 해석이 잘 되었는지 저희는 만났군요." 존슨 씨가 말을 마치고 따뜻하게 인성을 바라보았다.

"그렇군요. 어쩌면 이렇게 되는 게 정해져 있었던 것일지 몰라요." 인성이 예지몽을 생각하면서 말했다. 예지몽은 이렇게 될 것을 예측했던 것이다.

"당신은 희망이에요. 당신이 살아 있어서 너무 고마워요." 존슨부인이 마음을 추스렸는지 울음을 그치고 말했다.

"그런데 제가 어떻게 도움이 될 것이라고 생각을 해요? 전 미래에 대한 일을 보는 것밖에 못해요. 바이러스를 만든 것처럼 대단하지 않아요." 인성이 낙담을 했다. 자신의 어깨에 많은 짐이 실린 것 같았다.

"미래를 알면 현실을 바꿀 수 있다. 이것은 엄청난 힘이다. 강태식 박사는 그렇게 말을 했어요. 그리고 저희도 그렇게 생각해요."

인성과 수지는 그들의 굴로 돌아왔다. 엄청난 내용을 들은 것 같았다.

"강태식 박사는 왜 내가 도움이 될 것이라고 생각했을까? 난 도움이 안 돼. 이런 난국에선 널 지키는 것은커녕 내 몸을 지키는 것도 힘들어. 질은 내가 여기서 무슨 할 일이 생긴다고 날 보낸 거야?" 인성이 짜증을 냈다.

"좋게 생각해. 자기의 능력이 다시 발휘될 시점일지도 몰라." 수지가 따뜻하게 인성의 손을 잡으며 다독여줬다.

나는 깊은 곳으로 들어가기 시작한다. 계속 굴을 지나치며 가장 깊은 곳으로 들어간다. 더 이상 다다를 수 없는 지하로 들어간다. 그렇게 나는 가장 깊은 곳에 도착한다. 숨어 지내기 참 좋은 곳이다. 그곳엔 희망도, 공포도, 슬픔도, 무엇도 없는 공허의 장소다. 나는 그렇게 생각한다. 안식처. 그곳은 그런 이름이 어울린다. 그리고 내가 죽을 장소이다. 나는 가족을 잃었다. 아내와 딸을 지켜주겠다는 거짓말. 나의 잘못된 선택. 나는 더 이상 살 수가 없다. 그래도 아직은 죽을 용기는 나지 않는다.

'조금만, 정말 조금만 있다가 갈게. 미안해. 아직은 할 일이 남은 것 같아.'

나는 생각한다. 남아있다. 시간은. 그것을 어떻게 쓸 것인가? 이 세상에 전달해야 하는 것을. 나는 그것을 메시아가 받을 것을 안다. 그래. 나와 같은 사람이 생기지 않을 것이다. 나와 같은. 믿었던 것을. 사실은 믿지 말아야 하는 것을. 나는 두렵다. 하지만. 알고 있다. 아스갈은 거짓이지만 그는 진짜다. 내가 거짓을 믿으며 본 진짜였다. 나는. 그를 기다릴 것이다. 올 것을 알기에.

"헉!" 인성은 놀라서 일어났고 곧바로 손을 보았다. 손은 핏빛으로 물들어있었다. 이상한 꿈이었다. 처음이었다. 인성은 인성이 아닌 제 3자의 시선으로 보는 예지몽이었다. 수지는 옆에서 아름답게 자고 있다. 천사였다. 인성은 수지를 깨우지 않아서 다행이라고 생각했다. 수지가 깼으면 그런 아름다운 모습을 보지 못할 것이었다. 그녀를 지켜주고 싶었다. 인성은 자고 있는 수지의 이불을 덮어주고 머리를 쓰다듬으며 이마에 키스를 했다. 그리고 다음 날 무엇을 해야 할 지 생각했다. 그를 찾아가야 했다.

강태식 박사를.

"일어났어? 못난이?" 자고 있던 인성이 눈을 뜨자 수지가 보고 있었다.

"뭐야?" 인성이 눈을 부비며 일어나 앉았다.

"어제 당신이 자고 있는 나를 보길래. 나도 따라해 봤지. 자긴 나를 사랑스럽게 봤지만 난 당신이 못 생겨 보여 웃음만 나는데?" 수지가 웃으며 말했다.

"어제 깨 있었어?" 인성이 기지개를 키며 말했다.

"놀라는 소리가 그렇게 컸는데 당연히 깨지. 어제 예지몽을 꾼 거야? 아님 악몽을 꾼 거야?" 수지가 앞치마를 두르고 계란 후라이를 하기 시작했다.

"음···. 예지몽. 제3자의 입장에서 보는 예지몽이었어. 그런 꿈은 처음이었는데 그 사람의 바닥에 내려앉은 감정이 나한테도 이입되어서 죽어야 한다는 느낌을 강하게 받았지." 수지는 놀라서 계란을 안 깬 채로 후라이팬에 올리며 그를 쳐다보자 서둘러 말을 이었다. "아. 물론 내가 왜 죽겠어? 그 사람의 느낌이 그랬다는 거야." 인성은 주섬주섬 일어나서 화장실로 향했다. "그 사람은 나를 기다리고 있어. 그 사람에게 가봐야 해."

"당신을 기다리는 그 사람이 누군데?" 수지가 다시 요리를 하며 물었다. 하지만 놀란 가슴은 진정되지 않았는지 미세하게 팔이 떨리고 있었다.

"아. 강태식 박사." 인성이 말했다.

"그 친구 죽었어." 허스키한 목소리가 들려왔다. 그것은 누군지 인성은 잘 알고 있었다.

"지일!" 인성이 표정을 구기며 칫솔을 문 채 외쳤다.

"아아. 칫솔은 빼고. 어제 존슨 부부와 어땠는지 물어 보려고 들렀는데 내 친구 얘기가 들리는 거야. 그래서 껴들었네." 질이 흐뭇하게 수지의 가슴을 보며 말했다. 수지는 질의 반대방향으로 돌아서며 브래지어가 보이는 앞 단추를 채웠다. 얼굴에 홍조가 띄웠다.

"인기척 좀 하고 와요! 그리고 어떻게 찾아올 수 있어요? 국방부 장관이 왜 이렇게 한가해요!" 인성은 입을 물로 헹구고 소리쳤다.

"굴에 문이 있어야 말이지. 아무튼 갑자기 찾아와서 미안하게 되었네. 그런데 내가 생명의 은인에게 할 일을 알선해 줬는데 그게 잘 되었는지 신경이 쓰여서 말이야." 질은 미안하다는 듯이 말했지만 표정은 미안한 표정이 아니었다.

"할 일을 찾았으니까. 제발 나가주세요!" 인성이 방금전에 무례함이 부끄럽긴 했지만 자기 여자의 가슴을 이상한 눈빛으로 보는 질이 좋게 보이지 않았다.

"알았어. 정말 미안하다고! 일부러 그런 게 아냐! 저런 어린애 젖가슴을 봐서 내가 뭘 한다고!" 질은 안 나가려고 용을 쓰며 말했다. 수지는 화를 내며 질의 뺨을 내리쳤다. 그리고 욕을 하며 밖으로 나갔다.

"감사해요. 덕분에 아침밥 얻어먹긴 글렀네요."

"천만에. 나는 지금까지 마누라한테 아침을 얻어먹은 적이 없는 걸?"

인성은 예지몽에 대해서 질에게 말했다. 질은 고심을 하더니 말했다.

"강태식 박사는 죽었어. 이번 꿈은 예지몽이 아니야. 과거의 꿈이구만." 질의 말에 인성은 생각에 잠겼다. 처음 있는 일이었기 때문이다. 맞다. 강태식 박사가 죽었다면 예지몽이 아니었다. 과거의 강태식 박사의 머릿속에 들어갔다 나온 것이었다.

"이것이 무엇을 저에게 얘기하는 걸까요? 제가 과연 무엇을 하길 바랄까요?" 인성은 질을 진지하게 쳐다보았다. 하지만 질은 어깨를 으쓱거렸다. 질도 어떻게 해야 할 지 모르는 것이다.

"글쎄. 우선 강태식 박사가 머물렀다는 방을 찾아봐야겠는걸? 그런데 나도 강태식 박사를 잘 알지만 그 사람이 어디에 숨어있는지 몰라. 난 고기찬을 죽이러 나갔었거든." 질은 그래도 인성에게 그의 의견을 솔직하게 말했다.

"그렇겠네요. 우선 방부터 찾아야겠어요. 무엇인가 제가 알아야 할 것이 나오겠죠. 그런데 그 방을 알만한 사람이 있나요?" 인성이 물었다.

"나도 모르지. 그래도 이것은 자네에게 무엇을 암시하는 걸 거야.

아마 할 일이 생긴 것 같은데? 내가 도움이 된 걸 확인 했으니 가봐야겠군." 질은 일어났다.

"질. 너무 한 거 아니에요? 아침에 깽판을 쳐놓고 고민은 듣다가 도와주지도 않고 가겠다고요?" 인성은 질의 앞을 막아서며 말했다.

"맞아. 가겠다는 거다. 이 녀석아. 국방부장관이 한가한 줄 알아?" 질이 통쾌하게 웃으며 인정했다. 그리고 인성을 밀치고 나갔다. "그래도 넌 생명의 은인이니까. 부탁할 것이 있으면 말하라고!" 질이 웃으며 소리쳤다.

"지금, 제 말을 들어주는 것이 도와주는…. 아니! 다신 오지 마세요! 부탁입니다!" 인성이 질을 붙잡으려다가 화가 나 소리쳤다. 그리고 존슨 부부에게 가서 물어보는 게 좋겠다고 생각했다.

"아쉽지만 저희도 잘 몰라요. 죄송합니다. 인성 씨." 인성이 꿈에 대해 말을 하고 존슨 씨에게 강태식 박사의 위치를 물어보자 미안해하며 말했다.

"신기하네요. 예지몽이 아닌, 다른 사람의 과거의 경험을 꾸다니 말이에요." 존슨 부인이 인성에게 자스민 차를 대접하며 말했다.

"감사합니다." 인성은 자스민 차를 받으며 동의하듯이 고개를 끄덕였다.

"저희도 전 세계에 다시 온 지는 얼마 안 되었어요. 이곳에 오래 머물렀던 사람에게 물어보는 것이 가장 좋겠어요. 팡 대통령이 가장 잘 알지 않겠어요? 당신의 일이라면 발 벗고 나서줄 거예요." 존슨 부인이 인성에게 말했다.

"광에게 묻는 건 좋지 않아. 광은 대통령이야. 아무리 인성이라고 해도 대통령이 사람 찾는, 그런 중요하지 않은 일을 하는 건 아니라고 봐." 존슨이 존슨 부인을 보며 말했다. 인성은 광이 그와 친구들이 전 세계로 왔을 때 직접 직업을 골라주는 사소한 업무를 했었다. 그래서 이번에도 광에게 물어보려고 했었다. 그러나 존슨이 말하는 것도 일리가 있는 것 같았다. 뭔가 다가가기 쉬운 듯하면서 어려운 존재가 광이었다. 그래도 광은 강태식 박사에 대해 묻는다면 중요한 일로 생각해 주지 않을까라고 인성은 생각했다.

"우선 생각을 해보자고. 동쪽에는 중앙 통제부, 서쪽에는 산업시설이, 남쪽에는 문화시설이, 북쪽에는 주거시설이 존재하잖아. 인성은 꿈에선 제일 끝 동굴로 강태식 박사가 숨었다고 했어. 하지만 중앙 통제부의 맨 끝 굴은 법무부야. 산업시설의 맨 끝에는 공장지대가 나오지. 그리고 문화시설, 여기에는 절대 안 숨었다고 생각해. 사람들을 피해 몰래 숨었다고 했는데 왜 그런 곳에 숨어. 시끄럽고 사람들이 많이 모여. 그곳은 절대 아니야." 존슨 씨가 턱을 쓰다듬으면서 골똘히 생각하며 말했다. 그가 보고 있는 자스민 찻잔이 뚫어질 것만 같았다.

"주거시설도 아니에요. 주거시설의 맨 마지막 장소에도 지금 사람이 거주하고 있어요." 존슨 부인이 존슨 씨의 말은 어폐가 있다며 말을 끊었다.

"광이 좋겠어요." 존슨 부인이 말했다.

"음…. 어쨋든 시간을 내주셔서 감사합니다." 인성이 두 사람에게 미소를 짓고 일어났다. 그러자 두 사람도 일어나서 인성을 배웅했다.

"도움이 안 되서 정말 미안해요." 존슨은 인성의 어깨에 손을 올리며 말했다.

"아니에요. 차 대접도 받고 제가 정말 감사하죠." 인성은 아니라며 손을 저었다.

인성은 수지와 영규와 같이 자이언트 사막 위로 밤 산책을 나왔다. 오랜만에 셋이 모였다. 인성과 수지는 영규가 던져주는 맥주를 건네받으며 별을 구경하고 있었다.

"쌀쌀하네. 사막의 밤은." 수지가 인성에게 팔짱을 끼며 몸을 더 밀착시켰다.

"캬. 거인이 나타나고 나선 난 이게 없으면 못 살겠더라." 영규가 인성의 옆에 앉으면서 맥주를 마시고 말했다.

"거인이 나타나기 전에도 그랬어. 여하튼 환경부에서 하는 일은 잘 되어가니?" 인성이 물었다.

"굉장히 보람이 있어. 하지만 시설은 열악하고 사람들은 야만인과 다름이 없어. 쓰레기를 아무 데나 버리고, 물을 낭비하는 것 하며 정말 미친 것 같아. 만약에 군인이 존재하지 않는다면 보는 눈이 없어 더 심했겠지. 그래도 하나하나 환경에 대한 잘못을 고쳐나갈 때마다 보람을 느껴." 영규가 토할 것 같은 표정을 지으며 말을 하다가 마지막엔 어쩔 수 없다는 듯이 어깨를 으쓱거리고 다시 맥주를 한 모금 마셨다.

"이번에 내가 추진한 것 중에 가장 멋진 것은." 영규가 말을 중단하고 인성이 마시던 맥주를 뺏어서 입에 털어 넣었다. 인성은 어이없는 표정으로 바라보았다. 하지만 영규는 인성을 보지도 않고 말을 이었다.

"바로 학교를 짓는 것을 추진한 것이지. 학교는 사람들의 의식개혁과 미래를 위한 투자로, 환경 뿐만 아니라 다른 여러 곳에 영향을 미칠 거야. 난 이곳에 와서 가장 놀란 점은 학교가 없다는 것이었어. 세계에선 존재했는데 말이야." 영규는 말도 안 된다는 표정으로 하늘을 보고 말했다. 그리고 수지의 맥주를 쳐다보았다. 그러자 수지는 맥주를 영규의 반대쪽에 놓으며 영규를 째려보았다.

"아. 됐어. 안 먹어." 영규는 손사래를 치며 말했다.

"근데 안주는 없어?" 수지가 영규에게 말했다.

"안주? 안주 있지. 안주 없이 먹으면 속 쓰리잖아." 영규가 당연하다는 듯이 말했다.

"아무것도 안 보이는데?" 수지가 영규를 보며 말했다.

"바로! 이번에 인성이 꾼 예지몽에 대해 듣는 것이 안주다." 영규가 당당하게 외쳤다.

"이럴 줄 알았어! 집에 있는 땅콩이라도 가져오는 건데!" 수지는 허탈하게 말했다. 그리고 인성의 팔을 잡고 흔들었다. 영규에게 쓴소리를 해달라는 뜻이었다. 하지만 인성은 기분 좋게 미소를 지을 뿐이었다. 인성은 이렇게 셋이 오랜만에 만난 것이 너무나 좋았던 것이다.

"좋아. 얘기해주지." 인성이 별자리를 손으로 그으며 말했다. 그리고 사막 모래 위에 누었다. 영규와 수지도 두 팔로 머리를 바치고 누었다.

"오. 예지몽이 아니야. 신기해." 영규가 말했다.

"내가 질에게도 말해주고, 존슨 부인에게도 말해줬지. 그들도 똑같은 반응이었어." 인성이 말했다.

"사실 난 너의 꿈 얘기를 알고 있어. 소문과 똑같네." 영규가 웃으면서 말했다. 그러자 인성은 영규를 바라보았다. 인성의 황당한 표정에 영규가 미소를 지으며 말했다.

"전 세계에서 너의 꿈 얘기에 대해 모르는 사람이 있을까? 없을걸? 소문이 쫙 퍼졌더라고. 사람들은 '안녕?'이라는 대신 너의 꿈 얘기로 인사하는 게 유행이야. 하루 만에 말이야. 웃기지?" 영규가 갑자기 벌떡 일어나며 말했다.

"넌 이 세상의 특별한 존재지. 앞으로 미래를 바꿔줄 수 있는 존재인 거야. 사람들은 그것을 인식하기 시작했어. 클로버의 마을 사람들과 세계에서 도망쳐 나온 사람들, 아스갈을 믿는 사람들처럼 참 많은 사람이 너를 믿어. 물론 아스갈을 믿는 사람들은 너를 다르게 믿고 있는 게 안타깝지만…." 영규가 크게 기지개를 켜며 말했다. 그의 뒤에 보름달이 크게 떠있어서 몽환적으로 보였다.

"나는 네가 누구에게 꿈 얘기를 했는지 모르겠지만 그것은 사람들에게 퍼졌고 사람들 나름대로 해석하고 있어. 그리고 기대하고 있지. 너가 무엇인가 하길 말이야. 너는 사람들의 희망이야. 전 세계와 세계, 아니 이 지구에 말이야. 아마 지금 지구에서 네가 가장 유명한 녀석일 거야." 영규가 웃으며 말했다. 그는 아마도 질이 떠벌리고 다녔을 것이라고 생각했다. 아니면 존슨 부부? 친절한 존슨 부부가 말했을까? 아무튼 인성은 소문이 날지 몰랐다. 인성은 부끄러움에 모래를 집어 영규에게 던졌다. 하지만 영규는 깜짝 놀라는 시늉을 하며 여유있게 피했다. 그리고 웃었다.

"민망해서 손발이 오그라든다. 그런 식으로 말하지 말라고 했잖아. 아무튼 난 희망이나 그런 기대 해도 되는 존재가 아니야. 나도 어떻게 해야 할 지 모른단 말이야." 인성이 짜증 내며 말했다.

"오. 항상 그렇지. 슈퍼히어로는 기대가 크거든. 사람들은 위기에 순간에 슈퍼히어로가 어떻게든 구해줬으면 좋겠다고 생각해. 어떻게든? 참 어렵잖아. 그게 뭐야? 그런데 그 '어떻게든'은 슈퍼히어로가 알아내야 해. 그게 슈퍼히어로의 몫이야." 영규가 다시 누웠다.

"너무 부담 주지마. 인성이 유명해지고 있다는 건 알겠지만 이정도 일 줄은 몰랐는데…" 수지가 인성을 안쓰럽게 생각하며 말했다.

"세상은 너무 절망적이야. 이젠 거인이 지구의 주인인 시대인 거야. 인간은 다시 자신들의 시대를 찾아야 해. 거인들과 전쟁을 해야 하지. 그러려면 거인을 없애야 하는데, 세계는 오히려 거인을 도우며 인간을 먹이로 주고 있어. 무슨 끔찍한 일이야! 정말로 미친 짓이지. 그런데 앞날을 예측할 수 있는 사람이 나타났어. 그 사람들은 소수의 한 마을을 구출했지. 그리고 세계에서 부귀영화를 누릴 수 있는데 자신의 신념으로 그곳을 박차고 나왔어. 그리고 죽을 고생을 하면서 전 세계로 왔어. 메시아로 떠받들어지는 그 사람이! 이런 드라마를 사람들은 열광하기 마련이지." 영규가 말했다.

"네가 사람들 사이에 파묻히지 않을 수 있었던 것은 팡 덕이야. 팡이 전 세계 사람들에게 너를 평범하게 대해달라고 누누이 강조를 했다고 하더라." 영규가 이번엔 수지의 맥주를 가로채며 말했다.

"아! 저 욕심쟁이." 수지는 어이가 없어서 동그랗게 눈을 뜬 채 영규가 맥주를 마시는 것을 바라만 보았다.

"꺼억! 좋다. 오늘 같은 날이 계속 되었으면 좋겠어." 영규가 기분 좋게 트림을 하며 말했다.

"고맙네. 대통령님. 신경을 써주시다니." 영규의 말에 인성은 클로버 시장님이 생각났다. 그도 인성을 평범하게 대해달라고 사람들에게 부탁을 했었다.

"넌 네가 얼마나 유명한지 모르지? 사람들이 너 앞에선 평범하게 대해주니 말이야. 내가 말하기 전까지는 몰랐을 거야. 하지만 난 입이 근질거려. 말했듯이 너의 예지몽은 안부 인사로 쓰이고, 심지어 사람들은 아기를 낳으면 너의 이름으로 한다고 난리야. 하하하." 영규가 놀렸다.

"말도 안 되는 소리 하지마. 누가 그래?" 인성은 어이가 없어서 물었다.

"가인이 그러더라. 너한테 반했나 봐. 웃기지?" 영규가 말하자 수지는 궁금해 하는 표정으로 인성을 바라보았다. 인성은 수지와 눈이 마주치자 하늘을 쳐다보며 딴청을 피웠다.

"가인? 누군데?" 인성은 아무것도 모른다는 듯이 물었다.

"몰라? 네가 구해주고 키스도 받았잖아." 영규가 말하자 인성의 비명이 사막에 울렸다. 수지가 인성의 옆구리를 있는 힘껏 꼬집은 것이다.

"아! 아무 사이도 아니야. 수지야." 인성이 아픔에 눈물이 찔끔 나며 외쳤다.

"맞아. 내가 농담한 거야. 구해주긴 했지만 아무 사이도 아니야. 정말로! 내가 오랜만에 네가 인성을 꼬집는 것을 보고 싶어서 한 거야."

영규가 웃으며 말하자 수지와 인성 모두 그를 째려보았다. 영규는 두 사람을 보지 않고 맥주를 들이켰다.

한동안 셋은 하늘을 아무 말 없이 쳐다보았다. 아무 소리가 없는 고요. 그 순간은 세상이 평온했다.

"찾아야 해." 인성이 조용히 혼잣말했다.

"뭐?" 수지는 못 들었다는 듯이 되물었다.

"우선은 강태식 박사의 방을 찾아야 해. 거기서부터 실마리를 풀어야 할 것 같아." 인성이 담담히 말했다.

"그래. 맞아." 영규는 더 이상 말하지 말라며 검지를 입술에 가져다 댔다. 그는 그 고요를 즐기려고 하였다. 그런데 그때 수상한 소리가 들렸다. 셋은 일어나 앉았다. 그리고 소리 나는 곳을 쳐다보았다. 그곳엔 인성이 잘 알고 있는 사람이 서 있었다. 전엔 잘 생겼지만 지금은 볼품 없어진 그 사람.

"내가 그곳을 알 것 같아." 상춘이 대답했다.

박사의 일기장

상춘은 그의 집으로 그들을 이끌었다. 그곳은 주거시설의 끝에 위치한 굴이었다. 존슨 씨가 말한 주거시설의 끝에 사는 주민은 바로 상춘이었다.

"내가 살고 있는 곳이 이상하다고 느껴졌어. 왠지 자도 자는 것 같지가 않아. 그리고 뭘 먹어도 먹은 것 같지 않고, 내가 사는 게 사는 것 같지 않은 느낌이었어." 상춘이 씁쓸하게 말했다. 상춘은 황당해하는 그들의 표정을 보고 말을 덧붙였다. "내가 집에 혼자 있어도, 혼자 있는 것이 아니었어. 누군가 있는 것 같아. 귀신과 사는 거지. 나는 내가 너에게 한 잘못이 있었기 때문에 벌을 받는다고 생각했어. 인과응보. 인생은 그렇잖아? 그래서 나는 받아들이기로 하고 살았어." 상춘이 체념한 듯 한숨을 쉬고 말했다.

"뭔 짓이야? 나는 미신 같은 건 믿지 않지만, 어쨌건 이상하다고 생각하면 나왔어야지. 몰골이 말이 아니야!" 수지가 어이가 없다는 듯이 말했다.

"아냐. 나는 내 자신에게 벌을 줘야 맘이 편할 것 같더라고. 사람을 죽였다는 것에 대한 죄책감을 너희가 느껴보지 못해서 그래. 내가 인성을 스노드롭으로 못 들어오게 막고 나서 죽은 줄 알았거든. 아무튼 나는 사는 게 사는 것이 아니야. 그저 어둠 속에 빠져 있지. 그런데 내가 머물 공간은 정말 내가 벌을 받을 수 있는 최적의 장소였어." 상춘이 쓸쓸히 웃었다.

"이젠 용서한다고 했잖아. 나도 수지처럼 미신을 믿진 않지만 너에게 이 장소는 맞지 않는 것 같아. 다른 곳에서 지내는 것이 좋겠어." 인성이 황당함에 얼굴을 구기며 말했다.

"고마워. 인성, 너를 오해하고 죽을 고생을 만들 것에 대해 정말 미안하게 생각해. 그리고 용서를 해줘서 정말 고마워." 상춘은 눈에 눈물이 고인 채 미소를 보이며 말했다.

"아, 아무튼 내가 너희를 이곳에 데려온 이유가 있어." 상춘은 서둘러 눈물을 닦고 그들에게 환한 미소를 보이며 말했다.

"오늘 인성의 꿈에 대한 소문이 돌았어. 사람들은 한마디씩 그 꿈에 대해서 말했지. 그리고 저마다 해석을 내놓았어. 나도 그 꿈을 듣고 난 후에 이상한 느낌이 들었어." 상춘이 말했다. 그리고 무섭게 소리를 낮추며 덧붙였다.

"바로 내가 머무는 이곳이 강태식 박사의 굴이었으며 내가 같이 살고 있는 귀신은 강태식 박사라는 것을."

인성은 한 바퀴 상춘의 굴을 둘러보았다. 꿈에서 본 장소가 맞는지 보았지만 알 수가 없었다.

"어때? 맞는 것 같아?" 영규가 인성의 반대편에서 벽을 두리번거리며 물었다.

"모르겠어. 굴이 생긴 게 사실 다 비슷비슷하잖아? 거기서 거긴 것 같아." 인성, 역시 벽을 두리번거리며 말했다. 그들은 벽의 특정한 곳을 누르면 비밀공간이 나올 것이라고 막연하게 생각한 것이다. 왜냐하면 굴은 평범했다. 볼 것이 너무나 없었다. 방 가운데에 테이블과 의자 2개, 좌측에 1인용 매트릭스 1개, 우측엔 서랍장이 끝이었다.

"이런 단순한 곳에 꿈을 꾸게 한 단서가 나올까?" 수지가 두 손으로 머리를 감싸며 말했다. 답이 없는 것 같았다.

"뭔가 수상한 것이 없었어? 너에게 귀신이 알려준 뭔가 없어? 귀신이 있다면 말이야." 인성이 벽을 만지작거리며 상춘에게 물었다.

"어. 내가 귀신과 같이 산다고 했지만 난 귀신을 본 적이 없어. 그저 소름이 돋아. 계속해서 말이야. 안 보이는 무엇이 내 곁에 있는 게 확실히 느껴질 뿐이야." 상춘이 손으로 자신의 팔을 문지르며 공포에 떨었다. 그리고 한 곳을 쳐다보며 말했다.

"저 책장. 사실 내가 여기 오기 전에 아무도 살지 않던 곳이었어. 이 굴은 말이야. 그리고 지금 있는 가구들은 그대로 존재했지. 난 그대로 청소 후에 사용하고 있어. 저 책장 근처는 내가 귀신이 존재한다는 것을 가장 심하게 느끼는 장소야."

인성은 천천히 책장으로 다가갔다. 그곳엔 단 한 권의 책밖에 존재하지 않았다. 인성은 그 책을 집어들었다.

'일기장(뒷일을 부탁하며… 인성군에게)'

인성은 깜짝 놀랐다. 일기장은 인성이 와서 읽기를 기다리고 있었던 것이다.

"뭐야. 이 일기장은?" 인성이 일기장을 열어보며 상춘에게 물었다.

"몰라. 난 몰라. 난 그 책장 근처에 가지도 않아. 그곳은 나를 얼어 붙게 만들 정도로 추워. 그리고 몸이 심하게 떨리게 만들어. 분명 무엇인가 책장을 지키는 느낌이었어." 상춘이 말했다.

"미친 소리하네." 영규가 혀를 차며 조용히 중얼거렸다.

"무슨 내용이야?" 수지가 인성에게 다가와서 말했다.

"음, 이건 강태식 박사의 일기장이네." 인성은 소름이 돋았다. 갑자기 으스스한 느낌이 들었다. 그것이 상춘이 느끼는 것이라고 생각했다. 기분 나쁜 소름이었다.

"으⋯. 여기 서 있지 말고 앉아서 읽자." 수지는 추운지 몸을 떨면서 인성에게 말했다. 인성은 천천히 의자를 빼고 앉자, 반대편 의자엔 수지가 앉고 영규와 상춘은 인성의 뒤에서 인성을 바라보고 있었다.

일기장은 신기했다. 날짜가 적혀있지 않은 것이다. 날짜가 없는 이유를 인성은 알 수 없었다. 그저 내용만 적혀있었다.

'나의 가족. 나의 가족은 죽었다. 어떻게 죽었는지 나는 알고 있다. 나의 믿었던 것에 죽었다. 그것은 잘못이다. 나의. 내가 왜 그랬을까. 돌리고 싶다. 시간을. 내가 왜. 고기찬 목사. 그 사람은 거인을 죽이려고 하는. 나를. 나는 적이 되었다. 나는 협박을 받았다. 거인을 죽이는 바이러스를 만들라고. 가족을 살리기 위해서는. 그런데. 또 협박을 받았다. 거인을 살리라고. 거인을 살리지 않으면. 죽이겠다. 가족을.'

"이거 글이 이상한데? 문장이 뒤죽박죽이잖아." 영규가 눈을 크게 뜨며 말했다.

"이 사람 제정신이 아니었다고 존슨 부부가 알려줬어. 그때 남겼을 거야. 이상한 건 내 꿈에선 제정신이었어. 나는. 그러니까 내가 아니라 강태식 박사는. 내가 꿈속에서 강태식 박사였다는 뜻이야." 인성이 영규에게 설명을 해줬다.

'나는 바이러스를 우선 완성시켰다. 하지만 완성되었다라고 말하지 않았다. 그들에게. 우선 가족들을 받아야 한다. 그럼 준다. 내가 말했다. 그들은 알겠다고 했다. 그런데 우선 그것이 맞는지 봐야 한다. 바이러스가, 라고 말했다. 거인은 죽었다. 내가 만든 바이러스로. 나의 실험은 성공했다는 것을 증명했다. 그들은 기뻐했다. 그리고 달라고 했다. 바이러스를. 우선 달라고 했다. 나는. 가족을. 가족. 가족을 내놔…. 내가 사랑하는 아내와. 딸을. 내가 왜. 무엇 때문에? 제발. 그러지마. 내 가족을 줘.'

거기서 그 장의 글은 끝났다. 다음 장을 넘겼다.

'가족을 돌려줬다. 나쁜 놈들인데. 돌려주는 그 순간. 난 고마움을 느꼈다. 안도. 난 안도했다. 그랬는데. 고기찬 목사가 왔다. 내가 기회를 준다고 한다. 바이러스를 그들(세계)에게 주지 않으면 가족들과 안전하게 살 수 있도록 해주고. 아스갈을. 신을. 거역한 것을 용서해준다고 했다. 나는 했다. 그렇게. 고기찬 목사의 말을 들었다. 그랬다. 그런데. 세계에선 내 가족을 죽였다. 아주 잔인하게. 내가 보는 앞에서. 나를 때렸다. 그들은. 가족들은 세계 위의 거인 무덤 옆에 묻혔다. 그리고 묻지도 않는다. 바이러스가 어디에 있는지. 이상했다. 세계는 아스갈 편이다. 돌아선 것이다. 세계가. 아스갈과 손 잡았다. 왜 고기찬 목사는. 나를? 내 가족을? 죽일 것이다. 나는. 그의 뼈를 씹어 먹을 것이다. 내가 잔인하다고? 아니다. 난 그럴 것이다.'

"무서운 사람이네. 그런데 이해가 가. 너무 안타까워." 수지가 안쓰러운 표정으로 말했다.

"시대를 잘 못 만났어." 인성이 고개를 좌우로 저으며 씁쓸하게 말했다. 다음 장을 넘겼는데 읽을 수 없는 낙서들만 가득했다. 그 다음 장도. 다음 장도 마찬가지였다. 계속해서 알 수 없는 낙서들만 나왔다. 인성이 마지막 장을 펼치자 다행히 읽을 수 있는 글이 나왔다.

나는 간다

할 일은 끝났다

드디어

가족에게 향한다

나와 같은 사람이 또 다시

나타나

같은 일을 겪지 않기를

미안하다

그분에겐

나머지를

부탁한다

하지만 나의 선택은

이것밖에 없다

"뭐지? 이게 끝이야?" 인성은 당황하며 말했다. 그는 책을 빠르게 처음부터 다시 넘겼다. 하지만 아무것도 알 수 없었다. 그리고 허탈해하며 일기장을 놓았다. 그러자 영규는 그가 보겠다며 그것을 들고 살피기 시작했다. 수지와 상춘도 영규의 뒤에서 일기를 다시 읽기 시작했다.

"그 꿈은 뭘 말하려고 한 거지? 죽는 것? 이건 미친 사람이 쓴 일기일 뿐이야." 인성이 한숨을 내뱉었다. "읽을 수 있는 내용도 문장이 뒤죽박죽이고 마지막엔 자살을 의미하는 시 같은 것밖에 없어." 인성이 어이가 없다는 듯 두손으로 일기장을 가리키며 한탄했다. 하지만 나머지 사람들은 대답이 없이 일기장에 집중을 했다. "뭐라도 있어? 혹시 내가 읽지 못하는 부분을 읽을 수 있어?" 인성이 그의 말에 대답을 안 해주는 그들에게 짜증을 내며 물었다.

"아냐. 나도 읽을 수 없어. 이건 외교부나 과학부의 수재들도 해석할 수 없을 거야. 수업을 졸면서 필기한 것보다도 알아보기 힘들 정도의 글씨니까." 영규는 인성을 쳐다보지도 않고 일기장에 집중하며 말했다. 그리고 말을 이었다.

"마지막에 시 있잖아. 자살에 관한 시 말이야. 거기에 강태식 박사는 암시를 한 것 같아. '그분'은 너를 뜻하고 너에게 부탁을 하고 있어."

"뭐? '그분'이 나라고? 그럴 리가. 나는 무엇을 해야 하는지 알지도 못해." 인성이 아니라며 손사래를 쳤다. 영규도 인성의 말에 동의한다는 듯이 고개를 끄덕거리며 계속해서 일기장을 훑어보았다.

"그런데 네가 꾼 꿈에서도 너를 기다렸다며, 아마 너에게 전달하고 싶은 것이 있었을 거야. 강태식 박사가 해놓은 일을 네가 해야겠지." 영규가 일기장을 덮으면서 말했다. 수지는 영규가 일기장을 놓자마자 다시 들고 보기 시작했다. 상춘도 수지 옆에서 일기를 보았다

"그가 말한 '그분'이 나라고 쳐. 그런데 나는 그 사람을 알지도 못해. 그런 나를 왜 기다리고 도대체 뭘 부탁한다는 거야?" 인성이 짜증을 냈지만 영규는 그저 어깨를 으쓱거릴 뿐이었다. 그리고 영규가 대답했다.

"그게 히어로의 몫이야. 네가 해답을 찾아내야지." 영규의 말에 인성을 어이가 없어서 반박하려고 입을 벌렸으나 이내 닫았다. 인성은 영규에게 화를 내봤자 소용이 없다는 것을 알았던 것이다. 인성은 일기장의 내용을 다시 한 번 곰곰이 생각했다. 그리고 갑자기 벌떡 일어났다.

"맞아. 강태식 박사는 실험을 성공했다고 했어. 그것을 세계에 돌려주지 않았고 말이야. 세계에선 바이러스를 찾지도 않았어. 그렇다면 바이러스, 그건 어딘가에 존재한다는 거지." 인성이 미소를 지으며 말했다. 그러자 그곳에 있던 모두가 얼어붙었다. '왜 그런 생각을 못 했지'라는 멍청한 표정이었다. 그리고 모두 인성처럼 미소를 지었다. 그리고 소리쳤다.

"맞네! 대박이야. 거인에게 죽음을 고하고 다시 예전처럼 돌아갈 수 있어." 수지가 펄쩍펄쩍 뛰며 말했다. 그러면서 상춘을 안았는데 상춘의 얼굴이 벌게졌다. 상춘은 어색하게 그도 수지를 안으려고 할

때 수지는 상춘을 놓아줬다. 상춘의 무안해졌는지 손을 천천히 내렸다.

"좋아. 그래. 맞아. 그렇다는 건…" 인성이 조심스럽게 말했다. 그러자 그 의미를 알고 있다는 듯이 수지와 영규가 진지한 표정으로 인성을 보았다. 인성은 그들에게 대답했다.

"세계로 가야 해."

프리오니 성으로

"나도 같이 가자. 어차피 난 세계에 잠입하러 가야 했어." 강호가 짐을 꾸리고 있는 인성과 수지를 보며 말했다.

"그래. 좋아. 너와 나, 수지, 영규 또…"

"저도 갈래요!" 어디서 나타났는지 우찬이 말했다. 인성은 깜짝 놀라서 물었다.

"우찬! 네가 왜 여기에 있어?"

"저도 있어요." 가인이 웃으면서 말했다. 수지는 누구냐는 듯이 인성을 째려보았다. 인성이 안절부절 하자 수지는 더 노골적으로 째려보았다.

"아, 도대체… 어떻게 온 것인지." 인성은 당황해하며 물었다.

"네가 하는 일은 전 세계에서 비밀이 없지." 영규가 짐을 메고 낑낑거리며 들어와서 대답했다.

"인성 군, 이것 참. 미안하게 되었어. 미안해. 사람들에게 자네의 관심을 꺼달라고 누누이 말했건만! 세계에 간다고 하니까 사람들이 마중을 나왔네." 꽝이 들어오며 대답했다. 그는 서둘러 뛰어왔는지 연신 땀을 닦고 있었다.

"뭐, 괜찮아요. 감옥에서 동고동락하며 같이 죽을 고생하던 사람들이거든요." 인성이 웃으면서 대답했다.

"그게 아니야. 전 세계의 모든 사람이 중앙에 모여있어. 너를 배웅하겠다고 말이야. 이젠 자네 앞에서 더 이상 모르는 척 연기하지 않을걸세." 꽝이 말했다.

"전 세계 사람들이요? 인성은 이해할 수가 없다는 표정으로 꽝을 내려다보았다.

"내가 계속 말렸는데도 말을 안 들어. 강태식 박사가 만든 바이러스를 구하러 가는 것도 모두 알고 있어. 다 같이 함께 가고 싶어 해. 역사의 한 페이지를 함께 하고 싶다고 난리야." 미안하다는 듯이 어색한 미소를 지으며 말했다.

"뭐라고요?" 인성이 당황하며 말했다. 그리고 소문의 원상으로 추측되는 영규를 노려보았다. 영규는 인성과 눈이 마주치자 천장을 바라보며 딴청을 피웠다.

"세계까지 소문이 나는 것 아냐? 곤란하겠어." 수지가 걱정이 된다는 듯이 싸던 짐을 내려놓고 말했다. 하지만 인성은 그 짐을 빠르게 가방에 넣으며 말했다.

"우리가 소문보다 빨리 가면 돼."

"꽝, 아니, 대통령님. 정말 죄송한데요. 사람들에게 못 데리고 간다고 전해주세요. 그리고 저도 바이러스가 어디 있는지 몰라요. 저도 가서 찾아봐야 해요." 인성이 가방을 메었다. 그리고 더 가져갈 것이 있는지 둘러보며 말했다.

"음, 자네가 얘기를 해줬으면 좋겠어. 오죽하면 내가 왔겠니?" 팡이 두 손 모아 부탁했다. 그러나 인성은 대답하지 않았다. "제발…. 사람들이 자네를 보려고 모여 있는데 아무 말도 없이 없어지면 대혼란이 일어날 거야."

"알겠어요." 팡이 계속 부탁하자 인성은 어쩔 수 없다는 듯이 한숨을 쉬며 대답했다.

중앙에는 전 세계 사람들이 모여 있었다. 오늘 하루는 업무를 전폐하고 나온 것 같았다. 인성이 보이자 사람들은 환호를 하고 휘파람을 불었다. 인성이 당혹감에 한 발자국 뒤로 물러났다. 그리고 영규를 째려보았다. 영규의 입방정에 사람들이 알게 된 것이다. 하지만 영규는 웃었다. 그리고 인성에게 다가가서 가방을 내려놓는 것을 도와주었다. 인성이 가방을 내려놓자 영규는 인성의 등을 밀어 한 발자국 사람들 앞에 가까이 가게 했다. 사람들의 환호가 잦아들었고 인성을 초롱초롱한 눈빛으로 바라보고 있었다. 인성은 긴장감에 마른 침을 삼켰다. 그리고 다짐한 듯이 양 주먹을 쥐고 말을 하기 시작했다.

"여러분 이렇게 나와주셔서 감사합니다." 인성이 인사를 하자 또다시 우레와 같은 환호가 터져 나왔다. 인성은 조용해지길 기다렸다가 말을 이었다.

"아무것도 아닌 저를 위해서(그러자 아니라는 듯 사람들의 당황한 표정이 읽혔다) 시간을 내주시다니…. 몸 둘 바를 모르겠습니다. 저는 거인과 싸울 무기를 찾기 위해 세계로 갈 것입니다. 모두 소문을 들어서 알고 있을 것입니다. 강태식 박사가 만든 바이러스를 말입니다. 하지만 저는 그것이 어디에 있는지 모릅니다. 저도 찾아봐야 합니다. 여러분과 같이 가고 싶지만 함께 가면 언제까지 찾아야 할지도 모릅니다. 그리고 목숨이 위험할지도 모릅니다. 제가 먼저 가서 찾아보겠습니다. 그리고 전 세계에 알리겠습니다. 그때까지 여러분은 이곳에서 본연의 임무에 충실하셨으면 좋겠습니다." 인성이 말하자 3초간 정적이 흐른 뒤에 웅성거리는 소리가 여기저기서 터져 나왔다.

"저도 가겠습니다!" 키가 큰 군인이 총을 들며 외쳤다.

"저도 도움이 될 거예요. 무엇을 찾건, 찾는데 일가견이 있죠." 아이에 손을 잡고 있는 뚱뚱한 여자가 말했다.

"그냥 다 함께 가서 바이러스를 찾자. 그리고 거인을 없애자고!" 목이 굽은 한 노인이 쉿소리를 내며 소리쳤다.

"진정들 하세요. 인성이 소수만 가는 게 도움이 될 것이라고 판단을 했을 겁니다. 우리들 다 가봤자 세계와 싸우자는 꼴밖에 안 돼요." 팡이 나서서 외쳤다.

"그럼 세계와 싸우면 되지!" 어깨가 벌어진 남자가 주먹을 하늘로 돌리며 말했다.

"우리가 세계한테 져서 이곳으로 온 줄 아나! 우리가 싸우면 충분히 이길 수 있어." 여자가 맞장구치며 외쳤다.

"지금 그럼 안 됩니다. 우리의 적은 세계가 아니에요. 거인이죠. 아, 진정들 하세요. 우리는 도움이 안 돼요. 그저 우리는 인성이 바이러스를 무사히 구할 수 있도록 기도하며 기다립시다." 팡이 말하자 야유가 터져 나왔다. 몇몇 사람은 돌을 던지고 쓰레기를 던졌다. 인성은 화가 났다. 팡은 전 세계의 대통령이다. 그에게 이런 수치스러운 짓을 하다니 이해가 가지 않았다.

"여러분. 대통령님께 지금 뭐하시는 겁니까? 그래요! 다 같이 가요!" 인성이 팡의 앞을 막아서며 외쳤다. 갑작스런 인성의 화난 모습에 장내가 조용해졌다.

"다같이 가서 전쟁을 합시다. 거인과 전쟁을 하기도 전에 세계와 전쟁을 해서 인류의 반을 없애고 시작하는 것. 참 좋은 생각이에요!" 인성이 다시 한 번 소리를 질렀다. 아무도 대답이 없었다.

"지금 여러분은 거인과의 전쟁을 끝낼 수 있다는 기대감에 흥분해 있어요!" 인성은 간절한 표정으로 사람들을 찬찬히 둘러보았다. 인성에 말에 동의한 듯 미안한 표정을 짓고 있는 사람들을 보자 인성은 안도에 미소가 지어졌다.

"여러분이 저를 돕고 싶나요? 돕는 것은 간단합니다. 그저 아이를 돌보는 것, 학교를 짓는 것, 그리고 밥을 먹는 것처럼 평소처럼 지내는 겁니다. 그리고 자신이 정말로 해야 하는 일을 하는 것입니다. 이번 일은 대통령님 말씀처럼 소수가 가야 하는 일이에요."

"맞아요. 인성을 정말로 생각한다면 기분 좋게 배웅해주세요. 여러분. 여러분이 웃어줘야 맘 편히 갔다 올 수가 있죠." 영규가 나서며 말했다. 사람들은 낯선 그에 대한 궁금한 표정을 지었다. 그러자 팡이 나서며 말했다.

"아. 여기 있는 사람은 영규라고 인성의 친구입니다. 여러분, 영규의 말이 맞습니다. 웃으면서 보내줍시다. 그리고 이젠 생업에 종사합시다. 또한, 행운을 빌어줍시다." 팡이 말했지만 사람들은 머뭇머뭇 거렸다.

"여러분. 저는 꼭 거인을 없앨 방법을 찾아오겠습니다. 찾아서 꼭 이곳에 알리겠습니다. 마지막 말은 그거예요." 인성이 말했다. 그리고 천천히 말을 이었다.

"다녀오겠습니다. 그때 새로운 세상을 만들어요."

우레와 같은 박수와 함성이 터져 나왔다. 처음에 인성을 보고 나왔던 환호보다 더 큰 환호였다. 몇몇 사람은 눈물을 지었다. 기쁨에 찬 사람들의 표정에서 인성은 벅찬 감동을 느꼈다. 하지만 인성은 자신이 말을 잘했는지 염려가 되었다. 그가 바이러스를 구할 수 있다는 것을 너무 자신한 것은 아닌지 걱정된 것이다. 그때 영규가 인성의 등을 두드리며 말했다.

"네가 지금까지 한 말 중에 가장 멋진 말이야."

인성과 수지와 영규, 강호는 짐을 꾸렸다. 사막에서 다닐 수 있는 트럭에 몸을 실었다. 많은 사람들이 사막까지 나와서 그들을 배웅했다.

"형. 내가 클로버로 간 건 정말 행운이었어. 그런데 형이 그 행운을 만들어줬지. 그리고 지금은 행복을 느끼고 있어. 나는 형한테 빚을 진 거야. 아직 나는 그것을 갚지도 못했어. 몸 조심해야 해. 내가 빚을 갚기 전까지." 병헌이 복호 옆에서 인성을 향해 울먹거리며 말했다.

"별 시답지 않은 말하고 있다. 그래. 얼른 커서 형 호강시켜줘." 인성이 호탕하게 웃으며 병헌의 머리를 헝클어뜨렸다.

"오. 이런. 제길! 그 말은 내가 하고 싶었어. 꼬맹아!" 질이 병헌을 노려보며 말했다. "인성아. 내가 너의 목숨을 한번 구해주기 전까진 죽지마라!"

"좋은 뜻이죠?" 인성이 웃으며 말했다.

"이거. 이거 가지고 가. 혹시 모르잖아." 깔끔한 복장의 상춘이 일기장을 인성에게 건네주었다. 상춘은 마지막 굴에서 계속 살고 있었지만 점점 얼굴이 좋아지고 있었다. 상춘에게 더 이상 벌 받을 필요 없다고 그 굴에서 나오라고 말했지만 어째서인지 그 굴에 계속 살아도 이젠 상관없다는 이해할 수 없는 말만 했다.

"고마워. 상춘." 인성이 상춘에게 악수를 청했고 상춘은 환하게 웃으며 악수를 받았다.

"넌 나를 용서해준 고마운 친구야. 나를 살려준 것과 같아. 절대! 몸 조심해야 해." 상춘이 눈물을 글썽거리며 말했다.

"웃던지, 울던지 하나만 해." 인성은 상춘에게 웃으며 대답했다.

"아. 좋아. 몸 조심해야 해!" 팡이 걱정스런 표정으로 인성과 그의 일행에게 말했다.

"저…" 인성과 함께 돼지우리에 갇혀있던 기다란 남성이 말했다. 그가 말을 하는 것을 보고 인성은 놀랐다. "저는 원래 세계의 기자였습니다. 그런데 돼지우리에 갇혔죠. 제가 돼지우리에 관한 기사를 쓰려고 하자 오히려 저를 돼지우리에 넣었죠."

"오. 알만하군요. 그런데 이름이?" 인성이 안타깝다는 듯이 얼굴을 찌푸렸다.

"아아 저는 클락입니다. 저는 돼지우리에서 기력이 없어서 당신에게 고맙다는 말도 못했어요. 그런데 지금 말하네요. 정말 감사합니다."

"아 뭘요. 기력이 회복된 것 같아 기쁘네요." 인성이 미소를 짓자 그는 얼굴이 벌게졌다.

"고마워요. 정말. 혹시 세계에 다녀오면 당신에 대한 기사를 써도 될까요? 그러기 위해 당신과 미팅을 잡고 대화를 나눌 수 있을까요?" 클락은 몸을 부끄러운 듯이 배배꼬며 말했다. 점점 목소리가 작아져서 인성은 그에게 좀 더 다가갔다.

"아. 그럼요. 만약 제가 돌아올 수 있으면 당연하죠." 인성이 웃었다.

"정말! 정말 감사합니다! 당연히 당신은 무사히 돌아올 거예요. 당신은 메시아, 아니 그러니까 영웅이잖아요. 저는 사실 당신의 팬이었어요. 당신에 대한 기사들을 모은 파일은 제 보물 1호예요. 그리고 당신과 사진도 찍었으면 좋겠어요. 그리고 식사도 하고 사인도 받고…" 클락은 횡설수설하며 인성이 부끄러워하는 말을 내뱉었다. 인성은 그가 그렇게 말이 많은 사람인 줄 몰랐다. 인성은 그만하라는 듯이 손을 저었다.

"이제 그만! 누가 보면 저 죽으러 가는 사람 같잖아요! 하하하. 저 괜찮습니다. 소문이 세계에 도착하기 전에 빨리 가야 해요." 인성이 호탕하게 웃으며 말했다. 사실 사람들을 걱정을 덜 시키기 위해서 억지로 더 웃어 보인 면도 있었다.

"그런 소문을 누가 전달해요? 전 세계 사람들 중엔 그럴 사람은 절대 없으니까, 천천히 조심히 가세요." 가인이 말했다.

"만약에 있다면 내가 목을 비틀어 주겠어. 아니! 이젠 외교부라고 해도 세계로 나가는 것을 막겠어. 절대 안 되지!" 인성도 모르는 건장한 청년이 무서운 표정으로 말했다. 그는 인성과 하이파이브를 했다. 그리고 기분이 좋은지 인성과 하이파이브한 손을 몇 초 동안 웃으며 쳐다보았다.

"아무튼 저흰 갈게요. 모두들! 다녀오겠습니다!" 인성이 사람들을 향해 말했다. 클락과 가인을 비롯한 많은 사람들이 울면서 한동안 차량을 쫓아 뛰었다.

"자기 때문에 출발 시간이 늦어졌어." 수지가 뾰루퉁한 표정으로 말했다.

"아, 미안해." 인성이 수지를 안으며 애교를 부렸다. 그러자 수지도 금세 미소를 띠었다.

"이제는 인성도 자신의 인기를 즐기는구만. 아이고. 히어로님" 영규가 말했다.

"거만해지면 안 될텐데." 강호가 장난 섞인 표정으로 인성을 쳐다보았다.

"말도 안 되는 소리 마. 나는 유명인사가 아니야. 그리고 거만해지지 않아." 인성이 손사래를 치며 말했다.

"그런데 이 트럭 왜 이렇게 느린 거야? 갈 길은 먼데…" 영규가 운전하는 강호를 쳐다보며 말했다.

"오, 내 탓 하지마. 난 최대한으로 밟고 있다고. 이건 인성이 때문이야. 인성이 짐을 어찌나 많이 실었는지. 저것 때문에 무거워서 그래." 강호는 엄지손가락으로 뒤를 가리켰다. 트럭엔 트럭의 크기만큼의 많은 짐이 실려있었다.

"이러다 거인이라도 보이면 우린 죽은 목숨이야." 영규가 혀를 내두르며 말했다.

"아냐. 인성이 준비성이 철저해서 그래." 수지가 인성의 어깨를 주무르며 말했다.

"고마워. 준비성이라…. 맞아. 준비성이 철저한 거지." 인성이 웃으며 말했다.

마을에서 출발한 지 3일째가 되었다. 밤이 되자 인성이 운전을 하고 모두 잠을 청했다. 영규는 아침에, 강호가 낮에, 인성이 밤에, 3교대로 운전을 했다.

"음…. 아. 여기가 어디지?" 강호가 자다가 깨어 인성에게 물었다.

"깼어? 다시 자. 내일 운전하려면 눈을 조금이라도 붙여둬." 인성이 다른 사람이 깨지 않도록 조용히 속삭였다.

"어. 그래야겠다. 어!" 강호는 자려고 하다가 밖을 보더니 소리를 쳤다.

"뭐야? 무슨 일이야?" 영규가 얼굴을 좌우로 흔들며 물었다.

"거인이라도 나타났어? 왜 그래…." 수지가 짜증 섞인 목소리로 물었다. 인성은 웃고만 있고 강호는 멍한 표정으로 인성만 보고 있었다. 영규가 밖을 보고 이해한 듯 인성에게 물었다.

"계획이라도 있어?"영규가 말했다.

"뭔데, 뭐가 있는데?" 수지가 이해 못하겠다는 듯이 소리쳤다.

"돼지우리야. 세계의 감옥이지. 인성과 내가 갇혀있다가 나온 곳이기도 해. 인성은 아마 이곳에 갇힌 사람들을 풀어주기 위해 왔겠지." 영규가 말했다.

"모두 일어났으니 어쩔 수 없지. 자! 이쯤에서 세우고. 모두 내려! 계획을 말해줄게." 인성이 내리고 문을 닫았다.

"오, 안 돼. 절대. 난 싫어." 인성이 작전을 다 말하자 수지가 말했다.

"맞아. 나도 싫어." 영규도 짜증을 냈다.

"그래서 식량과 짐 따위를 많이 실고 왔구나." 강호는 고개를 끄덕이며 말했다.

"위험한 발상이야. 우리가 걸어 다니면 거인에게 발견 즉시 사망이야." 영규가 고개를 저으며 말했다.

"맞아. 저번에 우리가 살았던 것은 운이 좋은 거야." 강호가 영규의 말이 맞다며 고개를 끄덕였다. "하지만…" 강호가 말했다. "인성의 계획에 찬성해. 인성과 함께 있으면 죽을 것 같지만 죽지 않아. 그리고 항상 내가 살아있다는 것을 느끼게 해주지. 인성이 정말로 메시아와 같은 존재가 아닐까 생각될 정도로 말이야." 강호가 인성을 보고 미소를 지으며 말했다.

"칭찬으로 들을게, 고마워. 수지와 영규, 그렇담 다른 생각이 있어? 이게 사람들을 살리는 가장 좋은 방법이란 말이야." 인성이 말했다.

"하지만 우리가 위험하잖아!" 수지가 버럭 화를 냈다.

"네가 세계로 간다는 소문이 우리보다 세계에 먼저 도착할 것 같다." 강호가 허탈한 웃음을 내뱉으며 말했다.

그들은 인성의 계획에 따르기로 했다. 인성의 계획은 한 명이 물탱크에 불을 지르면서 시작이 된다. 아스갈인들이 불을 끄며 그곳에 관심을 두는 동안 한 명은 홀수, 한 명은 짝수 축사로 들어가며 사람들을 풀어준다. 그리고 한 명은 망을 본다. 불을 지른 사람은 서둘러 돌아와서 대피하는 사람을 자동차로 이끈다는 계획이었다.

인성은 불을 지르는 역할을 하기로 했고, 축사로 가서 사람을 풀어주는 일은 영규와 강호, 망은 수지가 보기로 했다. 그리고 차는 도망가는 사람들에게 주고 그들은 걸어서 세계로 이동하기로 했다. 그 때문에 영규와 수지는 반대를 했다.

"사람들이 많을 텐데 차에 다 태울 수 있겠어?" 강호가 트럭을 보며 걱정스런 표정을 지었다.

"이 튜브 보트를 많이 챙겨왔지. 같이 불어줄래?" 인성은 트럭의 짐칸에서 튜브들을 꺼내 한사람에게 하나씩 건넸다.

"와우! 나올 때부터 트럭을 버릴 생각을 했구나? 사람들을 구하기 위해서! 그럼 우리가 안전하게 도망칠 방법도 생각했겠지?" 영규가 인성에게 화를 냈다. 그러자 인성은 튜브를 불다가 머리가 아픈지 이마를 만지며 말했다.

"어? 그럼. 사실 못 했는데…. 뭐, 그렇다면 우리도 하루 정도는 트럭을 타고 같이 이동을 하는 거야. 그럼 아스갈인들이 쫓아오는 시간을 벌 수 있을 거야."

"참. 대단한 아이디어네?" 수지도 이마를 매만지며 비꼬았다. 그들은 한동안 튜브를 불고 트럭에 연결을 했다. 그리고 인성의 계획을 실행에 옮겼다.

인성과 영규, 수지, 강호는 돼지우리 뒤쪽에 도착했다. 그리고 인성은 절단기를 가지고 철조망을 끊었다. 그러자 영규와 강호는 빠르게 그 안으로 들어갔고 수지도 그들을 따라 들어갔다. 수지는 인성을 향해 뒤돌아보고 희미한 미소를 지어줬다. 행운을 빈다는 듯이. 인성은 준비한 기름통을 들고 물탱크로 향했다. 전에 왔을 땐 물탱크 근처에 트럭이 있어서 사람이 이곳을 지키고 있었지만 지금은 사람이 없었다. 인성은 좋은 예감이 들었다. 인성은 서둘러 기름을 물탱크 주위에 뿌렸다. 그리고 라이터에 불을 붙이고 물탱크에 던졌다. 불은 물탱크를 서서히 덮고 있었다.

"불이야!" 인성은 외쳤다. 그리고 물탱크와 가장 가까운 축사로 이동했다. 그곳엔 그물이 쳐져 있어서 인성이 숨기에 적당했다. 인성은 숨어서 물탱크로 아스갈인들이 불을 끄기 위해 모여드는 것을 볼 수 있다. 그렇지만 아스갈인들은 숨어있는 그를 확인하려면 가까이 와서 봐야지만 볼 수 있었다. 밤은 그의 편이었다.

"누구야! 어떤 녀석이 불을 지른 거야?" 키가 작은 백인 남자가 화를 내며 말했다.

"우선 물! 물을 가져와!" 백인 남자가 서둘러 뛰어오는 3명의 사람에게 소리쳤다.

"물이 그렇게 많지 않아. 저곳에 다 있지." 뛰어오던 3명 중 1명이 물탱크를 가리키며 짜증을 냈다.

"그럼 모래. 사막이니까 모래를 퍼서 덮자." 백인 남자가 말했다. 그들은 모래를 퍼서 뿌리기 시작했고 곧 이어서 아스갈인들이 더 도착했다. 인성은 미소를 지으며 탈출한 사람들을 인도해주기 위해 뛰어갔다.

"이런 제길. 모래도 소용없어. 덮을 것을 가지고 와!" 멀리서 젊은 여성의 목소리가 들려왔다.

"이런 큰불을 덮을 건 없어! 이 멍청아! 젠장." 백인 남자의 목소리가 멀어져갔다.

일은 너무나 순조로웠다. 불로 인해서, 그리고 밤이기 때문에 그럴지도 몰랐다. 갇혀있던 사람들은 그들을 잘 따라줬다. 그렇지만 먹을 것을 못 먹어서 제대로 서 있지도 못하는 사람들도 많았다. 인성은 클락이 생각났다. 클락도 탈출하고 한동안 말도 못했다. 인성이 세계로 출발할 때 처음 말을 해봤었다. 그러자 측은해졌다. 그는 그들을 트럭으로 이끌었다. 영규와 수지, 강호도 마무리가 되었는지 뛰어나왔다. 인성은 서둘러 그들을 트럭과 연결된 보트에 태웠다. 그리고 안전하게 그곳을 빠져나왔다.

도망을 나온 지 한 시간이 지났다. 인성은 사막 한 가운데 차를 세워놓았다. 인성과 영규는 식량을 사람들에게 배분을 했고 강호는 사람들에게 상황을 설명을 했다. 사람들은 강호의 설명을 듣는 둥 마는 둥하며 먹을 것을 보자 달려들었다. 인성과 친구들은 안타깝게 그 모습을 바라보았다.

"이정도면 충분히 도망쳐 나왔을 거야. 쫓아오려면 시간 좀 걸리겠지. 아니 불 때문에 쫓아올 생각도 못할 걸?" 인성이 사막 한가운데에서 불을 지피며 말했다.

"이러다간 우리가 세계로 가면서 먹을 식량도 없을 것 같은데?" 영규가 게걸스럽게 식량을 먹고 있는 사람들을 보고 걱정했다.

"괜찮을 거야." 인성도 걱정되긴 했지만 영규를 안심시키기 위해 미소를 지으며 말했다.

"아무런 문제 없이 사람을 구할 수 있어서 정말 다행이야. 지금 생각해보니 자기의 계획대로 안 했더라면 마음이 무거웠을 거야." 수지가 인성의 옆에 앉으며 말했다.

"다행히 돼지우리에서 나온 사람들 중에 전 세계에 사람이 있었어. 그들은 전 세계로 갈 수 있을 거야." 강호는 사람들 사이에서 나와 그들 곁에 오면서 말했다.

"오. 다행이군." 인성이 트럭에 실어온 나뭇가지 하나를 불 속에 던져넣으며 말했다.

"혹시 강호는 이런 돼지우리의 위치를 더 알고 있어?" 수지가 궁금하다는 듯이 물었다.

"아니. 돼지우리는 항상 바뀌어. 왜냐하면 거인이 휩쓸고 가면 아무것도 안 남거든. 돼지우리의 반은 버려진 축산농가나 감옥, 성 등 여러 가지로 만들어졌어. 하지만 반은 새로 만들어지지." 강호가 불을 바라보며 얘기했다.

"우리가 간 곳은 다행히 거인이 들리지 않은 식당이로군." 영규가 씁쓸한 표정으로 말했다. 수지는 재주 없는 농담이라며 영규의 팔을 꼬집었다.

"사람들이 다 먹으면 이동하자." 인성이 불을 보며 말했다.

"저기…. 혹시 당신이 메시아님이세요?" 흑인 꼬마가 어느새 인성의 눈앞에 나타나서 물었다.

"어. 아니. 맞나? 아무튼 메시아는 아니지만 네가 생각하는 사람이 내가 맞을 거야." 인성은 당황하며 대답했다.

"와! 여러분 우리를 구해준 건 메시아님이었어요!" 흑인 꼬마가 방방 뛰며 외쳤다. 그러자 사람들은 먹던 것을 중지했다. 세상의 시간이 멈춘 것 같았다. 짧은 시간이지만 꼬마의 말에 사람들은 일시정지 상태가 되었다. 하지만 곧 멈춘 시간만큼 빨리감기 상태가 되었다. 몇 사람은 먹던 것을 집어 던지더니 인성을 향해 절을 했고 몇 사람은 서둘러 인성의 옆에 다가왔다. 눈물을 흘리며 인성을 쳐다보는 사람도 있었다. 인성은 괜한 말을 했나 싶었다.

"새국신문에 나온 모습과 비슷해서 설마 했어요. 구해줘서 감사하단 말도 못하고 먹기만 해서 죄송해요." 꼬마가 허리를 90도로 굽혀 인사를 하며 말했다.

"정말 감사합니다." 사람들이 합창을 해서 말했다.

"아니에요. 여기 있는 친구들이 한 거죠. 저는…" 인성은 머리와 손을 흔들며 말했다.

"그만해. 그만 좀 겸손하라고. 여기 있는 인성이 당신들을 구한 게 맞습니다. 저희가 처음에 반대를 했어도 구해야 한다고 했어요." 영규가 인성의 어깨를 두드리며 말했다. 그의 어이가 없어서 영규를 째려보았다. 하지만 영규는 인성을 보지도 않고 사람들을 향해 웃으며 말했다.

"혹시 아스갈인이 여기 있나요?" 영규가 말했다. 사람들은 대답이 없었다.

"아마 없을 거예요. 아니 없어요. 아스갈인이면 돼지우리에 갇히지 않죠. 저희는 전 세계의 사람들이 대부분이에요. 거인을 유인하기 위해 이동 중에 세계 사람들에게 붙잡혔죠." 하얀 이가 도드라져 보이는 여성이 말했다.

"아스갈은 쓰레기이고 여기 있는 아스갈의 메시아인 인성도 사실은 거짓이에요. 그는 자신이 아스칼의 메시아인 것을 알지도 못했어요." 영규가 진지하게 말했다. 그리고 뜸을 들인 뒤 말을 이었다. "하지만 예지몽을 꾸는 것은 사실이기에 많은 사람들의 기대를 받고 있죠. 세계든, 전 세계든 말이에요. 특별한 능력이잖아요? 정말로 신이 보내줬을지도 몰라요. 그런데 여러분. 세계에 몇몇은 인성을 죽이려고 합니다. 그들의 이익을 위해서요. 지금 저희는 세계에 가야하는데 말이에요." 영규는 사람들을 둘러 본 후에 다시 말을 이었다.

"혹시 전 세계로 가기 전에 저희와 함께 세계에 들려 인성을 도와주고 갈 순 없을까요?" 영규가 말했다. 인성과 강호, 수지는 황당한 표정을 지으며 영규를 바라보았다.

"당연하죠. 생명의 은인인데! 제가 지켜드릴게요." 흑인 꼬마가 말했다. 그러자 가겠다는 듯이 웅성거리는 소리가 났다. 그리고 인성을 도와 줄 수 있다는 것이 기분 좋은 듯 불 주위로 춤판이 벌어졌다.

"무슨 소리를 하는 거야?" 인성이 이름 모를 한 흑인 여성에 이끌려 같이 춤을 추며 영규에게 말했다(수지는 어깨가 벌어진 키가 큰 흑인 남자와 춤을 추고 있었다. 그녀는 잘생긴 흑인 남자의 시선을 부끄러운 듯이 피하며 춤을 췄다).

"네가 돼지우리로 가는 것을 나에게 얘기 안 했듯이 나도 이런 일을 하는 이유를 너에게 아직 말할 수 없어." 영규는 기분 좋게 웃으며 말했다. 영규도 곧 춤을 췄다.

며칠을 달렸다. 반나절 정도면 세계에 도달할 수 있는 거리가 되었다. 인성은 영규에게 짜증이 나 있어서 말을 걸지도 않았다. 하지만 영규와 나머지 사람들은 기분이 좋은 것 같았다. 사실 인성만 제외하고 모두 영규의 계획을 공유하고 있었다.

"인성이 형. 우울해 보여요. 무슨 일 있어요?" 메튜가 말했다(흑인 꼬마 이름은 메튜였다).

"나만 모르는 계획 때문이야. 너는 알지? 그 계획?" 인성이 뾰루퉁하게 말했다.

"그럼요! 정말 대단한 사람 같아요. 영규 형은." 메튜가 하늘을 보며 말했다. 인성이 좋은 생각이 난 듯 눈을 크게 뜨며 말했다.

"메튜! 나에게 그 계획을 말해줘. 아무에게도 네가 말했다고 얘기 안 할게." 인성이 은밀하게 메튜의 귀에 속삭였다.

"안돼요. 형. 진짜 미안해요. 그런데 곧 알게 될 거예요. 제가 할 수 있는 이야기는 굉장한 아이디어라는 거예요." 메튜가 말했다.

"그럼 혁명이지." 메튜의 뒤에서 영규가 나타나 웃으며 말했다. 영규는 인성을 쫓아다니고 있었다. 계획을 알려고 인성이 묻고 다닐 것을 알고 있던 것이다.

"맞아요. 잘 될 거예요." 리사가 말했다(리사는 하얀 이가 돋보이는 동양 미녀였다. 쌍꺼풀이 없고 왼쪽 볼에만 들어가는 보조개가 매력적이었다).

인성과 그의 무리들은 세계 근처의 숲에 트럭을 숨겼다. 그리고 영규는 강호와 함께 숲에서 장미꽃을 꺾어왔다. 그리고 사람들에게 나누어줬다.

"저기가 세계 입구 중 하나에요." 강호가 커다란 동굴을 가리키며 말했다.

"여러분은 계획대로 해주세요. 우선 이 꽃을 들고 입구에서 보여주기만 하면 됩니다. 그럼 질문을 할 때 이렇게 말하세요. '어떤 마을에서 함께 도망쳐왔으며 자신들은 아스갈을 믿습니다.'" 영규가 진지하게 당부했다. 사람들은 영규의 말에 경청을 하며 고개를 끄덕였다.

"몸 조심하세요. 수지, 영규 그리고 인성." 리코가 말했다 (리코는 수지와 춤을 췄던 잘생긴 흑인 남자였다. 수지는 리코를 보면 수줍어했고 인성은 리코가 이유도 없이 안 좋아 보였다).

"네. 리코도요." 영규가 웃으며 말했다. 하지만 인성은 웃지 않았다 (대신 고개만 간단히 숙여 인사만 했다). 사람들은 손을 흔들며 인성과 일행에게 행운을 빌었다. 그리고 굴 속으로 사라졌다.

"우리도 이제 가볼까?" 인성도 굴로 들어 가려고 하자 영규가 황급히 말렸다. 강호도 어이가 없다는 듯이 영규의 옆에 서서 인성을 바라보며 말했다.

"어딜 가?"

"세계로 가지." 인성이 당연하지 않냐는 듯이 말했다.

"우린 다른 루트를 이용할 거야. 아스갈인들에게 넌 죽일 대상이야. 그렇게 당당히 들어가면 큰일 나." 영규가 말했다.

"아스갈인들이 나를 죽이려고 해도 몇몇만 그렇잖아. 고기찬 목사의 패거리들. 내가 많은 사람들 앞에 있으면 쉽사리 못 죽일 거야." 인성이 담담히 말했다.

"그렇긴 해도 확인이 안 되잖아. 사람들 앞에 나서기도 전에 잠복하고 있던 고기찬 목사의 패거리들에게 들키면? 거인을 죽이기도 전에 네가 죽어." 영규가 말했다. 그리고 한숨을 쉬며 말을 이었다.

"내가 왜 사람들을 먼저 보낸 것 같니? 내 계획 중 하나야. 저 사람들에게 부탁을 한 것이 있어. 세계에 녹아들어 상황을 살피라는 것이지. 우린 다른 입구로 갈 거야. 우린 프리오리 성에 숨어서 바이러스를 찾기만 하면 돼."

"오호라. 나한테만 말 안 한 것이 그거였어? 별거 아니네?" 인성이 웃으며 말했다.

"계획 중 하나라고 했잖아. 나머진 차차 알게 될 거야." 영규도 웃으며 대답을 했다. 강호와 수지는 인성은 곧 짜증을 부리며 계획을 알려달라고 할 것 같았다. 그런데 인성은 연신 웃기만 했다.

"뭐. 이번 것처럼 별거 아닐 것 같은데 굳이 알려고 해서 뭐하겠어. 그럼 어디로 가면 돼?" 인성이 말했다. 그러자 영규는 큰 언덕을 보았다.

"설마? 프리오리 성에서 우리가 나온 엘리베이터를 이용하는 것은 아니겠지?" 인성이 미심쩍은 듯이 물었다.

"어떻게 알았지? 우린 그 엘리베이터를 이용할 거야. 이젠 엘리베이터가 아니라 아래로 뚫린 굴이지." 영규가 웃으면서 말했다. 그리고 그들을 숲 속을 걷기 시작했다. 큰 언덕을 지침 삼아서 가자 곧 인성이 탈출했던 프리오리 성의 엘리베이터가 나왔다. 아니 굴이. 큰 언덕 주위엔 수많은 무덤들이 있었으며 굴 옆엔 나뭇가지로 된 쿠션이 있었다. 인성은 살기 위해서 그 구멍을 통해 도망친 일이 아득하게 느껴졌다. 영규가 가방에서 장갑을 그들에게 넘겼다. 그리고 곧 긴 밧줄을 꺼내 나무에 매었다. 단단하게 매어졌는지 두어 번 당겼다. 그리고 인성과 강호도 영규와 함께 줄을 당겼다. 튼튼했다. 그래도 안전을 위해 한 명씩 내려가기로 했다. 맨 처음엔 영규, 그다음엔 인성, 수지, 강호 순이었다. 강호는 마지막까지 나무에 감은 줄을 허리에 한번 감아서 사람들이 내려가기 편하도록 도와주기로 했다. 영규가 먼저 내려갔다. 강호는 천천히 줄을 풀었다.

"세계에 들켜서 굴이 막혀있는 줄 알았는데. 괜찮을까?" 인성이 미간을 찌푸렸다.

"괜찮을 거야. 우선 프리오리 성은 제한구역이니까. 그리고 그 미로 같은 복도를 알아내고 마지막에 있는 엘리베이터까지 도착하려면 시간이 걸릴 거야." 강호가 낑낑대며 말했다.

"그렇겠지? 인성이 그래도 불안한 표정을 지으며 말했다.

"자. 이제 네 차례야." 강호가 인성에게 말했다. 인성은 장갑을 끼고 줄을 잡았다. 강호가 천천히 줄을 내려줬다. 밑은 환하게 밝혀져 있었다. 프리오리 성은 아직까지 고기찬 목사를 따르는 무리들이 발견하지 못한 것 같았다. 빛이 나온다는 것은 굴이 프리오리 성과 연결되어 있다는 뜻이기 때문이다. 인성이 도착하자 영규가 웃으며 인성을 받아주었다.

"기다리고 있었어. 아무 이상이 없는 것 같아. 우리는 이 미로 같은 복도에 숨어 있으면서 바이러스를 찾다가 숨고, 찾다가 또 숨고, 그것을 반복해야 할 거야." 영규가 말했다.

"그래. 맞아. 바이러스를 찾을 때까지. 강태식 박사의 흔적을 발견해야 할 거야. 사실 바이러스가 여기 있는지 확신도 안 돼." 인성이 영규에게 말했다.

"분명 있을 거야. 이곳은 사랑교회만큼 커서 내가 확인한 건 얼마 되지도 않아."

"이럴 때 내가 예지몽을 꿨으면 좋겠어." 인성이 착잡하게 말했다.

"네가 맘대로 꿀 수 있는 꿈이 아니잖아. 그래도 난 강태식 박사가 널 이곳으로 안내했다고 생각을 해." 영규가 인성의 기운을 북돋으며 말했다. 곧 수지가 내려왔고 인성은 수지를 받아주었다.

"으…. 팔 아프다." 수지가 어깨를 두드리며 말했다.

"그럼 슬슬 가볼까?" 영규가 말했다.

"아직 강호가 안 내려왔어." 인성이 영규의 말을 반박하며 말을 하자 영규와 수지는 웃었다. 인성이 황당한 표정을 짓자 영규가 말했다.

"이건 내 두 번째 계획이야. 강호는 세계의 또 다른 입구로 들어가서 자신의 일을 수행할 거야."

"안 되겠어. 나도 계획 좀 알려줘." 인성이 짜증을 부렸다. 그러나 영규는 웃기만 했다.

"사실 이제는 알려줘도 되지만 네가 우리에게 돼지우리에 대한 계획을 미리 말하지 않은 벌이야." 수지도 웃으며 말했다.

강태식 박사

지독히도 지루했다. 바이러스에 관한 내용은커녕 강태식 박사에
관한 흔적조차 발견하지 못한 채 복도와 연구실들을 왔다 갔다만 했
다. 가끔 돼지우리에서 같이 온 사람들이 놓고 간 음식을 가져오기
위해 거베라 폭포 앞으로 가는 것만 제외하면 말이다.

"연구실은 왜 이렇게 넓어!" 수지가 짜증을 내며 외치자 소리가 굴
안을 메아리 쳤다.

"조용히 해. 들키면 어떻게 하려고?" 인성이 목소리를 낮추라고 조
용히 말했다.

"들으라면 들으라지? 이곳엔 아무도 없어! 지난 며칠 동안 조심스럽
게 숨어서 바이러스를 찾는데 바퀴벌레 한 마리조차 보이지 않아."
수지가 일부러 크게 말했다.

"인성의 말이 맞아. 세계에서 언제 이곳에 찾아올지 몰라. 목소리
도 낮추고 몸도 낮춰." 영규가 걱정된다는 듯이 두리번거리며 말했
다. 그러자 마지못해서 수지는 몸을 낮췄다.

"너무 짜증 내지마. 아직 우리가 못 본 곳이 많아. 연구실은 곳곳에 퍼져있어. 프리오리 연구실은 천재들이 똑똑한 것을 자랑하기 위해 일부러 복잡하게 만들었다고. 특정 물건을 만지면 연구실로 갈 수 있는 통로가 생기기도 하잖아." 영규가 긍정적으로 말했다. 영규의 말이 맞았다. 첫날에 연구실을 정찰하다가 수지가 둥그런 원형 발판을 밟자 특정 벽이 움직이더니 와인 보관소가 나왔었다. 그것을 떠올리며 영규가 말한 것이다.

"그래. 내가 와인을 찾았지." 수지가 허탈하게 말했다.

"와인 정말 맛있더라." 영규가 웃으면서 말했다.

"넌 술이라면 다 좋아하지." 인성이 혀를 차며 말했다. 그리고 벽을 두드렸다. 또 다른 굴이 있을 것이라고 생각했다.

"뭐 하는 거야? 숨은 것은 나중에 찾고 우선 드러나 있는 연구실부터 확인하자." 수지가 말했다. 그러나 인성은 신중하게 벽을 두드릴 뿐이었다.

"소리가 달라." 인성이 말하자 수지와 영규가 인성에게 달려왔다. 인성의 말처럼 특정한 벽에선 소리가 달랐다. 서로 눈을 마주쳤다. 그리고 영규가 망치를 찾아서 가져왔다. 벽을 망치로 부스니 숨겨진 연구실이 나왔다. 모두 흥분한 상태였다. 소리 없는 환호를 질렀다. 하지만 그들은 곧 허탈해졌다. 그 연구실은 지하에서도 키우기에 적합한 식물들을 연구하던 곳이었기 때문이다.

"아니, 거인과 싸우기 위해 지어진 연구실이라면서 이런 것도 연구했나 봐?" 수지가 땅콩을 만지며 말했다.

"음, 거인이 나오고, 연구실이 생겼고, 나중에야 거인을 죽일 바이러스를 만들 생각했으니까, 기존엔 다른 것을 연구했을 지도 모르지." 수지가 들고 있던 땅콩을 까서 먹으며 영규가 말했다.

"그거 먹어도 되는 거야?" 수지가 두려운 표정으로 영규에게 말했다. 영규는 우물거리며 어깨만 으쓱할 뿐이었다. 죽지만 않으면 되지, 아무럼 어때라고 말하는 것처럼 보였다. 그들은 곧 그곳에서 나왔다.

"아. 더 복잡해졌어. 이게 뭐야? 이런 게 얼마나 더 많은 거지? 연구실도 몇 개 있는지 조차 모르겠는데 벽을 다 두드리고 다닐 수도 없고 말이야." 영규가 짜증을 내며 말했다.

"아깐 나더러 짜증 내지 말라고 하더니 이젠 네가 짜증을 내냐." 수지가 웃으며 말했다.

"꿈에서 강태식 박사가 널 기다렸다며? 너에게 뭘 주려고? 말하려고? 한 것 아냐?" 영규가 수지를 가자미 눈으로 한번 쳐다보았다. 그리고 인성을 보며 말했다.

"그러겠지? 그런데 그 꿈에선 내가 강태식 박사였는데 그 생각을 읽을 수 없었어. 그저 죽고 싶다는 생각이 지배적이었어. 물론 무엇인가를 해야 한다고 생각하긴 한 것 같은데 말이야. 나를 기다리고…" 인성이 기억을 되짚어보며 말했다.

"강태식 박사는 네가 예지몽을 꿀 수 있다는 것을 믿고 있었어. 아마 미래의 꿈에선 자신의 이야기를 전달할 수 있다고 생각한 것이 아닐까? 뭔지 모르겠어." 수지가 고개를 절레절레 흔들며 말했다.

"강태식 박사는 분명 이곳에 있었어. 그러니까 흔적은 어딘가에 존재할 거야." 인성이 말했다.

"이럴 줄 알았으면 존슨 부부에게 뭐라도 물어볼 걸 그랬어." 수지가 말했다. 인성은 망치로 머리를 맞은 듯 한 충격을 받았다.

"맞아. 왜 내가 그 생각을 못 했지?" 인성이 입을 벌리며 놀란 표정으로 수지를 바라보았다. 영규는 콧방귀를 끼며 말했다.

"어차피 늦었어. 기차는 떠났다고. 그리고 존슨 부부도 알지 못한다고 말을 했었어. 내가 답답해서 그냥 말해본 거야."

그들은 계속해서 둘러보았다. 총기가 모아져 있는 창고도 보았으며 (영규는 권총을 한 개씩 수지와 인성에게 건넸다), 미지의 생물들로 가득 찬 통이 보관되어 있는 방도 발견하였다. 그리고 굶어 죽어있는 쥐로 가득 찬 실험실도 발견했다. 아마도 실험용 쥐들을 보관하고 있었던 곳이라고 인성은 생각했다.

"으…. 끔찍해! 갇혀 있는 쥐들이 뭔 죄야. 너무 불쌍해." 수지가 안타까운 듯 쥐들이 들어있는 통을 만지면서 말했다. 그녀는 쥐가 혹시나 살아있는지 들여다보았다. 하지만 쥐들은 조금의 움직임도 없었다.

"거인에 대한 흔적은 없는 것 같아." 영규가 인성에게 다가와서 말했다.

"이제 늦었어. 복도로 들어가서 좀 쉬자." 인성이 한숨을 쉬며 말했다.

복도에 모여서 그들은 생각을 정리했다.

"언젠가는 발견하겠지만 우리는 운이 너무 없는 것 같아. 꼭 찾아도 이상한 연구실만 찾는 것 같아." 수지가 말했다.

"그러게…. 전 세계 사람들이 소식을 궁금해할 것 같은데 말이야." 인성이 강태식 박사의 일기장을 훑어보며 말했다.

"강태식 박사는 일기장을 건네주려고 했던 것일까?" 영규가 물었다.

"그럼 이 일기장엔 내가 할 수 있는 어떤 내용이 있어야 하잖아. 아무것도 없어." 인성이 일기장을 벽에 던지며 말했다. 일기장은 벽에 맞고 큰 소리가 났다. 그러자 영규가 짜증 나는 표정을 지었다.

"그런데 우리가 여기에 와서부터 이상한 게 있어." 수지가 말했다.

"뭔데?" 영규가 하품을 하고 매트릭스에 누우며 말했다.

"우리가 받은 음식이 조금씩 사라지고 있어. 아무래도 누군가 여기에 있는 것 같아." 수지가 골똘히 생각하며 말했다.

"뭐라고? 아. 크림파이라면 내가 한 개 더 집어먹었어." 인성이 미안한 듯이 겸연쩍은 미소를 지으며 말했다.

"너였구나! 아니, 그게 아니야! 그 정도가 아니야. 잘 들어 봐. 우리와 함께 온 사람들이 폭포 앞에 일주일 치 음식을 숨겨 놓잖아?" 수지가 목소리를 낮추며 말했다. 어차피 그곳엔 그들밖에 없지만 심각한 내용이라는 것을 강조하려고 한 것이다. 영규와 인성도 수지 앞으로 왔다. "그런데…"

"그런데?" 인성과 영규는 빨리 말하라는 듯이 한 목소리로 말했다. 그러자 수지가 웃었다. 인성과 영규는 수지를 째려보았고 수지는 알았다는 듯이 말했다.

"그게 처음 볼 땐 7일치가 맞아. 그런데 7일을 못 버텨, 꼭 1명분이 빠진단 말이지."

"나도 가끔 인성처럼 나눠 놓은 음식 말고 더 먹어서 그럴 거야." 영규가 부끄러운 척 하며 말했다. 그러자 수지는 영규를 꼬집었다.

"악!" 영규는 비명을 지르며 꼬집힌 팔을 문질러댔다.

"음, 너의 말이 맞아. 일주일치 식량을 준비해 주는데 4일 만에 동이 나는 건 뭔가 이상해." 인성이 심각한 표정을 지으며 말했다.

"아! 나도 사실 뭔가 이상한 것을 발견했어." 영규가 계속해서 팔을 문질러 대며 얼굴을 찌푸리고 말했다.

"뭔데?" 수지가 심통 난 표정으로 말했다.

"와인이 줄어드는 것을 발견했어." 영규의 말에 수지는 한 번 더 꼬집기 위해 일어났다. 영규가 도망치며 외쳤다.

"아니? 왜? 왜 꼬집으려고 해?"

"그건 네가 술을 먹었으니까 줄었겠지!" 수지가 영규를 잡으려고 뛰어다니며 말했다.

"아냐! 내가 먹는 것보다 더 없어진다니까." 영규가 인성의 뒤로 숨어 소리쳤다.

"그러고 보니 가끔 무언가 바뀐 것처럼 보였어." 인성이 말했다.

"예를 들면?" 수지가 영규를 잡으려고 하는 것을 멈추고 인성을 보며 말했다.

"어, 뭔가 달랐다는 느낌만 들었지 구체적인 건 아냐." 인성이 말을 하자 수지가 실망을 했다. "아! 의자의 위치가 바뀌었었어. 맞아. 영규의 방 있잖아. 연구실 한쪽 구석을 개조한 방. 그곳에 있는 의자의 위치가 바뀌었었어. 내가 그걸 이상하게 생각했어. 너나 영규가 사용을 해서 그렇고 생각했는데. 아닌 것 같아." 인성이 말을 하자 수지가 궁금해 하면서 심각하게 말했다.

"구체적으로 얘기해줘. 우리가 아스갈에게 들킨 상황이고 고기찬 목사의 손바닥 위에서 놀고 있는지도 몰라."

"내가 아침에 일어나서 의자가 침대 옆에 붙어있는 것을 봤어.

그 전날엔 의자가 책상 앞에 있었는데 말이야. 내가 복도에 문을 닫았었고 아침엔 가장 먼저 나왔는데 너희들이 썼을 리는 없잖아." 인성이 당황하며 말했다.

"그걸 왜 이제야 말해?" 수지가 말했다.

"나 소름 돋았어. 뭔가 무서운데?" 영규가 몸서리를 치며 말했다.

"그런데 그날 새벽에 너희가 일어나서 사용했을 수도 있잖아. 영규는 자주 일어나서 술을 꺼내먹기도 하니까." 인성이 신경 쓸 일도 아니라는 듯이 손을 내저으며 말했다.

"내가 의자에 앉아서 먹었나?" 영규는 생각에 잠겨 말했다.

"인간아! 술을 얼마나 먹었으면 기억도 없냐?" 수지가 영규를 꼬집었다.

"아!" 영규가 소리쳤다.

"이건 정말 심각한 문제야." 수지가 화를 내며 말했다.

"그럼 이번에 받은 식량을 숨어서 지켜보자." 인성이 말했다.

"내 생각에는 수지가 몽유병이 있어서 밤마다 꺼내 먹었을 거야." 영규가 웃으며 말했다. 인성도 웃었지만 수지는 둘을 째려보았다.

"흠, 그래. 심각한 거야. 우리를 몰래 지켜보는 사람이 있다니 말이야." 인성이 헛기침을 하며 말했다.

그들은 받은 식량을 배분한 후 숨어서 지켜보았다. 하지만 아무도 나타나지 않았다. 그래서 방법을 바꿨다. 그냥 예전처럼 연구실을 찾아다니는 것이었다. 그 대신 이번엔 받은 식량을 목록을 적고 먹은 후엔 먹은 사람에 이름을 쓰고 하나씩 제거해 나갔다. 그러자 음식이 사라지는 것을 발견했다.

"어, 뭐지. 식빵 2개와 옥수수 통조림이 1개 사라졌어." 영규가 기운이 빠져 허탈해하며 말했다.

"숨어서 지켜볼 땐 안 나오고 보지 않았을 땐 가져간다? 이거 뭐 귀신인가…" 인성도 황당했다.

"누군가 있다는 것이 확실해졌어. 그 사람을 잡아야 해." 수지가 심각하게 말했다.

"쥐 아닐까? 아니면 네가 정말로 몽유병이 있던지. 아냐! 농담이야." 영규가 웃으며 말하다가 수지의 표정에 얼른 말을 덧붙였다.

"어떻게 잡을 수 있을까? 숨어있는 사람은 우리의 동선을 다 아는 것 같은데 말이야." 인성의 미간엔 주름이 잡혀있었다. 그리고 그는 영규와 수지를 바라보았다. 하지만 영규와 수지도 모르겠다는 듯이 고개를 저었다.

다행히 그들의 고민은 금세 끝낼 수 있었다. 그들은 강태식 박사의 흔적을 찾기 위해 연구실을 뒤지던 중에 CCTV가 설치된 장소를 발견한 것이다. 그곳엔 없어진 식량의 흔적이 가득했다. 그리고 와인병이 바닥에 굴러다녔다. 영규는 와인병을 본 후 수지를 쳐다보았다. 그리고 미소를 지었다. 수지는 얼굴을 찌푸리며 말했다.

"그래. 맞네. 와인은 너 혼자 다 먹은 게 아니었어."

"사과는?" 영규가 웃으면서 말했다.

"뭐? 그러니까 술을 작작 좀 먹으라고." 수지가 어이가 없다며 말했다.

"아니, 그 얘기가 왜 나와!" 영규의 비명이 실험실 내에 가득 퍼졌다. 수지가 민망함에 영규를 꼬집은 것이다.

"대단한데. 이렇게 하면 우리의 일거수일투족을 알 수 있겠어." 인성이 흥미롭다는 듯이 모니터 하나하나 쳐다보았다.

"거의 프리오리 성의 전체를 비추는데?" 영규가 아픈 듯 팔을 문지르며 인성에게 말했다.

"그래. 그리고 여기 숨어 있던 사람도 찾을 수 있겠지. 이제 상황이 바뀌었어. 우리가 감시한다." 인성이 흐뭇한 미소를 띠며 말했다.

"어…. 그럴 필요 없어. 나 여기 있으니까." 수염과 머리가 덥수룩한 한 남자가 그들의 뒤에서 걸어오며 말했다. 그러자 인성과 영규, 수지는 권총을 꺼내 들었다. 그 남자는 얼른 두 손을 들어 저항할 생각이 없다는 표시를 보였다. "어. 쏘지마. 난 너를 기다리고 있었어. 인성." 남자가 말했다. 그리고 인성은 천천히 총을 내려놓았다. 수지와 영규는 계속해서 권총으로 신원불명의 남자를 겨눈 채 인성이 총을 내려놓는 것을 당황하며 보고 있었다.

"혹시? 강태식 박사?" 인성이 말했다. 수지와 영규도 충격을 받은 듯 했다.

인성은 강태식 박사가 죽은 줄 알고 있었다. 하지만 강태식 박사는 살아 있었다. 각이 진 무테안경에 호리호리한 몸, 덥수룩한 하얀 머리카락이 인상적이었다. 마치 아인슈타인이 안경을 쓴 모습처럼 보였다.

"죽은 줄 알았는데요?" 인성이 말했다.

"날 인지한 후에 처음 한 말이 죽었다는 말이라니 조금 충격적이구나." 강태식 박사는 껄껄 웃으면서 말했다.

"음. 일기장을 보고 오해를 할 수도 있지." 강태식 박사가 윙크를 하며 말했다.

"아니요. 그것보다도 저는 꿈에서 당신인 꿈을 꿨어요." 인성이 말을 하자 강태식 박사는 기뻐했다. 그리고 박수를 치며 말했다.

"이야! 대단한데 어땠어? 우리는 무엇을 하고 있었어? 바이러스로 거인과 전쟁을 하고 있었나? 아니면 세계와 전쟁을 하고 있었나?"

"그런 게 아니라 꿈에서 제가 과거의 당신이었는데 죽고 싶은 마음뿐이었어요. 예지몽이 아니고 과거의 꿈이면서 제가 아닌 당신이 주체로 나온 꿈이죠." 인성이 강태식 박사에게 말했다.

"오. 흥미롭군. 우리의 메시아는 예지몽을 꾼다는 것만 생각했는데 다른 종류의 꿈도 꾸는구만."

"메시아라는 말은 하지 마세요. 아무튼 저도 이런 꿈은 처음이었어요." 인성이 당황해서 말했다.

"잠시만요. 잠시만. 바이러스의 위치를 아나요? 그리고 이곳에 있나요?" 수지가 강태식 박사와 인성의 대화에 끼어들며 말했다.

"물론! 물론이지. 그런데 그건 나중에 말하자고. 우선 난 궁금한 게 많아." 강태식 박사가 껄껄 웃으면서 말했다.

"저도 궁금한 게 많아요. 언제부터였어요? 저희를 기다린 것이? 이곳에서 쭉 계셨나요?" 인성이 다급하게 말했다.

"아니 난 전 세계에서 거주지역의 맨 마지막 굴에서 살고 있었지. 난 사람들을 피해 다녔어. 그런데 내가 사람을 피해 다니니까 어느새 그게 능력이 되었어. 사람들이 나를 인식 못할 정도의 달인이 된거지. 마지막에 있는 굴에 사람이 안 사는 것으로 착각하는 지경에까지 이르렀으니 말 다했지. 그래서 다른 곳에서 온 사람에게 내 방을 줬다니까? 어이가 없지. 나는 인성, 너를 기다리고 있었는데 말이야. 다시 말하지만 정말 정말 어이가 없었지. 하지만 난 새로 들어온 사람과 부딪치기 싫어서 숨어있었어. 그런데 사람이 있는 데 어떻게 없는 티를 낼 수 있겠어? 지금도 너희들도 늦긴 했지만 어쨌든 나를 찾아냈는데 말이야. 상춘이라는 사람이 내 방에 있었는데 나의 인기척을 느끼고 자꾸 무서워하면서 점점 야위어 가더라고. 불쌍하게 말이야." 강태식 박사가 다시 한 번 껄껄 웃으며 말했지만 인성은 웃지 않았다.

"상춘은 귀신이 있는 줄 알고 있었어요. 사람이 자신 때문에 앓는 것을 알면 그걸 고쳐야죠." 인성이 화를 내자 강태식 박사는 놀랐다.

"그 사람이 너를 죽일 뻔했는데도? 그리고 그 사람은 내가 느껴지는 게 벌을 받는 거라고 생각해서 난 내가 있다는 것을 드러낼 필요가 없다고 생각했어. 나도 너에게 해코지했던 그 녀석을 벌 줘야 한다고 생각을 했거든." 강태식 박사가 손바닥에 주먹을 내리치며 무서운 얼굴로 말했다.

"아무튼 잘못 하신 거예요. 상춘에게 사과하세요." 인성이 말했다.

"물론! 나중에는 사과했지. 그랬더니 자신이 잘못해서 벌 받은 것이라고 괜찮다고 하더라. 오히려 감사하다고 말했어. 그래서 난 미안하기도 하고, 작은 성의 표시로 내가 살던 굴을 줬어. 그리고 부탁을 했지." 그리고 박사는 말을 이었다. "일기장을 건네주라고 말이야. 난 떠난다고. 왜냐하면 난 생각이 바뀌었거든."

"무슨 생각이요?" 영규가 끼어들었다. 박사는 인성 말고 다른 사람도 있다는 것을 깨달은 듯 영규를 보고 말했다.

"아아. 그래 사실은 난 인성을 기다리고 있었어. 왜냐하면 일기장과 앞으로 해야 할 일을 전달해 주기 위해서 말이야. 그 후에 난 정말로 자살할 생각이었지." 영규를 관찰하며 박사는 말했다.

"자살이라뇨! 미친 것 아니에요?" 수지가 소리쳤다.

"그러지마. 고막 터진다. 일기장을 읽어봤으면 알겠지만 난 삶에 희망이 없어." 박사가 씁쓸하게 말했다.

"그래도…." 수지가 안쓰럽게 말했다.

"그래. 지금은 생각을 바꿨어. 자살 안 할 거야." 박사가 껄껄 웃었다. 그러자 수지는 박사를 어이가 없다는 듯 쳐다보았다. 그녀는 죽음을 쉽게 거론하는 것을 매우 싫어했던 것이다.

"그런데 왜 저를 기다린 거죠?" 인성이 물었다.

"너는 아스갈의 메시아로 그만한 힘을 가지고 있거든." 박사는 다시 인성을 보고 말했다. 박사는 간지러운 듯이 머리를 연신 긁적이고 있었다.

"전 아스갈을 믿지도 않고, 메시아도 아니에요." 인성이 심드렁한 표정으로 말했다. 이런 얘기를 하는 것이 이젠 질렸다는 표정이었다.

"아, 알아. 이제는. 나는 아스갈이 거짓이라는 것을 알고 있지. 나는 아스갈을 믿었었는데 말이야. 너도 알고 있겠지, 질이라든지 존슨을 만나봤으니까. 아스갈이 내 가족을 죽였거든." 박사는 인성의 심드렁한 표정을 따라하며 말했다. 인성은 그 표정을 보고 얼굴을 구겼다. 하지만 가족을 죽였다는 말을 담담하게 얘기하는 그의 모습에 안쓰러운 마음이 피어났다.

"어쨌든 너가 예지몽을 정말로 꾼다는 것을 알고 있어. 내가 과학자이어서 증명할 수 없는 것은 잘 믿지 않아. 하지만 정말로 너에게 일어났던 과거의 증거들을 조합해 보면 예지몽을 꾼다고 믿을 수밖에 없어. 정말이지 믿음이 가. 그래서 아스갈의 메시아가 아니더라도 너는 사람들을 이끌 힘이 있다는 거지. 아스갈이던 아니던 너는 지금 세상에서 가장 유명한 녀석이니까 말이야." 박사가 껄껄 웃으며 얘기했다. 이제는 그 웃음에 정감이 가서 영규는 그 웃음을 따라하고 있었고 수지는 미소를 띠었다.

"아. 민망하네요. 그런 말씀은 하지 마세요."

"아. 뭐 사실인데 뭐. 아무튼 이야기가 옆으로 샌 것 같은데 다시 말해줄게." 박사가 진지한 얼굴로 그들을 바라보았다(영규를 쳐다 볼 땐 이번엔 말을 끊지 말라는 듯이 장난스런 표정으로 본 후 윙크를 하였다).

"난 전 세계에서 인성을 기다리고 있었어. 왜냐하면 일기장과 앞으로 해야 할 계획을 전달해 주기 위해서 말이야. 그 후에 난 죽을 생각이었지. 여기까지 말을 했었지? 아무튼 그래야 했는데 정말로 인성, 네가 온 거야. 물론 난 네가 올 줄 알고 있었지. 세상을 구하기 위해선 바이러스가 필요할 텐데, 그게 어디에 있냐? 그건 나만 알고 있거든. 그런데 날 누가 찾겠어. 바로 이 시대의 영웅이 찾아오겠지. 바로 너." 박사가 웃으며 말했다. 그러자 인성은 어이가 없다는 표정을 지었다. 그리고 영규는 웃으며 박사에게 말했다.

"아깐 과학자는 증명할 수 있는 것만 믿는다고 하셨는데요. 지금 보니 순전히 박사님의 짐작대로 행동하는 것 같은데요?" 영규의 말에 박사는 당황해했다. 그리고 무서운 눈으로 말을 끊지 말라고 경고를 했다.

"인성에게 전달할 계획이 뭐죠." 수지가 박사를 보고 말했다. 박사는 이번엔 수지를 무서운 표정으로 바라보았다. 하지만 수지의 순진 무구한 초롱초롱한 눈동자로(영규는 수지의 표정을 보고 토하는 시늉을 하였다. 하지만 인성은 많이 봐오던 연기하는 모습이어서 아무렇지 않았다) 박사를 바라보았다. 그러자 졌다는 듯이 박사는 표정을 풀었다.

"계획이 아니라 암호를 알려주려고 했어. 그런데 문제가 생겼어. 그건 나중에 알려줄게. 아무튼 내 계획을 변경한 이유는 그거야. 인성이에게 흥미가 생긴 거지. 설마 날 동성애자로 생각할까 봐 말하는데, 인간적으로 말하는 거야(수지와 영규가 이상한 눈빛으로 쳐다보니 말을 덧붙였다). 그래서 따라다녔어. 세계로 간다는 것도 전 세계에서 듣고, 뭐 바이러스를 찾아오겠다는 멋진 연설도 듣고 아무튼 감동적이었지." 박사는 동공이 풀린 눈동자로 회상하며 말했다. 인성은 얼굴이 벌게졌고 수지와 영규는 웃었다.

"그 후에 난 내가 만든 차를 타고 곧장 이곳에 온 거야. 너희를 계속해서 지켜보기 위해서." 박사가 껄껄 웃으며 말했다.

"그러니까 계속 지켜보는 것이 계획이었나요?" 인성은 어이가 없어서 콧방귀가 나왔다.

"아니야. 사실 너희와 함께 뭔가 해야 할 일이 있어서 곧 나타날 예정이었지. 그런데 너희가 장난치는 모습이 너무 웃기더라고 너희가 바이러스를 못 찾는 모습이 말이야."

"아니. 바이러스도 궁금하지만 박사님을 만났으니 물어볼게요. 도대체 거인을 퇴치하는 연구실은 어디에 있는 거죠? 저희는 계속해서 찾았는데 못 찾았어요. 물론 아직도 못 본 연구실도 많지만요." 수지가 투덜거리며 말했다.

"아. 여기엔 많은 연구실이 있지. 그곳을 찾고 있었구만. 하긴 그곳을 찾아야 바이러스도 나오니까. 껄껄. 내가 CCTV로 너희들을 보니 드러나 있는 연구실의 1/3은 훑어봤더라고 앞으로 한 5일에서 6일 정도면 아마 드러나 있는 연구실은 다 볼 수 있었겠지. 하지만 그 연구실은 드러나 있지 않아." 박사는 미소를 띠며 그들을 메인 홀로 안내했다. 그리고 벽이 울리도록 소리쳤다.

"알아야 산다." 그러자 프리오리 성의 입구 쪽 근처에서 벽이 열리더니 밑으로 향하는 계단이 나타났다.

"아. 멋지네. 화학병과 구호잖아." 영규가 말했다.

"그게 뭐야?" 수지가 인성을 바라보며 물었다.

"그러니까 군대 얘기야(영규와 인성은 2년간 군대에서 나라를 지켰었다. 제대 후에 군인으로 자부심이 넘쳐 인성은 군대 이야기를 많이 했는데 수지는 그것을 싫어했다. 그녀는 군대를 가지 않아서 무슨 뜻인지 모르기 때문이었다. 행정보급관, 깔깔이, 혹한기 등 알 수 없는 말을 자랑스럽게 늘어뜨리는 것을 예지몽과 함께 극도로 싫어했다. 그래서 수지가 먼저 묻지 않는 이상 군대 얘기를 하지 않았다. 만약 수지가 궁금한 게 생겼는데 군대 이야기라면 약속처럼 맨 먼저 군대 이야기라는 것을 인지시켜야 했고 차근차근 이해를 시켜줘야 했다. 그렇지 않으면 단것을 먹을 때까지 잔소리가 계속 되었다). 군대에는 많은 병과가 있는데, 그러니까 대학으로 따지자면 학과 같은 거야. 그중에 화학병과가 있어. 그곳에서 단결하기 위해 외치는 구호가 '알아야 산다'야." 인성이 수지가 알아들었는지 표정을 살피며 말했다. 그러나 수지는 이해를 못 하는 표정이었다.

"그러니까 술 자리에서 건배를 할 때 '위하여'라든지, '지화자'라든지 하잖아. 그렇게 단합시켜주는 구호라고." 영규가 웃으며 얘기를 했다. 그러자 수지는 알아들었다는 듯이 미소를 짓다가 영규를 보고 말했다.

"넌 예를 들어도 술이랑 연관시키냐. 대단하다."

"그렇게 해야 이해하는 네가 더 대단해." 영규가 한숨 쉬며 말했다.

박사는 장난은 그만 치고 따라오라고 그들에게 손짓을 했고 인성과 친구들은 서둘러 박사를 따라 지하로 내려갔다.

"오. 큰일 날 뻔했다. 박사님 없었으면 저흰 이곳에 못 올 뻔했어요. '알아야 산다'라뇨. 그렇게 음성인식으로 열리는 거라는 것을 어떻게 알겠어요." 영규가 박사에게 말했다. 그러자 박사는 껄껄 웃었다.

지하는 운동장 한 개만큼 넓었으며 높이는 성인 남자 2명을 세로로 붙여놔도 널널한 높이였다. 하지만 많은 실험 도구와 책들, 컴퓨터로 가득 차 있어서 좁게 느껴졌다.

"자, 이곳이 내가 연구했던 실험실이지." 박사는 자랑스러운 듯이 그들의 앞에 서서 두 팔 벌려 환영을 했다.

"굉장하네요. 이렇게 큰 실험실은 처음 봐요." 영규가 말을 하자 박사는 거만한 표정으로 말했다.

"이런 실험실이 밑에 층에도 하나 더 존재하지. 그렇게 실험을 하고, 또 실험을 했어." 그리고 그들을 한번 둘러보더니 말했다.

"그리고 내가! 성공을 했지! 난 천재니까! 껄껄." 박사의 말에 인성과 친구들은 박사의 비위를 맞춰주기 위해 박수를 쳐주었지만 속으로는 거만한 모습에 토를 하고 있었다.

"그래, 너희들에게 성공한 바이러스를 보여줘야겠지. 이쪽으로 와." 박사는 그들을 지하 연구실 좌측에 있는 책장으로 안내했다. 책장은

2m정도 높이에 폭도 비슷했으며 책이 빼곡하게 꽂혀있었다. 박사는 밑에서 네 번째 칸에 있는 책들을 빼내기 시작했다. 그러자 책장 뒤에선 컴퓨터 한 대가 들어나 보였다.

"컴퓨터를 숨겨놓으셨네요. 이게 바이러스인가요?" 인성이 맞냐는 듯 고개를 돌려 물었다. 그러자 박사는 고개를 저으며 웃었다.

"아니지. 바이러스는 캡슐 형태로 되어있어. 알약인데 그 알약이 어린아이만 하지. 그리고 그런 알약이 지금 저 컴퓨터 뒤에 있는 벽 너머에 어마어마하게 많이 쌓여있지."

인성과 수지, 영규는 서로를 마주 보며 환호했다. 드디어 바이러스를 찾은 것이다. 이제 거인을 없애고 전에 있던 세상으로 돌아갈 수 있었다. 박사는 그들을 보며 기분 좋게 웃었다. 그리고 말했다.

"그런데 못 열어. 암호를 까먹었거든." 박사의 말에 그들은 갑자기 망치로 머리를 세게 맞은 듯이 어리둥절한 표정이었다.

"문제가 생겼다는 게 이건가요? 박사님은 천재라면서 그 중요한 것을 왜 까먹어!" 수지가 분통을 터뜨렸다.

"아. 걱정하지 마. 일기장과 내가 꺼낸 책들을 분석하면 금방 알 수 있어."

"박사님이 꺼낸 책들만 해도 어마어마한데요? 만물백과사전도 아니고, 이건 뭐죠?" 영규가 물었다.

"아아. 냉전 시대 때 만들어진 암호를 해석할 수 있는 방법이 들어 있는 책이지."

"그럼, 일기장에 있는 낙서들은…" 수지가 알았다는 듯이 말했다.

"낙서라고 생각했지. 껄껄. 그게 바로 냉전시대 때 쓰였던 기호로 만들어진 암호이야."

"어마어마한 분량이에요!"

"걱정하지 마. 한 번 해보았기 때문에 일주일이면 암호를 찾을 수 있어. 일반인이라면 10년은 넘게 걸리겠지만. 껄껄." 박사가 편안하게 말을 하자 그들은 안심이 되었다.

영규의 계획

"우리는 혁명을 일으킬 거야." 영규가 말했다. 수지는 웃고 있었고 인성과 박사는 의아해하는 표정을 지었다. 박사는 해독하던 문서를 내려놓고 영규의 말에 귀를 기울였다.

"이건 내가 너에게 말 안 했던 계획의 마지막 세 번째야. 이제 전부 설명해 줄게." 영규는 말했다.

"강호는 아스갈에 숨어 들어가 정보를 캐내고 있어. 다행히 의심을 풀고 다시 아스갈의 고위간부로 다시 활동을 하고 있다는 소식이 들어왔어. 그는 아스갈에서 인성, 너에 대한 지지 세력을 확보하고 있지. 위험하지만 지금까진 성공적인 것 같아. 그리고 우리와 같이 돼지우리에서 같이 온 사람들도 일반인들 사이에서 지지 세력을 만들고 있어."

"지지 세력이라니 뭔 뜻이야?" 수지가 끼어들었다. 그러자 영규는 언짢은 표정을 짓더니 말했다.

"내가 설명해줬었잖아. 이번에 사랑교회에서 고기찬 목사가 강연을 해. 그 때 우리는 숨어들어서 있다가 도중에 인성을 정면에 내세워서 아스갈은 잘못된 종교이며, 거인과 전쟁을 해야 한다는 것을 선포하는 거지. 그때 지지세력들이 인성의 말에 맞장구를 쳐주기만 해도 아스갈은 무너질 거야."

"위험한데…" 박사가 골똘히 생각하며 말했다. 그래도 이내 동의를 했다. "생각해보니 많은 사람 앞에서 인성을 죽일 순 없을 거야. 사람들은 아스갈의 메시아로 생각하고 있으니까. 그리고 소수의 사람이 먼저 인성의 말에 동의를 하면 나머지 사람들도 인성의 말에 동의할 거야. 위험하지만, 실현된다면…. 이야! 굉장해." 박사가 껄껄 웃었다.

"음. 너는 바이러스를 찾기 전부터 찾을 수 있다고 생각하고 계획을 했구나. 그리고 나를 위험한 상황에 내세우려고 했고." 인성이 영규를 째려보며 말을 했지만 영규의 말에 이내 동의를 하고 고개를 끄덕였다.

"나와 많은 사람들이 네가 사랑교회에서 강연에 잠입하고 말할 때까지 목숨을 걸고 지켜줄 거야. 걱정하지 마." 영규가 웃으면서 말했다. 그러나 목숨을 걸고 지킨다는 말이 마음에 걸려 인성은 같이 웃어주지 못하고 어떤 표정을 지어야 할지 몰라 난감해 했다.

"오. 나도 갈래. 굉장히 재밌을 것 같아." 박사가 인성과 친구들을 간절한 표정으로 바라보며 말했다.

"박사님은 암호해독을 계속해 주세요. 위험할 수도 있어요." 인성이 안 된다며 단호하게 거절했다.

"내가 왜 인성, 너에게 모두 맡기지 않고 계획을 수정했는지 아니? 그건 내가 복수를 해야겠다고 생각을 했기 때문이야. 고기찬 목사,

그를 죽일 거야." 박사의 말에 모두 놀란 표정을 지으며 절대 안 된다고 만류했다. 하지만 박사는 단호했다.

"이번 계획에 껴주지 않는다면 난 암호해독은커녕, 바이러스를 폐기해 버릴 거야."

"농담이시죠?" 수지가 말했지만 박사의 표정은 진지했다. 그들은 단념했다. 그렇지만 고기찬 목사를 죽인다면 박사가 위험해 질 수도 있었다.

"계획에 껴 드릴게요. 하지만 박사님, 목사는 죽이지 마세요. 그럼 일이 틀어질 수도 있어요. 고기찬 목사뿐만 아니라 모두의 목숨이 위험해 질 수도 있어요." 영규가 한숨을 쉬며 말을 하자 박사는 고개를 끄덕이고 기분 좋게 껄껄 웃었다.

사랑교회에서 고기찬 목사가 연설하는 날이 다가왔다. 세계의 전 인구가 그곳으로 모일 것이었다. 인성과 영규, 수지 그리고 강태식 박사는 긴장감에 입술이 바싹 말라 있었다.

"잘 되겠지…." 인성이 말을 하자 영규는 어색한 미소를 지으며 대답했다.

"걱정하지 마. 네가 안전할 수 있도록 우린 최선을 다할 테니까. 네가 중요해. 사랑교회에서 무슨 말할지나 잘 생각해봐."

"으…. 나 토할 것 같아." 수지가 창백해진 얼굴로 말했다.

"긴장하지 말고 이제 세상을 바꾸러 가보자!" 박사가 주먹을 불끈 쥐고 씩씩하게 말했지만 그의 손은 미세하게 떨리고 있었다. 박사가 말이 끝나자 영규가 사람들에게 총을 한 개씩 건네주었다.

"안타까운 건, 세계에서 네가 숨어 들어있다는 사실을 이미 알고 있어. 그래서 경계가 삼엄할 거야." 영규가 말을 하자 수지는 충격을 먹었다.

"그럼 정말 위험하잖아!"

"다행인 건, 우리는 그 사실을 알고 있고 대비를 했다는 거지." 영규가 괜찮다는 듯이 수지의 어깨를 툭 쳤다. 인성은 긴장감에 할 말을 잃었다. 머릿속은 공허해지면서 안 좋은 상상들로 채워졌다. 박사는 인성의 표정을 읽고 분위기를 전환하듯 말했다.

"이제 곧 암호해독은 끝나. 내일이나 모레정도? 이제 바이러스와 만날 수 있어. 너무 긴장하지 말고. 차려진 밥상에 숟가락만 얹어." 박사는 활짝 웃으며 인성을 바라보았다. 박사를 보고 인성은 웃어주었다. 하지만 입꼬리는 미세하게 떨렸다.

그들이 밖으로 나오자 메튜가 숨어있다가 그들의 곁으로 다가왔다.

"기다리고 있었어요. 모든 사람들은 교회에 모였어요. 하지만 몇몇 고기찬의 심복들이 숨어서 당신을 찾고 있어요. 조심해야 해요." 메튜가 속삭이며 말했다. 메튜의 말에 모두 자세를 낮추었고 진지한 표정을 지어 보였다. 그러자 메튜는 따라오라는 손짓을 하고 그들을 이끌었다.

"강호 형 덕분에 그들이 어디에 숨어있는지 알고 있어요. 강호 형이 저에게 그 위치들을 알려줬고 여러분을 사랑교회로 안전하게 데려오라고 말했어요. 절 따라오시면 안전할 거예요." 메튜가 건물에 몸을 밀착하며 조용히 말했다. 인성과 무리들도 메튜 옆에서 메튜처럼 건물에 몸을 밀착시키고 알았다는 듯이 고개를 끄덕였다. 메튜는 건물 사이, 사이를 이동하며 한 번씩 멈춰섰다. 그리고 연신 고개를 들어 하늘을 한번 보고 주위를 살폈다. 옥상에서 정찰하는 아스갈인들을 확인하는 것이었다. 곧 큰 사거리가 나타났다. 반대편에선 리사가 기다리는 것이 보였다. 리사는 메튜에게 넘어오라는 손짓을 하였다. 메튜와 인성과 친구들은 빠르게 차도를 지나갔다.

"마지막엔 리코가 기다리고 있을 거야. 우리는 사랑교회 옆에 교회 안으로 이어지는 굴을 파놨어. 리코를 따라가면 사랑교회 안으로 들어갈 수 있을 거야." 리사가 하얀 이빨을 드러내고 미소를 지으며 말했다. 그리고 이번엔 리사가 앞장서서 그들을 이끌었다.

"지하 배수로를 통해 이동할 계획도 있었는데 아스갈인들이 그곳에 포진되어 있어. 다행히도 강호가…."

"알고 있어. 메튜에게 들었어." 수지가 리사의 말을 끊고 말했다. 리사는 다행이라는 듯이 수지를 보고 웃어주었다. 그리고 다시 진지한 표정으로 그들을 이끌었다. 메튜처럼 건물 사이를 이동하고 한 번씩 멈춰 서며 이동했다.

"그런데 언제까지 이렇게 가야 해? 프리오리 성에서 사랑교회까지 차로 가도 엄청 걸려." 인성이 숨이 찬 듯이 헉헉대며 투덜거렸다.

"오, 걱정하지 마. 30분 정도만 더 가면 사랑교회로 금방 갈 수 있어. 영규가 멋진 아이디어로 재밌는 것을 만들었거든." 리사가 안심하라고 인성을 보며 말을 했지만 인성은 불안해서 영규를 쳐다보았다. 영규는 걱정하지 말라는 듯 인성을 토닥거리며 말했다.

"정말 금방 갈 수 있는 교통수단이지." 그 말에 인성은 더 불길하다는 듯이 얼굴을 구겼다. 30분 정도 지났을 때 리사는 벽에 있는 사람 크기의 문으로 그들을 이끌었다.

"난 이것을 프리오리 성에 있는 엘리베이터에서 아이디어를 얻어서 만들었어. 하지만 실용화시키진 않았는데 오늘 처음 사용하게 되네." 영규가 뿌듯한 듯이 말했다. 문의 두께는 인성이 살면서 본 제일 뚱뚱한 성인 남자의 허리둘레만큼이나 두꺼웠다. 그 두꺼운 문을 열고 들어가자 레일이 있고 놀이동산에서 보던 열차가 얹어져 있었다. 그 열차의 뒷면은 마치 주사기의 고무패킹처럼 벽면을 가득 채우고 있었다.

"혹시 열차의 뒷면이 벽면 가득 채워 막혀 있는 것보니…. 양동이처럼?" 인성이 불안한 듯 말을 하자 영규는 웃으며 말했다.

"문을 꽉 닫아야 해. 물이 샐 수도 있으니까."

인성과 무리들은 열차에 탔다. 그리고 영규가 벽에 있는 한 단추 중에서 사랑교회라고 써 있는 부분을 누르자 빠른 속도로 열차는 튕겨 나갔다.

"이건 어떤 원리지?" 박사가 바람에 저항하며 큰 소리로 물었다.

"거베라 폭포와 연결된 지하수의 압력을 이용해서 튕겨져 나가는 거예요." 영규도 큰 소리로 외쳤다.

"아! 기발하구만! 프리오리 성에 있는 친환경 엘리베이터를 모방했군! 그래도 기특해!" 박사가 영규에게 외쳤다.

"이거 안전해?" 인성이 영규에게 묻자 압력 때문에 웃긴 표정이 된 영규가 대답했다.

"글쎄…. 처음 운용하는 거라. 장담은 못 하겠지만 안전할 거야!"

"안전할 거야라니! 안전해야 해. 안 그럼 넌 내 손에 뼈도 못 추릴 거야!" 수지가 짜증 내며 소리쳤다. 어느 순간부터 속도는 차츰 줄어들기 시작했다. 인성은 교회에서 어떻게 행동하고 무엇을 말해야 할지 고민하기 시작했다.

'사람들을 어떻게 설득을 해야 할까?'

'아스갈은 거짓이라는 것과 거인과의 전쟁을 해야 한다고 설득해야 해.'

'우선 단상 위에 안전하게 올라갈 수 있으면 말이지. 리코가 교회 안으로 안내해 준다고 했어. 리코는 들키지 않았겠지?'

인성이 이런저런 생각을 하고 있는데 수지가 소리를 질렀다.

"영규야! 죽어서 보자! 넌 나와 같이 죽어도 내가 다시 한 번 죽여주겠어!"

인성이 앞을 보자 멀리서 벽이 가로막고 있는 것이 보였다. 영규도 당황한 듯 안절부절 못했다. 박사는 눈을 감고 말했다.

"계산을 잘못 했구만. 이런 것을 만들 때에는 수압의 세기와 거리, 레일과 열차의 마찰 및 …."

"닥쳐요!" 수지가 박사를 보고 짜증을 냈다.

그런데 열차가 사고가 난 듯 멈춰 섰고 열차의 앞부분이 아래로 사라졌다. 그들이 앉은 의자는 바닥과 분리되어 앞으로 밀려갔다. 신기한 것은 의자는 공중에 부양을 하여 날고 있었다.

그리고 정면의 벽과 만나는 순간 부드럽게 튕겨 나왔다. 그들은 의자에 앉은 채 공중부양을 하고 있었다. 눈을 감고 있던 박사가 눈을 떴다. 그리고 경탄하며 말했다.

"자석의 원리를 이용했구만! 굉장히 강한 자석이야. 의자와 바닥 그리고 정면의 벽은 전부 자석으로 되어있어. 맞지?"

"박사님이 말씀만 안 하셨어도 애들에게 장난을 칠 수 있었는데…" 영규가 허탈해하며 말해자 박사는 껄껄 웃었다.

"어쨌든 대단하구만. 좋은 아이디어야."

"이걸 말도 안 해주고 당황한 표정으로 연기까지 해? 넌 죽었어!" 수지는 있는 힘껏 영규의 팔을 꼬집었다.

"아아! 미안해! 그저 장난친 거야! 이러다 살점이 떨어져 나가겠어." 영규가 소리를 질렀다.

"수지는 당연히 너의 살점을 떨어뜨리기 위해 꼬집는 거야. 넌 그래도 싸." 인성은 수지가 자신을 대신하여 영규를 혼내주는 것에 흡족해하며 말했다. 박사는 의자와 바닥을 주의 깊게 살피고 있었다. 그리고 굉장히 흥미롭다는 표정을 지으면서 웃음을 보였다.

"환경에 최소한의 피해를 주는 방법으로 만든 재밌는 상상에 박수를 보내네." 박사가 영규를 칭찬하며 말했다.

"오! 제가 환경에 대해서 굉장히 민감하거든요. 어떻게 제가 환경을 생각해서 만들었다는 것을 하셨죠? 저는 정말로 환경 때문에 이것을 구상한 거예요." 영규는 놀라워하며 말했다.

"그저 나도 환경주의자라서 말을 한 건데, 자네도 환경주의자구만." 박사는 자신을 이해해주는 사람을 만나서 기쁜 듯 야릇한 표정으로 영규를 보았다. 영규도 똑같은 시선으로 박사를 보았다. 그를 이해해주는 사람이 별로 없었던 것이다.

"어…. 자신을 알아주는 것은 정말 기쁜 일이죠. 그런데 지금은 바빠요. 그만 가죠." 인성은 박사와 영규를 한 번씩 쳐다보고 말했다. 빨리 그 이상한 분위기를 없애고 싶었다.

좌측엔 문이 하나 있었는데 역시 두꺼운 철문이었다. 그것을 영규는 조심스럽게 열고 밖을 보았다.

"안녕?" 그곳엔 리코가 환하게 웃으면서 그들을 기다리고 있었다. 그러나 리코만 있는 것이 아니었다. 하얀 두건을 쓴 남자들이 꽤 많이 보였다. 인성은 처음 사랑교회에 들렀을 때 본 적이 있었다. 그건 아스갈의 복장이었다! 인성은 화가 나서 본능적으로 총을 꺼내 들었다. 영규와 수지, 박사 그리고 나머지 사람들도 총을 꺼내 들었다. 그러자 리코도 총을 꺼내 들었다.

"이 자식! 우릴 배신하다니!" 영규가 소리쳤다.

"너희들이 바보지. 난 위험한 길보다 안전한 길을 택한 것뿐이야." 리코가 영규를 보고 말했다.

"내가 이래서 잘생긴 녀석들을 못 믿어." 박사는 고개를 절레절레 흔들면서 말했다. 그러자 여기서 농담이 나오냐는 듯 수지는 박사를 째려보았고 박사는 놀라며 다시 진지한 표정으로 리코에게 총을 겨눴다.

"여기서 다 죽자는 뜻은 아니겠지? 천천히 총을 내려놓고 날 따라오는 게 어때? 얘기에 따라 목사님께선 살려줄지 죽일지, 결정을 한다더군." 리코가 인성을 보고 말했다.

"글쎄. 난, 날 죽인다에 한표를 걸지. 지금 죽던, 그때 죽던 어차피 죽는 건 같아. 그렇다면 싸우다 죽겠어." 인성은 총을 장전시키고 다시 리코에게 총을 겨눴다. 그러자 리코는 웃음기가 사라졌다. 그리고 진지한 표정으로 말했다.

"좋은 생각이 아니야." 리코가 말을 하고 손을 까딱하자 아스갈인들이 그들을 향해 달려들었다. 인성과 친구들은 총을 쏘아댔지만 워낙 갑작스런 일이라 총알은 그들을 맞추지 못했다. 그리고 맞아도 그들은 방탄복을 입었는지 고통을 느끼지 못했다. 수지와 박사, 영규와 나머지 사람들도 금세 잡혀버렸다. 일부러 인성만 남게 둔 것 같았다.

"어때? 난 이런 상황을 예측했어. 그래서 난 이들과 함께 왔지(리코는 하얀 두건을 쓴 사람들을 가리켰다). 이들은 프로야. 전문가지. 그래서 이럴 때 어떡해야 하는 지 잘 알고 있지." 리코가 총을 내려놓으라는 손짓을 하며 말했다.

"다른 사람들이 다치는 것을 바라지 않는다면 총을 내려놓는 게 좋아." 리코가 말했다. 그리고 박사에게 다가갔다. 하지만 인성이 계속 노려보면서 총을 내려놓지 않자 리코는 수지의 팔을 꺾었다. 수지는 비명을 질렀고, 인성은 눈을 감았다. 그리고 어쩔 수 없다는 듯이 총을 천천히 내려놓았다.

"이럴 거면 처음부터 따라왔으면 좋았잖아." 리코가 인성의 정강이를 걷어차며 말했다. 그리고 말을 이었다.

"내가 좋은 생각이 아니라고 말했지?"

"어. 그래. 좋은 생각이 아니야." 멀리서 낯익은 목소리가 들려왔다. 이 소리는 질의 목소리였다.

'환청인가?' 인성이 말도 안 되지만 소리가 난 쪽으로 시선을 옮겼다. 그런데 정말로 질이 있었다! 그런데 질은 혼자 온 것이 아니었다. 그의 주위엔 전 세계의 군인들이 많이 보였다.

"너희는 포위되었거든. 총을 천천히 내려놓는 게 좋을 거야!"

"물론 나머지 사람들도." 질은 아스갈인들을 바라보며 말했다. 몇

몇 아스갈인들은 이미 전 세계 군인들에게 잡혀있었다. 수적으로 아스갈인들은 불리함을 느꼈고 상황이 달라졌음을 감지했다. 그리고 그들은 천천히 질의 말을 따랐다.

"인성, 돼지우리에서 진 빚은 갚은 거다?" 질이 인성의 어깨를 잡으며 말했다. 인성은 그에게 웃어줬다.

"천천히 바닥에 몸을 눕혀. 다른 생각하지 말고." 팡의 목소리가 들렸다.

"아니. 대통령님도 오셨어요?" 인성이 놀라서 목소리를 떨며 말했다.

"전 세계의 군사권 총지휘관인 내가 이런 중요한 자리에 있어야지! 그리고 군인뿐만 아니라 많은 사람들이 널 도와주러 왔어." 팡이 주먹으로 가슴을 치며 당차게 말했다.

"어떻게 알고요?" 인성이 물었다.

"사람을 붙였거든. 미안해. 하지만 널 못 믿어서 그런 게 아니야. 널 지키려는 방법이었지." 팡은 인성이 화를 낼까 봐 조심스럽게 말했다.

"어…. 저희만 간다고 했었는데요? 그렇지만 이번엔 덕분에 살았네요. 아, 고맙단 말을 우선 드려야겠죠? 정말 감사합니다." 인성이 처음엔 무서운 표정으로 말을 하다가 감사함에 미소를 띠고 말했다. 인성과 팡이 말하는 동안 군인들은 리코와 아스갈인들에게 수갑을 채워 인솔하고 있었다. 질은 리코의 뺨을 때리며 '나중에 너의 죄를 묻겠어'라고 호통을 쳤다. 리코는 울 것 같은 표정으로 끌려가고 있었다. 수지는 리코에게 다가가 정강이를 걷어찼다.

"그래. 인성, 너는 사랑교회에 가서 연설을 할 생각이지? 이미 고기 찬 목사도 알고 있을 거야. 조심해야 해." 팡이 인성에게 다정하게 말했다.

"우리가 너를 보호해주며 갈게." 푸짐한 체력의 장교가 포위된 아스갈인을 끌고 가며 걱정말라고 말했다. 그러나 인성은 고개를 저으며 말했다.

"저희가 해결할게요. 교회 밖에서 기도나 해 주세요. 그런데 참 많은 사람이 이곳에 왔네요. 안 들킨 게 용해요." 인성은 존슨과 강태식 박사, 질이 웃으며 대화를 하고 있는 모습을 바라보며 말했다.

"지금 감시하고 있는 아스갈인들은 별로 없어. 이게 종교의 단점이지. 사람들은 사랑교회로 몰려있고 감시하는 아스갈인들은 소수야. 전 세계 군인 한 부대만으로도 충분히 제압할 수 있지." 팡이 호탕하게 웃으면서 말했다. 인성도 팡을 보며 웃었다. 그리고 인성은 영규와 수지를 불렀다. 그리고 들어가자고 말했다. 그러자 옛 친구들과 대화를 하던 강태식 박사도 그들의 곁으로 왔다.

"나도 이 계획에 참여하는 것으로 알고 있었는데?" 강태식 박사가 조용하게 말했다.

"어. 오랜만에 만난 친구들과 대화를 하고 계셔서 안 가시는 줄 알았어요." 인성이 말하자 강태식 박사는 무슨 소리냐며 화를 버럭 냈다.

"아니! 그렇지 않아. 날 빼놓으면 섭섭하지." 박사는 말했다. 인성은 고개를 끄덕였고 영규를 쳐다보았다. 인성이 자신을 보고 있자 영규는 고개를 끄덕였다. 그리고 그들을 교회 옆 귀퉁이로 이끌었다. 그곳은 교회로 통하는 비밀 굴이 존재했다.

"오, 아냐. 그건 좋지 않은 것 같아. 당당히 정문으로 들어가. 우린 겁먹을 게 없어." 질이 앞을 가로 막고 말했다.

"하지만…." 인성이 반박하려고 했다.

"우린 이제 세상을 바꿀 거야. 네가 하는 말을 우리도 듣고 싶은 걸?" 팡도 질의 말이 맞다는 듯 거들었다. 그때 사랑교회의 문이 열렸다. 그리고 신도로 보이는 하얀 옷을 입은 두 사람이 나왔다. 밖이 소란스럽자 확인하러 나온 듯 보였다. 그들은 밖에 모여있는 많은 사람을 보고 놀란 듯 비명을 질렀다. 그러자 안에 있던 많은 사람들이 그들을 봤다.

"이거 이거. 안 되겠구만! 비명을 지르다니. 어쩔 수 없군. 그럼 들어가볼까?" 질은 어쩔 수 없다고 말했지만 표정은 정반대였다. 생일 선물을 미리 받은 듯이 기쁜 표정이었다. 그러면서 인성의 등을 툭 하고 밀었다. 인성은 질과 사람들에게 떠밀려 천천히 사랑교회로 들어갔다. 사람들이 웅성거리면서 인성을 놀란 표정으로 바라보고 있었다. 그러나 제일 놀란 것은 강당에 위에 있는 고기찬 목사였다. 그는 강당 위에 있는 거대한 스크린에 그가 비치는 것도 잊고 입을 벌린 채 말을 잃었다.

인성은 전 세계의 많은 사람들을 이끌고 사랑교회로 들어오고 있었다. 사랑교회에 있는 군인들이 전 세계의 사람들에게 심각한 표정으로 총을 겨눴지만 전 세계 군인들은 웃으면서 그들에게 총을 겨눴다. 군인의 수 차이가 현저히 전 세계가 많았던 것이다. 이는 거인과 싸우면서 군인의 비중을 높였던 것이다.

"아, 아니…. 당신은 메시아님? 어떻게 여길?" 고기찬 목사가 떨리는 목소리로 말했다. 그리고 당황해서 땀을 닦고 있는 모습이 스크린에 비쳤다. 머리를 굴리는 소리가 인성에게 들리는 듯했다. 인성의 등장, 수적 열세인 군인, 교회 안의 사람들의 소리 없는 동요. 상황 파악이 끝났는지 목사는 근엄한 목소리로 웃으며 말했다.

"여러분! 우리 메시아님께서 사랑교회를 찾아주셨습니다. 박수로 축복해 줍시다." 목사의 말에 약간의 정적이 흐른 뒤에 교회엔 박수 소리가 가득 찼다. 그러나 인성은 화답하지 않았다. 그저 묵묵히 걸어갔다. 박수 소리가 잦아들 때가 되자 어느새 인성은 강당 앞에 우뚝 섰다. 그리고 강당 위에 있는 목사를 올려다보았다.

"당신의 더러운 연기를 오늘로 끝내주겠어." 인성이 목사를 노려보며 말했다. 목사의 땀이 턱을 타고 내려와 인성의 앞에 떨어졌다. 인성은 뒤를 돌아섰다. 박사와 영규, 수지, 강호가 그를 보고 있었다. 그리고 조금 떨어진 곳에 질과 팡을 비롯한 전 세계의 많은 사람들이 그를 지켜보고 있었다. 세계의 사람들도 그를 주목했다. 인성은 크게 심호흡을 했다. 그리고 숨을 길게 내뱉은 후 말을 시작했다.

"여러분! 거인과 전쟁을 해야 합니다!" 사람들은 술렁였다. 아스갈의 규칙의 위반되는 사항을 아스갈의 메시아라는 사람이 말하고 있는 것이다. 사람들은 이해를 하지 못하겠다는 표정으로 인성을 바라보았다. 고기찬 목사의 표정은 굳어갔다.

"여러분! 아스갈은 거짓입니다." 사람들은 더욱더 이해가 가지 않는다는 표정으로 인성을 보았다. 몇몇의 아스갈인들은 일어나서 인성에게 욕을 했다. 아마도 세계의 고위간부로 생각되었다. 그리고 고기찬의 측근일 것이다. 그러나 전 세계의 군인들이 그들을 제지하며 앉혔다. 인성은 주위를 한 번 더 훑어보았다. 그리고 웅성거림이 잦아들고 고요해 질 때쯤에 다시 말을 이었다.

"그리고 저는 메시아가 아닙니다." 사람들이 다시 술렁이기 시작했다. 인성은 할 말이 끝났다는 듯이 걸어나가려고 했다. 그러자 전 세계 사람들도 의아해했다. 더 말하기를 바란 것이다.

"아…. 메시아님이 지금 제정신이 아닙니다. 전 세계로 끌려가서 고문을 받고 세뇌를 당했어요. 저희가 이해를 해드려야 합니다. 다 같이 기도를 해드려야…" 고기찬 목사가 식은땀을 닦으며 사람들에게 말했다. 사람들의 궁금한 마음을 안정시키려는 듯 했으나 인성이 마이크를 뺏었다. 인성은 나가려는 것이 아니었다. 강당 위로 올라가서 고기찬 목사의 자리를 뺏은 것이다.

"아스갈에선 거인이 자연히 없어진다고 말하고 있으나, 밖에선 인간을 거인의 먹이로 주고 있습니다. 그리고 아스갈은 거대한 힘으로 세계를 지배하고 있는 독재종교입니다. 여러분! 고기찬 목사는 제 일기장과 기록들을 연관 시켜 거짓 종교를 만든 것입니다. 속지 마세요!" 인성이 목사를 가리키며 외쳤다. 스크린엔 인성과 목사가 비췄다. 인성의 무서운 표정과 목사의 긴장된 표정은 대비가 되었다. 목사의 커 보이던 아우라는 사라졌다. 목사는 더 이상 인성이 말하지 않길 바랐다.

"그래도 제가 예지몽을 꾸는 것은 사실입니다. 그렇다면 제가 뭔가 있는 것처럼 느껴질 수 있습니다. 신이 보내준 사람이라고 생각할 수도 있죠. 그렇다면 제 부탁을 하나만 들어주시겠습니까? 그럼 전 거인 이전의 세상을 여러분께 돌려드리겠습니다." 인성의 당당한 말에 전 세계 사람들은 환호를 질렀다. 질은 고개를 끄덕거렸다. 만족스러운 미소를 보였다. 강태식 박사는 특유의 껄껄거리는 웃음소리를 내며 좋아했다.

"제 부탁은 제가 처음에 말했듯이 거인과 싸우자는 겁니다. 저와 함께 거인과 싸웁시다!" 인성이 말했다. 그러나 전 세계인들만 환호하고 웃을 뿐 세계인들은 어리둥절하고 이 상황이 어떻게 된 일인지 계속 생각하는 것 같았다. 그때 신기한 일이 벌어졌다. 아스갈의 고위간부들이 하나 둘 일어난 것이다. 그리고 박수를 쳤다.

"이인성 군의 말이 맞습니다. 여러분! 아스갈을 믿지 않아도 됩니다. 앞으로 종교의 자유를 가지십시오. 그래도 세계에선 안전을 보장해드리겠습니다. 거인과 싸웁시다. 거인이 나타나기 전의 세상으로 돌려놓읍시다!" 강호가 큰소리쳤다. 강호는 아스갈의 고위간부들을 몇몇 돌려놓은 것이다. 인성에게 유리한 쪽으로 분위기를 돌리기 위한 강호가 영규와 짠 작전 중에 하나였다. 세계인들도 고위간부들이 먼저 나서서 말을 하자 분위기가 반전되었다. 세계 사람들도 환호하기 시작하였다.

"여기에 계신 강태식 박사님께서(인성은 단상 아래에 있는 박사를 올라오라고 손짓했다. 박사는 기분이 들떠서 체면도 잊은 채 단상 위로 펄쩍펄쩍 뛰어 올라왔다) 거인을 물리치기 위한 바이러스를 만들었습니다. 우리는 피해를 최소화하며 거인과의 전쟁에서 이길 수 있을 겁니다." 인성의 말에 사람들은 환호를 했다. 인성도 사람들을 설득할 수 있어서 기분이 좋았다. 이룰 수 없었던 일을 이룬 것 같았다. 맞다. 혼자였으면 하지 못했을 것이다. 많은 사람들이 이룰 수 있도록 도와줘서 가능했다. 사랑교회 안에 있는 모든 사람들이 웃고 있었지만 고기찬 목사는 웃지 못했다. 그리고 사방을 둘러보기 시작했다. 빠져나갈 곳을 찾는 것이다. 하지만 도망을 갈 곳이 없었다. 고기찬 목사는 이제 비 오듯이 땀을 흘리기 시작했다. 인성만 없으면 모든 것은 그의 세상일 것이었다. 살아있는 모든 것을 지배하는 그였다. 그가 신이었다. 신이 그였다. 하지만 인성이 나타났고 한 순간에 나락으로 떨어뜨렸다. 고기찬 목사는 왼쪽소매 속으로 오른손을 집어넣었다. 그리고 총을 꺼내들었다. 순식간에 방아쇠를 당겼다.

그것은 아무도 예측하지 못한 일이었다.

인성은 정면을 보고 있었다. 하지만 총소리에 목사 쪽으로 고개를 돌렸다. 고기찬 목사는 총을 들고 있었고 들고 있는 총은 하이얀 입김을 뿜어내고 있었다. 그런데 그는 아픔을 느끼질 못했다. 대신 그의 앞에 강태식 박사가 쓰러지고 있었다. 강태식 박사가 인성을 대신하여 총을 맞은 것이다. 고기찬 목사는 식은땀을 흘리며 놀란 표정으로 박사를 바라보았다. 곧 고기찬 목사는 총을 떨궜고 사람들이 올라와서 그를 끌고 갔다.

"박사님! 왜 저 대신에?" 인성이 떨리는 목소리로 말했다. 곧 눈물이 그의 뺨에 흐르고 있었다.

"괜찮아…. 난 이것을 바랐어…. 난 드디어 죽을 수 있어서…. 오히려 고마워. 그동안 용기가 없었거든." 박사는 힘겹게 말했다. 금방이라도 영혼이 그의 품을 떠날 것 같았다. 인성은 박사의 옆구리를 부여잡고 지혈하면서 말했다.

"누가 죽어요? 조금만 참아요. 아직 할 일이 있으시잖아요. 아직 암호해독이 끝나지 않았어요." 인성의 말에 박사는 미소를 지었다.

"껄껄! 그렇구나, 그래. 그 일이 남았어…. 하지만 난 곧 죽을 것 같아." 박사는 각혈을 했다. 인성은 자신이 어찌해야 하는지 몰라 안절부절못했다. 그러자 박사는 인성을 진정시키며 말했다.

"마지막으로 고백할 게 있어…. 고기찬 목사가 내 가족을…. 죽였다고 말했지만 사실 내가 그랬어…. 내가 가족을 죽였어." 인성은 박사의 갑작스런 고백에 눈물을 그쳤다.

"네에?"

"거인을 죽이기 위한…. 바이러스를 만들기 위해선…. 인간 실험이 필요했어…." 박사는 목소리가 점점 희미해져 갔다. 하지만 그럴수록 인성은 박사의 말이 너무나도 잘 들렸다. 세상은 시끄러웠지만 그들만의 공간은 고요했던 것이다. 그래도 인성은 듣기 싫었다. 지금 빨리 박사를 호송시켜야 한다는 생각만 들었다. 곧 사람들이 와서 박사를 부축해서 나가려고 했지만 박사는 할 말이 남아있다며 거절하고 계속 말했다.

"내가 세계에…. 사람이 필요하다고 말했어…. 그러자 세계에선 범죄자라면서 여성 2명을…보내줬어. 그들은 얼굴이 만신창이였고 입은 녹아서…. 말을 할 수 없는 괴물 같아 보였지. 난 그때 알아채야 했어…. 목사의 짓이라는 것을, 그런데…." 덩치가 큰 백인 남성이 그를 업었다. 박사는 피를 한번 토해냈고 그의 말은 끊겼다.

"나중에 들어드릴게요. 하지만 그건 알 것 같아요. 박사님의 잘못이 아니에요."

"아냐. 인간실험…, 그 자체가 말이 안 되는 것이야…. 난 벌을 받았어…." 박사가 말했다. 그는 미세하게 고개를 좌우로 흔들면서 미소를 지었다. 인성이도 대답 없이 미소로 답을 했다. 그리고 조심해

달라고 백인 남성에게 말했다. 그는 고개를 끄덕였다. 부탁의 의미였다. 그러자 백인 남성도 고개를 끄덕였다. 걱정말라는 의미였다.

"이봐, 어차피 난 곧 죽어… 할 말 다 하게 해줘…" 박사가 덩치 큰 백인 남성에게 처량하게 말했지만 백인 남성은 듣지 않았다. 그저 의사의 동행 하에 교회 밖으로 서둘러 나가고 있었다. 인성은 바닥에 주저앉았다. 수지와 영규와 강호가 그의 옆에 와 있었다. 하지만 아무 말도 그에게 하지 않았다. 곧 팡이 그의 옆에 와서 서 있었다. 그리고 미안한 표정으로 말했다.

"지금 사람들은 혼란에 빠졌어. 미안하지만 이것을 해결해줘야 할 것 같아. 어…. 그러니까 사람들을 설득해서 안정시켜줘야 해." 하지만 인성은 고개를 저었다. 더 이상 힘이 나질 않았다. 인성은 팡을 이해하기 힘들었다. 그의 눈앞에서 자신 때문에 사람이 다쳤다. 그것도 죽을 만큼. 그런데 지금 사람들이 문제인가? 하지만 팡에게 따질 기운은 없었다.

"그래, 충격이겠지. 나도 마찬가지야." 팡은 따뜻하게 말했다. 인성은 천천히 고개를 끄덕였다. 생각해보니 팡도 이해가 갔다. 사람들은 혼란스러울 것이다. 그런데 인성은 자신만 생각한 것이다. 그래도 지금은 지운이 나질 않았다. 점점 힘이 빠져가는 것 같았다.

"안색이 점점 창백해지는데? 내가 대신 사람들을 안정시켜볼게." 팡은 기다렸다는 듯이 강단 앞에 섰다. 그리고 사람들을 향해 말을 하기 시작했다. 하지만 인성은 갑자기 주위가 고요해진 듯 했다. 눈물을 흘리고 있는 수지, 따뜻한 미소로 그를 보고 있는 영규와 강호, 질, 상춘과 많은 사람들에게 둘러 쌓여있었다. 인성은 가라앉는 느낌이 들었다. 인성은 눈을 돌렸다. 꽝은 강단 위에서 사람들을 향해 양 주먹을 쥐고 입을 벌렸다. 아마도 소리치는 것처럼 보였다. 또 다시 그는 눈을 돌렸다. 사람들은 환호하는 듯이 보였다. 그리고 박수를 치는 사람들도 보였다. 인성은 안도했다. '꽝이 잘 하고 있구나.' 인성 도 미소가 지어졌다. 그리고 눈꺼풀이 스르르 감겼다.

꿈이다. 분간할 수 있다. 이건 꿈이다. 이곳은 하얀 세상이다. 이곳 엔 나 혼자밖에 없다. 끝없이 하얀 세상. 나조차 없다면 정말 이곳을 표현하긴 쉽겠다는 생각이 든다. 백지 한 장이면 표현이 끝날 테니 까. 주위를 둘러봐도 아무것도 없다. 걸어가도 끝이 없다. 도대체 이 곳은 2차원인지 3차원인지 분간도 안 가는 야릇한 장소다. 그러다 갑자기 이상함을 느꼈다. 뭐지. 내가 어느새 잠이 들었지? 의아하다. 그때 저 멀리서 박사가 걸어온다. 인성은 반가움에 웃으며 말을 내뱉 으려고 했지만 말이 나오지 않는다. 그저 뻐끔거릴 뿐이다. 당황스러 움에 박사를 보았다. 웃을 뿐이다. 인성은 손으로 입을 가리키고 뻐 끔거리며 안타까움을 표시했다. 그러자 박사는 이해한다는 듯이 고 개를 끄덕인다. 그리고 박사는 말한다.

"널 만난 건 그리 길지 않았지만 행복했어. 해독을 못 끝내서 미안 해. 그래도 엄청난 미래의 꿈을 꾸고 나면 해결이 될 거야." 박사는 껄껄 웃는다. 나는 어리둥절한 표정을 짓는다. "그래. 미래의 꿈만 꾸 면 모든 것이 해결이 될 거야. 그리고 앞으로 너는 예지몽, 아니 미래 를 바꿀 수 있는 꿈을 꾸지 못할 거야. 이번을 마지막으로 너는 네 몫을 충분히 하거든. 이젠 쉬어도 돼." 박사의 말에 나는 목을 그으며 죽는 표현을 했다. "껄껄. 아니야. 너는 죽지 않아. 아니 죽을지도 모르지. 하지만 이번의 꿈을 마지막으로 미래는 예전처럼 돌아갈 거야. 그래서 더 이상 미래를 바꿀 수 있는 꿈을 꾸지 않아도 돼. 고생했어."

박사는 희미해지면서 사라졌다. 나는 근처로 갔지만 박사의 온기마저 느껴지지 않는다. '뭐지? 엄청난 미래의 꿈?' 나는 생각했다.

내가 생각하는 동안 또 다른 장소이다. 여긴 박사가 알려준 프리오리 성의 지하 1층이다. 어리둥절해 하며 나는 둘러본다. 연구실은 깔끔하게 정리되어 있다. 내가 사용하는 책상을 빼고 말이다. 나는 책상에 앉아 열심히 무언가를 열심히 보고 있다. 그건 강태식 박사가 열심히 보던 문서들이다. 나는 그 문서를 강태식 박사를 대신하여 해석하는 것이 분명하다. 나는 나이가 들어 보인다. 수염이 덥수룩하게 자라있으며 눈가와 이마엔 세월의 흔적이 지나가 있다. 나의 책상엔 문서와 책을 제외하고도 종이로 된 커피잔이 수북히 쌓여있다. 영규가 들어온다. 영규는 살이 조금은 찐 것 같다. 그리고 머리는 반백발로 변해있었다. 영규 역시 나이가 든 것이다. 영규는 나에게 잔소리를 한다. 종이로 된 컵은 사용하지 말라고 한다. 환경에 얼마나 안 좋은지 설명한다. 나는 기분 좋은 미소가 지어진다. 여전한 환경론자이다. 하지만 나는 아무렇지 않은 듯 손을 휘휘 저으며 계속 문서에 집중한다. 그러자 영규는 짜증을 내며 연구실 한편에 있는 냉장고에서 맥주를 꺼내 든다. 그리고 벌컥벌컥 마신다. 그리고 영규는 거인에 대해 욕을 한다. 거인은 이제 세계와 전 세계의 위치를 알고 모여

들고 있다는 것이다. 꼬마가 두꺼비집을 만들 듯이 거인이 세계로 굴을 파고 들어와서 인간들을 잡아먹을 것이라며 담담히 말한다. **나**는 헛웃음만 친다. 그리고 계속 문서만 들여다본다. 그러다 책상을 친다. 그리고 **나**는 눈을 크게 뜨고 강태식 박사처럼 특유의 껄껄웃음을 흉내낸다. 영규가 빠른 속도로 다가온다. 그리고 묻는다. 알아냈느냐고. **나**는 고개를 끄덕인다. 그러자 영규는 나를 끌어안는다. 그리고 건물 밖에서도 들릴 것 같은 환호를 지른다. 나는 귀를 막고 짜증 난 표정을 지었지만 입꼬리는 귀에 붙은 채였다. 그리고 영규가 다시 한 번 묻는다. 답이 뭐냐고. **나**는 대답을 한다.

  인성은 천천히 눈을 떴다. 수지가 걱정된 표정으로 인성을 보고 있다가 인성을 보자 미소를 지었다.

  "어… 내가 왜? 여긴 어디야?" 인성이 잠긴 목소리로 수지에게 물었다.

  "여긴 세계 정부가 있는 핼름성이야. 의사가 진찰하더니, 그저 잠에 들었다며 휴식이 필요하다고 말했어. 그래서 강철이 자기를 업고 이곳에 데리고 왔어. 병원으로 가면 자기를 보고 싶어하는 사람들로 붐빌 것이라고 생각해서 교회와 가깝지만 안전한 곳으로 데려 온 거야."

  "음. 그렇구나…. 갑자기 잠들었구나. 내가 인지할 수도 없었는데…. 아무튼. 이상하네."

  "엄청난 일을 겪었어." 수지가 쓸쓸한 미소를 지으며 인성을 다정하게 보았다.

  "박사님은? 강태식 박사님은 괜찮아?" 인성이 천천히 일어나 앉으며 물었다. 하지만 수지는 인성의 눈을 피했다. 그리고 눈물을 흘렸다. 인성은 허탈했다. 수지의 모습만 보아도 무엇을 뜻하는지 알 수 있던 것이다.

"혹시 아니지? 죽은 건?" 인성은 수지에게 물었다. 수지는 눈물을 흘리며 대답 없이 고개만 천천히 끄덕였다.

그를 대신해서 강태식 박사는 죽은 것이다. 꿈에 나타난 것은 그가 죽기 전 모습인가? 인성은 갑자기 화가 났다. 베개를 집어 바닥에 힘껏 던졌다. 왜 그를 대신해 죽는단 말인가? 인성은 맘이 편치 않았다. 갑자기 일어나는 화를 풀고 싶었다. 하지만 방법이 없었다. 인성은 수지가 보지 않는 쪽으로 고개를 돌리고 누웠다. 그리고 이불을 당겼다. 방에선 수지가 흐느끼는 소리와 시계 바늘 소리가 번갈아가며 들렸다. 점점 시계 바늘 소리만 들리게 되었다. 인성은 수지의 시선이 느껴졌다.

"수지야. 미안한데 나 혼자 있고 싶어. 나가줄래?" 인성이 차분한 목소리로 말했다.

"나도 여기에 있을게." 수지가 코를 한번 풀고 말했다.

"미안하지만 혼자 있고 싶어." 인성이 아까와 같은 차분한 목소리로 말했다. 수지는 인성의 고집을 알기에 인성에게 뭐라 말하려다가 다시 입을 다물고 천천히 일어나서 나갔다. 수지가 나가면서 문이 닫히는 소리가 들리자 인성은 일어나 앉았다. 그리고 소리를 질렀다. 책상을 밀치고 의자로 거울을 깼다. 파편이 튀기며 인성의 몸 곳곳엔 상처가 생겨났다. 하지만 인성은 아랑곳하지 않고 소리를 지르며 계속 부셨다. 마음이 편치 않다. 눈에선 그도 모르게 어느새 눈물이 흐르고 있었다. 박사는 그에게 답을 줬다. 세계와 전 세계의 브레인들이 머리를 맞대면 시간이 걸리더라도 문서의 암호는 해독이 가능했을 것이다. 하지만 미래의 그는 혼자 그 일을 했다. 그리고 답을 찾아냈다. 아마 박사의 일을 스스로 끝내고 싶었던 것이리라. 그렇게 인성은 생각을 했다. 웃겼다. 예지몽으로 암호의 답을 미리 알아낸 것이다. 박사가 빨리 바이러스를 찾아서 예전의 세상으로 돌려놓으라고 하는 것 같았다. 하지만 인성은 할 수 없었다. 슬픔을 자제할 수 없었다. 그때 방문이 벌컥 열렸다. 그리고 영규가 화가 난 표정으로 인성에게 다가와서 말렸다.

"미쳤어?"

"어. 미치겠어. 제발 말리지 말고 이 방에서 나가줘." 인성은 화가 난 표정으로 영규를 노려보았다. 하지만 영규는 그런 인성을 무시한 채 인성을 잡은 두 팔을 놓지 않고 말했다.

"피 좀 봐. 그리고 바닥에 있는 파편들 때문에 나뿐만 아니라 너도 이 방에서 나가야겠어. 잘못 다니다간 다치기 십상이야."

"아니. 넌 내 심정을 이해하지 못해. 이 손 그만 놓고(인성은 손을 위로 들더니 빠르게 아래로 내리면서 영규의 팔을 뿌리쳤다) 꺼져!" 인성이 소리쳤다. 영규는 당황하며 한걸음 뒤로 물러섰다. 그러나 이내 정신을 가다듬고 말했다.

"알았어. 조금 있다가 이 방 정리하도록 사람을 보낼게. 이상한 생각하지 말고 저기 있는 침대에 누워있어." 영규의 말에 인성은 그저 노려볼 뿐이었다. 영규는 종이 한 장을 인성에게 주고 천천히 나가다 문 앞에 서서 말했다.

"넌 하루 꼬박 잠이 들었어. 수지는 그런 너를 잠도 안 자고 옆에서 지켜봤고. 나는 박사의 마지막을 배웅했지. 박사는 너를 찾았어. 하지만 내가 너의 손이 빨갛다고 그건 예지몽을 꾸는 중이라고 말하자 박사는 깨우지 말라고 말하고 기분 좋게 웃었어. 너의 꿈으로 놀러가야겠다고 말하면서 말이야. 그리고 떠났어. 나는 박사가 죽을 줄 몰랐어. 그랬다면 예지몽이고 뭐고 널 깨웠겠지. 박사는 웃으면서 갔어. 그 종이는 박사가 병원으로 후송되며 쓴 메모야. 유서지. 암튼 너에게 전달해주길 바랐어." 영규는 천천히 사라졌다. 문이 서서히 닫혔다. 인성은 짜증이 났다. 박사의 마지막도 배웅하지 못하다니. 왜 그때 기절해서 잠이 든 것일까? 이런저런 생각을 하며 영규가 준 종이를 보았다. 정말 엉터리 같은 글씨체로 된 짤막한 편지였다.

인성아. 만약에 나에게 미안한 생각을 가지고 있다면 그 생각을 버려. 말했듯이 난 죽을 용기가 없어 살고 있었던 것이야. 난 고맙게 생각한다고. 그리고 널 알게 되어서 다행이야. 아스갈의 메시… 아, 농담이야. 하하하. 아니, 난 가족을 죽게 만들고 죽으려고 했지만 바이러스의 암호해독은 나만 알고 있지. 프리오리 연구소에 있는 컴퓨터엔 그것을 등록해야지만 바이러스가 들어있는 창고의 문이 열려. 강제로 열려고 하면 폭발하지. 내가 죽기 전에 이 글을 쓰는 것은 누가 달라붙어도 아무리 똑똑한 사람이 달라붙어도 해독을 못할 것이란 말이지. 나 아니면 너야. 왜냐? 그 바이러스의 효력은 곧 끝나. 그래서 빨리 열어야 해. 아무튼 뭔 뜻인지 알 수 있을 것이라 믿어. 너무 힘들다. 아파서 말이야. 미안하다. 그럼 나중에 보자.

인성은 편지를 다시 읽었다. 처음엔 이해가 가지 않는 내용이었다. '바이러스에 유통기한이 있다고? 박사가 아니면 나만이 이 문제를 해결할 수 있다니?' 하지만 곧 알아차렸다. 유통기한이 끝나겠지만 미래의 그는 언젠간 해독할 수 있다. 그렇다면 문을 열 수 있다. 이것을 과거의 그가 예지몽을 꾸는 방법밖에 없다. 박사는 그것을 생각했던 것이다.

"박사님 위험한 도박이에요. 제가 바이러스 암호를 알아내는 예지몽을 안 꿨다면 어떻게 할 뻔했나요? 제가 과거의 저를 위해서 바이러스 암호를 해독할지 솔직히 모르겠어요. 이젠 헷갈려요. 그래도 다행히 꿈에서 저는 암호를 알아냈네요. 이제 박사님에 대한 슬픔은 나중으로 미루고 거인과의 전쟁을 서둘러야 할 것 같네요. 나중에 찾아갈게요." 인성은 혼자 중얼거렸다. 그리고 미소를 띠며 말을 이었다.

"그 꿈. 설마 박사님이 도와준 건 아니겠죠?"

거인과의 전쟁

인성은 영규와 수지와 함께 프리오리 성으로 향했다. 가면서 영규와 인성은 많은 말을 나눴다. 인성이 갑자기 기절하듯이 잠에 빠져들었을 때 팡이 강단에서 시민들을 안정시킨 이야기, 세계와 전 세계의 간부들이 모여 긴급회의를 한 이야기(팡이 임시로 통합대통령이 되었다), 사람들이 인성의 주위로 몰려들려고 하자 전 세계의 군인들이 말리면서 핼름성으로 후송한 이야기 등의 이야기를 영규가 쏟아냈다. 그러자 인성은 꿈에 대한 이야기, 그리고 강태식 박사가 남긴 편지에 대한 이야기를 했다.

"유통기한이 있다고? 생각도 못 했는데 그래도 잘되었네. 암호를 알고 있다니 말이야." 영규가 말했다.

"그러니까 사실은 자기가 언제가 될지 모르지만 미래에 바이러스의 암호를 해독한다는 거야? 그리고 박사는 그렇게 될 것을 예측한 건가? 예지몽을 꿔서 빨리 바이러스를 찾아내야 한다고 편지에 썼잖아. 다행히 자기는 바이러스의 암호를 예지몽을 통해 알았지. 박사는 맞췄어. 그런데 만약에 예지몽을 안 꿨으면?" 수지가 헷갈려서 머리를 긁적이며 말했다. 그러자 웃으며 인성이 말했다.

"예지몽을 안 꿨으면 바이러스의 암호를 해독하고 있겠지."

"정말 운이 좋은 거야. 토네이도에 자동차가 빨려들어서 모든 부품이 빠졌다가 토네이도가 자동차가 뱉었을 땐 다시 조립되어서 안전하게 땅에 도착하는 것만큼이나 어려운 확률을 뚫었어." 영규가 인성에게 등을 두드리며 말했다.

"박사는 그런 도박은 로또에서나 하지. 세상의 생명이 위험한데 예지몽을 꿀 것이라고 지레짐작을 하다니…." 수지가 궁시렁거렸다. 그러자 영규가 수지에게 눈치를 줬다. 인성의 표정이 심각해졌던 것이다. 수지는 헬름성에서처럼 인성이 미쳐버릴까봐 걱정되었다. 그러나 인성은 차츰 표정을 풀고 미소로 그들을 안심시켰다. 박사는 인성이 빨리 바이러스를 찾길 바랐다. 그는 박사의 의견을 존중해야 한다고 생각했다. 그가 슬퍼해 봤자 박사는 좋아하지 않을 것이라고 판단한 것이다.

"강태식 박사는 죽기 전에 정말로 내 꿈에 놀러 왔을지 몰라."

영규는 거베라 폭포의 옆에 있는 벽을 어루만졌다. 곧 프리오리 성의 입구가 열렸다. 그들은 들어가며 외쳤다.

"알아야 산다." 그러자 지하 1층으로 가는 문이 열렸다. 그들은 곧 내려갔다. 그들이 사랑교회로 가기 전 그대로의 모습이었다. 박사의 흔적이 남아있었다. 암호를 해독하는 두꺼운 책들이 펼쳐진 채 사람을 기다리고 있었다. 인성은 가슴 한쪽이 아려왔다. 영규도 눈치를 챘는지 인성의 어깨를 토닥였다. 인성은 곧 책들 사이에 숨어있는 컴퓨터로 가서 암호를 입력했다.

'과거를 추억하고 현재를 반성하며 미래를 개척한다.'

인성이 엔터키를 누르자 책장은 반으로 갈리며 좌우로 이동했다.

"아!" 그들은 복잡한 심정에 탄성을 내질렀다. 이곳을 찾기 위해 많은 일들이 있었다. 수많은 감정이 쏟아지는 탄성이었다.

그 안은 어린아이만 한 캡슐이 3단으로 정사각형의 방을 가득 채우고 있었다.

"수천 개? 아니, 수만 개? 어머어마하게 많다." 수지가 손가락으로 캡슐을 한 개씩 가리키며 세보며 말했다. 그러자 영규는 비웃으며 콧방귀를 꼈다. 그리고 말했다.

"수만 개? 하하하. 잘 봐. 여긴 정 사각형의 구조야. 그리고 3단으로 쌓여있지. 한 면에 50개씩 그리고 줄지어서…."

"1025개. 한쪽 벽에 적혀있어." 인성은 영규의 잘난 채를 막으며 말했다. 수지는 인성의 팔짱을 끼고 영규에게 혀를 내밀며 표정을 구겼다. 영규는 약이 오르는지 씩씩거렸다.

"유통기한도 적혀있네. 세균의 수명…. 이게 유통기한이겠지? 아, 2주 남았어. 세계를 돌며 거인을 제거하기에 부족할 것 같아." 인성이 짜증을 내며 말했다.

"그건 일반적인 상식으론 그렇지도 몰라. 하지만 세상은 하나로 뭉쳤지. 단결된 지금, 국경과 분쟁은 없어. 2주? 충분해." 영규가 말했다.

"그렇겠지? 좋아. 전쟁을 시작하자." 인성이 말했다.

핼름성의 7층에 있는 대회의실. 최대 100명이 회의를 할 수 있는 장소다. 300년 이상 된 소나무만을 이용해서 만든 가구들은 사용하는 사람들의 품격을 높여주었다. 그리고 끝이 보이지 않는 높은 천장은 회의를 하는 사람들의 사회적 위치를 말해 주었다. 그곳에선 '신세계'의 고위간부들이 모여 있었다. 그리고 무척이나 초조한 눈빛으로 서로의 눈치만 보았다. 하지만 아무도 말하지 않았다. 팡은 그곳의 최고 지휘자였지만 초조한 것은 매 한 가지였다. 손톱을 연신 깨물며 긴장한 눈빛을 보였다. 그때 발소리가 들렸다. 그러자 시선은 모두 문을 향했다. 몇몇 고위간부들의 일어섰다. 인성과 수지, 영규가 회의실 안으로 뛰어들어 들어왔다. 고위간부들은 그들을 기대에 찬 눈빛으로 바라보았다.

"어때? 바이러스는?" 팡이 궁금해 죽겠다는 듯 큰 소리로 물었다.

"네? 아! 찾았어요!" 인성은 기분 좋게 웃으며 대답했다. 그러자 고위간부들은 환호했다. 한 여성간부는 손수건을 꺼내 눈물을 닦고 코를 풀었다.

"팡! 아니. 대통령님 명령만 내려주십시오. 저희 군대에서 바이러스를 사용해 거인을 처치하겠습니다." 질이 자신감 있게 외쳤다. 팡은 그 모습에 기분이 좋아 호탕하게 웃었다. 사람들도 질의 모습에 거인이 나타나기 전의 세상을 회상하며 기분 좋은 미소를 띠고 있었다. 그때 영규가 손을 들었다.

"뭔가?" 팡이 의아해하며 물었다. 그러자 기다렸다는 듯이 영규는 말을 쏟아냈다.

"2주에요. 2주 후에는 바이러스는 죽게 됩니다. 전쟁을 길게 끌어서는 안돼요."

"그렇다면 지금 당장 거인과의 전쟁을 선포해! 질은 군인들에게 알리고 즉각 바이러스를 분배해줘. 그리고 전쟁을 빨리 끝내기 위해선 가능한 많은 인원이 필요해. 존슨, 전쟁에 참여 의사를 밝히는 젊은 장정들이 있다면 모두 모집해줘. 또 뭐가 필요하지?" 팡이 서둘러 말했다.

"그거면 되었어. 대통령님께서는 지하에 남아있는 사람들이나 지켜줘. 내가 지상을 청소하는 동안에 말이야." 질이 주먹으로 가슴을 치며 말했다.

"드디어 반격 시작이다." 영규가 인성만 들을 수 있는 목소리로 작게 말했다.

"좋아. 수고했어. 너희들은 영웅이야. 이젠 우리에게 맡겨줘." 팡이 말했다. 그리고 생각났다는 듯이 덧붙였다. "아, 인성은 잠시 남아줘. 말하는 데 시간이 걸릴지도 모르니까 너희들은 먼저 돌아가 있는 게 좋겠다."

수지와 영규는 몇 초간 인성을 쳐다보았다. 그리곤 인사를 하고 나갔다.

"음…. 인성아, 만약에 전쟁에 참여하고 싶어 할지 모르겠지만 안 그러는 것이 좋겠다." 팡이 진지하게 말을 꺼냈다.

"아뇨. 대통령님, 저는 전쟁에 참여할 생각이에요." 인성도 진지하게 말했다.

그러자 인성과 팡의 언쟁이 시작되었다. 팡은 인성이 전쟁에 참여하지 않기를 바랐고 인성은 전쟁에 참여하길 원했다. 그것은 뫼비우스의 띠처럼 끝이 없었다. 서로는 똑같은 말을 반복했고 합의점을 찾을 수 없었다.

인성은 팡에게서 클로버 시장을 느꼈다. 시장은 인성이 특별한 존재라며 다치는 것을 원치 않는다고 말했었다. 팡도 시장의 생각과 같았다. 신세계의 고위간부들도 대통령의 의견에 동의하는 듯 연신 고개를 끄덕였다. 하지만 인성은 대통령을 설득하려 애를 썼다. 또한 인성은 최전선에서 거인과 싸우길 원했다. 그러자 고위층 간부들의 눈은 동그래졌다. 인성은 귀중한 시간을 사소한 이유로 낭비하는 것 같았다. 하지만 질까지 거들어 인성을 만류했다.

"이봐. 최전선은 해병의 몫이라고. 네가 있으면 오히려 거추장스러워서 전쟁에 방해된다니까? 물론 네가 싸우고 싶어하는 것은 알지만 너는 가만히 있는 것이 도와주는 거야."

"질, 제발요. 전 거인과 싸우고 싶어요." 인성이 말했다.

"난 너를 팡처럼 특별대우하고 싶진 않아. 하지만 이번에 팡의 말이 맞아. 네가 만약에 말이야. 정말 만약에. 이런 상상하는 건 잘못된 거지만 너가 죽는다면? 그러면 우리의 사기가 어떻게 되겠어? 전쟁에 영향을 미칠 거야. 그래서 안 돼." 질이 단호하게 말했다.

"제가 전쟁에 참여하지 않으면 전 강태식 박사를 볼 면목이 없어요." 인성이 질을 설득했다. 하지만 질은 대답이 없었다. 그러자 인성은 말을 이었다.

"강태식 박사는 저 대신에 죽었어요. 그 복수는 누구에게 하죠? 고기찬 목사에게 하나요? 아니에요. 원인은 거인에 있어요. 강태식 박사는 거인을 없애기 위해 제 꿈에 나와서까지 힌트를 줬어요. 제발, 제가…"

"하지만!" 질은 인성의 말을 끊고 소리쳤다. 질은 어느새 일어나 인성의 옆에 서 있었다. 그리고 인성의 귀에 대고 작게 말했다.

"네가 몰래 간다면 내가 말릴 수 없지. 물론 전방은 안 돼. 하지만 군인이 모자라면 세계를 지키는 임무에 민간군이 투입될 거야."

"자, 이제 나가줘. 우린 중요한 회의를 해야 해. 굉장히 바쁘다고! 너 하나 때문에 잡아먹힌 시간은 이정도면 될 것 같아. 쾅의 말을 알아들었을 거라고 생각한다. 그럼 잘 가!" 질이 사납게 말하며 인성의 등을 떠밀었지만 인성은 고마웠다.

쾅이 보낸 리무진을 타고 인성은 프리오리 성으로 갔다. 안으로 들어가자 벌써부터 많은 군인들이 바이러스 캡슐을 옮기고 있었다.

"인성아. 뭐래?" 영규가 군인들 뒤에서 인성에게 손을 흔들며 물었다. 회의실에서의 대화가 궁금한 것 같았다.

"응, 쾅에게 혼이 나고 왔어." 인성은 진저리를 치며 말했다.

"뭐?" 영규가 이해할 수 없다는 듯이 고개를 갸웃하고 말했다.

"아니야. 나보고 전쟁에 참여하지 말라고 했어." 인성이 말했다.

"그래서 어떻게 할 건데?" 수지가 물었다.

"당연히 참여해야지." 인성이 단호하게 말했다. 그리고 수지와 영규에게 회의실에서 있었던 이야기를 해줬다. 인성을 지키기 위해 전쟁에 나가지 말라는 쾅과의 언쟁, 그리고 전쟁에 참여하기 위한 질의 조언.

"민간군을 만든다는 건가? 넌 거기에 참여할 생각이고." 영규가 생각을 정리하며 말했다.

"수지야. 미안해. 나 이 전쟁에 참여하고 싶어." 인성이 수지에게 간절하게 말했다. 수지도 팡처럼 인성을 말릴 것 같았다. 하지만 수지는 웃고 있었다.

"그래. 그리고 나도 참가할 거야." 수지가 말했다.

"절대 안 돼!" 인성은 충격에 소리쳤다.

"나도 참가할 거야." 영규도 웃으며 말했다.

"뭐하자는 거야? 너희들은 여기에 있어. 2주만 기다려줘. 전쟁을 끝내고 올게. 제발. 너희까지 왜 그래?" 인성이 그들에게 말했다.

"스노드롭에서 나와 헤어졌던 것, 기억 안 나? 그때 꽤 오래 떨어져 있었어. 난 다시는 못 만나는 줄 알고 얼마나 걱정했는데. 차라리 같이 붙어 있을 거야." 수지가 인성의 손을 잡으며 말했다.

"나는 이 전쟁의 끝을 보고 싶어. 아마 국사책에 내 이름이 새겨지지 않을까?" 영규가 웃으며 농담을 했다.

"오. 네가 국사책에 실린다면 좋은 의미는 아닐 거야." 수지가 토할 것 같은 표정으로 말했다.

"하하하. 맞아. 그리고 국사책에 실린다면 환경에 대한 주제로 실릴 것 같아. 그런데 진심이니? 정말 참여할 생각이야?" 인성이 물었다.

"당연하지!" 영규와 수지는 합창을 했다. 인성은 웃었다. 물론 걱정되었다. 하지만 말려도 그들은 자신과 함께 할 것이다. 그렇다면 인성은 혼자보단 나을 것이라 생각했다.

전쟁의 둘째 날은 매우 바쁘게 돌아갔다. 1025개의 바이러스를 분배하였고 전쟁계획을 수립했다. 또한 민간군이 창설되었다. 존슨이 민간군을 창설시켰고 질에게 권한을 넘겼다. 그리고 질은 민간군을 살펴본 뒤 그 중 대표를 한명 선정하였다. 그리고 대표가 대통령인 광에게 민간군 깃발을 넘기고 대표자 선서를 함으로써 빠르고 간단한 절차로 창설되었다. 민간군의 대표는 강철이었다. 질은 강철의 듬직함에 썩 맘에 들어 하며 대표로 뽑았다. 인성은 생긴 걸로 대표를 뽑는 건 잘못된 것이라고 생각하지만 인성이 아는 한 강철은 대표가 되기에 부족함이 없었다. 질은 창단식이 끝나자마자 민간군을 해산시켰다. 덧붙여 다음날부터 바로 전쟁이 있을 것이라며 내일 9시까지 핼름성 앞으로 집합하라고 말했다. 건장한 남성 한 명이 질에게 다가오더니 오늘부터 당장 시작하자고 소리쳤다. 그러자 질은 시간을 낭비하지 말라며 으르렁거렸다. 죽을지도 모르니 집에 가서 가족에게 마지막으로 인사를 하는 중요한 시간이라고 말했다. 그리고 가족 얼굴을 보며 식사를 한 후에 담배 한 개비를 피고 내일 오라고 소리쳤다.

"애송이 녀석. 호의를 베풀면 받아야지. 군인들이 죽기 전에 가장 후회 하는 게 가족과 서운하게 헤어진 것과 담배 한 개비 피는 거다. 멍청아. 민간인이더라도 너희들은 내 밑에 소속된 군인이야. 앞으론 내 말에 토 달지 않는 게 좋아. 그리고 대표자? 강철이라고? 앞으로 넌 덩치라고 부르겠어. 덩치! 넌 따라와. 지금 고위간부 중요회의가 있는데 너도 참석하는 게 좋겠다."

다음날 강철은 민간군을 모아놓고 바주카를 분대별로 1개씩, 그리고 개인화기와 장기류들을 인원수에 맞게 나눠주며 말했다.

"이것은 스스로를 지킬 수 있는 무기들이다. 그리고 이것은 바이러스 캡슐을 쏠 수 있게 개조된 바주카다. 10명을 1개의 분대로 총 10개의 분대를 내 임의대로 편성했다. 모두들 최선을 다해주길 바란다."

인성과 수지, 상춘과 클락, 가인과 알지 못하는 5명이 1분대에 속했으며 상춘이 분대장으로 임명되었다. 영규와 강호는 각각 2분대와 3분대로 나눠졌다.

"아, 당신과 같은 분대라니 조금은 안심이 되는 것 같아요!" 늘씬한 클락이 인성에게 속삭였다.

"잘해보자." 인성이 미소를 띠고 말했다. "스스로 열심히 하지 않는다면 죽을 수 있어."

"전쟁이 끝나고 인터뷰를 하는 것을 잊지 마세요. 약속입니다." 클락이 미소를 띠며 말하자 인성은 고개를 끄덕였다. "내가 죽지 않는다면." 인성의 말에 클락이 무슨 소리냐는 듯이 입을 벌렸다. "그런 말 마세요. 우린 모두 살아서 전쟁을 끝낼 겁니다."

"우리는 세계 근처에 있는 카빌숲으로 접근하는 거인을 섬멸하는 임무를 받았다. 분대장들은 내 말을 잘 듣고 분대를 통제해주길 바란다. 목숨이 달린 정말 위험한 실제 상황임을 다들 명심하도록!" 강철이 사람들을 향해 마지막으로 외쳤다.

카빌숲은 거인과 동물실험으로 죽은 공동묘지 근처에 위치해 있어 무서움은 더해졌고 체감기온은 더 낮았다. 알 수 없는 침엽수들이 그들을 가려주고 있었지만 그들은 훈련받지 않은 오합지졸이었기 때문에 세계에선 기대하고 있지 않았다. 그래도 각 분대엔 군대생활을 경험해본 사람이 적어도 1명씩은 배정되게 편성을 했다. 1분대에서는 상춘과 인성이 군대의 경험을 해본 사람이었다. 강철은 분대장들에게 개인화기를 사용하는 방법과 구급법, 위장술 등을 교육시키도록 부탁했다.

"음. 정말 중요해. 이제 실전이야. 배운 만큼 살 확률이 높아진다는 것을 명심하고 내가 알려준 것을 기억했으면 좋겠어." 상춘이 분대원들을 모아놓고 위장술을 교육시키면서 말했다. 인성도 알고 있는 내용이지만 상춘의 지시를 따랐다.

"지금 10분대가 정찰을 실시한 결과 근처에 거인이 접근하고 있다고 보고를 했어." 상춘이 말했다. "이상한 소문이 돌고 있어요. 거인이 아니라 거인들이라는 말이 들려요." 클락이 말을 하자 분대원들은 그를 쳐다보았고 그는 얼굴이 벌게졌다. "10분대에 제 친구가 있거든요. 그래서 알게 되었고 또, 다른 분대에서도 거인에 대한 말을 하는 것을 들었는데…" 클락이 말하는 것을 상춘은 끊고 말했다. "1명이든 10명이든 상관없어. 오히려 고맙지. 클락의 말대로 사실 거인들이 몰려오고 있다고 해. 그래서 세계에 지원요청을 해놓은 상태야. 지금 당장 거인들이 이곳으로 와도 이상할 것 없어. 우리는 강철이 지시하는 내용에 따라 움직이면 돼." 상춘이 말했다. "두려워요. 어떻게 해야할지 모르겠어요." 가인은 갑자기 눈물을 쏟아냈다. 그러자 수지는 가인을 토닥였다. "겁먹을 것 없어요. 이제 시작이지만 2주 안에 끝나는 전쟁이에요. 저희는 세계의 입구를 지키는 임무고 세계의 군인들이 나가서 싸우고 있어요. 저희는 그들을 위해서 집을 잘 지켜야 해요. 용기를 내요." 수지의 말에 가인은 희미한 미소로 화답했다. 하지만 눈물은 멈추지 않았다.

"거인이 무리를 짓는 것은 처음 들어봐요. 1명의 거인을 보는 것도 오금이 저리는데 어떻게…"

"그렇게 무서우면서 왜! 군인을 지원했어? 당신이 이렇게 공황상태가 된다면 분대에 악영향을 미쳐. 제발 정신 똑바로 차려!" 상춘은 가인의 말에 화를 버럭 냈다.

"크아아아아!" 괴음이 들렸다. 그러자 상춘은 바주카를 어깨에 들쳐멨다.

"모두들 정신 똑바로 차려." 강철은 몸을 낮추며 괴음을 뚫고 외쳤다. "1분대부터 4분대까지 왼쪽 오솔길을 따라 움직여라. 가다 보면 큰 바위가 보일 텐데 그것을 엄폐물로 하여 분대장들의 지시를 받아! 5분대부터 9분대까지는 오른쪽 전방에 보이는 카빌산의 4고지쯤에 분산하여 게릴라식으로 분대장 통제하에 움직여. 10분대는 나를 따라 움직인다. 기동!" 강철이 소리쳤다. 그러자 사람들은 순식간에 사라졌다.

"괜찮을까…할 수 있을까요?" 클락이 인성을 향해 외쳤다.

"당연하지. 걱정하지 마. 우린 이길 수 있어." 인성이 외쳤다.

가인도 눈물을 훔치며 의외로 씩씩하게 무리를 따라오고 있었다. 수지는 가인의 옆에 붙어서 그녀의 행동을 주시하고 있었다.

"거인이 하나, 둘, 이런. 보이는 것만 정말 열이구나." 상춘이 혼잣말로 말했다. " 바이러스만 있으면 저것은 아무것도 아니지! 우린 할 수 있어." 상춘이 분대원들을 쳐다보며 사기를 올렸다. 그때 무섭게 다가오는 거인 1명이 손을 뻗으며 몸을 낮췄다. 그러자 다른 분대에서 바이러스 캡슐을 날렸다. 엄청나게 큰 소리와 함께 캡슐은 거인의 머리를 맞췄다. 환호성이 들렸다. 거인은 미친 듯이 날뛰기 시작했다. 거인이 발을 한번 구를 때마다 수영장 크기의 구덩이가 생겼다.

"빨리 움직여! 저것으로부터 도망쳐야 해. 마치 모기약에 취한 모기처럼 천지분간을 못하고 있는 지금이 기회야." 상춘이 분대원에게 따라오라는 손짓을 하며 외쳤다. "바로 죽지는 않는군. 오싹한데? 이 느낌을 적어야…" 클락이 수첩을 꺼내 들고 적으려 할 때 인성은 그의 팔을 거칠게 잡아 이끌었다. "클락! 죽기위해 이곳에 온 거라면 내가 당장 너를 죽여주마!" 상춘이 권총을 클락에게 빼내며 말했다. "상춘! 그 총 치워! 지금 빨리 도망쳐야…" 이번엔 인성이 말을 끝내지 못했다. 또 다른 거인 하나가 세상을 흡수하고 있던 것이다. 모두들 나무에 매달렸다. 그러나 너무 순식간의 일이라 몇몇 인원은 나무와 함께 하늘로 붕 떠서 날아가고 있었다. "수지야! 괜찮아?" 인성이 소리쳤다. "응!" 수지가 말했다. "저도 괜찮아요." 가인이 말했다. "저도요." 클락이 웃으며 대답했다. 클락을 보니 정말 미친 사람을 보는 느낌이었다. 지금 이 상황을 즐기는 것인가? 곧 거인의 입김은 멈췄다. 그런데 거인의 발이 다가오고 있었다.

"조심해!" 상춘은 인성을 밀쳤다. 인성은 뒹굴었고 얼굴을 들었을 땐 거대한 크기의 구덩이가 생겨있었다. 인성은 그곳으로 서둘러 달려갔다.

"상춘!" 인성은 눈물이 났다. "으아…. 난 괜찮아." 상춘의 목소리가 들렸다. 인성과 클락은 서둘러 구덩이로 내려갔다. 그러자 나무 사이에 끼어있는 상춘을 발견할 수 있었다. 클락은 상춘의 옆에 있던 바주카를 꺼내 들더니 사라졌다. 인성은 그것을 신경 쓰지 않았다. 상춘을 바라보았다.

"다행히 내 양옆의 나무들이 충격을 막는 지지대 역을 해준 것 같아. 물론 지금 죽을 것같이 아프지만." 상춘이 웃으며 말하자 인성도 미소를 지었다. 하지만 눈에서 나는 눈물 때문에 그의 슬픈 감정을 지우지 못했다. "내가 너를 한 번 구한 건가?" 상춘이 말하자 인성은 세차게 고개를 끄덕였다. "그럼 죽어도 여한이 없군." 인성은 고개를 저었다. 그때 알 수 없는 사람들이 그곳으로 와서 상춘을 나무 사이에서 꺼냈다. 그들은 인성이 본적도 없는 사람들이었다. "누구…?" 인성이 말을 하자 "저희는 당신을 보호하기 위해 대통령께서 보낸 인원들입니다. 대통령님께서 당신을 찾는 데 없자 군대에 지원한 것을 알고 당신을 데려오라고 하셨습니다." 어깨가 벌어진 건장한 남성이 그에게 대답을 했다. "다 필요 없고 그를 안전하게 데려가주세요. 그리고 치료해주세요." 인성이 소리쳤다. "저희는 당신을…." 건장한 남성이 다시 대답하려고 할 때 인성이 다시 외쳤다. "부탁입니다! 그를 치료해 주세요." 그러자 그 사람들은 고개를 끄덕이고 상춘과 함께 사라졌다.

"펑" 바주카가 쏘아지는 소리가 들렸다. 인성은 그곳으로 힘차게 뛰었다. 아드레날린이 과도하게 그의 몸을 지배하고 있었다. 거인에 대한 증오가 쏟아지는 것이었다. 그곳엔 클락이 서 있었고 거인 한 명이 쓰러져 있었다.

"인성! 제가 잡았어요. 제가 복수를 했어요." 클락은 울고 웃으며 거인을 차고 있었다. 인성은 알게 되었다. 클락은 감정의 폭이 크며 솔직한 사람이었던 것이다. 그때 비명이 들려왔다. 그 소리는 수지의 소리였다. 인성의 심장은 미칠 듯이 뛰었다. 또 다시 서둘러 그곳으로 뛰었고 클락도 따라 뛰었다. 그곳엔 가인을 안고 있는 수지가 보였다. 가인의 왼손은 불가능한 방향으로 뒤틀려 있었고 이마에선 피가 흐르고 있었다.

"가인이… 가인이 나무를 잡고 있던 손에 힘이 풀려 거인의 입속으로 빨려 들어가다가 떨어졌는데…. 상황이 너무 안 좋아." 수지가 흐느끼며 말했다.

"아, 결국 이렇게 되는 것 같아요." 가인이 미소를 띠고 말했다. "저는 죄가 많은 사람이거든요."

그때 또 다시 상춘을 데려갔던 사람들이 나타났다. 수지는 어리둥절한 표정으로 그들을 바라보았다.

"상춘은요?" 인성이 말했다.

"제 동료들이 안전하게 후송했습니다. 이 여성도 저희가 후송하겠습니다." 건장한 남성이 말했을 때 인성은 고개를 끄덕였다. 그러나 가인은 인성은 손목을 잡았다.

"아니에요. 저는 됐어요. 제가 돼지우리에서 당신을 봤을 때 거짓말 한 것이 있어요." 가인이 천천히 말했다.

"우선 치료받고 나중에 말해 주세요." 인성이 손목을 잡은 가인의 손을 빼며 말했다. 그러나 가인은 더 세게 그의 손을 잡고 소리쳤다.

"제 이야기를 들어요!" 그리고 가인은 말했다. "바람 피는 남편을 죽였다고 했지만 사실은 제가 바람을 폈고 그것을 들켰을 때 저는 순간적으로 가위를 들고 그의 목을 찍었어요." 그녀는 감정을 주체 못 하고 눈물을 쏟았다. "저는 죽어 마땅한 사람이에요. 제 남편은 정말 불쌍한 사람이에요. 저를 살리지 말아요. 저를 이대로 내버려 두세요."

"세상엔 죽어도 되는 사람은 없어요." 인성이 그의 손목을 잡은 가인의 손을 놓게 했다. "부탁드려요." 인성이 말을 하자 건장한 남성무리가 가인을 데려갔다. 그때 펑하는 소리가 울렸다. 또 다시 펑. 거인과의 전쟁은 그렇게 시작되고 있었다.

새로운 세계

핼름성의 지하. 그곳엔 고기찬 목사가 있었다. 그는 안절부절 하며 앞으로 어떻게 해야 할 지 고심하고 있었다.

'망했어. 너무 큰 욕심이었나. 일장춘몽이었어.'

터벅터벅 한 남성이 들어온다. 그는 질이었다.

"당신 너무나 엄청난 일을 저질렀어. 당신의 측근들도 잡혀 들어와서 심문을 받고 있지. 당신이 한 짓 중의 최악은 돼지우리야. 어디에 위치해 있는지 정보를 넘겨."

"그럼 살려주는 건가?" 고기찬 목사의 말에 질은 얼굴을 찌푸렸다. 그리고 권총을 창살 사이로 던졌다. 고기찬 목사는 덜덜거리는 손으로 권총을 집었다.

"당신의 선택권은 없어. 가기 전에 스스로 죄를 조금이라도 덜고 가라고 내가 해주는 마지막 배려야. 자, 어서 말해."

"내 집무실. 책장의 맨 위, 오른쪽 끝에서 세 번째 보이는 수첩. 그 곳에 아스갈의 기록들이 남아있어. 맨 마지막 장에 세계 지도가 있고 빨간색으로 돼지우리의 위치가 표시되어 있지." 목사는 속일 것이 없다는 듯 순순히 알려주었다.

"음. 고맙군." 질은 그 말을 남기고 돌아섰다.

"혹시!" 고기찬은 질을 붙잡았다. "혹시 영규를 만나면 미안하다고 전해줄 수 있나? 그리고 인성이에게도."

"넌 모든 사람에게 사과를 해야 해." 질은 어금니를 깨물고 낮은 목소리로 말했다.

"아참, 그렇군. 그래도 그 두 사람에겐 꼭 사과의 말을 전해 줬으면 좋겠어." 목사는 고개를 떨구며 말했다. 그리고 권총을 바라보며 떨리는 목소리로 말했다. "이거. 이거 참 고맙네."

그러자 질은 오른손을 한번 들어 보이고 가던 길을 갔다.

'참 멋진 일이었어. 그래도 꼭대기에 올라가는 일은. 나의 마지막을 선택할 수 있는 것도 얼마나 멋진 것인가?'

"탕!" 고기찬의 머리에서 붉은 피가 흘렀다.

"정말 감사해요. 시간을 내주고 인터뷰에 응해줘서요." 클락이 녹음기를 틀고 수첩과 팬을 꺼내 들며 쨱쨱 소리쳤다. "전쟁이 끝나고 당신은 영웅이 되었어요. 제가 그럴 자격이 있을지는 모르지만 세상의 인류를 대표해서 정말 감사합니다."

"아니야. 나는 그런 사람이." 인성이 부끄러워하며 말했다.

"부끄러워 할 필요가 없어요. 저처럼 당신의 팬들이 많아요. 그리고 임신 축하드려요." 클락이 웃으며 말했다.

"그러지마. 너야말로 새국신문의 기자가 된 걸 축하해." 인성도 웃으며 말했다.

전쟁이 끝난 후에 수지는 임신을 했으며 클락은 새국신문의 기자로 고용이 된 것이다.

"우선 어디부터 시작할까요? 그래요. 상춘과 가인을 구해준 사람은 누구에요?"

"대통령이 내게 보낸 군인들이었어. 넬이라는 소령이 지휘하지. 건장하고 책임감이 강하지만 그는 무엇을 해야 하는지 알고 있는 사람이었어. 그래서 덕분에 상춘과 가인은 구조될 수 있던 거야. 그들의 몸 상태는 다음 달 정도면 정상으로 들어온다고 했는데 맞지?"

"농담하세요? 다음 주에요. 그들은 초인적인 능력을 발휘하며 회복하고 있어요."

"정말 잘 되었군. 한번 가봐야 하는데 말이야. 내일 정도에 수지와 들려야겠어."

"좋은 생각이에요. 그런데 왜 대통령님께서 당신에게 사람을 보냈죠?"

"내가 다치는 것을 원하지 않았던 거지. 그래서 날 구하는 계획을 세우고 넬을 보냈어." 인성은 대통령의 과보호에 진저리를 치며 말했다.

"오호. 알만하네요. 당신이 다친다면 사기는 저하될 테니까 말이에요. 그런데 왜 당신은 끝까지 남아서 전쟁을 했죠?" 클락은 이해한다는 듯이 고개를 끄덕이며 물었다.

"강태식 박사의 의지를 따르기 위해서라고 해야 할까? 처음엔 그랬어. 전쟁 전의 세계로 돌려놓아야 한다고, 내 능력은 그러기 위해서 생긴 것이라고 생각했어. 그런데 전쟁을 하다 보니 동료의 복수를 하기 위해 난 싸우고 있더라."

"저도 그랬죠." 클락은 동의를 하며 말했다. "그렇다면 다음 질문 당신은 돼지우리에 갇힌 적이 있다고 하던데요. 어떻게 도망친 거예요?"

"돼지우리? 아아. 지금 질의 지시로 사람들이 풀어지고 있다고 했지?"

"아. 그래요. 그리고 만약에 정말로 살인이나 사기 등 처벌을 받아야 하는 사람들이 있나 확인한 후에 풀어지고 있죠. 많은 사람들이 가족과 만나고 있어요. 당신과 친한 꼬맹이 병헌이도 부모와 만났다고 하네요. 좋은 일이죠. 아무튼 옆으로 샌 것 같은데, 빠져나올 수 있었던 이유가 뭐예요? 소문이 부풀려지고 있어요."

"뭐라고? 내가 힘으로 쇠창살을 구부리고 탈출한다거나 그런 식으로?" 인성이 호탕하게 웃으며 말했지만 클락은 웃지 않았다.

"더 심각해요. 물론 당신이 한 말도 포함해서요. 당신이 말한 쇠창살을 구부린 이야기는 거의 사실이에요. 당신이 수많은 아스갈인들에게 포위가 되었는데 빗발치는 총알을 뚫고 그들을 제압했으며 그중 몇몇은 평생 불구가 되었다고 놀라워하죠." 클락의 말에 인성은 웃음이 멎었다.

"뭐? 말도 안돼! 내가 슈퍼맨이야? 어떻게 가능해?" 인성의 물음에 클락은 어깨를 으쓱할 뿐이었다.

"그래. 어디 보자. 어디부터 말해야 하지. 난 영규와 강호와 같이 전 세계를 찾아 사막을 누볐어. 그러다 돼지우리를 발견했지. 그런데 거기에서 강호가 나와 영규를 가뒀어." 클락이 그 이야기를 들으며 분통해 하자 재빨리 말을 덧붙였다. "강호는 배신한 게 아니라 그런 척을 한 거야. 그곳에서 정보를 빼내기 위해서 말이야. 정보를 얻고 나서는 우리를 풀어줬지. 그렇게 풀려난 거야. 극적인 상황은 없었어. 대단한 이야기는 아닌 것 같은데 왜 부풀려진 거지?"

"질이 한 이야기와 다른데요? 국방부 장관님은 그곳에 자신도 있었는데 당신이 총알을 피하던 모습을 봤데요."

"음. 도망치다가 아스갈인 2명과 몸싸움도 있었어. 그때 운 좋게 총알을 몇 번 피했는데 그걸 말하는 것 같아." 인성이 대수롭지 않게 말했지만 클락은 환호하며 그것을 적었다. 인성은 입을 벌리고 어이가 없어 하며 말했다. "제발 그건 적지 말고 넘어가자."

"당신은 너무 겸손해요. 아무튼 예지몽을 꾸는 것은 진짜인가요?"

"예지몽이라…. 그게 아니라 사실은 미래를 바꿀 수 있는 꿈이지. 아무튼 그런 꿈을 꿨었어. 그런데 지금은 꾸지 않아. 아마 내 능력은 사라진 것 같아." 인성은 생각하느라 한쪽 눈을 찡긋거리고 머리를 긁적였다.

"왜 그런 능력이 생긴 거죠?"

"나도 몰라." 인성은 어깨를 으쓱거렸다.

"그래요. 그렇다면 다음 질문, 앞으로 당신은 무엇을 할 것인가요?"

"나도 몰라." 인성의 말에 클락은 짜증을 냈다. "아. 나의 친한 친구인 영규는 '지구를 사랑하고, 지구를 지키고, 지구를 구하기' 위해 환경부에서 일하고 있지. 사실 내가 그에게 잡지를 다시 만들자고 말했지만 환경부에서 일하는 것이 그의 적성에 잘 맞는 것 같아. 그리고 강철은 군인 체질이었나? 전쟁 중에 소위로 임관해서 중위를 지나, 벌써 대위를 달고 있는 멋진 녀석이고. 그리고 너도 세계의 정확한 정보를 전달하던 기자였던 경력을 살려 새국신문에 들어가 열심히 일하고 있잖아?" 인성의 말에 클락은 과도하게 고개를 끄덕이며 계속 말하길 부추겼다. "하지만 나는 모르겠어. 물론 나도 이제 찾아봐야지. 아마 뭐라도 되지 않을까? 껄껄." 인성이 웃었다. 클락이 반박하기 위해 입을 벌리는 순간 문이 벌컥 열렸다.

"지금 축제 중이야! 여기서 뭐 하고 있는 거야?" 영규가 인성을 째려보며 말했다.

"인터뷰는 끝내자. 지금은 즐겨야 하니까." 인성이 호탕하게 말했다.